VALLE

DE

SOMBRAS

LIBROS DE RUDY RUIZ

Valle de Sombras
La Resurrección de Fulgencio Ramirez
Seven for the Revolution
Going Hungry
¡Adelante!

ALABANZA POR *VALLE DE SOMBRAS*

"*Valle de Sombras* contiene una nitidez de visión que es extremadamente rara; y a través de esta novela de redención y redescubrimiento, Ruiz certifica su voz, así como su filosofía de unión, como una ferozmente necesaria adición a la literatura americana."
—JAMES WADE,
autor galardonado de *All Things Left Wild*

"Esta poderosa novela se metió en mi corazón y en mis entrañas como una serpiente que busca refugio en la tierra ardiente del desierto...El *Valle de Sombras* de Ruiz es abrasador, incisivo y, a veces, completamente aterrador."
—JENNIFER GIVHAN,
autora de *River Woman, River Demon*

"¡La imaginación de Rudy Ruiz es insuperable!... El *Valle de Sombras* no decepciona. Los personajes saltan de la página, compitiendo para contar sus cuentos... ¡Se acaba demasiado pronto!"
—DRA. NORA DE HOYOS COMSTOCK,
fundadora de Las Comadres Para Las Américas

"Esta cautivadora novela... es inmersiva y atmosférica... Ruiz combina hábilmente elementos de romance, misterio histórico, terror y realismo mágico para ofrecer una aventura ricamente satisfactoria."
BOOKLIST (RESEÑA DESTACADA)

"Ruiz ofrece una fascinante mezcla de ficción histórica, cuento de fantasmas y misterio... Emplea elementos de realismo mágico con un efecto inquietante, y las representaciones de la crueldad humana y la injusticia son inquebrantables."
PUBLISHERS WEEKLY

VALLE

DE

SOMBRAS

UNA NOVELA

RUDY RUIZ

BLACK
STONE
PUBLISHING

Impreso en los Estados Unidos de América
Publicado originalmente en tapa dura por Blackstone Publishing en 2022

Primera edición de bolsillo: 2023
ISBN 979-8-212-17508-1
Ficción / Realismo mágico

Version 1

Blackstone Publishing
31 Mistletoe Rd.
Ashland, OR 97520

www.BlackstonePublishing.com

Para Heather, Paloma,
Isabella, y Lorenzo

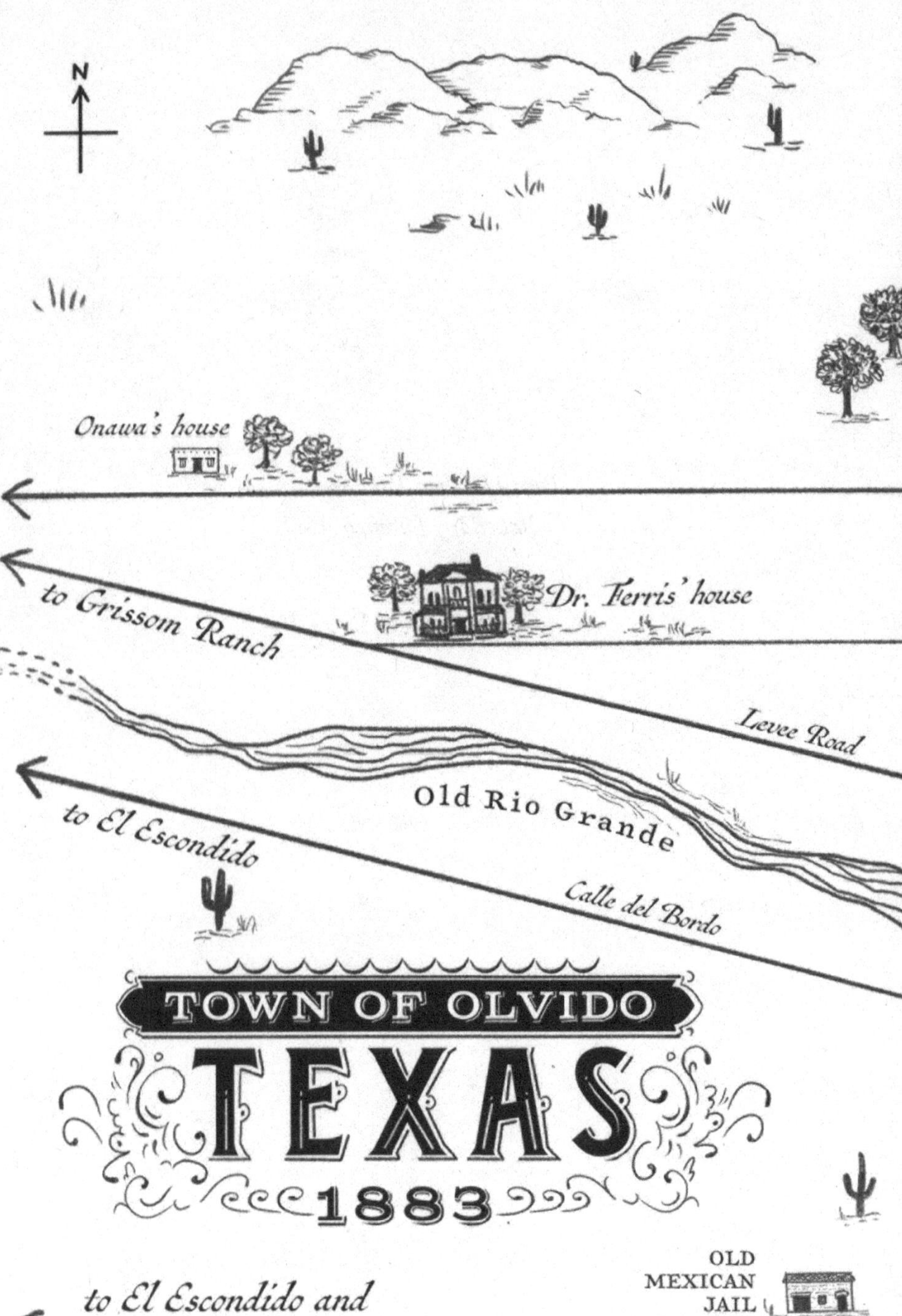

N
Onawa's house
to Grissom Ranch
Dr. Ferris' house
Levee Road
Old Rio Grande
to El Escondido
Calle del Bordo
TOWN OF OLVIDO
TEXAS
1883
OLD MEXICAN JAIL
to El Escondido and Santander Ranch

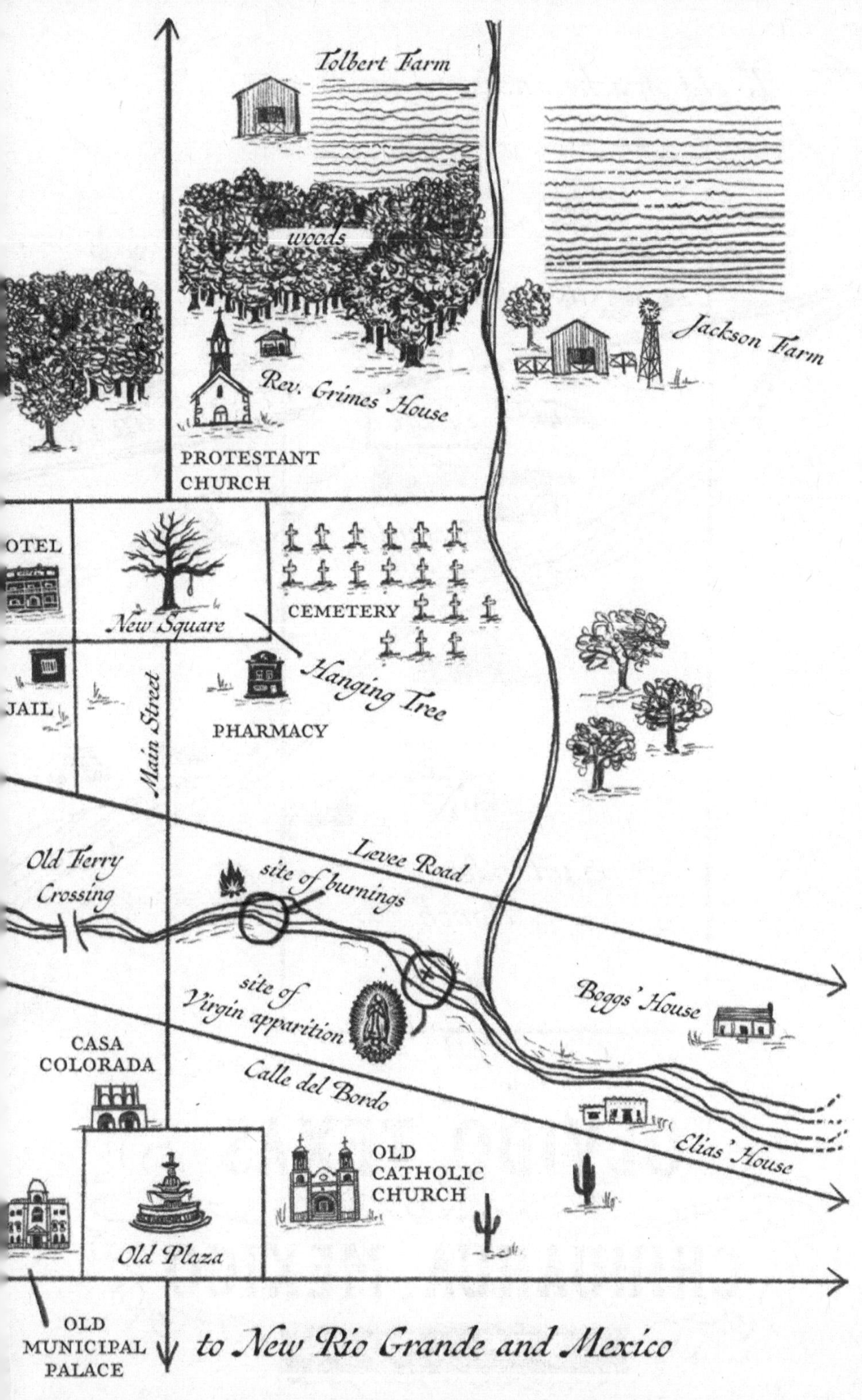
Tolbert Farm
woods
Jackson Farm
Rev. Grimes' House
PROTESTANT
CHURCH
OTEL
New Square
CEMETERY
JAIL
Hanging Tree
Main Street
PHARMACY
Old Ferry
Crossing
Levee Road
site of burnings
site of
Virgin apparition
Boggs' House
CASA
COLORADA
Calle del Bordo
Elias' House
OLD
CATHOLIC
CHURCH
Old Plaza
OLD
MUNICIPAL
PALACE
to New Rio Grande and Mexico

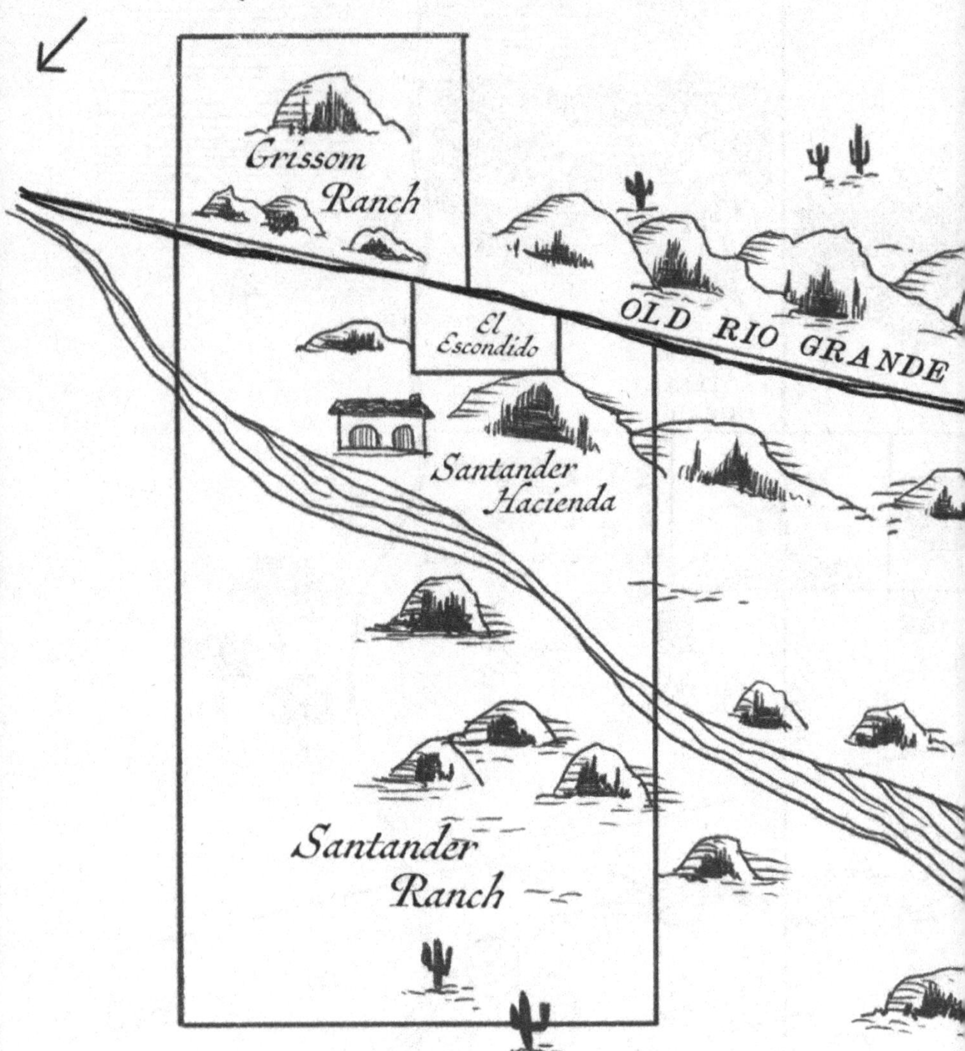

OLVIDO, TEXAS
AND
CHIHUAHUA, MEXICO
LATE 1800s

TEXAS
N
Town of Olvido
caves
To Alicia's
and
Big Bend
NEW RIO GRANDE
CHIHUAHUA, MEXICO

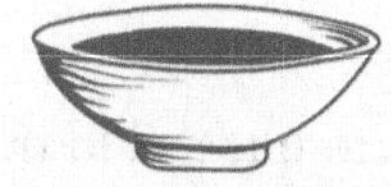

PRÓLOGO

Frankie Tolbert hacía pucheros sentado a la mesa mientras contemplaba su estofado de carne con papas a medio comer. Trocitos de zanahoria flotaban en la salsa como diminutas islas anaranjadas. Se imaginaba a sí mismo como un náufrago abandonado en una de ellas. Del cuello le colgaba una servilleta a cuadros para proteger su camisa blanca y su mono de mezclilla de la salsa. Su madre lo obligaba a ponérsela como si aún fuese un niño pequeño. A él le chocaba verse obligado a quedarse con ella y sus hermanas pequeñas mientras su padre y su hermano mayor atendían asuntos de hombres. No era frecuente que alguien tocase a la puerta durante la cena después de que el sol se había ocultado y había oscurecido. Frankie imaginó que algo interesante sucedía, y quería ser parte de ello. Después de todo, justo había cumplido ya diez años. Era tan solo tres años menor que su hermano mayor. ¿Por qué solo a Johnny le tocaba toda la diversión? ¿Por qué tendría él que quedarse siempre con las mujeres? Así meditaba mientras su madre se asomaba ansiosa por la ventana.

—Ustedes sigan comiendo. No dejen que se enfríe la comida —dijo ella.

Sus hermanas, Abigail y Beatrice, levantaron sus tenedores simultáneamente mientras sus rizos rubios rebotaban hacia arriba y hacia abajo con el movimiento de sus cabezas. —Sí, mami —corearon.

¿Cómo iba a ser justo que a él lo tratasen igual que a una niña de ocho y otra de seis? ¡Ellas eran prácticamente unos bebés, y niñas para colmo! Él miraba anhelante hacia la puerta del frente. Su padre la había dejado medio abierta y el zumbido de las chicharras se colaba con la brisa nocturna. A Frankie le parecía un coro interminable de víboras de cascabel. Las víboras de cascabel eran peligrosas, como la noche misma. Por ello su padre lo había dejado a cargo de las mujeres. Cuando su padre y su hermano mayor no estaban era su obligación protegerlas.

Trataba de conciliar su puesto simbólico con su genuino deseo de averiguar qué estaba sucediendo atrás, en el granero, hacia donde los hombres se habían dirigido momentos antes.

Los ojos de su madre se movían de la ventana al frente de la casa. Y entonces el hombre de rostro conocido reapareció en la rendija entre la puerta y el marco. Empujó ligeramente la puerta con la bota y dijo dirigiéndose al comedor:

—Sra. Tolbert, dice su marido que ustedes deberían venir acá también a ver esto. Es realmente fascinante.

Abigail y Beatrice se meneaban emocionadas en sus vestidos a cuadros blancos y rosados. Frankie se arrancó el babero, se puso de pie de un salto y alcanzó la puerta en un instante. Su madre venía detrás de ellos y los cuatro seguían al hombre alto, quien se dirigía lentamente hacia la puerta cerrada del granero.

Estaba oscuro afuera, y el espacio entre la casa y el granero apenas se iluminaba con el resplandor de las linternas de aceite que desde el interior de la casa caía al suelo. Desde uno de los árboles ululaba una lechuza. Aparte de ello, la noche estaba inquietantemente silenciosa.

Cuando llegaron al granero, las oxidadas bisagras de la pesada puerta gimieron cuando el hombre la abrió y les indicó que pasaran primero. Estaba completamente oscuro adentro, y cuando la puerta se cerró tras ellos no podían ver nada. Por primera vez esa noche, Frankie no se sentía frustrado ni emocionado. Sentía miedo. Podía escuchar su corazón golpeándole aceleradamente dentro del pecho. En la oscuridad, buscó la mano de su madre, pero en vez de ello encontró la de Abigail, la mayor de sus dos hermanas.

—¿Mamá? —gimotearon las niñas.

Frankie escuchó el sonido de una cerilla que frotaban contra una superficie áspera. Una sola llama iluminaba una forma extraña que se vislumbraba al fondo del granero. Unas protuberancias de plumas le salían por los lados, como picos. Y estaba coronada por una melena salvaje. ¿Era un hombre o un animal? ¿O era algo totalmente diferente?

—¿Qué está pasando? —preguntó la mamá de Frankie con voz temblorosa—. ¿John? —pronunció el nombre del padre de Frankie, pero no hubo respuesta.

Se encendió una segunda cerilla y un hombre a quien Frankie no reconoció prendió otra linterna. Tenía el cabello gris, su apariencia era distinguida e iba ataviado con un traje elegante.

A medida que la escasa luz se esparcía por el granero, los ojos de Frankie se ajustaban a su entorno. Entonces vio a su padre, tendido sobre la paja, con la camisa ensangrentada. Su hermano Johnny estaba cerca, también inmóvil sobre el suelo.

Su madre chilló. Afuera se escuchó el pesado aleteo de la lechuza al levantar el vuelo. Ella abrazó a los niños e intentó retirarse del granero, pero un par de hombres fornidos, con la parte inferior de sus caras cubiertas con pañuelos oscuros, bloqueaban la salida.

—¿Qué está pasando? —gimió, pero los hombres la

arrojaron al suelo y la montaron a horcajadas para atarla como a un becerro.

Uno de los hombres le puso un pañuelo entre los dientes y la amarró con fuerza alrededor de la cabeza. Ella se retorcía e intentaba defenderse, pero era imposible. Las niñas lloraban, pero las silenciaron rápidamente. Frankie se lanzó sobre la espalda del asaltante, pateó y arañó, pero muy pronto a los tres los ataron con cuerdas y los amordazaron recargados contra postes que llegaban hasta las vigas del techo. Desde ahí, dos cuerdas colgaban amenazantes hacia abajo.

Frankie y sus hermanas observaron horrorizados como le ataban las muñecas a su madre. Ella pateaba y gruñía mientras los dos hombres enmascarados la izaban al aire estirando las cuerdas que habían lanzado sobre un travesaño.

Frankie miró hacia otro lado mientras los hombres desnudaban a su madre. ¿Por qué estaba sucediendo esto? Esta clase de cosas no le sucedían a la gente buena. La esposa del predicador lo había dicho durante el catecismo. ¿Acaso su padre había hecho algo malo? ¿Qué había hecho alguno de ellos para merecer esto? Él luchaba contra las cuerdas, pero sus esfuerzos eran inútiles.

Una larga cuchilla brilló con la luz de la linterna. El hombre elegantemente vestido tomó el cuchillo en sus manos, sus nudillos blancos como el hueso, mientras se acercaba a su madre. La sombra monstruosa al fondo del granero susurró con un sonido como de hojas secas, temblando y emitiendo un murmullo de palabras irreconocibles a medida que la criatura se acercaba a la luz.

—No vean, no vean —susurró Frankie a sus hermanas; era lo menos que podía hacer, habiendo fallado miserablemente a su deber de protegerlas—. Cierren los ojos y manténganlos cerrados —él cerró los ojos y los apretó con todas sus fuerzas y rezó en silencio hasta que su madre dejó escapar un grito que helaba la sangre.

PARTE I

UNO

1883

Solitario Cisneros entrecerró los ojos a través de las llanuras doradas hacia la creciente nube de polvo. Estaba de pie en la entrada de su casa bebiendo su amargo café matutino en una taza de hojalata caliente, justo como lo hacía al inicio de cada mañana, cuando el nuevo sol asomaba sobre la amplia manta de desierto salpicado de creosota.

Calculaba que había, al menos, tres cabalgantes que avanzaban con rapidez, a juzgar por el ritmo al que la nube de polvo crecía contra el brillo anaranjado del sol naciente. Entre él y los intrusos se encontraba un regimiento de reses, inmóviles, inconscientes de la intrusión. Las vacas ni siquiera se molestaban para elevar sus cabezas de los escasos parches de pasto con que se alimentaban.

«Son tan útiles como lo eran mis camaradas, allá cuando yo estaba con los Rurales», meditaba Solitario sobre las reses, con sus ojos oscuros ardiendo mientras mantenía la mirada fija hacia el este. Las siluetas de tres caballos emergieron del remolino de partículas de arena que se agitaban sobre su terreno. Dos gringos y un mexicano. Lo pudo determinar por los tipos de sombreros que llevaban. Pronto lo podrían ver, parado ahí en su terraza de madera. A pesar de que vestía de negro, probablemente, podían ya distinguir el destello del sol sobre su taza. Después de todo, tenían el sol a sus espaldas. Bebió un último trago y dejó la taza sobre la mesa rústica que estaba a su lado. Fijó la vista sobre la madera gastada. Era igual que las duelas del piso y de la pared. En alguna ocasión todo había sido pintado de gris y ahora estaba descolorido y cubierto por capas de arena. Todo el sitio parecía fundirse en su mismo fondo, sin ningún rasgo diferente, casi invisible, a menos que supieras dónde se encontraba y a quién buscabas. Esto no solo era lo que Solitario sentía, era como prefería las cosas. Sencillas. Escasas. Sutiles. Pensativo, se acarició el bigote largo y espeso antes de entrar en la primera habitación de su casa, tomar el cinturón de su pistola y ceñírselo a la cintura en un movimiento fluido. Estaba hecho de piel negra, igual que sus botas. Y se acomodaba debajo de una exquisita hebilla de color turquesa en forma de un águila. Debajo de cada cadera brillaba un revólver de plata. Una mirada hacia afuera le hizo notar que no contaba con el lujo del tiempo para ponerse sus cananas sobre los hombros ni su chamarra sobre el raído chaleco. En vez de ello, tomó el sombrero de ala ancha de la percha, puso el ala inferior de color azul medianoche sobre su ondulado cabello negro y volvió a salir: esperaba a lo alto de la escalera mientras observaba a los intrusos aproximarse. Los visitantes eran muy escasos por estos lugares, al menos para él. Y especialmente ahora, después de que el río había cambiado su curso.

Cuando los jinetes llegaron al claro frente a la casa de escasa altura, el sol estaba justo detrás de ellos, y todo lo que podía distinguir eran sus siluetas oscuras y sus contornos de un anaranjado candente y profundo, como yemas de huevos fritos.

Los observó impasible, con las manos a los lados, listo mas no amenazante.

—Jefe —el mexicano se quitó el sombrero mientras hablaba—, ¿me permite desmontar para saludarlo como debe ser?

Una oleada de alivio recorrió a Solitario al reconocer la voz del hombre, pero no mostró señales de haber estado alarmado ni de bajar la guardia. Después de todo, el hombre podría estar actuando bajo presión. Aún no podía identificar a los dos gringos que lo acompañaban. —Claro, Elías —respondió.

Cuando el hombre hubo desmontado y se acercaba se hicieron evidentes tanto la circunferencia de su cintura como su escasez de estatura. Mientras que el aspecto de Solitario no había cambiado desde los días en que luchaban juntos, su compañero se había vuelto rechoncho y una barba blanca poblaba su barbilla como espinas en cholla. Solitario luchó contra el deseo de sonreírle cuando el hombre le extendió su maltratada mano. Estrechándola con firmeza, Solitario observó los ojos de Elías buscando alguna indicación de riesgo. Había preocupación en su mirada, ciertamente, mas no pánico, ni urgencia, ni alguna mirada de soslayo que pudiese indicar peligro inminente. Quienesquiera que fuesen los gringos que lo acompañaban, el grueso individuo de pantalón de mezclilla y camisa color café claro no parecía temerles.

—¿Qué te trae por aquí, Elías? —preguntó Solitario, con la mirada puesta en los rifles enfundados sobre los costados de los caballos de los acompañantes de su interlocutor.

—Ha pasado mucho tiempo, jefe. Usted está igualito. Pero está muy flaco. ¿Come lo suficiente? Sé que nunca desayuna, pero ¿qué tal la comida y la cena?

—Estoy seguro de que no viniste a desayunar ni para checar mi estado de salud.

—No, jefe. Recuerdo muy bien cómo cocina. Y, sin ánimo de ofender, los huevos rancheros que prepara mi Otila están mucho mejor —el hombre se secó la frente con el pañuelo rojo que llevaba atado a su grueso cuello. El calor ya iba en aumento y el día prometía ser abrasador.

—¿Entonces? —preguntó Solitario—, ¿quiénes son tus acompañantes?

—Ellos son de la villa. Me pidieron que los guiara hasta usted. Espero que no le moleste. Prometieron pagarme bien. Este es el Sr. Stillman, el alcalde —señaló a un hombre alto, sentado muy derecho en su silla—, y este es el Sr. Boggs, el banquero —dijo señalando a un hombre más bajo de estatura, con bombín, que parecía incómodo sobre la silla de montar.

Solitario dirigió la vista hacia los hombres, quienes permanecían rígidos sobre sus caballos. —¿En qué puedo ayudarlos? —preguntó, en un inglés fluido con el ritmo fonético de una lengua mojada en el Río Grande.

El Sr. Stillman habló arrastrando las palabras con acento sureño. —Si usted accede a acompañarnos, lo compensaremos generosamente también.

—¿Por qué?

—Ha habido un asesinato en la villa.

—A menudo hay asesinatos en la villa —respondió Solitario en tono mesurado, como si esto fuese parte natural de la vida, que lo era en realidad—, y nadie viene hasta aquí a interrumpir mi café matutino.

—Yo recuerdo su café, jefe —sonrió Elías meneando la cabeza, y sus mejillas se inflaron como las de una ardilla bien alimentada—; tal vez, esta interrupción no sea algo tan malo.

Solitario frunció el ceño dirigiéndose hacia Elías. Unos cuantos años fuera de servicio y las personas se olvidan cuál es su sitio. Dirigió una mirada cargada de sospecha a los cabalgantes. No era fácil evaluar las intenciones de alguien sin poder verlo a los ojos.

—Como dije antes, el asesinato es tan común como los coyotes y los cactus. ¿Para qué me necesitan a mí?

El sureño alto se movió en la silla. —Porque este asesinato es, bueno, digamos que es bastante inusual. Y no tenemos idea de quién pueda haberlo cometido.

—Yo ya no soy la ley aquí, y no me involucro en asuntos de venganzas —respondió Solitario, con un toque de pesar en su voz—. Siento que mi antiguo sargento les haya hecho perder su tiempo trayéndolos hasta aquí.

El Sr. Boggs habló finalmente, con voz temblorosa, como si le costase un gran esfuerzo. —No es asunto de venganza ni nada por el estilo; solo necesitamos ayuda para determinar quién ha cometido esta terrible atrocidad y llevarlo a juicio para que no pueda repetir una acción impía. La población está petrificada. Algunos hasta hablan de empacar sus carretas e irse. Usted debe venir. Al menos para atestiguarlo con sus propios ojos.

Solitario podía advertir el temor en la voz de Boggs. Había visto algo que le había estremecido hasta la médula, y su voz aún temblaba ante el recuerdo. Por estas lejanas latitudes se necesitaba mucho para intranquilizar a un hombre, aun aquellos lo suficientemente ingenuos o astutos como para abandonar la seguridad de sus ciudades del noreste por la inseguridad de la frontera, como imaginaba que había hecho Boggs.

—Siento lo ocurrido. Pero yo no soy la persona indicada. Busquen a su alguacil, Tolbert. Él los ayudará.

—Ese es precisamente el problema —explicó Stillman—; el alguacil Tolbert es justamente la víctima.

—Y ahora usted es el único representante de la ley que podemos encontrar en un espacio de dos días cabalgando que pueda hacer inventario de la escena del crimen, pues, antes de que sea demasiado tarde —agregó Boggs.

Los cadáveres se pudrían rápidamente en este calor. La

evidencia se desintegraba. Los bandidos escapaban al chaparral, se internaban en las montañas y desaparecían del otro lado del Río Grande tan fácilmente como los pumas que recorrían esas tierras.

—Siento mucho lo ocurrido a su alguacil —dijo Solitario quitándose el sombrero, cuyo bordado de plata brillaba con el sol—; era un hombre decente.

Los dos cabalgantes se quitaron los sombreros simultáneamente e inclinaron las cabezas.

—Su esposa y sus hijos deben estar sufriendo. Quizás sea mejor dejar las cosas como están —dijo Solitario, con la esperanza de evitar el viaje hasta el pueblo—. Las viudas y los dolientes no ven con buenos ojos la intromisión de personas como yo hurgando sobre sus difuntos. Lo hecho, hecho está. Ellos deberían darle sepultura y ponerle fin al asunto. Ninguna intromisión podrá regresarles a su ser querido.

—Pues usted verá, esa es la otra parte del asunto —dijo Boggs con voz quebrada—. Quienes asesinaron al alguacil, asesinaron a su esposa y a su familia también.

—Y lo han hecho de una forma que no parece humana, jefe —agregó Elías—; usted tendría que ver por sí mismo. Es una barbaridad.

La mirada de Solitario cayó hacia el despintado escalón de la terraza y luego hasta la tierra agrietada debajo de este. Un gran peso amenazaba con descender sobre sus amplios hombros. Se sentía abatido. No estaba seguro de si era por el alguacil y su familia, a quienes respetaba, pero no había conocido muy bien, o por sí mismo. Pocas veces dejaba su rancho y casi nunca tenía ya trato con nadie. Las vacas no le hacían preguntas ni esperaban mucho de él. Las vacas no lloraban cuando él fallaba. Frunció sus gruesas cejas y sus ojos se posaron sobre el rastro de unas hormigas de fuego que marchaban a través del suelo tostado entre él y su antiguo sargento. Con un suspiro, se volteó y siguió su propia sombra hacia la casa escasamente amueblada. Cruzó la primera habitación, que contenía un diván tapizado en terciopelo azul desteñido y una mecedora que habían pertenecido a sus padres, que en paz descansen. Atravesó la pequeña cocina que contaba con una estufa de leña. En su recámara, recargada sobre una pared, estaba la cama en la que descansaba por las noches. Frente a ella había una mesa sencilla con un espejo y la única decoración de la habitación: una fotografía en sepia de una pareja de recién casados dispuesta en un empañado marco de plata. Una suave brisa fluía a través de las ventanas haciendo ondular las raídas cortinas hacia adentro, como dedos etéreos que ansiaran acariciarlo. Manteniéndose fuera de su alcance mientras se preparaba, pudo observar a Elías ensillando su yegua, Tormenta, una bestia negra con fama de moverse con la misma rapidez que las ráfagas de sus tocayas, alarmantes estallidos de ferocidad que, ocasionalmente, inundaban los áridos valles esculpidos entre las montañas Trans-Pecos. Se contempló a sí mismo en el moteado espejo y bajó sus desolados ojos hasta la imagen capturada trece años atrás. Ella se veía tan feliz, tan hermosa. Luz, en su albo vestido de novia, sus negros rizos en largas trenzas que le caían sobre los hombros, hoyuelos a cada lado de sus carnosos labios sonrientes. De color rubí eran, no tonos de ceniza como en la imagen. Ella estaba viva. No translúcida y monocromática como las cortinas que ondulaban con el viento. Un amante y su amada. No un fantasma ni un recuerdo. Y él, pues la gente decía que nunca cambiaba, pero él notaba los pliegues formados en su rostro por el inclemente sol y el viento del desierto. Podía distinguir entre el optimismo que rebosaba de sus ojos en aquellos escalones de la iglesia en la foto y la mirada hueca y reacia que se reflejaba en el espejo. Siempre había podido observar las diminutas discrepancias que a los demás se les escapaban.

Cuando Solitario salió llevaba su chamarra negra, sus cananas cruzadas sobre el pecho y un pañuelo amarillo atado en la garganta. Además de sus revólveres, cargaba un rifle. Se puso el sombrero, montó a Tormenta y asintió a los hombres.

—¿Entonces, nos ayudará? —preguntó Boggs tembloroso.

Finalmente, Solitario pudo advertir el miedo en los ojos del hombre. Supo inmediatamente que ese pequeño hombre regordete con mejillas rojas y lentes empañados que se resbalaban por la nariz mojada de sudor jamás debió abandonar la ciudad donde nació. Jamás debió haber seguido a quienquiera que lo llevó al oeste en busca de la fortuna que habría de eludirle antes de encontrarse con una muerte prematura.

«Regrese —quería aconsejarle al Sr. Boggs—, tome a su esposa y a sus hijos y llévelos de regreso a la seguridad antes de que sea demasiado tarde —pensó al observar el aro de matrimonio en la mano izquierda del hombre—. No permita que la avaricia o la ambición o los sueños mal aconsejados de la niñez le roben lo que ya ha conseguido».

—Iré a dar un vistazo —respondió Solitario en un tono evasivo. Sintió compasión por el Sr. y la Sra. Boggs y lo que imaginaba que serían dos o tres hijos.

Sentía aún más compasión por el alguacil y su familia, pero agradecía que el viaje hasta el pueblo fuese largo. Necesitaría de ese tiempo para que el alma se le endureciera contra cualquier carnicería que le aguardaba allá.

DOS

Olvido era un pueblo que los cartógrafos omitieron en los mapas. Muy apropiadamente, Solitario, a menudo, deseaba poder borrar el recuerdo de todo lo que le había ocurrido ahí. Pero no podía escapar de esos recuerdos, al igual que, hasta ahora, había comprobado que era incapaz de evadir aquello que lo había impulsado a salir del sitio donde nació, setecientas millas hacia el sudeste a lo largo del Río Grande. En ese entonces era un ingenuo jovenzuelo de diecisiete años con alucinaciones de poder escapar de su suerte. Hasta se atrevía a creer que podría hacer alguna diferencia en el mundo.

Olvido era un pueblo de un solo carril partido en dos por una zanja profunda, un hueco boquiabierto, un cauce crujiente, agrietado y abandonado que serpenteaba a través del racimo de viviendas y comercios a sus orillas como un recordatorio constante de que el Río Grande había deseado borrar el pueblo de su historia. A lo largo de ambas orillas elevadas, al norte y al sur de esa cicatriz, hileras de casas brotaron como hierba. Las humildes estructuras a lo largo de la orilla sur estaban hechas de adobe y forradas con estuco blanqueado al sol que hacía ya tiempo habían sido pintadas de fucsia, turquesa, lima y caléndula. Ahora los colores se habían desvanecido, como la música de mariachi que antaño llenaba las calles. Las modestas casas de madera al otro lado del cauce desaparecido se desplomaban en tonos de madera gris y café, maltratadas por el implacable sol y los vientos desecantes. Antes de que el Río Grande se hubiese deslizado hacia el sur, estas habían sido un par de bulliciosas y rebosantes villas fronterizas divididas por el agua, pero unidas por el comercio de dos naciones y la sangre compartida por familias. Ahora que las dos villas se habían convertido en un solo pueblo, no había agua y el comercio era escaso, pero aún parecía haber una abundancia de sangre, solo que ahora derramada en vez de celebrada.

Solitario y los hombres arribaron al pueblo atravesando el valle, siguiendo el curso abandonado del antiguo río, con las sombras de las montañas danzando alrededor de ellos casi imperceptiblemente. Cuando Solitario y su séquito se aproximaron desde la orilla sur, el sol ya estaba en lo alto y transitaron primero por la avenida principal de lo que había sido una vez el lado mexicano de Olvido. Sus caballos levantaban polvo y una hilera de niños mugrientos y escasamente vestidos corrían descalzos rumbo al cauce tras ellos mientras los adultos observaban detrás de los postigos de las ventanas. Sus labios se movían en silencio, pero Solitario sabía que murmuraban su nombre.

Los caballos se resistían y bufaban a la orilla del abismo, donde la caseta del barquero permanecía vacía. Los tablones colapsados de un rellano de madera se habían deslizado hacia abajo, hacia el barranco. Los postes que anclaban el muelle anteriormente repleto se inclinaban ladeados precariamente. Una cuerda raída pendía de uno de ellos hacia abajo en dirección a las ruinas aplastadas de una enorme barcaza que otrora había llevado familias, comerciantes, huacales y barriles, incluso ganado, de un lado a otro incontables veces al día.

Unos escalones precarios y desvencijados de madera habían sido instalados en algún momento, al lado de una rampa que se inclinaba hacia el lecho del río. Este arreglo había sido imitado por estructuras gemelas en el lado opuesto del desfiladero. Tentativamente al principio, los caballos resbalaron por la rampa y subieron por el otro lado. Una vez en la orilla norte, Solitario se volteó para ver la multitud de niños tostados por el sol que estaban parados del otro lado de la grieta que había sido la orilla del río, como si lo que ahora fluía entre ellos fuese lava fundida que los incineraría si se atreviesen a seguir.

Pasando la tienda de abarrotes, el expendio de alimentos para el ganado, la cantina y el banco, rostros pálidos temerosos se asomaban detrás de las cortinas. El grupo pasó en silencio por la blanqueada iglesia protestante hacia el extremo norte del sector americano de Olvido. Anteriormente, había llevado otro nombre, una palabra apache asignada al sitio por los primeros habitantes, pero cuando el río cambio de curso, los colonos anglos habían votado por borrar ese nombre y cambiarlo por Olvido. No pudieron ponerse de acuerdo sobre a cuál derrotado general confederado honrar, y de algún modo pensaron que Olvido era menos ofensivo que la alternativa apache. Después de todo, México había perdido la guerra y la suerte había cambiado el curso del Río Grande hacia el sur, así que ahora podían aparentar generosidad hacia sus vecinos mexicanos adoptando el nombre de su pueblo a la par que los privaban de sus derechos y sus tierras a la mayor brevedad posible. Los apaches, por otro lado, eran aún un problema. ¿Para qué darles ideas o, peor aún, esperanzas?

Cuando el grupo arribó a la granja de los Tolbert se detuvo en el portón de madera de la entrada donde dos hombres jóvenes ataviados con camisas iguales de botones a presión montaban guardia. Lucían notablemente iguales, carilimpios y con mejillas sonrosadas, sudando copiosamente bajo el sol de la tarde, sin más sombra que la proporcionada por sus Stetson. Cada uno de ellos llevaba una brillante estrella plateada sobre el bolsillo izquierdo. Los cinturones de las pistolas estaban ajustados alrededor de sus cinturas, y las pistolas dispuestas arriba de sus caderas. Solitario supuso que no se habían puesto esas insignias en sus camisas antes de esa mañana, ni jamás habían disparado sus pistolas a otra cosa que no fuese una botella colocada sobre el poste de una cerca.

—¿Vino alguien a curiosear? —preguntó el Sr. Boggs.

—Solo el predicador —respondió uno de los guardias.

—Y su esposa —agregó el otro—; ella trajo un plato de comida.

El Sr. Stillman frunció el ceño, meneó la cabeza y escupió su tabaco de mascar al suelo en señal de disgusto. —Algunas personas nunca dejan de asombrar. Por favor, díganme que ustedes tuvieron el sentido común de negarles el paso —se lamentó Stillman.

—Sí, señor —respondió el primer guardia—; seguimos sus instrucciones, señor, justo como usted nos dijo.

—Buen hombre, Dobbs —asintió Stillman—; págueles a los chicos, Sr. Boggs.

Boggs meticulosamente buscó en su alforja, extrajo dos brillantes monedas de plata y las puso en las manos de los jóvenes.

Los dos jóvenes dirigieron una mirada de soslayo a Solitario con esos ojos color azul cielo, balanceándose en sus botas como dos vaqueros a punto de montar por primera vez a un caballo salvaje. «Gemelos», pensó Solitario. No era frecuente ver gemelos por estos lugares. Generalmente, morían durante el parto, junto con la madre. La naturaleza era ruda.

Los chicos Dobbs abrieron el portón para permitir a los hombres cabalgar por el camino de caliche hasta la casa de la granja, que estaba escondida detrás una hilera de mezquites con las hojas largas y delgadas caídas, como la versión barata de un sauce llorón.

La casa de estilo victoriano tenía al frente un amplio pórtico con seis mecedoras blancas. Atando sus caballos junto a la escalera de la terraza, el Sr. Stillman les hizo a Solitario y a los demás una señal para que lo siguieran a rodear la casa hasta donde se localizaba un granero. Mas allá, junto a un arroyo, había una parcela con plantas de maíz que llegaban a la altura del hombro. Solitario caminó despacio, sus botas crujían sobre el caliche. Observó los mezquites, el amplio campo de pasto color café junto a la casa y el denso bosque del lado opuesto.

Antes de que Stillman abriese la puerta del granero, Solitario apuntó hacia el campo árido más allá del bosque. —¿De quién es esa propiedad? —preguntó.

—Creo que es propiedad de la iglesia protestante —respondió Stillman—. Ellos son los vecinos más cercanos.

Solitario asintió.

Stillman haló la puerta y le indicó a Solitario que pasara. —Nosotros esperaremos aquí. Una vez es más que suficiente.

Apretando los dientes, Solitario penetró al interior lleno de sombras del granero, iluminado tenuemente por rayos intermitentes de luz que se filtraban a través de los tablones verticales de las paredes. La paja crujía debajo de sus botas mientras avanzaba lenta pero deliberadamente, permitiendo que sus ojos se adaptaran a la oscuridad mientras que la fetidez de carne humana pudriéndose le chamuscaba los orificios nasales. Lo primero que advirtió fueron dos charcos de vómito en el piso, los que evadió. Un enjambre de moscas pululaba cuando la escena apareció ante sus ojos, como una pesadilla formándose en medio de una noche tortuosa.

Una mujer desnuda colgaba de las vigas, sus brazos extendidos, sus muñecas atadas a una viga horizontal. Su pálido cuerpo estaba manchado de un líquido carmesí que fluía de una cavidad abierta entre sus pechos. Su rostro pecoso estaba para siempre torcido en una expresión grotesca de terror. Parecía sonreír a pesar de su obvio estado de angustia previo a su muerte.

Solitario se detuvo para elevar la vista hacia ella. Ella casi semejaba una estatua de Cristo clavado en la cruz, excepto que colgaba suspendida por cuerdas. Sin corona de espinas. Sin un taparrabos para proteger su pudor. Sin otro estigma, salvo el hoyo donde había estado su corazón.

Oteando el suelo desde el sitio donde se encontraba, mentalmente fue catalogando la escena. El alguacil estaba sobre una gruesa capa de paja, boca arriba, con la garganta cortada y un charco de sangre aún secándose debajo y en derredor de él. Ningún sombrero cerca. Ningún cinturón de pistola. Ninguna funda. Ninguna insignia sobre su pecho. Un chico adolescente descalzo estaba tirado entre la puerta y el centro del granero donde su madre estaba colgada. Llevaba un overol con camisa blanca manchada de carmesí. Su rostro estaba magullado, su labio roto, había sangre cuajada en su barbilla y pegada a su cabello rubio. Alrededor del chico, la paja estaba quebrada y revuelta, con trozos de tierra asomando por debajo y numerosas huellas de botas rodeaban su cuerpo.

Alisándose el bigote, se hizo notas mentales acerca de la altura de la estructura, la longitud de las cuerdas y el resto de los objetos dispersos en derredor. Hizo todo esto sin moverse de su lugar. Luego, tras haber grabado en su memoria la escena, se aproximó a la forma inerte del alguacil. Los ojos del alguacil Tolbert aún estaban abiertos, nublados, pero interpretó la expresión inmortalizada en su rostro como una de sorpresa más que de terror. Su muerte había sido rápida. Solitario se arrodilló para observar sus manos. Estaban limpias, sin mostrar señales de haber opuesto resistencia.

Cuando terminó de escrudiñar los restos del alguacil, Solitario se dirigió cautelosamente hacia los restos del chico siguiendo el mismo proceso. El chico había sido golpeado salvajemente, y al final, un golpe bestial con un objeto de metal le había estrellado el cráneo. Sus manos estaban llenas de moretones y sus uñas incrustadas de sangre seca. «Se había defendido, eso estaba claro», pensó Solitario mientras evitaba pisar las huellas de las botas advirtiendo que, al menos una de las botas, pero no todas, tenía una X en el centro de la suela.

Solitario sacudió la cabeza y se puso de pie, caminó hacia atrás sobre sus propias huellas para evitar contaminar más la evidencia. Cerró la puerta tras él y se volteó hacia los otros hombres.

Todos lo contemplaban expectantes. Siempre había sido así, la presión amenazando aplastarlo.

—¿Qué opina? —fue el Sr. Boggs quien rompió el silencio.

Solitario reflexionó antes de contestar. —Me gustaría ver el interior de la casa.

Stillman los guio hasta el pórtico del frente y abrió la puerta; siguió a Solitario como una sombra al recorrer la casa. Dentro del limpio y bien ordenado hogar no había ninguna señal de altercado. El cinturón de la pistola del alguacil colgaba de un gancho cerca de la entrada, con los revólveres guardados en su sitio. La comida a medio consumir sobre la mesa. Carne y papas suspendidas en una espesa —pero ahora cuajada— salsa color café. Solitario titubeó y entrecerró los ojos al ver una fotografía de la familia en el pasillo que daba a las recámaras. Reconoció al alguacil Tolbert y a la Sra. Tolbert, así como al adolescente muerto en el granero. Pero en la fotografía en blanco y negro había otros tres niños más: un chico un par de años menor que el primero y dos niñas pequeñas, pecosas como su mamá, con vestidos de lunares y los cabellos rubios peinados con coletas.

Tras recorrer el resto de la casa, que parecía no haber sido perturbada, Solitario y Stillman se reunieron con los demás debajo de los mezquites al frente de la casa. Todos estaban en fila mirándola, como si con mirarla lo suficiente fuese posible forzarla a divulgar los detalles de lo que había sucedido entre sus paredes.

—¿Alguna idea? —insistió el Sr. Boggs.

Solitario miró hacia la casa con los ojos entrecerrados que destacaban las gruesas líneas grabadas en su piel color canela. Sin voltearse hacia Boggs, respondió: —Mi idea principal, señor Boggs, es la misma que expresé antes. Yo ya no soy un representante de la ley.

—Pero seguramente podemos convencerlo de investigar a fondo, o al menos brindarnos su evaluación inicial de lo que aquí pudo haber ocurrido —presionó el Sr. Stillman.

—Como dijimos, le pagaremos muy bien. El equivalente al salario actual de un Texas Ranger —agregó el Sr. Boggs.

Solitario unió sus cejas y se volteó finalmente hacia los hombres, que sudaban abundantemente a pesar del tiempo seco, la sombra y la brisa debajo de los mezquites. Se maravillaba en ocasiones de cómo era posible que estas personas pudiesen realmente creer que pertenecían aquí.

—¿Qué dice, jefe? —interpuso Elías—; yo puedo ayudarlo. Sería como en los viejos tiempos.

—Podríamos pagarle a su sargento también —agregó Stillman.

—Yo no necesito dinero —contestó Solitario despacio—. No tienen que pagarme por venir a atestiguar esta calamidad.

—¿No puede darnos algo? ¿Tan siquiera una pista o un indicio? —insistió el Sr. Boggs, apretando los músculos del rostro con ansiedad.

—¿Dónde están los otros niños? —preguntó Solitario.

—No lo sabemos —respondió el Sr. Stillman—. Nadie los

ha visto. Hemos enviado a un hombre a tocar a cada puerta en Olvido en caso de que hubiesen huido por temor y estén escondidos.

Solitario consideró esa posibilidad. No le pareció probable.

—¿Tienen otros familiares en el pueblo?

—No. Todos están en el este —dijo Stillman.

—¿No se ha pedido rescate? —preguntó Solitario.

—Nada —interpuso Elías.

—¿Han hablado con el predicador, el que vive cerca? —inquirió Solitario.

—Sí, pero no sabía nada —respondió Boggs—. No había visto a los niños recientemente. Dice que anoche no escuchó ningún ruido.

—¿Y los gemelos que están al frente descubrieron esto? —preguntó Solitario, pensando en el par de vomitadas que había encontrado cerca de la entrada.

—Sí, los gemelos Dobbs lo descubrieron —dijo Boggs—. Ellos hacen algunos trabajos para el alguacil. A él le agradaban. Vinieron anoche ya tarde a guardar unas herramientas en el granero y a meter a la vaca lechera y, pues, se encontraron con esto.

Solitario meditó sobre la miríada de posibilidades, se imaginó interrogando a varias personas tratando de localizar a esos niños. «¿Estarían ya muertos? ¿Habría manera de salvarlos?», parte de él, que se sentía casi tan muerto como las víctimas, susurró dentro de su mente, pero ya sentía la atracción gravitatoria de su rancho llamándolo. Se había alejado apenas unas horas, pero ya extrañaba estar cerca de Luz, de estar cerca de lo que quedaba de ella.

—¿Qué clase de persona haría algo como esto, jefe? —preguntó Elías, secándose la frente con su pañuelo rojo.

—Voy a decirles dos cosas, y después de eso, lo siento, pero me voy. Tengo ganado que atender en mi rancho. Y no tengo el tiempo ni la inclinación para hacer esta clase de trabajo otra vez.

—Pero usted es joven. Podría ser el alguacil aquí otra vez si aprovecha esta oportunidad —apremió Stillman.

Solitario lo miró fijamente. —¿Quieren escuchar las dos cosas que tengo que decir? ¿O prefieren que solo me regrese a casa?

Stillman y Boggs se veían cabizbajos y suspiraron simultáneamente.

—Díganos —suplicó Boggs.

—Primero, no es una clase de persona que hizo esto. Es una clase de *gente*. Se necesitó más de un hombre para cometer estos crímenes.

—¿Y segundo? —preguntó Boggs, inclinándose hacia delante, con los ojos desorbitados.

—Segundo, la clase de gente que haría algo como esto, sin dejar una nota pidiendo rescate, sin robar nada, no buscaba dinero. Esto es peor aún porque significa que la clase de gente que son es malvada. Y, si yo tuviese que emitir una opinión, diría que aún no terminan lo que iniciaron.

Solitario tomó una cantimplora plateada de su alforja y bebió un largo trago de agua tibia. Deseaba que fuese tequila, dadas las circunstancias. Sin decir otra palabra, se montó en su yegua y se dirigió hacia el portón, dejando a Stillman y a Boggs rascándose la cabeza debajo de los árboles.

Elías persiguió a Tormenta y a su antiguo jefe a pie, y lo alcanzó en el portón. —Jefe, no quiere esperar un poco y venir a comer a mi casa? Otila cocinará algo sabroso y usted no tendrá que pasar hambre durante el largo trayecto hasta su rancho. Y podrá ver a Elena y a Oscarito. Hace ya mucho tiempo que no ve a su ahijada. Han crecido. Le haría bien sentarse un rato a platicar con gente, con gente viva —su voz se fue apagando, el miedo reflejándose en sus ojos.

—No, gracias, Elías. Perdí el apetito. Por favor, saluda a tu familia de mi parte.

Elías asintió hosco. —Bueno, pues hasta la vista. Que Dios lo guarde.

Solitario asintió —igualmente —y cabalgó de regreso por el camino polvoriento hacia la iglesia blanca. Junto a la cerca que separaba la granja de los Tolbert y los bosques que separaban su tierra del terreno de la iglesia, un destello dorado apareció ante su vista periférica. —¡Whoa! —exclamó y haló la rienda haciendo detener a Tormenta. Estaban suficientemente alejados del portón y la casa de la granja para que los hombres con los que había venido pudiesen verlo. Se asomó sobre la cerca hacia los bosques y la maleza enmarañada. Tormenta resopló, rascando el suelo con una pezuña impaciente. Ella estaba lista para regresar al rancho, a su escondite. «Definitivamente, había mal en el mundo», pensó Solitario, y la vida lo había enseñado a dejar de enfrentarlo y a buscar refugio. Dirigió la mirada hacia el camino que tenía por delante, hacia el pueblo que debía atravesar para alcanzar el valle y seguir el cauce seco hasta El Escondido, apto nombre para su rancho tras lo que le había ocurrido a Luz. Le disgustaba sentir todos aquellos ojos sobre él. Y, sin embargo, su curiosidad susurraba como un oso hibernando agitándose en los recesos llenos de telarañas de una parte de su mente que no había utilizado en mucho tiempo. Suspirando, desmontó y se acercó a la cerca. Oteó la orilla de los bosques. Detrás de la densa barrera de junípero y chaparral pudo percibir el balbucear de un arroyo.

«Debe ser el mismo que utilizaba Tolbert para irrigar su pequeña cosecha de maíz», pensó. Siguiendo el sonido, con el cuerpo recargado contra la cerca, se asomó un poco más hacia la maleza. Y entonces, ahí estaba de nuevo el destello dorado. Sus ojos siguieron la trayectoria del movimiento hacia el campo de pasto color café que iba desde los bosques hasta la casa de la granja. Y entonces, repentinamente, retrocedió al ver a un niño parado ahí, como a diez yardas de distancia. Un pie en los bosques y uno en el campo.

Su cabello brillaba como el oro a la luz del sol. Estaba descalzo sobre el pasto. El mismo overol y la camisa blanca que Solitario había visto en el granero. Pero sus manos estaban limpias. Y sus labios no estaban lastimados. Su piel no tenía marcas, salpicada únicamente con pecas por trabajar en el plantío de maíz de su padre. Lleno de tristeza, sus ojos azules estaban fijos en Solitario. Y entonces, justo como había aparecido, en un parpadeo había desaparecido.

TRES

Para salir del pueblo, Solitario debía atravesar de nuevo por el sector mexicano de Olvido, pasando las ruinas de la catedral católica, donde había sido tomada su fotografía de boda con Luz. Llevó a Tormenta a un paso tan lento que ella bufó para mostrar su disgusto, pero cedió y acató la solicitud de Solitario. Ella había conocido a Luz. Sabía lo que Solitario estaba pensando y sintiendo. Incluso pausó por unos momentos cuando él ya estaba listo para continuar, solo para asegurarse de que él había revivido sus recuerdos lo suficiente.

Una vez que dejaron Olvido, se reunieron con el cauce seco y cabalgaron sobre su superficie venosa debajo de la creciente sombra de los cañones que los observaban. A la mitad del camino de regreso a El Escondido, Solitario se detuvo y desmontó a la sombra de uno de los altos afloramientos de roca. Ahí, donde alguna vez el agua le hubiese mojado los pies, masticó una tira de carne seca y compartió con Tormenta las últimas gotas de su cantimplora.

Ella relinchó agradecida, con la brisa que fluía del cañón refrescándole la piel sudada y cepillándole la crin.

Mientras Solitario estaba sentado sobre una roca, con la vista fija hacia el sur adonde México se había retirado, Tormenta escuchó la misma frase susurrada que él escuchó. Era la voz del chico Tolbert a la orilla del bosque. Era como si él le hubiese hablado a Solitario cuando estaba recargado en la cerca, pero solo ahora habían llegado sus palabras a sus oídos.

—Por favor, señor, salve a mi hermano y a mis hermanas —dijo el chico Tolbert.

Las orejas de Tormenta le hormigueaban cuando giró la cabeza hacia el este, hacia Olvido, hacia donde había quedado el chico. Entonces la giró hacia Solitario, preguntándose si él había escuchado al chico también.

Por supuesto que lo había escuchado. Ella sabía. Solitario miró su tira de carne seca y tiró lo que de ella quedaba al suelo para que se la comieran las lagartijas.

Al acercarse de nuevo a Tormenta, a esta le pareció que Solitario estaba desconsolado. Ella deseaba poder bajar el cuerpo para que él pudiese montarla más fácilmente, pero no podía, así que solamente susurró entre los cactus, bufó inquieta y apuntó la nariz hacia el oeste, hacia el hogar. Él le acarició el cuello, deslizó el pie en el estribo y se subió a la silla de montar.

Cuando llegaron a El Escondido, el sol ya se metía tras la casa. Él se apeó para abrir el portón debajo del nombre forjado en metal. Una vez que hubieron pasado, descendió de nuevo para cerrarlo. Luego, cabalgaron hasta el claro, donde la desensilló y la llevó hasta el canal que llenó de agua de la noria. El agua estaba fresca y Tormenta la bebió agradecida.

La casa estaba dividida por un corredor que iba desde el pórtico del frente hasta el de atrás, que estaba adornado por una hilera de jaulas para pájaros de hierro forjado vacías. En las noches, tras vaciarse encima una cubeta de agua y cambiarse a pijamas de algodón, reposaba su cansado cuerpo en una de las dos mecedoras que había en el pórtico de atrás, para ver la puesta del sol sobre el lejano horizonte del desierto.

Una vez que hubo bebido y comido hasta saciarse, Tormenta se acercó para hacerle compañía, descansando debajo de un grupo de mezquites muy cercanos a la casa. Se ubicó tras una lápida que ella y Solitario conocían demasiado bien. Había visto a Solitario regar con sus lágrimas la tierra dura junto a la tumba.

Sentado ahí, Solitario bebió su tequila y pensó en cosas que solo él podía recordar, que solo él podía concebir, pero Tormenta sabía que él estaba pensando en Luz.

Solitario bebía el licor ahumado de un pequeño vaso con los ojos entrecerrados hacia el cielo color ámbar. Y cuando ese cielo se tornó color turquesa y después morado y pinchazos de luz asomaban a través de la negrura, Tormenta se desvaneció en la oscuridad. Y fue entonces que desde la lápida surgió una figura delicada envuelta en fluida gasa blanca. Sus negras trenzas le colgaban como viñas sobre los hombros y los senos. Sus labios destellaban como rubíes a la luz de la luna creciente. Los ojos de Solitario se encontraron con los de ella a través de la tinta de la noche y él sonrió con nostalgia mientras ella permanecía frente a él, contemplándolo con amor y nostalgia.

CUATRO

Caja Pinta era un rectángulo de tierra inscrita en un mapa en España, pero localizada cerca de la orilla del golfo de México. Esa caja estaba montada a horcajadas sobre el Río Grande y por la mayor parte de dos siglos había pertenecido al clan Cisneros asignada por el rey de España por razones muy particulares. La más notable de esas razones era las andanzas memorables de un ancestro muerto muchos años antes en las batallas entre los reyes católicos y el califa moro en Granada. Desde 1700, Caja Pinta había sido heredada al hijo mayor de generación en generación.

Solitario había nacido en Caja Pinta, la tierra de su padre y herencia de su ligeramente mayor gemelo. En el río mismo, él había sido arrancado del vientre de su madre muerta en la primavera de 1850. Él sabía esto desde que tenía uso de razón. Era una historia contada una y mil veces por aquellas tierras. Cuando el río se había convertido en la frontera, el rancho de su padre había sido dividido, y poco tiempo después los americanos se habían apropiado del territorio al norte. Su padre, Mauro Fernando Cisneros, había ido a luchar por lo que era suyo contra los deseos de su esposa embarazada. Cuando los gringos lo habían emboscado y asesinado, la madre de Solitario, Soledad, se había lanzado al río y ahogado. Solitario y su gemelo mayor, que también se llamaba Mauro Fernando, habían sido rescatados por una mujer de un rancho cercano en los bancos del río. Entonces, la improbable salvadora había entregado a los llorosos infantes a vivir con su despistado tío Juan Nepomuceno Cisneros en su hacienda vecina, Las Lomas.

Ahí, Solitario había sido criado a la sombra de su gemelo mayor Mauro Fernando, quien estaba destinado a gobernar sobre las tierras de la familia. Si bien Solitario recibió la misma completa educación en inglés y en español que su hermano mayor, y fue completamente entrenado en la charrería, fue por lo demás dejado a su suerte. Mientras su tío entrenaba a su hermano en obligaciones sociales sin fin, Solitario recorría libremente las tierras, montando a pelo desde su niñez. Su recorrido favorito abarcaba desde las orillas del Río Grande hasta la boca del río, donde se vaciaba al golfo. Ahí, visitaba a su abuela Minerva, madre de su madre. Ella era una mujer extraña, siempre vestida de negro, su cabello enmarañado, su casa una colección de ramas y leña menuda coronada por ramas secas de palma, las ventanas meros agujeros abiertos para permitir a la brisa del mar fluir a través del jacal. Cocinaba sobre madera que la corriente del golfo arrojaba a tierra, colgaba racimos de hierbas de su techo de paja, preparaba pociones y remedios para las mujeres de los ranchos cercanos e inventaba una eternidad a historias para él que parecían tan mágicas como increíbles, pero tan reales como el mar. Mientras que la familia de su padre provenía de España con rollos de pergaminos firmados por reyes y sus propios delirios de grandeza para el nuevo mundo, ella provenía de muy diferente origen, uno de gente humilde perseguida por sus creencias, por sus encantamientos y adivinaciones. Ahora, ella aún se aferraba a la vida como los copos del mar que brotan con resiliencia de las sedosas dunas.

—Abuela —preguntó Solitario a la arrugada Minerva—, ¿por qué tuvo que morir mi madre?

—Porque ella amaba a tu padre —respondió Minerva.

—¿Y por qué tuvo que morir mi padre?

—Por su orgullo.

—¿Y por qué dice la gente que mi hermano y yo estamos malditos?

Su abuela miró a través de uno de esos hoyos toscos que ella misma había abierto en la pared de su choza, sus ojos seguían las olas estrellarse contra la playa. Y no respondió su pregunta.

Pero era verdad, como aprendió Solitario mientras corría como un salvaje a través de los interminables campos de pasto tenue. Toda la gente proveniente de esas tierras hablaba de una maldición que había caído sobre su familia, provocada por sus propios parientes enojados y malévolos, maldición que aún no mostraba su poder, pero que era muy probable que perturbara los sueños de los hombres Cisneros. Ellos se referían al maleficio como «la maldición de Caja Pinta». Ellos murmuraban que su madre, Soledad, embrujaba las dunas de cara al río, esperando eternamente el regreso de su marido de lo que ahora se conocía como América.

En una ocasión, cuando Solitario tenía doce años, en la plaza del pueblo cercano de Nueva Frontera, una anciana lo había señalado con el dedo tembloroso mientras él saboreaba un cono de nieve de mango y le prohibió a su nieta dirigirle la palabra, no porque a él le hubiese interesado. A él le gustaba una niña del rancho vecino. Gloria se llamaba. Su cabello castaño cobrizo le caía hasta la cintura y sus ojos de color miel reflejaban el oro del sol. Y él pasaba horas incontables cabalgando con ella a través de los campos, explorando y aventurando.

Durante uno de esos recorridos se toparon con una duna junto al río sobre la cual una mujer solitaria se posaba mirando hacia el norte a través del agua, con su larga melena castaña flotando en la brisa. Gloria había intentado hablar con la mujer, pero no le había respondido. Era como si no pudiese ver a la niña.

Entonces, Solitario subió a la duna y se paró justo frente a ella, agitando la mano para bloquearle la vista. Por un momento, capturó su mirada y ella agachó la cabeza para verlo, con una fugaz mirada de reconocimiento suavizando su bello rostro.

—Hola, ¿quién eres?, ¿qué haces aquí en las tierras de mi familia? —preguntó Solitario, sonriendo y haciéndole un guiño a Gloria. ¿Estaría la mujer loca, perdida, confundida?

La dama, ataviada con una gasa delgadísima del mismo color de la arena sobre la que se posaba, bajó hacia él la vista con lágrimas brillando en sus ojos. —Estoy esperando, m'ijo —respondió suavemente.

—¿Esperando qué?

—Esperando a tu padre —respondió ella.

Sorprendido, Solitario sintió un escalofrío que le recorrió el cuerpo y abrió los ojos desmesuradamente. Se estiró hacia ella para tocarla, pero los dedos no tocaron nada, pasaron a través de su mano. Una breve sensación de frío le recorrió el brazo. Sorprendido, tropezó y cayó hacia atrás deslizándose hasta el pie de la duna. Gloria se apresuró a ayudarlo a levantarse. Cuando ambos se voltearon a mirar hacia la cima de la duna, Soledad Cisneros ya se había ido.

CINCO

Elías, sentado en la apretada cocina de su casa de adobe, contemplaba los vestigios del desaparecido Río Grande. Cuando él había seguido hasta aquí a Solitario, una década y media antes, una brisa refrescante había fluido a través de la ventana de la cocina y el murmullo del río se escuchaba en el fondo. De las orillas brotaban juncos altos y verdes. Los niños reían mientras pescaban con sus abuelos, sentados sobre rocas como aves acuáticas. Ahora, nada. Ni agua. Ni alivio. Ni vida. Solo tierra seca. Solo calor. Y muerte. Miraba fijamente y con tristeza el pasto quebradizo que se aferraba a las orillas de la cañada.

Otila susurraba en la esquina, agachada sobre su metate, deslizando la lisa y pesada piedra sobre los granos de maíz hervidos para hacer la masa para las tortillas. Recordaba cómo esos bocados húmedos solían derretirse en su boca. Ahora, cada vez que ella le traía una tortilla, esta parecía desmoronarse, rechinando como cieno entre sus dientes.

Cuando el guisado de carne seca y frijoles estuvo listo, Otila colocó la sartén de hierro forjado al centro de la mesa. Mientras que Elías espolvoreaba chile colorado molido sobre el guisado, los niños aparecieron y se sentaron en sus lugares. Elena tenía doce años y Oscarito nueve. Elena era delgada y se peinaba el cabello negro en dos largas trenzas. Oscarito era chaparro y regordete como su papá. Eran muy buenos niños, bien portados y disciplinados. Después de todo, él había servido como sargento en los Rurales. Había guardado el orden entren hombres adultos que luchaban por sus vidas y su patria. Lo menos que podría hacer ahora que su carrera militar y de mantener la paz había terminado, era educar bien a sus hijos. Otila era una socia excelente en este menester. Cocinaba y mantenía la casa muy limpia. Enseñó a los niños a leer y escribir, lo cual no era lo común por estos lugares. Y por las tardes, los niños asistían a una escuela de un solo salón, del otro lado del cauce, para aprender inglés. Tenían que hacerlo; después de todo, ahora eran americanos.

Mientras tanto, Elías reparaba carretas y vagones y trabajaba con el herrero haciendo herraduras y boquillas para los caballos que las remolcaban. Era un oficio sencillo que había aprendido en el ejército. Había sido útil entonces, pero jamás imaginó que con ello se ganaría el escaso sustento. Nunca había visto más allá de la emoción de aventurar junto a Solitario, cabalgar con los Rurales, pelear contra los invasores franceses para restaurar la presidencia de Benito Juárez, y más tarde luchar contra bandidos y mantener la ley y el orden en Olvido cuando era un lugar próspero y el río fluía a través del pueblo como sangre por las arterias del cuerpo. «La vida toma giros y vueltas», meditaba, igual que lo había hecho el río.

Después de que terminaron de cenar, tomando guisado del recipiente común con pedazos de tortilla, los niños salieron a jugar.

—Se meten tan pronto empiece a oscurecer —les advirtió Otila.

En su mente, Elías pudo escuchar el resto del pensamiento

de Otila. Ella estuvo a punto de mencionar algo acerca de lo sucedido a la familia del alguacil y de la inseguridad de permanecer afuera después de anochecer. Pero se contuvo. En ocasiones, cuando tu vida era toda trabajo y sufrimiento, deseabas que tus hijos pudiesen experimentar un poco de paz y gozo mientras fuese posible, antes de que tuviesen que enfrentar las realidades de la vida adulta. Así era ella.

Cuando Elena y Oscarito corrieron hacia fuera a jugar con sus amigos, Elías le sonrió débilmente. De un armario cerca de la vieja estufa, ella sacó una botella de mezcal, sirvió un par de pequeñas tazas de barro y finalmente se sentó. Parecía que nunca podía sentarse hasta terminada la cena. Ambos suspiraron al levantar sus tazas, brindaron en silencio y bebieron un sorbo.

—¿Qué cuentas? —preguntó ella.

—Nada nuevo.

—¿Qué dice la gente? —presionó ella.

—Tú, dime —respondió él. Ambos sabían muy bien que lo que realmente importaba era lo que las mujeres de la villa comentaban entre ellas.

—Todos están asustados. Algunos no pueden dormir porque tienen tanto miedo —dijo ella, siguiendo la dirección de su mirada hacia afuera de la ventana divisando el paisaje árido, más allá de la hierba seca, hasta las descoloridas casas de madera de los gringos al otro lado—. Dicen que los gringos nos culpan a nosotros por lo sucedido al alguacil y a su familia. Tienen miedo de que vengan a atacarnos.

Elías asintió. No sería la primera vez y, seguramente, no sería la última.

—Algunas de las mujeres dicen que les han preguntado a sus maridos si no sería tiempo de partir, de regresar a México.

Él comprendió que esta era su forma de hacerle la misma pregunta, pero sin hacerlo realmente. Era sabia, su Otila.

—Bueno, nosotros nunca dejamos México. México nos dejó a nosotros.

Ella asintió, mostrando estar de acuerdo mientras servía otra ronda. —Me preocupan los niños. ¿Ellos tienen futuro aquí?

«Tendrían ellos futuro en alguna parte», se preguntó él. —Quisiera que Solitario hubiese aceptado el trabajo. Significaría buen dinero para ambos. Podríamos haber ahorrado y tal vez entonces podríamos cambiarnos, pero como están las cosas, no tenemos dinero. Estamos atrapados aquí, mi amor.

Ella saboreó el dorado líquido ardiente, dejándolo deslizarse sobre su lengua y cerró los ojos por un momento. —Esto no esta tan mal —concedió finalmente.

Estuvieron sentados y bebiendo en silencio por un rato. Entonces él la tranquilizó, se estiró a través de la mesa y la tomó de la mano. —Pase lo que pase, yo te protegeré.

Ella asintió. —Yo sé que lo harás.

Después de otra ronda, ella le preguntó: —¿Lo culpas? ¿Por no aceptar la oferta?

—No.

Ella no pareció sorprenderse.

—Él siempre toma buenas decisiones —agregó Elías.

—Exceptuando esa ocasión.

Él sacudió la cabeza y dirigió la mirada hacia la oscuridad intransigente. —Sí, exceptuando esa ocasión.

SEIS

Por mucho que deseaba evitar todo involucramiento o mayor contacto humano, Solitario no podía sacarse de la mente la aparición del hijo del alguacil. Había estado interesado en los espíritus desde su niñez en Caja Pinta, pero nunca se había topado con un espíritu gringo. No sabía que eso fuese posible, pero ahora suponía que había sido por pura estupidez o prejuicio de su parte. Después de todo, a pesar de la frecuente violencia de sus acciones hacia los indios y los mexicanos, los anglos poseían alma también, ¿o no? En su experiencia, los espíritus se aferraban a lugares por alguna razón, se manifestaban por algo incumplido que los mantenía anclados a este plano de existencia. Ese chico intentaba decirle algo. ¿Habiendo visto la forma tan terrible en que él y sus padres habían muerto, no debía al menos escuchar lo que intentaba decirle? ¿Qué tal si el chico había escuchado algo que pudiese ayudar a rescatar a sus hermanitos?

Solitario estaba de pie en el pórtico del frente tomando su café y mirando de soslayo el sol naciente, anaranjado como la yema de un huevo recién puesto por una de sus gallinas. Lo único que podía imaginar que pudiese saber más amargo que el turbio brebaje negro de su taza de hojalata era la sola idea de dejar El Escondido, de desechar la seguridad y el consuelo de su presencia en gran parte invisible. Luz. Ella únicamente se aparecía de noche. Ella jamás hablaba. Aun así, no podía soportar la idea de dejarla, de renunciar a vislumbrarla, al menos, una vez al anochecer, de perderse de verla intentar alcanzarlo con sus pálidas manos.

Tormenta relinchó junto al portón abierto. Era como si ella la animase a partir, a seguir este instinto que luchaba contra otro aún más profundo.

—Regresaré esta noche, Luz —susurró al aire árido, con el intestino revolviéndose en rebelión mientras dejaba su taza sobre la despintada mesa, bajaba el ala de su sombrero y descendía los escalones hacia el claro.

El pueblo estaba aún más silencioso que dos días antes. Al cabalgar junto a una fila de burros sombríos cargados de leña, Solitario pasó a la parte anglosajona de Olvido sin cruzar palabra con nadie. Cuando pasó frente a la iglesia protestante, pudo ver al predicador y a su esposa con su mirada fija en él desde el pequeño huerto de vegetales que tenían al fondo. Se preguntó si sabrían algo que estaban ocultando.

Una vez que llegó a la cerca de los Tolbert, justo pasando el enredo de bosques que la separaba de la propiedad de la iglesia, detuvo a Tormenta y desmontó y brincó sobre la cerca. Caminó lentamente a lo largo de la orilla del área no aclarada, asomándose a través de los arbustos de enebro, esperando ver un destello dorado lanzarse a través de la moteada luz del sol debajo de los árboles, pero esta vez no vio nada.

Se volteó a ver a Tormenta. Ella esperaba pacientemente

junto a la cerca, observándolo con un astuto ojo almendrado, como hacen los caballos, sacudiéndose una mosca del costado con la cola. No zarpaba el suelo con impaciencia como hacía la vez anterior. Solitario se acarició el bigote, se quitó el sombrero y se pasó la mano por el cabello rizado. Estaba ya largo. No podía recordar la última vez que se lo había cortado. Había estado solo por tanto tiempo. Pronto le llegaría a los hombros. Tendría que hacer algo al respecto, pensó. Después de todo, siempre le habían enseñado a cuidar su apariencia. A pesar de ser huérfano. A pesar de ser el hijo menor sin herencia. Le habían enseñado a ser un caballero, una forma de vida a la que había jurado adherirse en honor al padre que no había conocido.

Echó un vistazo hacia el bosque, en busca de una vereda hacia dentro a través de la tupida vegetación. Era muy probable que hubiese víboras de cascabel ocultas por ahí. Se adentró más por el camino, buscando una abertura, con el sonido del arroyo cada vez más fuerte a medida que alcanzaba la parte de atrás de la propiedad. Finalmente, descubrió lo que pudo haber sido un sendero angosto, ahora crecido y oculto entre dos mezquites, desapareciendo en el bosque. Hojas secas crujiendo debajo de sus botas. Estaba fresco en la sombra, y mientras más penetraba entre el matorral, más oscuro se tornaba, con la luz moteada volviéndose una cobertura continua. No estaba seguro de qué buscaba, pero siguió avanzando, dejando que el instinto lo guiara.

Repentinamente, escuchó quebrarse una rama tras él. Se volteó, se agachó ligeramente y puso las manos al frente como protección. ¿Sería el chico? Se asomó entre las sombras. ¿Sería una zarigüeya? Olía rancio y a humedad, y toda clase de criaturas nocturnas podrían vivir en ese ambiente. Se sentía observado, pero no podía ver por quién. Deslizó la mano derecha hacia la pistola. Desabrochó la funda y sintió el tranquilizador roce del marfil en la palma de la mano. Estaba listo. Pero nadie apareció, nada surgió del bosque rancio.

Siguió su camino y encontró el arroyo. Corría entre el rancho de los Tolbert y las tierras de alguien más, supuso. Era común que los vecinos compartieran el agua. A la manera de los pobladores españoles originales, a menudo construían zanjas, llamadas acequias, para llevar agua de los arroyos hasta sus tierras para regar las cosechas. Desde la orilla, pudo distinguir la silueta de una casa a lo lejos, más allá de las altas cañas de pasto y una hilera de sauces del desierto. No había cercas aquí y se le ocurrió que pudo haber sido fácil para alguien adentrarse a la granja de los Tolbert desde aquí sin que lo vieran, evitando utilizar el camino. Y se preguntó si ese habría sido el caso.

El arroyo tenía apenas diez pies de ancho y corría poco profundo en esta época del año, tanto así que para cuando se vaciaba al viejo cauce del río, no era más que un chorrito de lodo. Lo siguió hasta la parcela de maíz, escudriñando el piso. Justo antes de alcanzar la parcela, notó huellas de botas impresas en las orillas lodosas. Se arrodilló y las midió mentalmente, contando cuantas podría identificar. Tres, cuatro, quizás cinco. Una con una X en la suela, igual que la que había en el granero, en el suelo junto al cuerpo del chico. Recordó que su nombre era Johnny, el hijo mayor del alguacil. Así que habían cruzado por ahí. Se puso de pie y dirigió una mirada de soslayo a la casa distante. Tenía que averiguar quién vivía ahí. No es que pudiese asumir que fueran los culpables, pero quizás podrían haber visto o escuchado algo esa noche. Quizás sus perros hubiesen ladrado y ellos se habrían asomado a la ventana.

La parcela de maíz estaba cercada por postes de madera conectados con alambre de púas. Abrió un portón endeble y se deslizó entre las hileras de maíz. Talló las hojas verdes entre sus dedos. Uno de los tallos estaba manchado de sangre seca. Al final del corral más cercano al granero había otro portón. Ahí, un trozo de tela a cuadros rosado y blanco flotaba en la brisa atorado en una de las púas. Habían entrado por aquí y se habían alejado de la misma forma, llevando a los niños perdidos con ellos.

De regreso al granero, se asomó a lo oscuro. Los cuerpos ya habían sido retirados desde su visita anterior. Había huellas de sangre en la paja. Las dos cuerdas aún pendían sin vida desde las vigas. Se sentó sobre una paca de heno, esperando —sin éxito— que el chico apareciera. Temblando a pesar del calor sofocante, dirigió la mirada sobre su hombro. Sentía una presencia misteriosa, pero no era la del chico. El chico había parecido resignado y apacible. Esto era un residuo de los horrores que habían acontecido en este lugar. Sacudiendo la cabeza, caminó hasta la puerta y se detuvo afuera debajo de un roble alto. Arriba, en la copa del árbol, pudo distinguir la forma de una lechuza.

«¿Dónde estás, hijo?, la vez pasada parecías ansioso por hacerte ver y oír», se dijo a sí mismo.

Así era en ocasiones. Un alma hacía una breve aparición antes de desaparecer para siempre de este mundo para no dejarse ver ya más. Quizás estaban confundidos, buscando sus cuerpos o a sus seres queridos, permaneciendo momentáneamente cerca de su hogar. Pero en otras ocasiones, ellos seguían regresando, impulsados por algún propósito. «El chico ciertamente albergaba una motivación poderosa. Seguramente podría volver», Solitario intentaba convencerse a sí mismo. Quizás solo tomaría algún tiempo. Desafortunadamente, tiempo era algo de lo que los hermanitos de Johnny probablemente no tuviesen mucho.

———

Por la tarde, Solitario caminó hasta el camino y se reunió con Tormenta. Los guardias que habían estado custodiando el portón de la granja de los Tolbert ya no estaban. Y él esperaba tener oportunidad de regresar a su rancho sin tener que cruzar palabra con nadie. Hablar con los muertos era tolerable, pero tratar con los vivos siempre le costaba más trabajo.

Ya casi lograba salir de Olvido cuando escuchó la voz de Elías llamándolo. Al voltearse, pudo ver al sargento retirado acercándose con el sombrero en la mano.

—Jefe, me enteré de que estaba usted en el pueblo. ¡Dos veces en la misma semana! Es un milagro —dijo Elías sonriendo, recuperando el aliento.

Tormenta se volteó por su propia voluntad en tanto que Solitario sacudía la cabeza sin poder ocultar su consternación. Casi lo lograba. Ansiaba regresar a su refugio, a vislumbrar a Luz debajo de los árboles detrás de la casa para, al menos, sentir su cercanía.

—Ahora sí tiene que aceptar mi invitación, jefe. Venga a mi casa a cenar con nosotros.

Por más que no lo deseara, Solitario consideró la posibilidad como una forma de hacer posible quedarse a pasar la noche en el pueblo e intentar por última vez encontrar a Johnny.

—Ándele, puede quedarse a pasar la noche. Tengo una hamaca atrás, debajo de dos mezquites —agregó Elías, prácticamente adivinándole el pensamiento a su antiguo jefe.

Solitario asintió con un encogimiento de hombros y siguió a Elías a su casita de estuco color rosa. Mientras daba agua a Tormenta junto a los árboles, Solitario se disculpó con Luz por no regresar a casa como lo había prometido. Mientras tanto, Elías anunciaba a su familia que su legendario jefe los honraba con su visita. Otila y Elena empezaron a cocinar y Oscarito seguía a Solitario como una sombra en miniatura. Cuando Otila sirvió su pollo en mole, Solitario comió con gran apetito y elogió su sazón.

—¿Es cierto que usted salvó la vida de mi padre durante la guerra con los franceses?

—preguntó Oscarito con cara de asombro.

Solitario masticó en silencio y, finalmente, respondió: —Supongo que ambos nos salvamos la vida uno al otro en muchas ocasiones.

Las cejas de los niños se arquearon con admiración, valorando a su padre bajo una nueva luz.

—Cuando crezca, yo quiero ser un soldado como mi padre y como usted —proclamó Oscarito.

Solitario y Elías intercambiaron miradas cómplices.

—La guerra no es divertida —resumió Solitario—, pero, si tu sueño es ser soldado, tendrás que luchar como americano. Este es tu hogar.

Oscarito frunció el ceño. —Pero ellos le robaron toda esta tierra a México. Si no lo hubiesen hecho, no importaría que el río cambiase de curso.

Los adultos asintieron, sin levantar la vista de sus platos.

A pesar de que las guerras a las que Oscarito hacía alusión habían sido libradas antes de su nacimiento, Solitario, al igual que la mayoría de los mexicanos, aún se esforzaban para aceptar la magnitud de la pérdida. Pero para los niños era algo que podían olvidar tan pronto hubiesen de atiborrar a Solitario con preguntas acerca de cómo había sido su padre en los tiempos en que luchaba contra los imperialistas franceses en defensa de México.

Las respuestas de Solitario eran tan breves e imprecisas como fuese posible, prefiriendo no sondar las profundidades de esos recuerdos, mas no pudo evitar dar un codazo a Elías. —Su padre era un gran luchador en una batalla a balazos, pero en aquella época era mucho más fácil para el enemigo fallarle —y lanzó una mirada a la panza de su sargento.

Todos rieron.

—Ni como negarlo —sonrió Elías, llevándose otra tortilla

de maíz a la boca—. La comida de su mamá es muchísimo mejor de lo que yo comía antes de conocerla.

Cuando los niños hubieron terminado de comer, limpiaron la mesa y preguntaron si podían ir afuera y cepillar la crin de Tormenta. Solitario sonrió y les dio su aprobación.

Mientras los adultos saboreaban su mezcal, Solitario miraba por la ventana a Elena y Oscarito consintiendo a su yegua. Atardecía ya y oscurecería rápidamente.

Mientras Otila lavaba los platos en una tina de metal, Elías argumentó: —Supongo que va a regresar a la granja de los Tolbert esta noche.

Solitario asintió.

—Supuse que no había aceptado mi invitación solo para socializar —sonrió Elías—. Siempre trabajando, aun cuando no esté oficialmente en el cargo —Solitario se encogió de hombros saboreando el líquido dorado.

—Vio algo ahí, ¿verdad? —preguntó Elías.

Solitario finalmente lo miró a los ojos, —Sí.

Elías ladeó una ceja. —Debería aceptar el empleo de alguacil. Ahora, los anglos están culpando a los mexicanos por lo sucedido, pero yo no creo que haya sido uno de nosotros.

Solitario sacudió la cabeza. —¿No se ha recibido una petición de rescate aún?

—Ni nota, ni nada. ¿Qué fue lo que vio?

—Te lo diré si algo resulta —contestó Solitario.

A la orilla de los bosques entre la granja de los Tolbert y la iglesia, Solitario se sentó sobre una roca plana, con los codos sobre las rodillas y descansando la barba en las manos, escuchando, aguardando. La luna estaba en fase menguante y su luz era sombría. Tormenta descansaba junto a la cerca. Él podía distinguir su silueta contra el cielo nocturno. Observaba sus orejas. Si las paraba, significaría que percibía algo o que alguien se acercaba.

La roca era dura y la espera larga. El ritmo de las chicharras arrulló a Solitario y empezó a quedarse dormido; un par de veces estuvo a punto de caer. Tallándose los ojos, susurró al turbio torbellino de los árboles y arbustos: —¿Johnny? ¿Puedes escucharme? Yo te vi el otro día. Estoy aquí para escucharte. Quiero ayudar. Quizás tú sabes algo que pudiese salvar a tu hermano y a tus hermanitas.

Se detuvo y escuchó intensamente, sus ojos perforando el matorral de árboles, con su cuerpo inclinado al frente hacia el bosque.

Entonces, súbitamente, se le erizaron los cabellos de la nuca y hormigueaban, como los soldados asumen la posición de firme cuando un superior entra en la habitación. Tormenta resopló. Se volteó hacia ella y ahí estaba Johnny, de pie en el campo entre los dos, su piel de alabastro brillando debajo de la luz plateada de la luna.

—Johnny —susurró Solitario—, háblame.

La boca de Johnny empezó a moverse, pero Solitario no escuchaba las palabras si no hasta que terminaba, como si hubiese una demora extraña, una distancia muy grande entre ellos que el sonido tuviese que recorrer para alcanzar sus oídos. Johnny dijo:

—por favor, señor, ayude a mi hermano y a mis hermanitas.

—Yo soy Solitario. ¿Cuáles son sus nombres? —respondió él suavemente.

—Frankie, Abigail y Beatrice.

—¿Viste quién se los llevó?

—Estaba oscuro, y yo no conocía a los hombres. Excepto a uno, que me pareció conocido, pero no sé su nombre.

—Yo sé que tú puedes ayudarme a encontrarlos —dijo Solitario, dejando notar la urgencia que se filtraba en su voz. Los espíritus nunca se quedaban por mucho tiempo. Se preguntaba si necesitaban demasiada energía o si el tiempo se movía en forma diferente para ellos y no podían sostener la atención que requería una conversación prolongada—. Dime lo que sabes.

—Pude ver mi cuerpo tirado ahí en el granero. Y a mi madre y a mi padre. Era como una pesadilla, pero comprendí que ya nunca podría despertar —hizo una pausa—. Yo seguí a los hombres. Iba flotando sobre ellos. No podía escuchar lo que decían, pero los vi caminar hacia las montañas al sur del pueblo. Pusieron a Frankie en una cueva. Lo encerraron ahí y se llevaron a las niñas con ellos, pero me quedé y caminé a través de la roca. Vi a Frankie hecho una bola en el suelo. Lloraba como un bebé, pero le dije que tenía que crecer y ser fuerte y escapar de ahí para poder ayudar a nuestras hermanas.

—Bien —dijo Solitario—. Tú le diste valor —hizo una pausa para pensar, frotándose las sienes—. Johnny, escuchaste a los hombres decir hacia donde se dirigían o cuáles eran sus planes? ¿Iban a pedir dinero a cambio de regresar a tu hermano y tus hermanas?

—Johnny negó con la cabeza.

—¿Viste algo dentro de la cueva o en las montañas cercanas, algo extraño o peculiar que pudiese ayudarme a encontrar a Frankie?

En su mente, Solitario recibió una imagen de Johnny. Era un dibujo desteñido en la pared de la cueva. Semejaba una larga serpiente blanca rodeada de danzantes diminutos enmascarados.

—Eso es excelente, Johnny. Puedes descansar ahora. Yo iré a buscarlo.

Johnny fijó la vista en Solitario. Lucía fatigado. Su boca se movió una vez más. —No podré descansar hasta saber que están a salvo. Prométame que regresará a avisarme. No sé por qué, pero este es el único lugar en que puedo despertar ahora y parece que no puedo irme ya.

El chico estaba atrapado en un lugar conocido. No podía volver a encontrar el camino de regreso a esa cueva en las montañas. ¿O podría? —¿Has intentado regresar a donde está tu hermano?

—Sí, pero es inútil. Desearía poder ayudarlo a él y a mis hermanas, pero lo único que puedo hacer es hablar con usted.

—Lo siento.

—Prométame que regresará y me dirá cuando los encuentre. No puedo descansar hasta saber que están a salvo. Después de que mi padre murió ..., eso pasó a ser mi responsabilidad. Ahora es responsabilidad de Frankie. Pero, aun así, no puedo descansar. Estoy cansado. Quiero dormir. Pero sigo despertándome aquí, inquieto y preocupado.

—Te lo prometo.

Solitario parpadeó, y cuando volvió a abrir los ojos, el chico ya se había ido.

SIETE

Creciendo en Caja Pinta, Solitario no estaba seguro de si ver a los muertos y poder hablar con ellos era una bendición o parte de la maldición que supuestamente afectaba a su familia.

Tras descubrir el fantasma de su madre en la duna con vistas al Río Grande, le preguntó a su abuela sobre ella.

—Era una mujer apasionada —recordó Minerva mientras caminaba con Solitario por la playa cercana a su jacal, con su salvaje melena canosa chicoteando en los vientos del golfo—. Su corazón era más grande que su cabeza.

—¿Qué significa eso?

—Si ella hubiese seguido lo que su cabeza le aconsejaba, aún estaría viva. No podía imaginar vivir sin tu padre. Estaba tan enamorada de él que prefería morir ahogada a seguir viviendo sin él.

—¿Y por qué dices que el orgullo de mi padre fue la causa de sus muertes?

—Porque ella le rogó que no fuese a luchar por sus tierras una vez que el Río Grande se convirtió en la frontera, pero él era vanidoso y arrogante y pensaba que era más grande, más fuerte y más poderoso de lo que era realmente. Nunca debes sobreestimar tus habilidades. Si lo haces, eso te matará. Eso le pasó a tu padre.

—¿Así que él ya estaba maldito? ¿Cuándo inició esta maldición de Caja Pinta?

—Se podría decir que de alguna forma él ya estaba maldito por su carácter, al igual que lo estamos todos —respondió Minerva, agachándose a recoger algunas conchas esparramadas a sus pies sobre la arena mojada—. Pero la maldición de la que habla la gente vino después de su muerte, cuando yo maldije a todos los hombres que perpetuaran el clan de los Cisneros. Tejí la maldición impulsada por la rabia y el dolor de perder a tu madre. Ahora me arrepiento, principalmente por ti, pero no la puedo deshacer.

—¿Así que yo habré de sufrir a causa de ella?

—Ya lo has hecho. Solo que aún no lo sabes.

—¿Cómo?

—Bueno, pues tú puedes ver como tu hermano es favorecido por ser el mayor, y eso se ha interpuesto entre ustedes. Tú ves a tu madre y hablas con ella, pero ella solo repite lo mismo una y otra vez. Tú desearías que ella pudiese abrazarte, pero no puede. Es más difícil experimentar una pérdida cuando la puedes ver, y esta jamás desaparece por completo. Y, quizás lo peor de todo para mí, es que tú vivirás sabiendo que tu propia abuela te maldijo. Y algún día esto nos separará. ¿Sabes?, la maldición significa que todos los descendientes masculinos de Mauro Fernando Cisneros perderán a lo que más quieran.

—¿Pero tú estás arrepentida?

—Sí.

Solitario reflexionó sobre el problema. —¿Y cómo afecta la maldición a mi hermano? Él heredará las tierras y la hacienda y todos lo aman.

—Ah, ya lo verás. Ya se puede advertir en él. La arrogancia de su padre. La impulsividad voluntariosa de su madre, magnificada por la maldición. Romperá corazones, desperdiciará su fortuna y morirá joven a causa de la bebida. Y todas esas personas que ahora lo aman llegarán a despreciarlo y culparlo de todas sus aflicciones.

—Es tu nieto, pero parece que no lo quieres mucho.

Ella sonrió. —Me recuerda demasiado el pasado.

—¿Y yo?

—Tú me recuerdas el futuro.

De regreso en su jacal, ella perforó con una aguja las esquinas de las conchas que había recogido y las colgó como cuentas en una tira angosta de piel, formando un collar. Entonces lo salpicó con agua bendita y pronunció sobre él unas palabras que a Solitario le sonaron conocidas, a pesar de no entender una sola de ellas. Observó atentamente, sintiendo un escozor invisible de energía vibrar entre su abuela, el collar y él. Cuando ella terminó, levantó el collar de la mesa con ambas manos y se lo ofreció.

—Yo te protegeré, m'ijo.

—¿Contra la maldición?

—No. Contra otras cosas. Contra la maldición lo único que puedo hacer es trabajar durante los años que me quedan para hacer semillas que ojalá alguien pueda sembrar y recoger para llegar, finalmente, a rendir fruto y romper la maldición.

—Quizás algún día ese seré yo. Quizás yo pueda romper la maldición —dijo Solitario.

Ella le sonrió con tristeza, como si supiese que eso no sería posible. —Usa el collar —le suplicó, hurgando en unos cajones—, y cúbrelo con esto —dijo entregándole un pañuelo amarillo—, para que nadie pueda verlo e intente robártelo.

Solitario llevaba puesto su collar, oculto bajo el pañuelo amarillo, el día que comprendió que la maldición era real. Él y Gloria tenían ya casi diecisiete años. En vez de embarcarse en aventuras imaginarias a través de los pastizales azotados por el viento, a menudo se pasaban las tardes lánguidas ocultos en plena vista, dentro de los matorrales densos de mezquites que salpicaban los campos. Ahí, Solitario desenrollaba una cobija que llevaba atada a su silla y pasaban horas desnudándose lentamente, saboreando la piel salada el uno de la otra y explorando las sensaciones de sus labios y cuerpos enclavados en un abrazo ardiente. Mientras que Solitario se cernía sobre Gloria, su movimiento rítmico ocasionó que el collar se balanceara de un lado a otro, con las conchas susurrando un sonido musical entre ambos. Gimiendo extasiada, Gloria posó las manos sobre las mejillas de Solitario y susurró jadeando: —Te quiero tanto.

Solitario le dijo que él también la amaba, más de lo que pudiese expresar con palabras. —Cásate conmigo —le susurró al oído.

—Claro —respondió ella—, siempre estaremos juntos.

Esa noche, cuando regresaban cabalgando tierra adentro, siguiendo la orilla sur del río, una tormenta torrencial atravesó Caja Pinta desde el poniente, acarreando un oleaje que ocasionó que el Río Grande se desbordase. Cabalgaron lo más rápido que podían, alejándose de las poderosas corrientes, pero sus caballos no encontraban donde afianzarse en el lodo y todos fueron arrastrados, dando tumbos y vueltas de cabeza, pies y pezuñas hacia el golfo. Entre parpadeos, Solitario podía ver a Gloria intentando desesperadamente alcanzarlo, con sus rizos pegados a sus mejillas. Las pezuñas de su caballo elevándose de las aguas tumultuosas hacia los cielos furiosos. La cabeza del caballo, relinchando, aparecía por segundos, su ojo aterrado. Solitario no estaba seguro de hacia donde era arriba o abajo. Se estiró con todas sus fuerzas hacia donde había visto a Gloria por última vez, buceando en su búsqueda, pero un tronco arrastrado por la corriente hacia la boca del río lo golpeó haciéndole perder el conocimiento. Cuando volvió en sí, tosiendo agua salada y algas marinas sobre la playa, Gloria no se veía por ninguna parte. Corrió hacia el jacal de su abuela y juntos montaron guardia hasta que su cuerpo fue arrojado a la playa al día siguiente.

Desconsolado, lloró en los brazos de Minerva, bañándola en lágrimas. Juntos, llevaron el cuerpo de Gloria a la casa de sus padres. Esa noche, su abuela le dijo que debería huir lo más lejos posible de Caja Pinta. —La maldición es muy fuerte aquí. Tal vez si te alejas de su origen, puedas tener oportunidad de tener una vida.

—Pero yo solo te tengo a ti, abuela —se lamentó.

Él era todo lo que ella tenía también. Él lo sabía. Pero su abuela insistió. —Yo ya he vivido mi vida y he ocasionado mucho dolor. Tú debes vivir la tuya e intentar mitigar el sufrimiento de los demás y el tuyo propio. Lejos de aquí. Yo quiero que te quedes, pero también quiero que sobrevivas.

La mañana siguiente dejó el rancho, se llevó únicamente su caballo y una mochila pequeña. Cabalgó a Nueva Frontera y se incorporó a los Rurales, que luchaban en la resistencia contra los invasores franceses de Maximiliano. Nunca había regresado a casa, pero había escuchado que su madre Soledad aún miraba con tristeza hacia América desde su duna desolada. Y su abuela Minerva aún estaba ahí, creando su magia y lamentándose por la maldición que había creado.

OCHO

Solitario estaba a la entrada de la casa de Onawa, sus dedos frotando un delicado collar de conchas que asomaba por debajo del cuello abierto de su camisa negra.

Ella sonrió instintivamente al verlo, anhelando arrojarle los brazos al cuello y darle la bienvenida a su pequeña casa de adobe a la orilla noroeste de la villa. Pero resistió el impulso sabiendo que era un hombre que mantenía su distancia de otras personas.

—Hola —dijo ella, con los labios llenos curvándose hacia arriba y su piel cobriza encendida—, ¡qué gran sorpresa!

Solitario jugueteó nervioso con sus conchas mientras la miraba. A ella siempre le había parecido guapo, tosco pero amable, tranquilo pero melancólico, sencillo pero complicado. Aparentaba ser misterioso e inaccesible, pero desde la primera vez que lo había visto había descubierto que tenía un don para intuir sus pensamientos. Ese día, ocho años atrás, cuando se lo había encontrado sentado sobre una roca junto al río con una pistola en las manos y los ojos cerrados en contemplación, supo de inmediato lo que él estaba pensando. Al igual que ahora sabía lo que él pensaba, solo que ahora sus pensamientos le agradaban. Estaba maravillándose de cuán rápidamente se había desarrollado hasta convertirse en una mujer. Tenía solo quince años —a mitad de su ceremonia de rito de paso— cuando le había salvado la vida. Ahora su cuerpo no solo era ágil y agraciado como el antílope berrendo que cruzaba el desierto, sino además suave y curvo. Su cabello era liso y suave como la superficie de un lago y negro y grueso como plumas de cuervo, y le llegaba a la cintura. Él le dirigía miradas breves y después se volteaba como si le temiera. Pero su temor no provenía de su magia ni del hecho de que ella era apache como su padre, ni siquiera de la persistente realidad de que era mexicana como su madre, que descansare en paz, sino de su propia femineidad.

—Hola, Onawa —dijo finalmente Solitario, como si cada palabra fuese una gota de sangre extraída de su cuerpo.

—¿Vienes a ver a mi padre?

—A ti, en realidad —respondió él.

Tomada por sorpresa, sintió ruborizarse. —Bien, pasa y salúdalo a él primero.

Él se quitó el sombrero negro y la siguió al interior de la sombreada casa. Estaba notablemente fresca considerando el calor infernal que hacia afuera. En una pequeña habitación situada al fondo de la estructura estaba sentado su padre. Era tan viejo como el tiempo, y su cola de cabello blanco llegaba al suelo desde el colorido cojín tejido donde estaba sentado.

Solitario saludó respetuosamente al anciano. —Buenos días, Águila Brava.

—Ha pasado mucho tiempo, amigo —el anciano señaló uno de los otros cojines que había en el suelo para que Solitario se sentase.

Onawa hervía agua en una tetera sobre el fuego. De un

pequeño costal de tela, sacudió trozos de efedra y los agregó al agua. Cuando llevó el té a los hombres, estos lo bebieron sentados en silencio.

—¿Qué te hace abandonar la seguridad de tu casa? —preguntó finalmente el padre de Onawa.

—Es este asunto de la familia del alguacil Tolbert.

Onawa permanecía de pie en la puerta, escuchando atentamente como hacía siempre que los hombres conversaban. Había crecido espiando a su padre y al resto de los ancianos de la tribu, desde que su padre era un jefe venerado, antes de que su tribu fuese derrotada y dispersada por el ejército, y los remanentes abandonados para envejecer y languidecer en un cuasilimbo de debilitada irrelevancia a las orillas de pueblos como Olvido que no se sabía si eran americanos o mexicanos.

—Este es un asunto del mal —dijo Águila Brava—, nada bueno puede resultar de eso.

Solitario asintió con la cabeza en silencio.

—¿Estás investigando? ¿Has aceptado la oferta de los blancos? —preguntó el anciano.

—¿Estás enterado? —la expresión de Solitario mostraba sorpresa.

Onawa se rio entre dientes haciendo que ambos se voltearan rápidamente hacia ella. Había estado tan silenciosa que habían probablemente olvidado que estaba ahí.

—Él parece saber todo aun antes de escucharlo —dijo Onawa.

—Sobrevivir tantos años como he hecho yo, tiene un precio —explicó su padre—, pero también tiene ciertas recompensas. Cuando tú crías a un hijo, tú puedes anticipar su siguiente paso. Cuando diriges una tribu, puedes sentir sus temores y sus deseos. Cuando vives entre los blancos, igualmente puedes adivinar lo que harán.

Solitario se acarició pensativo el bigote. —No estoy seguro si yo . . .

—¿Pudieses confiar en ellos? —Águila Brava terminó lo que Solitario iba a decir.

—¡Jamás! —dijo Onawa en tono burlón.

Ambos hombres voltearon a mirarla. Ella sabía que ellos pensaban que era insolente, pero estaba demasiado emocionada por la singular apariencia de Solitario como para sentarse calladita en la cocina o continuar con sus labores en el exterior.

—Como podrás ver, Onawa se ha vuelto muy franca. Tiene un espíritu fuerte, como su madre.

—Sí —dijo Solitario—, y también tiene razón.

Onawa le sonrió, pero él no le devolvió el gesto.

—Mi hija cree que es una trampa que los blancos te ofrezcan el puesto vacante del alguacil —concluyó Águila Brava—; y debo decir que yo concuerdo con sus instintos.

—Los anglos ya están culpando a los mexicanos por lo sucedido al alguacil Tolbert

—suspiró Onawa—. Si arrestas a un mexicano, tu gente pensará que te vendiste al hombre blanco. Y si arrestas a un anglo, los blancos se irán contra ti y dirán que eres injusto, que eras parcial y protegías a tu gente.

Águila Brava levantó una ceja, sonriendo con orgullo.

—La has enseñado bien —dijo Solitario, sonriendo por fin.

—Siéntate con nosotros, niña —dijo el padre de Onawa, señalando el cojín que estaba junto al suyo.

Emocionada, se unió a ellos. Llevaba puesto un vestido de piel de venado y, al cruzar las piernas en el piso, sintió la mirada de Solitario. Cuando buscó sus ojos, sin embargo, estaban posados respetuosamente sobre el arrugado rostro de su padre.

—Dinos por qué estás aquí, tú que hablas con los espíritus. Águila Brava habló en voz baja.

Solitario finalmente posó su vista sobre Onawa. —Onawa, ¿aún puedes ver cosas . . . cosas que los demás no pueden?

—Sí.

—Sus visiones se han hecho más fuertes, más claras —confesó su padre.

—Yo no quiero aceptar el puesto de alguacil, no solamente por los motivos que tú has descrito con tanta exactitud, sino por mis propios . . . presentimientos. Sin embargo, un chico y dos niñas, los hijos del alguacil Tolbert, están desaparecidos. He hablado con el hermano que murió en la granja. Él me dijo que su hermano menor está en una cueva, en las montañas al sur de Olvido. Se me ocurre que tal vez tú pudieses ayudarme a encontrarlo. Y, quién sabe, él pudiese tener alguna idea de a dónde se hayan llevado a sus hermanitas.

—Tomaría semanas registrar cada cueva en las montañas —dijo Onawa—; no estoy segura de si mi visión sería de ayuda.

Su padre levantó la mano. —Espera, niña, hay más.

—Sí, hay más —dijo Solitario—. El chico me mostró una imagen de uno de los muros de la cueva donde su hermano está atrapado. Se veía antigua, como si pudiese tal vez haber sido pintada por tus ancestros.

—¿Qué era? —preguntó Onawa.

—Una serpiente blanca rodeada de danzantes enmascarados —explicó Solitario.

Onawa miró a su padre, expectante. Él asintió dándole permiso de ofrecer su ayuda.

—La serpiente es un presagio. No creo que necesites de mi ayuda para localizar la cueva —dijo Onawa—, pero con gusto te ayudaré a buscarla.

—Podría haber al menos tres, tal vez cuatro cuevas con ese tipo de glifo en el muro

—dijo Águila Brava—; puede tomarles un par de días visitarlas todas.

—No estoy seguro de que al chico le quede tanto tiempo —dijo Solitario—; quizás pudieses utilizar tu visión para ayudarnos a seleccionar la correcta.

Onawa le sonrió, y después se volteó hacia su padre, quien parecía preocupado, las arrugas de su frente lucían más profundas.

—Me gustaría acompañarlos —dijo Águila Brava con tristeza—, pero mis rodillas ya no pueden llevarme tan lejos.

—De otro modo, él andaría peleando al lado de Gerónimo ahora mismo —los ojos de Onawa brillaban con orgullo y estímulo para su padre.

—Cuidaré bien a tu hija —le aseguró Solitario, dirigiendo a ella una mirada temerosa.

Onawa disfrutaba la oportunidad de salir de la casa, cabalgar al sur hacia las montañas al lado de Solitario, esa alma herida que ella anhelaba calmar.

—No te preocupes, padre. Encontraremos al niño y regresaremos lo más rápido posible. Una vez en las montañas, podré adivinar la cueva en que está oculto.

Ella había esperado tranquilizarlos a los dos, pero comprendió que, tristemente, había fallado. Solitario la miraba como si fuese una serpiente blanca, enroscada y lista para atacar. Y los ojos húmedos de su padre estaban llenos de duda. Había dado su consentimiento, pero sabía que estaba más preocupado por ella que por el niño.

———————

Onawa espiaba a Solitario a través de la pequeña ventana en el cuarto del frente de la casa de su padre. Él estaba ocupado empacando provisiones en las alforjas que llevaba Tormenta. Su padre había insistido que llevasen suficiente carne seca y agua para asegurarse de que no sufrirían hambre ni sed durante su búsqueda. Su caballo, un palomino dorado llamado Invierno, estaba junto a Tormenta.

Eran un extraño par, pensó ella. Tormenta era la yegua, pero era más alta, musculosa y fuerte. Invierno era el semental, pero era más bajo y ligero y, probablemente, más rápido y ágil también. Mientras Solitario daba palmaditas a los caballos, ella recordaba su primer encuentro.

———

Cuando ella salió de entre las cañas y lo vio encorvado sobre la roca a la orilla del río, lo intentó evitar. ¿Sería un bandido? ¿Podría hacerle daño? Toda su vida le habían advertido alejarse de cualquier hombre que no fuese de su tribu.

Él parecía tan inmerso en sus propios pensamientos que ella pensó que quizás podría retirarse sin que lo notara. Estaba a punto de volver a esconderse entre la vegetación sin que la viera cuando percibió que él no era un peligro para ella, sino para él mismo. Vestía todo de negro. Su rostro colgaba con desaliento. Sus ojos estaban fijos en el revólver que sostenía en las manos como suplicando por misericordia.

Su instinto no le indicaba huir, sino ayudar. Aun así, dudaba. Llevaba un vestido blanco de ceremonia, que caía hacia un par de mocasines blancos, y le preocupaba ensuciarlos en el lodo de la orilla. No debería estar aquí de ningún modo, pero la ceremonia de rito de paso duraba cuatro días, y a la mitad, ella ya estaba exhausta de las interminables danzas y rituales y de la atención intensa. Era un milagro que hubiese podido escaparse. Si regresaba enlodada y desaliñada, los ancianos se enfurecerían ante la falta de respeto.

Aun así, se sintió atraída hacia él. El hecho de que era mexicano le causó curiosidad. Después de todo, su madre era mexicana también. Tentativamente avanzó hacia él, rezando al espíritu de su madre pidiéndole protección.

Él volteó lentamente la vista, con una mirada dolorida.

Sin una palabra, ella se deslizo hacia él con gracia, con las manos extendidas, como si su pistola fuese una ofrenda que ella hubiese estado por largo tiempo esperando, uno más de los regalos simbólicos en su camino a convertirse en una mujer.

———

—Siempre te has sentido atraída hacia él —Águila Brava interrumpió su ensimismamiento junto a la ventana.

Apenada de haber sido sorprendida observando a Solitario, sintió las mejillas calientes al cubrirlas con las manos.

Águila Brava miraba por la ventana observando cómo Solitario le susurraba a su caballo. —No sientas pena de tus instintos —le dijo—, pero es prudente notarlos.

Onawa se puso a observar a Solitario junto con su padre. Ella podía sentir un anhelo en lo más profundo de su cuerpo. ¿Serían sus instintos meramente físicos? Y si así fuera, estaría mal, ¿o sería sencillamente natural? De haber vivido ella y su padre aún en la tribu, quizás su matrimonio ya habría sido arreglado. O si su madre estuviese viva, ella podría haber expresado una opinión de peso, o tal vez hasta fungido de casamentera. En vez de eso, Onawa se encontraba sin un amarre, casi apartada de la sociedad, sin saber siquiera cómo o cuándo encontraría un compañero adecuado. ¿Acaso estaba destinada a convertirse en una solitaria solterona dedicada a cuidar por siempre a su anciano padre? Lo que más ansiaba conocer —su propio futuro— seguía siendo un misterio para ella.

—Solo recuerda, Onawa —agregó su padre—, debes buscar siempre debajo de la superficie, deja que lo que está dentro te guíe.

—¿Hablas de este viaje? —preguntó Onawa. Ella preferiría que su padre se preocupase más por su seguridad en su primer viaje sin su supervisión y no por su interés en su compañero de viaje.

—Me refiero a todo, incluso a lo que se refiere a los hombres.

—¿Quieres decir Solitario? —esta sería la primera ocasión desde el día que le había salvado la vida que ellos estarían juntos, completamente solos sin supervisión.

Águila Brava asintió. —Él es un hombre bien parecido. Es joven aún. Y si acepta la insignia de alguacil, esta brillará en su pecho. Pero lo que es más importante es saber si podrá brillar por dentro o si su oscuridad lo consumirá.

—Pero él es tu amigo... —ella se sentía confusa por el consejo aparentemente contradictorio.

—Sí, lo ha sido, pero cada relación es su propio mundo.

Afuera, Solitario pasó por la ventana y tocó suavemente a la puerta.

—Penetra en este mundo con precaución —concluyó Águila Brava, mientras abría la puerta.

Al salir detrás de él, Onawa se sentía desconcertada. ¿Su padre no confiaba en ella? ¿Tenía temor de que llevase deshonor a la familia o a ella misma? ¿Y qué tal si tanta preocupación era en vano? Después de todo, Solitario parecía temerle a ella tanto como ella se sentía interesada en él.

Solitario parecía no darse cuenta de los problemas de ella mientras se despedían de su padre y montaban sus caballos en dirección al sur atravesando Olvido hacia las montañas.

Antes de cruzar el cauce seco se cruzaron con el Sr. Stillman en la calle principal.

—Señor Cisneros —saludó Stillman desde su caballo.

—Señor Stillman —respondió Solitario.

El alcalde actuaba como si Onawa fuese invisible para él. Era la clase de hombre blanco que ella había aprendido a despreciar. Con solo verlo le despertaba un coraje que rápidamente disipaba cualquier previa preocupación.

—¿Ha meditado acerca de nuestra propuesta? —preguntó Stillman a Solitario.

—No he cambiado de opinión —respondió Solitario.

—¿Hacia dónde se dirige?

—A buscar al niño Tolbert desaparecido.

El Sr. Stillman pareció sorprendido. —Pero pensé que usted no estaba interesado.

—Mi amiga y yo lo buscaremos, pero eso es todo.

—Ya veo —el Sr. Stillman acercó su caballo a Tormenta y bajó la voz para que nadie pudiese escucharlo—. La gente del pueblo se está poniendo nerviosa. Hay muchas acusaciones. Boggs y yo tememos que se pudiese organizar un grupo armado y nuestros vecinos mexicanos pudiesen correr peligro. Sería muy útil contar con alguien como usted a cargo.

Solitario lanzó una mirada a Onawa de reojo y después se dirigió nuevamente a Stillman.

—Es posible que yo pudiera empeorar las cosas, Sr. Stillman. ¿No han intentado contratar a otro representante de la ley?

—Nadie se ha mostrado interesado hasta ahora.

—Bueno, ninguna cantidad de representantes de la ley podrá regresar a los difuntos —dijo Solitario—. Por ahora, nos enfocaremos en los vivos.

—¿Usted piensa que el niño y sus hermanas aún viven? —preguntó Stillman—. ¿Dónde se podría empezar a buscar?

—Yo no sé si están vivos —respondió Solitario, evadiendo la segunda pregunta.

Stillman fijó una mirada sospechosa en Onawa, pero

ella no agregó nada a la respuesta de Solitario, fingiendo que estaba distraída observando a un grupo de niños que pasaban caminando. Ella sabía bien que el alcalde se estaba preguntando si habría algún fundamento para los rumores de sus visiones. Ella no iba a dar ninguna pista sobre la naturaleza de sus habilidades. Mientras menos supieran, más temerían.

—Bien, manténgame informado —respondió Stillman—. Seguramente, si encontrase a los niños Tolbert, se escucharía un gran suspiro de alivio por todo el pueblo. ¿No quiere que envíe algunos hombres para ayudarlos? Yo podría conseguir que los gemelos Dobbs se les unieran.

—Nosotros viajamos solos —dijo Solitario—. Es más sencillo así.

Onawa paladeaba su desafío, sonriendo astutamente al dejar al alcalde estupefacto en una nube de polvo.

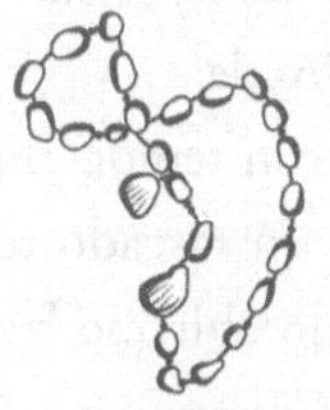

NUEVE

Frankie tenía frío y hambre. La cueva estaba oscura. Solo pequeñísimos puntos de luz se asomaban alrededor de las orillas de la roca gigante que bloqueaba la entrada. Estaba sentado, acurrucado en los rincones más apartados de la caverna, en un pequeño resquicio liso. Temblaba, haciendo muecas de dolor mientras su barriga se quejaba de hambre. Se preguntaba dónde estarían sus hermanas ahora. Siempre las había considerado una molestia, pero ahora daría cualquier cosa por estar con ellas otra vez. ¿Y dónde estaba Johnny?

El espíritu de Johnny se le había aparecido en la cueva; se veía triste y distante. Le había hecho compañía y habían hablado. La presencia de su hermano mayor lo había asustado al principio, pero después le había dado fuerza. ¿A dónde se había ido? ¿Lo volvería a ver alguna vez?

También tenía mucha sed. Al principio había gritado tan fuerte como podía a la entrada de la cueva, esperando que alguien lo escucharía de alguna manera y vendría a rescatarlo pero, finalmente, había quedado exhausto y ya no podía gritar. Su garganta se sentía áspera y le dolía.

En un rincón oscuro de su prisión de piedra, algo susurró. Cada uno de los músculos de

Frankie se contrajo con temor. ¿Era un animal? No podía ver nada, pero escuchó un rascado repetitivo contra la roca, un susurro de plumas, un chirrido bajo que le envió choques eléctricos por la espalda. Cerrando los ojos, rezó para que Johnny regresara, para que Dios lo protegiese, para que el sonido se fuera. Entonces, tan repentinamente como había iniciado, cesó. Exhaló aliviado, pero el corazón le latía velozmente dentro del pecho. ¿Qué había sido? ¿A dónde se había ido? ¿Y qué tal si regresaba?

DIEZ

Al sur de Olvido, el altiplano se extendía hasta las estribaciones de las montañas Chisos. Ellos cabalgaron en silencio por el resto del día atravesando las arenas escaldadas, con el calor ondulando hacia arriba, un tapiz ondulante de creosota y agave salpicando el desierto de Chihuahua hasta donde la vista alcanzaba.

Cuando el sol ya caía, se detuvieron a descansar. Era inútil seguir. Muy pronto caería la noche. Solitario construyó una fogata mientras Onawa daba de beber a los caballos. Cuando ambos hubieron terminado se sentaron juntos sobre unos sarapes a observar el danzar de las llamas.

Él recordaba haberla visto danzar el último día de su sagrado ritual, cuando había asistido como invitado especial. La ceremonia simbolizaba su trayecto hacia la adultez, pero era aún una niña inocente. Su amabilidad y hospitalidad hacia él había estado arraigada en pura bondad y un deseo de salvarlo de sus demonios internos. Jamás había pensado en sí mismo como alguien que necesitase ayuda, pero era indudable que ese era el punto al que había llegado en la vida. Y la verdad era que le debía a ella su existencia. A Onawa, la vidente, y a su padre, Águila Brava.

Ella le sonrió antes de morder un trozo de carne seca y masticarlo en cuantos más pequeños bocados.

Él sacó un termo de plata de su morral de cuero y le ofreció un trago de mezcal. Ella le dio un trago pequeño y se lo regresó, haciendo muecas al fuego cuando el líquido le chamuscaba la garganta.

Se sentaron en silencio mientras el sol pintaba el cielo en anchos trazos de granate y amatista. Después de que el sol se ocultó tras el horizonte y el cielo adoptó un azul cada vez más profundo, Solitario sacó su guitarra de un saco grande de piel que llevaba Tormenta. Tormenta husmeó con aprobación al verlo afinarla mientras caminaba lentamente hacia la hoguera. Onawa le dirigió una mirada de soslayo, esforzándose por ocultar el placer que sentía.

Él rasgó las cuerdas y ajustó las llaves en el cuello de la guitarra, como un cantante aclarándose la garganta. Las hebillas empañadas a lo largo de los lados de su pantalón recobraron su brillo a la luz de la hoguera. Y entonces, lentamente, empezó a rasguear, contemplando las chispas de fuego que danzaban en la oscuridad de la noche. Sus ojos se cerraron. Él percibía que ella anhelaba escucharlo cantar, pero permaneció callado. Las cuerdas de la guitarra resbalaban de sus dedos con delicadeza y ella cayó en un estado de somnolencia, inclinada hacia él, su cabeza recargada sobre su hombro.

Cuando dejó de tocar, con la guitarra descansando en su regazo, se volteó hacia ella y le preguntó en un susurro: —¿Por qué viniste?

Tras una larga pausa, ella respondió: —Para salvar al niño.

———

Cuando Solitario despertó, dirigió la vista hasta los restos humeantes de la hoguera y la vio sentada sobre sus cobijas con las piernas cruzadas y la vista hacia el horizonte al oriente que se astillaba como vidrio destrozado, en una formación de colores que anunciaban el nuevo día. Él suponía que estaba adivinando. No veía el horizonte, sino dirigía su vista hacia abajo, a una olla de barro que llevaba en su morral. Sabía que la olla estaba llena de agua, y que, en los reflejos, ella esperaba ver el sitio donde el niño estaba oculto. Solitario midió sus palpitaciones y se esforzó por permanecer lo más quieto posible para no interrumpir su concentración. Miró su largo cabello negro, que le colgaba por la espalda suavemente como sábana colgada en un alambre. Finalmente, cuando ella hubo terminado, su cabeza se irguió hacia el cielo color de maíz. Y él salió de su sarape, listo para iniciar el día.

Se situaban al pie de una cordillera con piñones y pinos de enebro elevándose ante ellos y esparciéndose por todos lados. Frente a una decisión, él le hizo la pregunta que le había llevado a traerla aun en contra todas sus dudas, sus temores y buen juicio:

—¿En qué dirección iremos?

Ella se volteó hacia el este y dirigió la mirada hacia el horizonte ardiente desde donde el mismo Solitario provenía. Atravesando las montañas, el Río Grande fluía en esa dirección, drenando hacia el golfo donde Solitario había nacido y donde corría cuando niño. Él sintió la atracción magnética del hogar, hacia todo aquello de lo que había huido hacía ya tantos años, y anhelaba que ella dijera que el niño estaba por allá. Deseaba cabalgar a esa cueva y después seguir cabalgando y no regresar jamás, pero sabía que eso no podría ser. Y entonces ella se volteó hacia el oeste y levantó el dedo índice hacia el horizonte opuesto. —Por allá —dijo ella.

Solitario asintió con una mezcla de alivio y decepción, apuntando a Tormenta en la dirección prescrita y guiando el camino hacia arriba, hacia las montañas, mientras el sol arqueaba en lo alto y la temperatura se elevaba.

———

Hacia el mediodía, mientras se internaban en las montañas, se detuvieron en un arroyo para que los caballos bebieran. Sentados sobre dos rocas, una frente a otra, masticaban tiras de carne seca.

Onawa le preguntó: —¿Por qué estás haciendo todo esto? No sueles dejar tu sitio, tu rancho.

—No lo sé —respondió sinceramente—, me sentí comprometido.

Ella asintió. —El compromiso es importante.

—Sí.

—Es bueno.

Él levantó la vista hacia ella, con una tira de carne seca en la mano. A veces olvidaba que ella hablaba español con la misma fluidez que él. Ella le sonrió disfrutando su mirada.

—¿Qué estás pensando? —preguntó.

Meditando su pregunta, él respondió lentamente: —Posees muchos talentos.

—Ya veremos —respondió ella.

—Yo confío —dijo él.

—¿Entonces por qué no viniste antes a verme?

Él dejó de masticar y volteó la vista hacia el arroyo y los caballos que bebían con sus colas girando el agua ondulante que reflejaba la luz deslumbrante. No sabía cómo contestar su pregunta sin ofenderla. A veces, las personas hacen algo por ti y después esperan o desean algo a cambio. Y cuando Luz murió, se llevó con ella todo lo que él tenía. No le quedaba nada para dar. ¿Pero cómo podría decirle eso a ella? Regresó la vista hacia ella, sentada con gracia sobre una roca, sostenida por sus largas piernas. Ella estaba llena de promesa. Merecía alguien que no estuviese quebrado como él. Pero era muy difícil convencer a las personas de que lo que más deseaban no era lo mejor para ellas.

—Deberíamos seguir cabalgando —dijo Solitario—. El niño está sufriendo.

Los ojos de ella perforaban los de él al tiempo que soltaba el último bocado de carne seca que tenía en la mano. —Sí, hay demasiado sufrimiento en el mundo.

———————

—Este es el camino —exclamó ella al momento que sus caballos libraron una hilera de piñones a la mitad del sendero hacia la cima de una de las montañas. El aire se tornaba más frío y seco, y les quedaba poca agua.

—¿Estás segura? —preguntó él, dando un trago a su termo.

Ella titubeó y volteó la vista hacia la dirección opuesta. —¿Dudas de mí?

—No.

Ella sonrió burlonamente y resopló, después apretó los tobillos contra los costados de Invierno, espoleándolo para subir, las rocas resbalaban por debajo de sus pezuñas, y Solitario la seguía sobre Tormenta.

Minutos después se detuvieron junto a una pila de piedras justo al lado de la montaña.

—La cueva debería estar aquí —dijo Onawa, mirando las rocas.

—Está —respondió Solitario—; la han sellado.

Descendieron de sus caballos y se aproximaron a la obstruida entrada de la cueva.

Asomando por entre las rendijas, Solitario gritó: ¡—Frankie! ¿Puedes escucharme? ¿Frankie? Venimos a ayudarte.

La única respuesta fue un fuerte eco.

—¿Puedes ver algo ahí dentro? —preguntó Onawa, agachándose para asomarse por otra abertura.

—Está demasiado oscuro.

Una por una, juntos retiraron las rocas, empezando desde arriba. Una vez que hubieron abierto un hoyo lo suficiente amplio, Solitario se adentró en la cueva y Onawa le pasó una antorcha.

Solitario susurró: —Hay algo en el muro.

—¿Qué es? —preguntó ella impaciente.

—La serpiente blanca.

Onawa entró tras él buscando al niño, pero no veían señales de él.

Cabizbaja, Onawa se disculpó. —Yo estaba equivocada. Y nos costó un día llegar hasta aquí. ¡Pobre niño!

Solitario forzó la vista para tratar de ver hasta lo más profundo de la cueva que se hacía más angosta y el techo bajaba rumbo al suelo. —Necesitamos más luz. Terminemos de quitar las rocas.

Salieron y continuaron la ardua labor de retirar juntos una roca a la vez y dejando completamente libre la abertura. Bañados en sudor estaban de pie en el centro de la cueva. Mientras Onawa estudiaba la pintura del muro, Solitario se puso de rodillas sobre el suelo arenoso y fue gateando hacia el extremo más lejano del lugar hasta que no quedaba suficiente espacio para su cuerpo. Le pidió la antorcha a Onawa para dirigir la luz hacia el hueco más oscuro, pero no había nada ahí excepto más rocas. Sobre una de las rocas estaba una pluma azul. Solitario la levantó y la examinó. Entonces salió del angosto túnel y se puso de pie sacudiéndose el polvo.

—¿Hay algo? —preguntó Onawa.

Él sacudió la cabeza y le mostró la pluma azul.

Ella la tomó y la observó con curiosidad. —No la reconozco.

—Yo tampoco.

Ella suspiró, regresándole la pluma y colgando la cabeza al tiempo que se dirigía a la salida donde ya oscurecía. Él se quedó solo por un momento, cerrando los ojos y olfateando el aire. Estaba húmedo y pegajoso. El olor indicaba que la cueva había estado habitada, que por supuesto había estado cientos de años atrás, pero esto era más reciente. ¿Podría haber sido solamente un animal? ¿Y por qué el bloqueo con rocas? Abrió los ojos y caminó despacio hacia la abertura. Les llevaría al menos un día llegar a la siguiente cueva. Necesitarían más agua, pensó. Y entonces, justo antes de alcanzar la entrada de la cueva, vio ahí por un instante a Johnny en su overol, con la mano levantada indicando a Solitario detenerse. Solitario se detuvo de inmediato, se volteó hacia atrás lentamente y se asomó una vez más a la oscuridad detrás de él.

—¿Onawa? —la llamó titubeante.

Al sentirla de pie a su lado, le indicó hacia el hueco que había explorado. —Como tú eres más pequeña, podrías caber ahí y retirar las rocas al fondo. Pásamelas y mira para ver si hay algo tras ellas.

Era una labor extenuante, aun para alguien tan diestra como Onawa, pero logró meterse en el hueco lo más que le fue posible y pudo rascar las rocas, aflojándolas y pasándolas a Solitario que estaba detrás de ella con la antorcha en la mano. Con la escasa luz parpadeando, ambos se esforzaron por ver, y el aire estaba denso de polvo y olor rancio.

—¿Qué ves detrás de las rocas? —preguntó Solitario.

—Más rocas.

—No te des por vencida. Tú nos trajiste aquí por alguna razón.

Ella emitió un gruñido al herir sus manos deslizando un fragmento de roca mezclado con calcita y cuarzo. Su sangre chorreó la superficie peñascosa como una capa adicional de granito rojo. Con determinación, lo desprendió e hizo rodar hacia atrás. La antorcha entonces dejó ver un destello de blanco donde la roca había estado momentos antes.

Onawa jadeó. —Hay algo aquí —estirándose, tocó la tela blanca y la empujó. Revitalizada, empujó el resto de las rocas para revelar un rostro enlodado, ojos cerrados, cabello dorado—. Es el niño.

—¿Está vivo? ¿Está respirando?

No lo sé —respondió ella, tocando el cuello en busca de pulso—, no puedo sentir latidos.

Cuando Solitario se inclinó para ver al niño, la antorcha se extinguió y quedaron sumidos en una oscuridad absoluta.

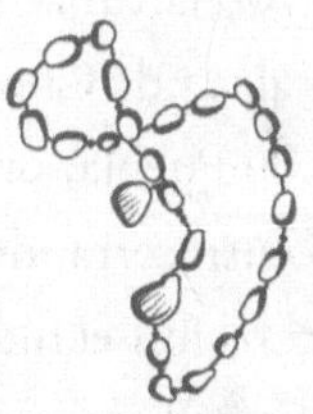

ONCE

Elías acompañó a sus hijos a decir sus oraciones y los acostó en sus camitas en la estrecha recámara que compartían. Afuera de la ventana, estaba oscuro y solo se escuchaba el sonido de las chicharras. De puntillas se pasó al cuarto adyacente, donde se acostó junto a Otila en la cama de ambos. Ella ya estaba dormida, y el rechinido de la cama al dejar caer su peso la perturbó solo ligeramente, se quejó y se volteó de lado hacia él. Generalmente, él se dormía en un instante, pero esta noche permaneció despierto, mirando hacia el techo. No podía precisar la razón, pero se sentía inquieto. Había escuchado que Solitario y Onawa habían ido en busca del chico Tolbert. Le molestaba que su jefe no le había pedido que lo acompañara en la búsqueda. Otila le había recomendado que no se lo tomara personal, pero le dolía que su antiguo capitán hubiera preferido ir acompañado por una mujer apache que llevar a su confiable compadre. ¿Acaso se habría convertido él en un viejo inútil?

Finalmente, cayó en un sueño agitado. Sus sueños eran invadidos por las fuerzas imperialistas francesas, como sucedía con frecuencia, recuerdos que lejos de desvanecerse con el tiempo parecía que cada vez se volvían más grandes y amenazantes. Luchaba en las montañas al sur de Ciudad de México, combatía en las calles empedradas de Puebla, otras veces disparaba rifles desde filas de infantería, entrecerrando los ojos tras oprimir el gatillo, preparándose para recibir el fuego del enemigo. A veces, clavaba su bayoneta o en combate cerrado, viéndose obligado a sacar su sable, espalda con espalda con Solitario que gritaba órdenes sobre la cacofonía atronadora de disparos y cañones, los gritos o gemidos angustiosos de los hombres cuyos cuerpos estaban siendo perforados, pinchados y volados en pedazos, con el hedor acre de la pólvora que llenaba la neblina humeante abrasando sus orificios nasales.

En su pesadilla recurrente, encontraba a Solitario acorralado por tres soldados enemigos en una cañada sin salida. Ellos llevaban bayonetas y avanzaban lentamente hacia su capitán, que desafiante esgrimía su espada. Elías los sorprendió por la espalda y apuntó

con su carabina. En la vida real, le había disparado a uno de ellos en la espalda. Y en ese momento de sorpresa, los otros dos habían titubeado y mientras él recargaba, voltearon para ver de dónde había salido el disparo. En ese instante, Solitario había traspasado uno de ellos con el sable que tenía en su mano derecha y rebanado la garganta del otro con la daga que llevaba en la izquierda. Pero en la pesadilla recurrente, el rifle de Elías se atoraba, y ellos avanzaban sobre Solitario, lo mataban sin misericordia y después se volteaban hacia él, que era justo cuando Elías despertaba aterrorizado, jadeando para respirar, con la frente perlada de sudor y los ojos ardiendo.

Otila murmuró algo acerca de los niños y se dio la vuelta, dando la espalda a Elías y sus constantes perturbaciones. Elías se quedó quieto por un momento, recuperando el sentido, recordándose a sí mismo que la guerra hacía mucho tiempo que había terminado, y que él había sobrevivido. Cuando su respiración se hubo ya normalizado, se levantó de la cama cuidadosamente para evitar despertar a Otila, e hizo un recorrido rápido por la casa para checar a los niños y otear por las ventanas. El temor no era algo que terminase con la ejecución de tiranos ni la firma de tratados. El temor era algo que te seguía por el resto de tu vida, pensó Elías. ¿Sería acaso esa la razón por la que Solitario no lo había llamado para que sirviera con él de nuevo? ¿Sería acaso que sabía que Elías temía por él y por su familia? O acaso Solitario temía que Elías le fallara, ¿se había vuelto muy gordo y lento? De pie en la cocina, atisbó por la ventana hacia la noche. Una luciérnaga pasó volando, serpenteando en la brisa nocturna como un vaquero borracho tambaleándose rumbo a casa tras una larga noche en la cantina. Una rama crujió. El sonido lo asustó.

Descalzo y vistiendo únicamente su suelto y deshilachado pantalón de pijama sostenido a la cintura por su confiable cinturón del ejército federal abrió la puerta, oteó hacia ambos lados y tentativamente salió. El retrete estaba distante solo a unos cuantos pasos, y se vislumbraba a la tenue luz de la luna. Caminando hacia él, un silencio pareció descender sobre los árboles. Se detuvo a mitad del camino, sintiendo que no estaba solo. Las sombras de los mezquites se desplazaban por el suelo como espíritus siniestros. Él era un hombre maduro. Había luchado en incontables batallas. Aun así, podía sentirse como un niño, como el huérfano que había sido en un tiempo. Viendo hacia la oscuridad, no podía ver a nadie, así que siguió adelante. Al llegar al retrete, tomo la manivela de la puerta y cuando estaba a punto de abrirla, la puerta se abrió de repente, dándole de lleno en el rostro. En un destello, un hombre alto y grueso lo dominó y lo tiró al suelo, sacándole el aire de los pulmones. No tenía oportunidad contra el peso masivo y la fuerza superior de su asaltante. En momentos, lo tenía amarrado y amordazado y otros hombres lo rodeaban. No hacían el menor ruido, y en la oscuridad no podía distinguir sus facciones. Cuando gruñó, su atacante inicial lo silenció con una fuerte patada en la ingle. Y luego lo arrastraron hacia la casa.

La mente de Elías corría. «Mis hijos no, Otila no». ¿Cómo era posible que esto estuviese sucediendo? Pero así era, sucedía frente a sus ojos aterrorizados. Observó mientras primero su esposa y después Elena y Oscarito fueron amarrados y amordazados en sus camas. «¿Solitario, dónde está ahora?». Le rezó a la Virgencita de Guadalupe pidiéndole un milagro, pero mientras los cuatro eran llevados a rastras hasta el cauce seco, no tenía muchas esperanzas de recibir intervención divina. Seis postes altos habían sido erigidos en la cuenca. Mientras Elías y su familia estaban siendo atados a ellos, él pudo ver al carnicero, su esposa y su hijo atados también. En ese momento hizo una mueca al darse cuenta de que había un poste menos que el número de los rehenes. Mirando alrededor desesperado, se preguntaba ¿quién se salvaría? Y entonces pudo ver a Elena que estaba siendo detenida por uno de los atacantes, y forzada a ver a su familia y sus vecinos ser rociados con aceite de linterna. Elías ansiaba gritar pidiendo ayuda, pero no podía. Quería decirle a Elena que se volteara, que no viera. Pero la garra sucia atada a través de su quijada le impedía emitir algún sonido. Se encendió un cerillo y con él una antorcha. Con la luz del fuego se podía ver claramente que había leña debajo de sus pies. «No mires, Elena», le rogaba Elías mentalmente. Y entonces rezó con toda la energía que le quedaba, consciente de que era lo último que haría. Pero no para pedir perdón, no para pedir salvación, no para pedir una muerte rápida. En vez de ello, suplicó por venganza.

Se encendieron más antorchas, una por cada uno de los seis prisioneros. En la luz, Elías casi podía distinguir los rostros de los hombres, pero no con claridad suficiente para reconocerlos. Y entonces las llamas se encendieron alrededor de sus pies. El calor le chamuscaba las piernas y un dolor insoportable le recorrió el cuerpo, borrando todos sus pensamientos mientras que el fuego lo cegó completamente.

DOCE

Solitario despertó con una sensación de urgencia a mitad de la noche, con un nudo en la garganta y un intenso ardor en lo más profundo de su vientre. Acostado sobre la arena fresca, envuelto en su sarape, se preguntaba si algo le sucedía a Onawa o a Frankie. Al voltearse hacia la fogata humeante, a la luz de las ascuas, pudo ver a través del humo que serpenteaba que Onawa y el niño dormían.

El niño estaba casi sin vida, pero su condición no parecía haber empeorado. Por preocupante que fuese el estado de salud de Frankie, no era eso lo que lo había despertado. No. Era algo diferente e igualmente urgente. Sentía en la lengua un sabor a mole. Mole poblano. Chile asado, semillas de sésamo, chocolate y almendras. Hizo una mueca. Detestaba el sentimentalismo. Pero no podía pensar en otra cosa que no fuese Elías. Habían comido mole una vez en Puebla, en un convento que habían liberado de los soldados extranjeros, y les había sabido como maná del cielo después de no comer casi nada durante semanas. Sabía que era por eso que Otila siempre cocinaba mole en las pocas ocasiones en que los acompañaba a cenar.

El humo de la fogata moribunda le chamuscaba las fosas nasales y le hacía llorar los ojos. Se frotó los ojos y levantó la vista hacia el cielo estrellado. ¿Qué tendría Dios destinado para Frankie, para Elías? ¿Por qué tenía él que sentirse responsable de su bienestar? Ya había abandonado esos sentimientos tiempo atrás, y ahora se encontraba aquí de nuevo, preocupándose por las vidas ajenas. ¿Para qué? Era mucho más fácil quedarse en su rancho y perderse en las fugaces apariciones de Luz.

Se sentó, mirando fijamente las chispas que danzaban sobre el fuego vencido. «Mañana será diferente —pensó—. Iré a Olvido y entregaré al niño a las autoridades. Visitaré a Elías y a su familia. Y todo estará bien —se tranquilizó a sí mismo—. Y entonces regresaré a El Escondido y reanudaré mi tranquila existencia». Eso era todo lo que él deseaba o necesitaba de la vida a estas alturas. Es mejor mantenerse alejado que ser pisoteado por la estampida del tiempo y del destino.

Mientras permanecía ahí contemplando el fuego, Onawa se movió. Sus ojos se abrieron y se encontraron con los suyos. En sus pupilas gigantes vio reflejada la danza de las chispas.

—¿Qué sucede? —susurró ella; sus cuerdas vocales secas por dos días en el desierto sin hidratación suficiente.

—Algo.

—¿Qué?

—No lo sé.

—¿El niño?

—No, parece estar igual.

—¿Entonces, algo en el desierto? —su expresión se tornó aprensiva, su cuerpo se tensó e hizo intento de alcanzar el rifle que estaba a su lado.

—No. —Él hizo un ademán de desechar la idea.

—¿Deberíamos partir? —preguntó ella.

—Aún no —respondió el—; no es seguro. Esperaremos hasta el amanecer.

Ella asintió y sus ojos se cerraron tan rápidamente como se habían abierto.

Él se mantuvo despierto, cuidándolos a ella y al niño, esperando que el sol apareciese sobre el horizonte.

———

Cuando entraron a Olvido, podían oler el humo y el hedor de carne quemada. Solitario y Tormenta llevaban la delantera. Onawa llevaba a Frankie cargado en su regazo sobre Invierno. Las calles estaban vacías por pavor. Hilos de humo se enroscaban a través de las calles como raíces siniestras de matanza.

En el cauce seco se había reunido una muchedumbre. Montado sobre su yegua, Solitario podía ver por encima de sus cabezas. Ahí había seis monumentos carbonizados, restos ennegrecidos retorcidos sobre ellos, el vapor mezclándose con los últimos remanentes de humo elevándose hacia el sol abrasador. Las mujeres caían de rodillas rezando. Los niños lloraban.

Onawa apartó la mirada mientras Solitario maniobraba su caballo entre la muchedumbre, y el resto del gentío se apartaba para dejarlo pasar. Cabalgó hacia abajo en dirección al canal anulado y se detuvo ante la hilera de efigies humeantes e irreconocibles. El hedor de la carne quemada lo hizo encogerse y casi convulsionar, pero tenía el estómago vacío y no había nada que pudiese regurgitar al suelo agrietado. Cuando desmontó, sus botas negras crujían sobre la tierra que se desmoronaba, mientras que la multitud observaba desde atrás y sobre las orillas. Examinó cuidadosamente las cenizas a los pies de las piras verticales, encontrando un ennegrecido pedazo de plata a la luz del sol naciente. Apartando las ascuas con la punta de su bota, se agachó para levantar el objeto metálico. Aún se sentía caliente en sus dedos cuando lo levantó, soplando el hollín para revelar el sello de la república mexicana, el águila sobre el cactus con la serpiente retorciéndose en sus garras y pico. Solo había otro hombre, aparte de él, que poseía una hebilla igual en la villa.

El Sr. Stillman llamó a Solitario desde la orilla norte del río fugitivo. —¿Sería esto suficiente, capitán Cisneros, para convencerlo de que es hora de que regrese a su deber?

Solitario volteó la hebilla caliente en sus callosas manos, mirando el cadáver carbonizado hundiéndose ante él. Con cada segundo que pasaba, el cadáver más asemejaba a su sargento Elías. Después de que los murmullos de la multitud se calmaron, él finalmente dirigió la mirada hacia arriba, a Stillman.

Pensó responder, pero decidió, como era generalmente el caso, que era mejor no hacerlo. Colocó el pie izquierdo en el estribo de Tormenta y levantó la pierna derecha y el cuerpo sobre el corcel. Con fluidez, escaló la orilla del río hacia el dique del lado norte, hasta llegar junto al alcalde. Entonces, cabalgaron juntos hasta la cárcel del pueblo, donde ataron los caballos y entraron al lugar, seguidos por Onawa, que cargaba al niño.

—Este niño necesita un médico —dijo Onawa.

—¿Está vivo? —preguntó el Sr. Stillman, claramente sorprendido por la noticia de que Frankie había sobrevivido.

—Sí —respondió ella—, apenas.

Stillman hizo una señal a Boggs, quien se apresuró a ir por el médico del pueblo.

Dentro del pequeño edificio que servía de alcaldía, oficina del alguacil y cárcel, Solitario dirigía una mirada hosca a los mugrientos muros de estuco. En una ocasión había trabajado en un sitio igual a este al sur del río, luchando por conservar la paz y mantener el orden. Y aquí estaba de nuevo. Fijó la vista en el escritorio de la esquina, cubierto con objetos personales del alguacil Tolbert.

—Lo necesitamos, capitán Cisneros —dijo Stillman—, yo creo que no necesito decirle quiénes eran esas personas quemadas donde el río solía correr.

Solitario levantó lentamente la vista hasta él. —Yo creo que sí.

—El carnicero, López, su esposa y su hijo —divulgó Stillman—, y por supuesto, su viejo amigo Elías, su esposa y . . .

—Su hijo —terminó Solitario.

—Sí.

—¿Y su hija? —preguntó Solitario.

—Desaparecida.

—Los ojos de Solitario se lanzaron sobre Onawa, que devolvió la mirada con atención.

—Se están robando jovencitas —supuso Solitario.

Stillman dirigió una mirada severa a Onawa y después a Solitario. —Me temo que así es.

Los tres se quedaron como piezas de ajedrez en jaque mate hasta que Boggs irrumpió de regreso a la oficina, nervioso y agitado. —Las cosas se están poniendo muy feas allá afuera, señor alcalde. El pueblo es un polvorín a punto de estallar.

—¿Qué está sucediendo, Boggs? —preguntó Stillman.

—Me temo que nuestro otrora pacífico pueblo pueda explotar en cualquier momento. Los anglos acusan a los mexicanos del asesinato de los Tolbert. Los mexicanos culpan a los anglos de quemar a las familias de Elías y López. Y todos los demás culpan de todo a los apaches —respondió Boggs.

Solitario se volteó hacia Onawa, cuya expresión estaba llena de preocupación. Él sabía tanto como ella que, si el pueblo se levantaba contra los apaches, su padre estaría en peligro. A él sería al primero que buscarían. No solo era sabio, sino anciano, débil y vulnerable.

—¿Nos ayudará? —preguntó Stillman a Solitario—, ¿portará la insignia? —dijo extendiendo su mano con la brillante estrella de plata en la palma.

Él no quería. De hecho, era lo último que hubiese esperado, o deseado, hacer. Iba contra cada instinto en cada hueso y cada célula de su fatigado cuerpo. Había dejado de luchar por la justicia cuando Luz había muerto. Pero pensó en Elías, Otila y Oscarito retorciéndose entre las llamas dentro del vacío que otrora dividiera a América de México con un agitado torrente de agua fresca. Y pensó en Elena y las niñas Tolbert aún desaparecidas y posiblemente vivas. Y se preocupó por Águila Brava sentado en su casa de adobe, esperando morir, sin dignidad ni vergüenza. Y miró a Frankie, inconsciente sobre un catre en un rincón de una celda abierta, esperando por el médico, y se topó con la mirada implorante de Onawa y, por mucho que lo intentó, no fue capaz de encontrar la forma de negarse una vez más. Aun así, decir que sí se sintió como escalar una montaña cuya cima estuviese oculta por encima de una capa de nubes.

Sin decir palabra, Solitario pasó junto al alcalde Stillman y siguió por el pasillo hacia la puerta trasera.

TRECE

Cuando Onawa salió al claro que estaba detrás de la cárcel vio a Solitario de pie junto a la cerca con la mirada fija en las montañas al norte. Al pararse junto a él, siguió su vista.

—Una vez conocí a un hombre que decía que las montañas no tenían sentimientos

—dijo Solitario.

—Pues yo no estoy de acuerdo —respondió ella.

Él suspiró. —Yo tampoco.

—Yo solo pienso que sus emociones están sepultadas muy profundo y les lleva mucho tiempo salir a la superficie.

Él asintió entrecerrando los ojos.

—¿Qué vas a hacer? —preguntó ella.

—No lo sé —respondió él.

—Sí, lo sabes. Solo tienes que ver dentro de ti para encontrar la respuesta. Ese es el consejo que me dio mi padre antes de que partiéramos a buscar al niño.

—Colocarme la insignia va contra todo lo que me juré a mí mismo que no volvería a hacer —dijo Solitario—; esa vida está en mi pasado.

—Quizás no es una vida, sino un empleo —reflexionó Onawa—. ¿Qué tal si evitarlo te está manteniendo atrapado en tu pasado?

Él la observaba, estudiándola.

—Por otro lado —continuó ella—, yo no confío en los anglos. ¿Por qué deberías ayudarlos?

—Uno no hace lo correcto porque es fácil. Lo hace porque es lo correcto.

—¿Es lo correcto?

—Se lo debo a Elías. Se lo debo a mi ahijada, Elena. Y también al resto de las niñas. Ellas son inocentes. Ellas nada saben de mis problemas ni de nuestras interminables guerras ni de nuestras historias enredadas.

Ella de pronto lo vio bajo otra luz. Era como si el sol hubiese salido de detrás de una nube. Lo que le atraía a él no era lo que ella siempre había creído. No era su apariencia ni su forma de caminar. No era porque hablaba español, lo que le recordaba a su madre y a una parte de su patrimonio que ella ansiaba conocer mejor. No, era por su brújula interna, un código invisible que él obedecía.

—Me recuerdas a mi padre —dijo Onawa en un instante de revelación, sorprendiéndose a sí misma.

—Me siento honrado —respondió Solitario.

—Harás lo que se debe hacer, aun en contra de tu voluntad.

PARTE II

CATORCE

Solitario estaba sentado sobre una roca plana a la orilla de los bosques en la granja de los Tolbert. Había estado esperando a Johnny por un par de horas, pero el chico no aparecía. Para pasar el tiempo, volvió a entrar al granero y examinó cuidadosamente el heno, en busca de algo que antes se le hubiera pasado. Debajo de la paja, en el suelo aún había tierra impregnada de sangre. Ahora que llevaba la insignia de plata prendida en su camisa se sentía más confiado tomándose su tiempo. Ya no era un intruso. Tenía derecho a estar aquí. Y eso le daba un extraño sentido de paz a pesar de todo el tumulto que las paredes habían presenciado. Llevando su linterna de un rincón a otro, hurgó en los sitios más oscuros, apremiando a su mente a imaginar lo que pudo haber ocurrido dentro de ese sitio dejado de la mano de Dios. Había habido un grupo de hombres. Uno de ellos le era conocido al niño; otros no. La matanza había sido cruel, sádica, prolongada. El alguacil había salido al patio trasero desarmado, lo que indicaba que no tenía motivo para desconfiar de los hombres, pero sin embargo se había topado con su suerte muy rápidamente, dejando a sus seres amados indefensos sin él. Su pobre esposa no había sido violada, pero había sido torturada en forma salvaje. Su honra pudo haber sido salvada, mas no su corazón. Este había sido arrancado de su pecho. Visualizó toda la escena en su mente; tenía todos los ingredientes de un ritual, de una interpretación. Los niños habían sido forzados a servir de espectadores. Cuando estaba a punto de salir del granero, había notado un indicio de color tras la puerta. Agachándose, puso la linterna encima del sitio. ¿Se estaba imaginando cosas? No, ahí estaba, un brillo color turquesa. Lo alcanzó. Era una pluma delicada, similar a la que se había encontrado en la cueva. La guardó en su bolsillo y regresó a la roca.

Ahí se encontraba todavía cuando escuchó que unos caballos se acercaban. Tormenta bufó junto a la cerca. Dos sombras idénticas se vislumbraban contra el cielo iluminado por la luna. Aún llevaban puestos sus sombreros a pesar de que ya estaba oscuro.

—Acá estoy, chicos —dijo Solitario en voz baja, observando cómo se sobresaltaban y después desmontaban.

Los chicos Dobbs treparon sobre la cerca y llegaron hasta la roca junto a la línea de árboles.

—Alguacil Cisneros —dijo uno de ellos, arrastrando y juntando las letras como hacían los gringos.

Solitario, entrecerrando los ojos en la oscuridad, preguntó:
—¿Quién eres tú?

—Yo soy Blake, señor —respondió—, y este es Michael —dijo, dando un codazo a su hermano—, pero no hay forma de que nos pueda distinguir, alguacil —agregó—; pero no se preocupe, hasta nuestros propios padres solían confundirnos antes de que . . .

Solitario asintió. Ellos habían quedado huérfanos tras un ataque de los apaches. Había escuchado la historia. Tolbert los había recogido. Eran mejores granjeros que asistentes de alguacil, pero sus intenciones eran buenas. Michael era más curioso, más pensativo, así que escuchaba y después hacía preguntas con cautela. Además, Blake tenía una diminuta cicatriz en la ceja derecha, donde el cabello no le había vuelto a crecer. —Ya veremos. Y solo llámenme 'jefe'.

—Jefe —repitieron los gemelos Dobbs sonriendo.

Solitario sabía que para ellos Tolbert siempre sería el alguacil. Sería más fácil ganarse su confianza y lealtad de esta manera. Él no era un reemplazo, solo la mejor alternativa, la única alternativa, en realidad, por el momento.

—Y ahora, ¿qué hacen ustedes aquí?

—Venimos a ver si usted necesitaba ayuda —explicó Blake.

—¿Y qué de Frankie? —inquirió Solitario—, ¿no lo dejaron solo en la cárcel, o sí?

—No, señor —respondió Blake—. El doctor Ferris llegó y lo ayudamos a llevar al niño a su casa. Él y su señora lo van a cuidar.

Solitario asintió con aprobación. —Bien. ¿Le dijeron lo que les pedí?

—Sí, señor —dijo Blake—. Le dijimos que tan pronto el niño se despierte le mande a avisar.

—El niño podría proporcionar pistas —susurró Solitario, volviendo la mirada hacia los bosques oscuros.

—¿E por eso que usted está aquí? —preguntó Michael—, ¿para buscar pistas?

—Se podría decir —respondió Solitario, sabiendo que nunca encontraría lo que había venido a buscar si los gemelos Dobbs permanecían ahí—. Pero es mejor que me dejen solo. Vayan a casa y duerman bien. Mañana empezaremos a hacer indagaciones. Voy a necesitar que estén bien descansados y alertas.

—Sí, algua . . . —los gemelos comenzaron y se detuvieron al unísono—, jefe. —Y soltaron una risa al escuchar el sonido extraño de la palabra brotando de sus lenguas.

Una vez se hubieron ido, él se recostó sobre la roca y levantó la vista hacia las estrellas. La brisa estaba fresca, susurrando entre los árboles. La noche siempre había sido su parte favorita del día.

———

Solitario despertó de un sueño en que un incorpóreo sargento Elías lo había estado llamando, pidiendo ayuda. Su voz se escuchaba desesperada, pero distante, y su cara y su cuerpo se negaban a materializarse, igual que Johnny esta noche. ¿Dónde estaría esperando el espíritu latente de Elías? ¿Solitario podría encontrarlo en el cauce seco, de pie junto a las ruinas carbonizadas de su pira, o sentado a la mesa en la cocina de su pequeña casa de adobe, esperando eternamente que Otila le pusiera otra tortilla recién hecha en su plato? ¿O se aparecería únicamente en los confines de los sueños de su oficial al mando?

Apoyándose en los codos, Solitario atisbó hacia el bosque, susurrando el nombre de Johnny sin obtener respuesta.

Mas allá del bosque, detrás de la iglesia, el parpadeo de una luz de la casa del predicador le llamó la atención. Si Johnny no hablaba con él, quizás el reverendo lo haría.

Solitario se levantó lentamente y se dirigió al camino, acariciando el cuello de Tormenta suavemente. —Espera aquí —le dijo al atravesar esos bosques donde el aterrado espíritu de Johnny se refugiaba ahora, rumbo a la casa cercana.

Entró al patio a través del portón que estaba frente a la iglesia. Se detuvo por un largo momento debajo de la aguja blanca que se alzaba sobre la iglesia, estiró el cuello para ver la parte superior puntiaguda. Todas las luces estaban apagadas dentro del edificio, así que rodeó en dirección a la casa del predicador, donde la luz parpadeante de algunas velas se filtraba a la entrada.

Al aproximarse, escuchó el rechinido de una mecedora.

Se detuvo para escuchar, pero el rechinido se detuvo también. Hasta las chicharras parecieron contener su aliento, sus conchas deteniendo su incesante susurro. Apenas pudo distinguir la figura oscura de un hombre sentado en el pórtico.

—Aquí no hacemos confesiones —la voz áspera del predicador atravesó el repentino silencio de las chicharras—, así que más vale que se retire.

Solitario avanzó unos cuantos pasos más hasta alcanzar la barandilla exterior del pórtico. —¿Por qué lo dice, reverendo Grimes? ¿Piensa acaso que yo sospecho que usted tiene algo que confesar?

—¡Cielos, no! —se burló el predicador—, yo asumí que usted estaba aquí para derramar sus propias tripas. Cuando alguien de su clase viene por aquí es, generalmente, que quiere descargar sus conciencias de algún pecado tan terrible que no se atreverían a confesar a su propio sacerdote.

—¿Mi clase?

—Mexicano.

—Ya veo. —Solitario asintió, satisfecho una vez más de llevar la insignia de plata prendida en su bolsillo izquierdo. La buscó con el tacto. El metal se sentía frío y suave debajo de su mano ruda—. ¿Y usted no escucha sus confesiones?

—Dios, no. Esta no es una iglesia católica. Nosotros somos bautistas. No bebemos. No fumamos. No bailamos. Y no confesamos.

—¿Eso significa que ustedes no pecan?

—Oh, todos pecamos, Cisneros. Por diferentes que seamos. Blancos, negros, café, rojos y amarillos. Todos tenemos una cosa en común. Y eso es lo peor en cada uno de nosotros. Pero nosotros creemos que Dios es el único que puede perdonarnos por esos pecados.

—Así que ustedes eliminan al intermediario.

—Podría decirse.

—¿Entonces qué hace usted por su rebaño si no los absuelve para que puedan dormir tranquilos por las noches?

—Los guío en oración y reflexión. Les brindo inspiración para ser buenos.

—¿Y a cuántos de «mi clase» inspira usted a hacer el bien en su congregación?

—Hmm, déjeme ver . . . ninguno.

—Escuché que cuando la iglesia católica se incendió usted no permitió a nadie asistir aquí a adorar.

—Nosotros construimos esta casa de Dios con nuestras propias manos. Es para nuestras familias. Debemos protegerla. Conservarla limpia.

Solitario meneó la cabeza. —¿Y el alguacil Tolbert? ¿Era miembro de su congregación?

El reverendo hizo una larga pausa, y su mecedora empezó nuevamente a rechinar. —El alguacil y yo no veíamos las cosas de la misma manera.

—Hablando de ver, ¿pudo acaso notar algo la noche que los Tolbert fueron asesinados?

—No, no vi nada. Ya les dije lo mismo a Stillman y a Boggs.

—Ellos no son representantes de la ley.

—No, no lo son.

—Por eso se lo pregunto yo. Verá, si usted les miente a ellos, sería un pecado. Pero si me miente a mí, sería un delito —dijo Solitario—. ¿De qué se trataba su conflicto?

—Los bosques entre la tierra de la iglesia y su granja.

—Ya veo. ¿Qué pasa con los bosques?

—El sitio exacto de la línea divisoria.

—¿Y ya se solucionó el problema?

—Bueno, pues eso depende —respondió el reverendo Grimes.

—¿De qué?

—De quien herede la granja Tolbert y lo que planeen hacer con ella.

—¿Y quién se queda con la granja si nadie de la familia sobrevive?

Hizo otra larga pausa, y se aclaró la garganta. —Bien, pues creo que según estaban escritos los testamentos, el alguacil le heredaba todo a su esposa, y la esposa a los niños . . .

—¿Y en caso de que los niños desaparecieran también?

El reverendo se levantó de la mecedora y fue hacia la puerta mosquitera. —Me siento muy cansado, Cisneros. No esperaba que la Inquisición Española llegase a mi puerta esta noche. Si usted quiere saber algo más acerca del testamento de Tolbert, tendrá que revisar los archivos del condado para ver si está registrado ahí.

—Eso haré —asintió Solitario tocando el borde de su sombrero en lo oscuro mientras el reverendo cerraba la puerta y permanecía mirándolo detrás de la tela mosquitera, su rostro austero y barbudo ahora tenuemente iluminado por la llama danzante de la linterna que colgaba en el vestíbulo—. Cosa curiosa acerca de las confesiones.

—¿Cómo dice?

—Pues, su clase no las hace en la iglesia. Ustedes prefieren revelarlas a abogados y archivarlas con empleados.

—Buenas noches, Cisneros.

Le molestó a Solitario que este religioso no le considerase digno de utilizar el título de alguacil para dirigirse a él. Pero estaba acostumbrado a ese tipo de desaires de parte de los gringos. Así actuaban ellos. Se elevaban a sí mismos sobre otros negándoles las deferencias que para ellos exigían. Y, sin embargo, esperaban lo contrario de la gente como él.

—Buenas noches, reverendo Grimes —dijo Solitario en

tono respetuoso, a pesar de que eso le ocasionó un agudo dolor en el estómago.

El reverendo suspiró, cerró la puerta y dejó a Solitario sin compañía en la oscuridad.

———

Al acercarse a Tormenta, notó que estaba alerta, con las orejas paradas y los ojos fijos en el bosque de los Tolbert. Johnny había regresado. Solitario se apresuró, saltó sobre la cerca y apuró el paso. Un destello de cabello rubio se movió entre los árboles, reflejando la luz de la luna. Atravesando los matorrales, con las ramas secas arañando su rostro, Solitario fue detrás del chico.

—Johnny, soy yo, Solitario —lo llamó—. No temas, Johnny. Yo soy la persona con quien hablaste antes, ¿recuerdas? Estoy intentando ayudar.

El chico se paró en seco. Cuando Solitario lo alcanzó, estaban en un pequeño claro, con la luz de la luna filtrándose hacia abajo por una abertura entre las copas de los árboles.

—Regresaste —susurró Johnny, y finalmente el sonido de su voz se sincronizaba con el movimiento de sus labios pálidos.

—Prometí que lo haría.

—¿Encontraste a Frankie?

—Sí lo hice, Johnny. Gracias a tu ayuda. Mi amiga y yo encontramos la cueva con la pintura de la serpiente y los danzantes en el muro. Tu hermano está vivo. Tú lo salvaste.

Johnny sonrió. —¿Qué dijo?

—Él está inconsciente. El médico lo está atendiendo. Espero que en cuanto despierte

podrá decirnos más acerca de lo que vio.

Johnny asintió y tragó saliva. —Perdón por haberme asustado esta noche.

—¿Sucedió algo?

La expresión del rostro de Johnny se tornó preocupada. —Vi a mis hermanas, Abigail y Beatrice.

—¿Aún están vivas? —preguntó Solitario.

—Sí —respondió Johnny—, están muy asustadas. Yo estaba dormido y soñando y de pronto estaba parado en un pequeño cuarto con ellas, un cuarto en una casa donde las tienen prisioneras. Ellas estaban llorando, pero en cuanto me vieron, corrieron hacia mí y me abrazaron. Les dije que intentaran calmarse, que la ayuda iba en camino.

—Eso estuvo muy bien, Johnny. ¿Les han hecho daño?

—No.

—¿Notaste algo acerca del cuarto o la casa, quizás donde está ubicada? ¿Es en un pueblo o en un rancho?

—Parece una casa de campo grande, en unas tierras. No pude ver muy bien afuera, pero me pareció escuchar un cencerro tintineando en el pastar.

—Eso está bien, muy bien. ¿Algo más? —los ojos de Solitario brillaban con un ansia de conocimiento que le era muy familiar, cualquier pista que lo pusiera en vías de salvar a esas niñas—. ¿Qué recuerdas acerca del cuarto en que se encontraban? ¿Estaba amueblado? ¿Parecía sencillo o elegante?

—Era una recámara —recordó Johnny, rascándose la cabeza—. Parecía el cuarto de una niña. Era bonito y confortable. Y ellas no estaban solas. Había otra niña con ellas, una niña más grande, con la piel oscura y trenzas negras largas.

Solitario hurgó en el bolsillo de su camisa y sacó unas fotografías. Buscando entre ellas, le mostró a Johnny la imagen de su ahijada, Elena. —¿Era esta la niña, Johnny?

Él asintió. —Ella estaba ahí. Era valiente.

—¿Por qué dices eso, Johnny? —preguntó Solitario—. ¿Cómo que era valiente?

—Notaba que ella estaba igual de asustada que mis hermanas por estar atrapadas ahí en la casa de un extraño, pero no se espantó al verme, a pesar de que sabía que yo ya no era como ellas. Y creo que es valiente porque me prometió cuidar a Abigail y Beatrice. Cuando yo ya no podía permanecer por más tiempo con ellas, abrazó fuerte a mis hermanas. Me alegro de que no están solas.

Solitario bajó la vista a la fotografía de la hija de Elías que tenía en la mano. Estaba viva. Se permitió un suspiro de alivio momentáneo. Había fallado en proteger a Elías, su esposa y su hijo, pero aún podría hacer algo bueno por su familia. Se lo debía a su antiguo sargento. Si tan solo pudiese averiguar dónde tenían cautivas a las niñas. Si tan solo Johnny pudiese recordar algo más, otra pista. Levantó la vista para hacerle más preguntas, pero su cabello rubio y su rostro pecoso habían desaparecido sin dejar rastro.

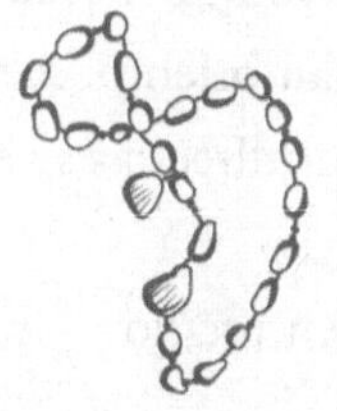

QUINCE

Cuando estaban en los Rurales luchando por la república, Elías era flacucho. Sus pantalones vaqueros con dificultad se detenían sobre sus caderas, donde se los ataba con una cuerda raída. Su barba era tan oscura como sus ojos sombreados por su sombrero.

Estaba junto a la hoguera con su hermano Efraín, que era mayor y más alto. Efraín era también más rápido y más bien parecido, pero Elías trataba de no fijarse en esas desigualdades, de las cuales la única que importaba en las circunstancias actuales era la rapidez superior de Efraín. Por su agilidad y rapidez, se le había asignado la misión de explorador en el regimiento comandado por el coronel Luis Terrazas. Y, lo más importante era que como necesitaba mucha energía para recorrer las montañas en busca de las fuerzas imperialistas, le servían doble ración de frijoles en la comida y en la cena.

Elías veía con envidia la segunda ración de frijoles de Efraín, y entonces se volteó, echando una mirada de soslayo a un grupo de oficiales uniformados que se encontraban aproximadamente a treinta pies de distancia. El humo le lastimaba los ojos, el sol le tostaba los brazos y el sudor hacía que su sucia camisa se le pegara a la piel, pero eso no era lo que más le molestaba. Olfateaba el aire como un sabueso hambriento. A través del humo detectó un olor a tocino que se fue directo a su estómago, que respondía retorciéndose de dolor.

—Los oficiales tienen tocino —informó Elías en voz baja a su hermano.

—Por supuesto que tienen tocino —confirmó Efraín—, son oficiales.

Elías sacudió la cabeza con desdén. Nunca iba a cambiar nada. Sin importar cuántas guerras y cuántas batallas y cuántos presidentes o emperadores diferentes tomaran el poder. —No importa nada, siempre es lo mismo —escupió hacia las ascuas a sus pies, ocasionando un chisporroteo momentáneo al evaporarse su saliva—; míralos con sus uniformes azules limpios y sus brillantes botones dorados. Y nosotros acá, vestidos con harapos, con la piel ampollándose al sol. Ellos con su tocino y su vino y nosotros con nuestra escasa ración de frijoles y mezcal.

Efraín contempló los restos de frijoles que quedaban pegados al tazón que tenía en las manos. —Te daría lo que queda de mis frijoles, pero tengo que salir a otra ronda.

Elías se encogió de hombros observando a un soldado solitario que estaba hacia un lado apartado de los oficiales y de los soldados. Estaba sentado solo frente a su carpa en una silla plegable de madera y piel. Portaba un uniforme negro diferente a todos los demás. Hebillas de plata bordeaban las costuras exteriores de su pantalón. Su chamarra negra era corta y estaba bordada. Un sable colgaba de su costado, así como dos pistolas, una en cada cadera. En su cuello llevaba atado un pañuelo amarillo y sobre su cabeza un elegante sombrero negro.

—¿Qué opinas del charro? —le preguntó Elías a Efraín.

Efraín siguió masticando mientras dirigía su mirada a través del claro hacia el hombre solitario. —Se mantiene alejado de todos. Dicen que se entiende mejor con los caballos que con la gente.

Elías admiró al musculoso semental negro junto a la carpa del hombre solitario. «Me pregunto si a él le sirven tocino», pensó Elías.

El regimiento acampaba al oeste de ciudad Chihuahua en el árido Cerro Grande, una extensa cordillera entre cuyos picos se extendían enormes valles tachonados de cactus y habitados por pumas, indios yaqui e intrusos imperialistas franceses. Ellos eran un fragmento lejano del exiliado ejército republicano, compuesto de tropas del ejército leal al presidente de México Benito Juárez y Rurales. Bajo la orden del coronel Terrazas esperaban recibir refuerzos para retomar la capital de la región, que había sido capturada por el enemigo.

—¿Por qué no le peguntas? —retó Efraín a su hermano menor.

—No. Ni se dignaría en hablar conmigo. Es uno de ellos.

—¿Tú crees? —Efraín observaba al charro—. Tal vez sí. Tal vez no. Se ve diferente.

Elías volvió a encogerse de hombros. Tal vez en otra ocasión. Su estómago gruñía de decepción.

Esa noche, a Elías lo despertó su hermano. —¿Qué pasa? —preguntó, sentándose en su petate bajo las estrellas mientras que los demás hombres dormían.

—Vi algo sobre la cima de la colina —susurró Efraín.

—¿Deberíamos despertar a los hombres, avisar a los oficiales?

—No lo sé. Son algunos de los oficiales. Están haciendo algo que no deberían —dijo Efraín, y el miedo se reflejaba en sus ojos.

Elías se levantó silenciosamente. —Muéstrame.

Efraín se puso el dedo índice sobre los labios, indicando a su hermano no hacer el menor ruido.

Levantándose los pantalones y apretando la cuerda lo más que podía, Elías siguió a su hermano hasta las estribaciones del cerro. Bajo el cielo estrellado, la arena se sentía fresca en los dedos al filtrarse por las correas de piel de sus sandalias. Aproximándose a una cresta, Elías pudo escuchar risas mezcladas con gritos apagados.

En la luz grisácea, él y su hermano pudieron distinguir a cuatro oficiales uniformados. Habían atado a tres hombres semidesnudos a una fila de saguaro alto. Los cautivos luchaban contra las cuerdas que los sujetaban a los tallos, y sus brazos y piernas expuestos eran cortados por las espinas de los cactus. Indefensos, los prisioneros observaban mientras los oficiales se turnaban agachándose sobre un par de mujeres que yacían en el suelo. Las mujeres luchaban fútilmente mientras los oficiales las ultrajaban.

—Son yaqui —dijo Elías con el corazón golpeándole el pecho—; deben haber ido pasando y los atraparon.

Efraín frunció el ceño. —¿Qué hacemos?

—¿Qué podemos hacer? —respondió Elías en un susurro, sintiendo ácido escoriar su garganta—, son oficiales. Lo que están haciendo está mal, pero si intentamos detenerlos, nos atarían a lo saguaros o peor.

Antes de que pudiesen regresar al campamento, sin embargo, Elías y Efraín escucharon un repentino estruendo de pezuñas al pasar una mole negra junto a ellos a gran velocidad, y el viento que generaba les volaba los sombreros.

Cuando sus ojos se hubieron ajustado a la forma que se desplazaba velozmente, Elías vio al charro galopando sobre la cima y rayando hacia abajo en dirección al claro.

Efraín preguntó: —¿Lo ayudamos?

Pero Elías ya bajaba en persecución del charro. Él esperaba ayudar al jinete, pero en lo que tardó en llegar a la base de la colina sin rodar por la pendiente, vio al hombre despachar a los oficiales.

Primero, el charro atacó a los dos oficiales que montaban guardia. Cabalgando entre ambos, giró hacia la izquierda y después a la derecha, su sable brillando a la luz de las estrellas. No los empaló, solo los dejó inconscientes con golpes muy precisos en la cabeza con el costado de la espada. Después, mientras su caballo se alzaba relinchando, manipuló el corcel de tal manera que la gran bestia utilizó sus patas delanteras para apalear a los dos hombres que estaban sobre las mujeres yaqui.

Cuando Elías llegó al lado del charro, todo lo que pudo hacer fue ayudar a las mujeres a cubrirse con los sarapes que había debajo de ellas. Cuando terminó, el jinete le lanzó un rollo de cuerda y le ordenó atar a los oficiales.

Dudando, Elías miraba boquiabierto y temeroso al charro que aún estaba montado sobre su caballo.

—No te preocupes, si alguien pregunta, solo dices que Solitario Cisneros dio la orden.

Elías asintió y empezó a atar a los hombres con ayuda de su hermano.

Solitario, mientras tanto, dispuso su caballo junto a la hilera de saguaros y, con un chasquido de su sable, hábilmente cortó las cuerdas que mantenían sujetos a los hombres yaqui. Los hombres le agradecieron, abrazaron a sus mujeres y escaparon en la noche.

Cuando el sol apareció detrás de ellos, Elías y su hermano estaban de pie junto a Solitario, que permanecía sobre su montura. Entre ellos y la carpa del coronel estaban de rodillas los hombres a quienes habían aprehendido.

—¿Qué significa esto? —preguntó el coronel Terrazas, entrecerrando los ojos ante el sol naciente, al salir de su carpa en pijamas—, ¿por qué están mis oficiales en el suelo?

Elías tragó saliva temeroso, con el pulso acelerado. No sabía en qué lío se habían metido él y su hermano y temía que pronto podrían arrepentirse de ello.

—Con el debido respeto, coronel Terrazas, estos hombres son indignos del uniforme y del rango —dijo Solitario.

—¿Qué han hecho? —preguntó el coronel, pateando la arena, frustrado.

—Han deshonrado a unas mujeres yaqui, violándolas frente a sus hombres. Anoche se les sorprendió en el acto.

El coronel meneó la cabeza, disgustado. —¿Cuántas veces se los he dicho? No. No debemos desviarnos de nuestra misión. No podemos desprestigiar nuestros uniformes

—disgustado, escupió al suelo. Y entonces levantó la vista hasta Solitario, alto y recto sobre su corcel.

—Bien hecho, capitán Cisneros —dijo el coronel—. Llévenselos. Enciérrenlos en la prisión. Serán llevados a juicio y perderán sus rangos. Y en cuanto recupere mi ciudad, estarán mirando los muros de la prisión y desearán estar de nuevo en el desierto.

Solitario asintió, dirigiendo su mirada hacia Elías y Efraín que permanecían a su lado.

—Y estos hombres, el explorador y el que se está muriendo de hambre, ¿lo ayudaron? —preguntó el coronel.

Solitario asintió. —Ellos son quienes descubrieron el crimen.

—Muy bien —dijo el coronel evaluando a los hombres—. Esta noche, ustedes tres cenan en mi carpa— adelante, agachándose, apartó la solapa y penetró a su cuartel general de lona.

————

Elías y Efraín se bañaron en el arroyo cercano, ayudándose mutuamente para quitarse toda la mugre. Cuando Solitario los encontró, desmontó y se acercó con un bulto blanco en las manos y una sutil sonrisa en su rostro. Estaba de pie con sus botas negras en la orilla del arroyo, mirando las camisas andrajosas de los hermanos secándose bajo al sol

sobre una roca. Habían intentado quitar las manchas, pero solo habían logrado hacer más agujeros en la tela que ya se estaba desintegrando.

—Les traje estas camisas —dijo Solitario, colocando las prendas limpias sobre una roca.

Elías, con una gran sonrisa, dijo: —Gracias.

Solitario puso una pequeña navaja de plata sobre el bulto de ropa. No tuvo necesidad de decir nada; Elías comprendió que debían rasurarse.

—Los espero más tarde en mi carpa —dijo Solitario—. Con permiso.

Elías y Efraín estaban felices rasurándose y arreglándose sus bigotes y barbas, peinándose y vistiéndose. Al atardecer, cuando llegaron a la carpa de Solitario, este actuó como si no los conociera.

Al ver la cuerda atada a la cintura de Elías, meneó la cabeza. —Esperen aquí —después de buscar en su carpa salió sosteniendo un cinturón de piel negra con una hebilla de plata grabada con la insignia de la república, el águila posada sobre el nopal en el valle de México. Se lo pasó a Elías, quien rápidamente se cambió.

Mientras Elías se abrochaba el cinturón, comentó admirando la hebilla. —Estas no son fáciles de obtener. ¿Cómo es que tiene dos?

Una expresión de dolor cruzó por el rostro de Solitario, y las comisuras de sus labios se contrajeron por un instante, pero no respondió.

Una vez que Elías hubo centrado la hebilla, él y su hermano siguieron a Solitario hasta la carpa del coronel. Los hermanos estaban nerviosos, pero Solitario permaneció imperturbable ante la presencia del poder y la riqueza. ¿Estaría acostumbrado a ellos? ¿No le impresionaban? Los hermanos se han hecho la pregunta y especulado la respuesta durante todo el día. Ahora, al adentrarse al amplio espacio del cuartel general siguiendo a Solitario, Elías solo podía pensar en una cosa: el aire dentro de la carpa del coronel olía a tocino.

———

—Tiene los ojos más grandes que la boca —comentó el coronel, riéndose entre dientes, refiriéndose a la derrota de Elías en la mesa. Diversos platillos yacían casi vacíos frente a Elías, cuyos ojos estaban vidriosos a causa del vino tinto que no estaba acostumbrado a beber.

Los hombres rieron y elevaron sus copas de cristal, que, lanzando destellos dorados en la pálida luz de las linternas de queroseno, lucían demasiado frágiles y delicadas en sus ásperas manos.

Elías aún no podía creer que estaba sentado ante una mesa cubierta con mantel blanco en la carpa del oficial al mando, y agasajándose con delicias que iban desde una ensalada de rábanos salpicados con limón, queso fresco y sal de mar hasta chapulines fritos en aceite enchilado. Pensaba que quizás había muerto e ido al cielo cuando el cocinero del coronel trajo una discada, un platillo preparado sobre un disco de acero negro candente. Chisporroteaban sobre el disco trozos de res, tomate, cebolla, pimientos, jalapeños y, por supuesto, tocino. Cada ingrediente estaba cortado en pedazos de tamaño preciso y sazonado con sal y pimienta antes de freírse en mantequilla. El platillo tradicional de Chihuahua era acompañado de tortillas de harina humeantes y vino tinto o cerveza helada.

Durante toda la cena, Elías y su hermano observaban a

Solitario con mucha atención, imitando su uso de los cubiertos y la servilleta. Esa noche, Solitario se quitó el sombrero a la entrada, junto con su pañuelo amarillo, que colocó sobre el sombrero en una mesa donde también dejaron sus armas. Mientras comían y platicaban con el coronel, los ojos de Elías se posaron sobre el delicado collar de conchas blancas junto a la piel morena de Solitario. «Que hombre tan extraño, este charro, que hablaba poco, pero lograba mucho».

El coronel, presidiendo a la cabecera de la mesa, parecía igualmente encantado, girando su reserva especial de la Rioja en una copa grande. —Y bien, capitán Cisneros, ¿ahora que ha reducido mis filas de oficiales, ¿cómo planea recompensarme por la pérdida?

Solitario se recargó en la silla y pensativo se acarició el bigote. —Con el debido respeto, coronel Terrazas, me parece que usted ya ha tomado una decisión en ese asunto.

El coronel vació su copa y sonrió. —Eres sabio para tus años, joven. Me alegra tenerte aquí. Tú probablemente lo ignores, pero yo conocí bien a tu padre, hace ya muchas lunas.

Repentinamente, Elías comprendió que había más de fondo tras el ascenso rápido de Solitario a través de la jerarquía de los Rurales y su posición especial aparte de los oficiales del ejército republicano que su magistral equitación y su atuendo fino. Debió saberlo, se reprendió a sí mismo. Solitario era un charro auténtico, y los charros eran caballeros españoles de linaje noble, entrenados y criados como herederos de caballeros como don Quijote y conquistadores como Hernán Cortez, Juan Navarro y Diego Montemayor. Pero Elías siempre había imaginado a esos tiranos de piel clara como invasores arrogantes, la clase de hombres que se hubieran unido —que no arrestado— a los oficiales arrastrándose en la arena con los pantalones en los tobillos, en las estribaciones. Solitario era otra clase de hombre, uno que labraba su propio camino. Elías y su hermano habían percibido eso y ello les había reavivado algo en su interior que no sentían desde que cuando niños habían empuñado las armas para defender su patria.

Solitario se quedó en silencio con la mirada fija en las profundidades oscuras del vino carmesí en su copa. —Coronel Terrazas —dijo mirando al líder a los ojos—, ya somos uno.

Azorado, el coronel se recargó en el respaldo de la silla de madera labrada. —Lo siento, m'ijo, por un momento, olvidé la suerte que corrió tu buen padre cuando los americanos extendieron su territorio hasta el Río Bravo.

Solitario apretó los labios y dio un lago sorbo a su vino.

—Bien, pues tu padre era como yo, descendiente directo de los hacendados originales de nuestras respectivas regiones en las fronteras. Yo he tenido que luchar, igual que él lo hizo, para proteger mis tierras junto a la frontera. Tengo suerte de estar aún vivo.

—Todos la tenemos —Elías sonrió, intentando aligerar el ánimo.

—¿Usted es de Chihuahua, coronel Terrazas? —preguntó Elías, intentando recuperar el ambiente festivo.

El coronel lo miró en silencio, como si Elías le hubiese arrojado su discada a su impecable uniforme, decorado como estaba con medallas de oro y coloridos listones en verde, blanco y rojo. Todos permanecieron a la expectativa, esperando la respuesta del coronel, hasta que este finalmente habló.

—Yo no soy de Chihuahua —dijo en tono sombrío—, Chihuahua es mía.

Ellos respetuosamente brindaron por su sentido de propiedad, incómodos en sus sillas. Y después escucharon al coronel pontificar acerca de los males de los invasores imperialistas franceses, Maximiliano y Carlota, y su cobarde jefe supremo francés,

Napoleón III. Y después la larga lista de traicioneros generales mexicanos conservadores que se habían unido a los invasores para desalojar al presidente Benito Juárez, electo democráticamente. Pero pronto, juró, el general Porfirio Díaz y el ejército republicano retomarían las principales ciudades y arrojarían a los franceses al mar. Solo era cuestión de tiempo, prometió. Pero solo sería posible con hombres como ellos luchando por libertad, justicia y un mundo más equitativo, uno gobernado por personas electas por sus semejantes y no asignados por sus monarcas. Solitario asintió en silencio y Elías y Efraín imitaron sus gestos.

Cuando finalmente fueron despedidos y el coronel los hubo acompañado al claro frente a su carpa, el coronel le preguntó a Solitario: —¿Y ahora que eres capitán, a quién designarás como tu sargento?

Sin titubear, Solitario puso la mano sobre el hombro de Elías. —Este hombre será mi sargento.

El coronel asintió. —Bien, ¿y este? —señalando a Efraín.

—Él es su mejor explorador, coronel. No creo que usted quiera asignarle otra función.

—Bueno. Es bueno que no todos ustedes tengan sus ojos más grandes que su boca

—dijo señalando la barriga de Elías—. Duerman. Mañana, trabajaran más que nunca. Buenas noches, hombres.

Dieron las buenas noches al coronel y regresaron a la carpa de Solitario. De pie a la entrada, Solitario sirvió tequila a los hermanos en pequeñas tazas de metal que sacó de su alforja. Y se quedó quieto, acariciando el cuello de su caballo mientras los hombres saboreaban el licor, cerrando los ojos mientras el fuego de roble resbalaba por sus lenguas.

Finalmente, Elías se aclaró la garganta y habló en un susurro para no despertar a los soldados que dormían cerca sobre sus petates bajo el cielo abierto. —Yo no sabía que usted era capitán.

Solitario acarició las crines de su caballo y alzó la vista hacia la miríada de puntos de luz en lo alto. Después de unos momentos, encontró la mirada de Elías y respondió:

—Tampoco yo.

Recordando el cinturón que Solitario le había prestado, Elías empezó a desabrochar y retirarlo, pero su nuevo capitán le hizo una señal para detenerlo.

—Es tuyo —dijo Solitario.

—Muchas gracias, jefe —contestó Elías con una sonrisa radiante mientras se levantaba los pantalones y abrochaba de nuevo el cinturón.

Saboreando su tequila, Efraín preguntó: —¿Por qué hizo todo eso? ¿Salvar a los yaquis, darnos crédito? ¿Permitir que el coronel nos invitara a cenar? Así no es como la gente actúa normalmente.

Solitario arrugó las cejas con expresión de curiosidad. —Yo solo hice lo que me pareció justo.

—Pero la vida no es justa, jefe —dijo Elías, colocando su mano sobre el caballo—, ¿cómo se llama el caballo?

—Oscuridad —respondió Solitario.

Los hermanos asintieron con la cabeza. Era un buen nombre y el corcel le hacía justicia. —Como la noche —reconoció Elías.

—La noche es oscura, pero también está llena de luz —dijo Solitario bebiendo un sorbo de su taza.

—¿Por qué busca justicia? —se atrevió a preguntar Elías.

Solitario permaneció en silencio por un buen rato. Se sirvió otro tequila. Después, levantando la vista al cielo, respondió: —Yo he visto muchas injusticias en mi vida. Algunos dicen que es una maldición. Yo estoy huyendo de ella. Pienso que, si huyo de algo, debo buscar lo opuesto: lo que es correcto, lo que es justo, lo que es equitativo.

Elías y Efraín se miraron de reojo. No dijeron nada, pero

Elías sabía que su hermano estaba pensando lo mismo que él. Después de andar tambaleándose por años sin saber qué rumbo seguir, perdidos dentro de un ejército que no se ocupaba ni de alimentarlos, luchando fútilmente contra una siempre cambiante lista de enemigos que ni siquiera estaban seguros de que debían matar, finalmente habían encontrado a quien seguir.

———————

Habían estado persiguiendo a una dispersión de unidades imperiales, patrullando al oeste de Chihuahua durante semanas, intentando ahuyentarlos para poder montar lo que el coronel esperaba fuese un ataque decisivo a la capital. Tras el paso de Oscuridad y el capitán Solitario Cisneros, el sargento Elías y sus soldados habían tenido éxito una y otra vez, minimizando pérdidas humanas, capturando prisioneros y tratándolos con dignidad como insistía Solitario.

—Este trabajo es noble —dijo Elías a su hermano.

Efraín estuvo de acuerdo. —Ahora siento que estoy luchando por algo que vale la pena.

Al amanecer, los hermanos se abrazaron junto a la hoguera antes de que Efraín se apresurase hacia las estribaciones para su exploración de rutina. Elías observó a su hermano alcanzar una cresta, contra el sol naciente, como un saguaro que se eleva desafiante. Y entonces, Efraín se hundió tras un montículo interrumpiendo el horizonte.

Por la tarde, se ordenó que el sargento guiara a un grupo de hombres a las montañas debido a que varios exploradores y soldados de caballería no se habían presentado al mediodía.

Elías buscó a Solitario para pedir consejo, pero no pudo encontrar a su capitán. ¿Sería acaso uno de los jinetes faltantes? Se reprendió a sí mismo por no haber estado más al tanto de su superior. ¿Cómo pudo haberse confiado tan rápidamente? Se frotó el estómago nervioso mientras guiaba un grupo de cuatro hombres a pie, cargando carabinas. Aproximadamente una hora después, se escucharon disparos provenientes de una cresta situada sobre el barranco que cruzaban. Dos de los hombres de Elías cayeron muertos a cada lado. «Francotiradores —pensó Elías—. Franceses, o entrenados por franceses». Se agachó tras una roca terracota mientras las balas pasaban silbando, arrancando pedazos a la roca y rozando el borde de su sombrero.

Otro de sus hombres gruñó al sentir su torso perforado por el fuego. Y después el último de ellos cayó boca abajo, con los brazos extendidos como si el suelo seco fuese su madre y él se abrazara a ella al volver a casa. La sangre rezumaba de su espalda y más hoyos se abrían en su camisa. Los balazos hacían eco en las paredes escarpadas del cañón. Los tiradores imperialistas estaban justo encima.

Elías se hizo la señal de la cruz, abrazó su arma con fuerza y se deshizo de su sombrero. Al girar este por el aire, fue perforado en tres ocasiones por disparos de los tiradores invisibles. Elías se ocultó detrás de una roca grande, con grandes gotas de sudor que se le formaban en la frente hasta reventar y resbalar quemándole los ojos y bañándole las mejillas ardientes en sal.

Escuchó a los soldados enemigos llamándose unos a otros mientras iban descendiendo por ambos lados. «No hay manera de que salga vivo de esta —pensó—. Efraín, ¿dónde estás? ¿Cómo se te pudo escapar esto? Es un ataque sorpresa. Y ahora seguirá el campamento». El mismo coronel Terrazas podría ser capturado o muerto. ¿Y después qué? Chihuahua nunca será liberada de las fuerzas imperialistas. Escuchó el crujido del caliche debajo de las botas del enemigo. El golpeteo de su corazón le retumbaba en los oídos. «¿Es así como todo llega a su fin?», se preguntaba. Jamás se había imaginado que llegaría a alcanzar el rango de sargento. Tal vez debería sentirse orgulloso, tal vez debería sentirse satisfecho, hasta agradecido. Al menos había disfrutado de esa cena en la carpa del coronel. No solamente había probado el tocino, sino también filete y vino español. Había servido al mando de un capitán digno y meritorio. Si este era ya su momento final, estaba determinado a irse con dignidad y arrojo. Apretando los dientes, agradeció a Dios por su vida y salió, con un arma en cada mano, listo para vender cara su vida.

Al hacerlo, las balas le pasaron rozando, rebotaban en las piedras cercanas. Disparó en dirección al enemigo, pero era difícil adivinar dónde se escondían. Estaba completamente expuesto, y los segundos parecían alargarse hasta convertirse en valles eternos de tiempo seductor. A medida que las balas levantaban el polvo, creaban una miasma a su alrededor, cubriéndolo con protección. Y entonces, a través de esa nube surgió una forma masiva e imponente con un jinete montado encima. Se escucharon más disparos. El acero destellaba a la luz del sol mientras un sable giraba en arcos alrededor de la bestia que bufaba. Las pezuñas levantaban más arena y polvo y grava. Los soldados enemigos gruñían, y sus cuerpos caían por la ladera dando tumbos. Uno de ellos pasó rodando sobre Elías, y lo derribó al suelo.

Cuando el polvo y el humo de la pólvora se disiparon, Elías levantó la vista y vio a un charro vestido de negro hablando en tonos apagados con nadie, sino al aire sucio. No podía entender las palabras. Pero al descender el hombre del caballo, supo sin lugar a duda que era Solitario desmontando a Oscuridad.

Silenciosamente, y manteniéndose lo más quieto posible en caso de que aún hubiese francotiradores apuntándolo, Elías observó a Solitario mirando con tristeza a los hombres que había asesinado, dispersos sin vida en sus pantalones rojos y casacas azules. Solitario les había disparado para salvar a su sargento, pero parecía contemplarlos por mucho más tiempo que cualquier otra persona lo haría. ¿Qué tal si hubiera alguien más escondido esperando para disparar?

Mientras Solitario avanzaba hacia él a zancadas, Elías permanecía enfocado en los soldados a nivel de su vista. Más allá de las botas polvorientas de Solitario pudo distinguir los tallos verdes y las flores blancas de los lirios que brotaban de la arena para cubrir los cadáveres ensangrentados.

DIECISÉIS

Menos de una hora antes, Solitario estaba inclinado sobre un mapa expansivo colocado sobre la mesa en el cuartel general del coronel. El mapa estaba cubierto de pequeños bloques de madera en diferentes colores, representando los regimientos del ejército republicano y los Rurales, así como las fuerzas imperiales. Escuchaba la estrategia del coronel para retomar Chihuahua cuando su concentración se vio interrumpida por una voz conocida. Volteándose, se asomó sobre la solapa que cubría la entrada a la carpa, pero el hombre que esperaba ver no estaba ahí. La voz que había escuchado era la de Efraín. Podía jurar que lo escuchó advertir: «Peligro, capitán. Venga rápido», pero Efraín no estaba ahí. El coronel continuó con la completa atención del resto de los oficiales mientras Solitario silenciosamente recogía sus pistolas, su sombrero y su pañuelo y salía de la carpa.

Afuera, dos centinelas dirigían sus miradas hacia las montañas al oeste.

Solitario enfundó sus pistolas y se amarró el pañuelo al cuello. —¿Vino justo ahora uno de los exploradores?

—No —contestaron los centinelas mirándolo con expresión perpleja.

Solitario se apresuró a llegar donde estaba Oscuridad y lo montó rápidamente. Llegaron a las estribaciones antes de que Solitario pudiese siquiera recordar a qué sector de la cordillera había sido asignado Efraín, pero muy pronto encontró el rumbo, serpenteando los caminos entre matorrales de diversas variedades de nopal.

Solitario oteó el paisaje, buscando movimiento, pero todo estaba quieto. Entonces se detuvo, deteniendo a Oscuridad al notar cerca un rastro púrpura. Por alguna extraña razón, el color casi detuvo el latir de su corazón. Inhalando, procedió con cautela. Al alcanzar la mancha púrpura que eran flores de verbena, una brisa demasiado fresca para el mediodía le bañó el rostro, como una suave ola allá en casa, en la costa, durante un inmisericorde día de verano.

Detuvo su caballo y desmontó. Quitándose el sombrero, se detuvo justo a la orilla de las flores silvestres, con las puntas de las botas empujando contra las ovaladas hojas plateadas salpicadas de brillantes granos de arena. A medida que la fragancia de las flores lo calmaba, cerró los ojos por un largo momento. Cuando volvió a abrirlos, Efraín estaba de pie frente a él, justo como lo había visto al amanecer.

—Advierta al coronel —suplicó el explorador—. Es un ataque sorpresa en dos flancos.

Solitario se quedó mirándolo, muy consciente de que este no era un Efraín de piel, cabello, carne y hueso. —¿Dónde estás tú?

—Para mí ya es demasiado tarde.

—No.

—Avise al coronel y salve a mi hermano.

Solitario apartó la vista del espíritu de Efraín, echando un vistazo hacia el desierto, buscando su cuerpo caído entre el moteado de nopal a través de la planicie, hacia las pendientes de las montañas, elevándose y cayendo como olas de tierra moviéndose a una velocidad infinitésimamente lenta. —Lo siento —no podía ver a Efraín por ningún lado en el terreno. Los exploradores vestían pantalones y camisas caqui para mezclarse en el paisaje. Camuflaje, lo llamaban los franceses. Ellos inventaron el término. Ahora estaba siendo utilizado contra ellos por la resistencia mexicana, que era superior a ellos en la guerra de guerrillas en su propio terreno. Pronto expulsarían al emperador francés y Benito Juárez sería reinstalado en la Ciudad de México. Y todos encontrarían una nueva excusa para pelear, o algún otro poder extranjero decidiría que México era lo suficientemente vulnerable para poder aprovecharse de su debilidad. Y más Efraínes morirían. —Cabalga conmigo entonces —susurró Solitario a Efraín—, ayúdame a encontrar a tu hermano.

Atravesaron las montañas a todo galope, Oscuridad agitando la arena debajo de sus pezuñas, ansioso por poner distancia entre su amo y el invasor enemigo. Solitario advirtió al coronel y con toda rapidez giró instrucciones a sus tropas. Y entonces le pidió a Efraín que lo guiara hacia su hermano.

Atravesando a toda velocidad las estribaciones hacia un cañón profundo, Solitario alcanzó a ver soldados enemigos sobre las crestas, disparando hacia abajo, a la cañada. Desenfundo sus pistolas y disparó, con Oscuridad abalanzándose hacia la gresca. Los agresores titubearon y cayeron dando tumbos al cañón, arrastrando rocas a su paso. Ya en corto, desenfundó su sable y lo balanceó a ambos lados, utilizando tanto la punta como las orillas contra el enemigo. La sangre le salpicó el pantalón y la casaca e incluso el cuero de Oscuridad.

Desmontando, con la rapidez de un torbellino huracanado de tierra y humo, Solitario le habló en tono bajo a Efraín. —¿Dónde está?

—Se está haciendo el muerto con ese soldado imperial, allá junto a la roca —dijo Efraín apuntando hacia su hermano.

—Lo has salvado —aseguró Solitario al explorador—. Ahora puedes descansar.

—Pero ahora ya no podré protegerlo más. Es mi hermanito menor.

—Yo lo cuidaré por ti —prometió Solitario.

—Yo iba a ser el padrino de sus hijos algún día.

—Yo me haré cargo de eso en tu honor.

Efraín asintió mientras Solitario atravesaba la arena candente hacia Elías, que yacía tendido boca abajo junto a un enemigo caído.

Mientras caminaba, Solitario hizo una pausa para contemplar a los imperialistas muertos extendidos a sus pies. Los cuerpos estaban apilados torpemente, y yacían boca arriba, los ojos vacíos, la sangre goteando de sus narices y bocas, sus casacas azules perforadas por las balas, los botones dorados brillando al sol. Al verlos, recordó cuando aprendió a tirar en Caja Pinta y El Dos de Copas. Como una sombra de su hermano mayor, él solamente observaba y escuchaba, aprendiendo todo lo que su hermano menospreciaba y después iba solo a practicar lo aprendido. Había alineado botellas de vidrio verde sobre los postes de las cercas, haciéndolas volar en pedazos. Cuando eso se hizo muy fácil, las había colgado de las ramas de los árboles, empujándolas para que oscilaran como péndulos. Apuntándolas desde lejos, las observaba explotar al arquearse hacia el cielo azul.

Miraba a los hombres muertos, sus rostros ensangrentados y sus cuerpos quebrados, raspados y aplastados en la caída por los muros del cañón, y deseaba verlos hechos de vidrio quebrado y no de carne putrefacta. Con un rápido movimiento de su mano, se secó una salpicadura de lágrimas de la mejilla. Donde el agua salada cayó, del piso del cañón salían brotes verdes para cubrir a los muertos. Solitario apenas advirtió las flores de los lirios mientras cargaba a Elías y lo llevaba hacia Oscuridad.

A la mitad del camino de regreso al campo, Elías se incorporó y preguntó: —¿Con quién hablaba usted allá en el cañón, jefe?

—Con tu hermano.

Elías no dijo nada más. No hizo ninguna pregunta.

Solitario apretó los dientes al escuchar a su sargento lloriqueando a sus espaldas.

DIECISIETE

Solitario observaba la pared de adobe en la cárcel. No había mucho que ver. No era como el arte que había visto junto con Onawa en la cueva o la Virgen de Guadalupe que había visto engalanando la tilma de Juan Diego en la basílica de la Ciudad de México, pero tenía potencial. Esta podría ser su propia obra de arte. Podría ordenar en ella sus pensamientos y convertirla en una imagen que siempre parecía escapar de su alcance justo cuando sus dedos se cerraban sobre su esencia. ¿Verdad? ¿Justicia? ¿Equidad, tal vez?

Suspiró al colocar otra fotografía al tablero de madera que había colgado para organizar sus pensamientos acerca de las víctimas y los sospechosos. ¿Quién cometería actos tan atroces? ¿Y por qué? ¿Qué motivación podría tener alguien? Al pensar acerca de las familias de Tolbert, Elías y López no podía detectar una conexión clara entre los tres. Necesitaba más información. Ya había visitado la casa de Elías para dar de comer a su caballo, para buscar pistas, vaya, para buscar al mismo Elías, pero no había encontrado nada en el primer intento. Y Frankie permanecía en estado de coma en la casa del Dr. Ferris. Los espíritus siempre habían sido sus mejores informantes, así que decidió intentar nuevamente con Elías, esta vez llevando su guitarra para atraerlo.

Cabalgando a través del soñoliento pueblo, Solitario susurró a Tormenta mientras cruzaban el barranco. —Te dará gusto ver a tu amigo —dijo al aproximarse a la casa de Elías sobre el dique.

Debajo de los altos mezquites entre la casa y el cauce seco, un caballo pinto tobiano esperaba el retorno de su jinete; su abrigo blanco brillaba a la luz de la luna que se filtraba a través de las ramas de los mezquites. Sus parches color café se fundían en la oscuridad, haciendo parecer que solo estuviese ahí parcialmente.

Tormenta relinchó suavemente mientras se acercaba a su viejo amigo. Se olfatearon uno al otro con calma, bufando su aprobación en tanto que Solitario desmontaba.

Solitario acarició las crines del pinto y dio de comer a ambos caballos de un costal que había dentro de un cobertizo de madera cercano al retrete. Después, desató su guitarra del flanco de Tormenta y se sentó debajo del árbol, recargado en el tronco áspero, rasgando suavemente dejando que el sonido de las cuerdas se mezclara con el canto de las chicharras.

Cerró los ojos y permitió que la música lo envolviera. Recordó cabalgar sobre las planicies norteñas del desierto de Chihuahua hacia Olvido, con Elías a su lado, una vez que la guerra contra los franceses hubo llegado a su terrible fin. Había estado lleno de esperanza que finalmente habría podido escapar de la maldición de Caja Pinta.

Un crujido lo sacó de las profundidades de sus recuerdos. Abrió los ojos y vio que la puerta del retrete se abría lentamente. La brisa nocturna susurraba entre los mezquites, dispersando hojas con una corriente suave. ¿Sería que el viento había abierto la puerta?

Elías surgió tentativamente. —La última vez que vine aquí, no me fue muy bien.

—Has estado mucho tiempo en el retrete —dijo Solitario a su sargento con una sonrisa, sin dejar de rasgar las cuerdas.

—Eso es lo que Otila solía decir —murmulló Elías, encaminándose hacia los caballos. Miró por encima de su hombro, temeroso de ser emboscado otra vez—. La extraño a ella y a los niños.

—¿No los has visto?

—No —respondió Elías con tristeza, acariciando a su caballo. El pinto respondió con un bufido suave y agachando su cabeza un par de veces.

Solitario nunca había podido entender completamente cómo funcionaba eso, quién podía regresar y quién no y a dónde iban cuando desaparecían. ¿Iban los espíritus a otro plano, junto con sus seres queridos? ¿O simplemente se disipaban en el éter como una niebla matutina que se quema con el sol naciente? —Lo siento —concluyó Solitario. ¿Qué otra cosa podía decir?

—¿Quién cuidará a Caballo sin Nombre ahora? —preguntó Elías refiriéndose a su pinto, notorio precisamente por carecer de nombre.

—Yo lo cuidaré —respondió Solitario, hizo a un lado su guitarra y se puso los brazos sobre las rodillas sin apartar la vista de Elías—. Pero primero debemos preocuparnos por Elena.

Elías de pronto pareció recordar más detalles de lo que había ocurrido. —Ella sobrevivió.

—Sí, y está secuestrada en algún lugar, junto con las niñas Tolbert.

—Es por eso que está aquí, haciendo lo que usted hace . . .

—Haciendo lo que yo hago.

—Yo no recuerdo nada —Elías descansó la cabeza sobre las manos, meciéndola de ida y vuelta como si agitando su contenido pudiese obtener un resultado diferente.

—Dime lo que recuerdas.

—Yo tuve una pesadilla. Estaba aquí afuera. Era a mitad de la noche. Ni siquiera vi quién me golpeó, pero nos llevaron arrastrando hasta el río. Yo vi al carnicero y a su familia. Nos prendieron fuego a todos, excepto a Elena —hizo una pausa, y su rostro se retorció de rabia—. La venganza fue mi último pensamiento, Solitario. Y usted sabe que yo era un hombre pacífico. Si podía encontrar una forma de resolver un problema sin violencia, estaba feliz. Pero esto no se puede perdonar. Necesita salvar a mi hija y vengar las muertes de Otila y Oscarito por mí —escupió en el suelo. Percibiendo su rabia, los caballos se agitaron intranquilos, rascando la tierra con sus pezuñas. Solitario se puso de pie. —Muéstrame donde te atacaron.

Elías apuntó al retrete. —Justo cuando yo salía para regresar a la casa.

—Necesito revisar durante el día —supuso Solitario—. No quiero perturbar ningún rastro accidentalmente en lo oscuro.

Elías asintió. —¿Pero entonces, por qué está aquí ahora?

Los ojos de Solitario se estrecharon hasta convertirse en largas rendijas y el bigote perdió fuerza.

—Para verte a ti.

———————

A invitación de Elías, Solitario pasó la noche en su casa y durmió en la cama de Oscarito. Antes de acostarse a dormir, examinó los objetos personales de la familia una vez más. Aparte de unas mesas volteadas y unas sábanas tiradas en el suelo, nada parecía haber sido trastocado o retirado. Era claro que el motivo no había sido el robo. De un pequeño tocador donde Elena guardaba una hilera de peines, cepillos y listones para el cabello, Solitario tomo un cepillo que tenía enredados algunos de sus cabellos largos y negros. Al voltearlo en su mano, lo contemplo con tristeza. Su estómago gruñó, pero no con hambre, sino con rabia. En alguna parte, la hija de Elías corría grave peligro.

Él era su padrino. Era un deber sagrado. No solo había aceptado la responsabilidad de cuidarla en ausencia de sus padres, ahora, él podía ser la única persona que pudiese interponerse entre ella y una muerte prematura y horrible. Sacudiendo la cabeza, frustrado, Solitario regresó el cepillo a su lugar. Le debía a Elías asegurarse de que Elena volviera a tomar otra vez ese cepillo, pasarlo sobre su cabello, tener la oportunidad de rescatar la destrucción de su joven vida.

Después de una noche agitada, soñando que Elena estaba perdida en el desierto, Solitario se levantó con el alba. Se preparó café en la cocina inquietantemente vacía de Otila. Cuando se sentó a la mesa para saborear el humeante brebaje, Elías traspasó la puerta de la cocina para reunirse con él.

—Extraño la comida de Otila —dijo el sargento—. Tan solo los desayunos que preparaba eran razón suficiente para levantarse de la cama por las mañanas.

Solitario asintió, bebiendo en silencio, no sabiendo qué pudiese decir para aliviar el sufrimiento y la soledad de su amigo.

—Se puede quedar aquí todo el tiempo que quiera —ofreció Elías—. Se ahorraría la larga cabalgata hasta El Escondido cada mañana y noche.

—Gracias —respondió Solitario—. No hay tiempo que perder, ni mañana ni hoy. Debemos encontrar a Elena. Empecemos por examinar bien afuera.

Los hombres se encaminaron hacia el retrete, donde la puerta colgaba en el viento. El polvo les entró en los ojos. Los caballos, inquietos, no cesaban de patear el suelo. Había un desenfreno en las ráfagas de viento mañaneras, eran del tipo que generalmente acarreaban algo impredecible y, en estos lugares, típicamente indeseables.

Solitario se agachó en el perímetro del claro que rodeaba el retrete, donde el pasto frágil desaparecía. En el suelo, podía distinguir varios tipos y tamaños de huellas de botas, pero los vientos las estaban ya borrando.

—Ahí —dijo señalando una huella tenue, y justo al momento que lo dijo, esta desapareció de la vista—. ¿La viste?

Elías asintió. —Una X.

Igual que en el granero de Tolbert.

———————

En el campo frente a la casa de los Jackson, que surgía de una parcela de polvo revuelto como si estuviese siendo conjurada de algunas oscuras profundidades de la tierra, los tallos de maíz estaban marchitos y de color café. Era una casa de dos pisos que había sido pintada de blanco mucho tiempo atrás, los tablones de madera estaban grises y descamados y una mohosa veleta en forma de gallo rechinaba sobre el alto techo victoriano.

Solitario lo observaba desde su montura, subiéndose su pañuelo amarillo sobre la nariz para evitar llenarse de polvo los pulmones. Los ojos le ardían. Después de ver la huella en forma de X en el suelo junto al retrete en la casa de Elías, había ido a buscar a los gemelos Dobbs para que le dieran información acerca de la propiedad adyacente a la de los Tolbert. Luego, para su disgusto, ellos insistieron en acompañarlo.

—Esta es la propiedad de los Jackson —dijo Blake Dobbs, y su mirada llena de sospecha al verla—. La granja de Tolbert queda en aquella dirección —dijo apuntando más allá de la casa. A lo lejos, el terreno se inclinaba hacia abajo hasta donde el arroyo corría entre las propiedades y después de costado hacia los bosques que separaban ambas propiedades de la de la iglesia.

—¿Dónde están todos? —se preguntó Michael Dobbs en voz alta.

—Parece que alguien se dio por vencido con la cosecha hace ya tiempo —dijo Blake.

—¿Cuántas personas viven aquí? —inquirió Solitario.

—Son una familia grande, pero todos los hijos se fueron ya, excepto por la más chica. Nosotros estábamos en la escuela con ella. Se llama Gertrude. Ahora son solo el viejo Jackson, su esposa y ella —explicó Blake.

—¿Se llevaban bien con el alguacil Tolbert? —preguntó Solitario.

—Pues yo nunca escuché lo contrario —respondió Blake.

—No son muy sociables —comentó Michael concordando.

El estómago de Solitario se retorció, como con frecuencia hacía cuando estaba a punto de averiguar algo desagradable. Ceñudo, se reprendió a sí mismo por permitir que los gemelos Dobbs lo acompañaran.

Ellos parecían ingenuamente —si bien genuinamente— emocionados por jugar al detective, pero esto no era ningún juego. Y lo último que deseaba era tener en sus manos más sangre inocente.

—Ustedes vayan al pueblo y traigan al doctor —ordenó Solitario.

—Pero, jefe, no podemos dejarlo aquí solo. ¿Qué tal si surgen problemas? —protestó Blake.

Solitario lo fulminó con la mirada. Él sabía que no surgiría ningún problema que no pudiese solucionar, o que no hubiese sucedido antes, pero dar explicaciones a sus ayudantes no era su deber. Su deber era mantenerlos a salvo y, a veces, era preferible que los jóvenes no vieran algunas cosas porque ya no podrían olvidarlas jamás.

—Volveremos cuanto antes —dijo Blake asintiendo.

Los hermanos Dobbs voltearon sus caballos y partieron a toda velocidad levantando una gruesa nube de polvo a su paso.

Solitario avanzó lentamente hacia la casa, rodeándola sobre Tormenta. Había flores muertas en unas macetas en el pórtico. Una mula vieja bebía en el arroyo. En el corral, una vaca rumiando lo observaba del otro lado de la cerca de púas. Al dar la vuelta hacia la parte de atrás de la casa, Tormenta se frenó abruptamente, sin que Solitario se lo hubiese mandado. Sorprendido, buscó sus revólveres y los desenfundó antes de que sus ojos pudieran posarse en lo que había hecho a Tormenta detenerse.

Dos formas sin vida, vestidas de negro, pero blanqueadas de polvo, yacían en el suelo detrás de la casa. Sus miembros estaban extendidos en forma extraña. Charcos de sangre se habían secado alrededor de sus cabezas simulando halos oscuros.

Solitario observó los cuerpos, enfundó sus pistolas y se apeó. Al aproximarse a los cuerpos, que asumió que eran el viejo y la vieja Jackson, levantó la vista hacia el techo alto que apuntaba al cielo. Y después bajó la vista hacia los cuerpos enconados, llenos de moscas. Por la postura, era evidente que habían caído de una gran distancia. «Quizás *caído* no era la expresión correcta», pensó. Más bien, el hombre y su esposa habían sido arrojados a su muerte desde una altura insuperable.

No había huellas en forma de X en este suelo. Los vientos habían sido muy fuertes. Y aun si no hubiesen soplado como si quisiesen borrar Olvido del mapa de una vez por todas, Solitario sospechaba que los agresores no se habían molestado en verificar que estaban muertos después de escuchar sus huesos crujir y sus cuellos quebrarse con el impacto.

Solitario permaneció sobre los cadáveres por un momento, pero el hedor era demasiado fuerte. Se subió nuevamente el pañuelo sobre la nariz, sacudió una mosca y guio a Tormenta de regreso al frente de la casa, donde ella esperó a que él trepara al pórtico.

De pie en la sombra, sus ojos se estrecharon al detectar hoyos de bala en las paredes. Se inclinó a examinarlos. Había astillas que sobresalían de los pequeños hoyos y mostraban que los disparos habían sido hechos desde dentro de la casa. Se quitó el sombrero y apretó los dientes. Quizás se habían llevado a la hija. Tal vez ella estaba con Elena y las niñas Tolbert. Se hizo la señal de la cruz, respiró hondo y abrió la puerta.

Sujetándose el pañuelo sobre la nariz con una mano y un revólver con la otra, recorrió la casa con sigilo, asegurándose de no perturbar nada que pudiese llegar a ser evidencia. La casa estaba volteada al revés, mucho peor que la de Elías. Esta invasión se había topado con resistencia. Sus ojos encontraron agujeros de bala que atravesaban las paredes de la sala, había fragmentos de vidrio dispersos por el piso, fotografías de la familia destrozadas y salpicadas de sangre. Un sombrero Stetson con una mancha carmesí estaba tirado en un rincón, junto a una pistola desechada. Había casquillos percutidos por doquier. En la cocina había ollas y sartenes tiradas por todos lados, como si la vieja Jackson hubiese opuesto una fuerte resistencia con sus utensilios de cocina dentro del espacio reducido. Había un rastro de sangre por todo el pasillo y la escalera.

Solitario subió cautelosamente por la orilla interior de la escalera, sosteniéndose de la barandilla para mantener el equilibrio. Al ir subiendo, iba escudriñando las manchas de sangre en los escalones. Los intrusos habían pisado la sangre, pero sin dejar huellas reconocibles. Las recámaras estaban en orden, con excepción de la de la hija, donde Solitario también encontró señales de lucha. El tocador de Gertrude había sido volcado, el espejo quebrado, había botellas de perfume dispersas en el piso. Con las duelas crujiendo debajo de sus botas, Solitario recorrió todos cuartos, pero no encontró más cuerpos. De pie en el rellano superior de la escalera, notó que las manchas de sangre simplemente se detenían ahí. Al levantar la vista, descubrió la trampilla de acceso al desván y un cordón manchado de sangre con huellas rojas. Al tirar de este, se desdobló la escalera a la que estaba sujeto.

Elevándose al sombrío desván, se asomó por la abertura. Era un espacio abierto, completamente terminado. Había un espejo grande recostado sobre una pared larga. Al pie del espejo había una hilera de andrajosas zapatillas de *ballet* de satín rosado. Aquí había bailado Gertrude. Por un instante, Solitario cerró los ojos y visualizó a la joven esbelta girando con gracia frente al espejo. Con una exhalación larga y lenta, abrió los ojos y subió, desdoblando su cuerpo hasta su estatura normal. La inclinación del techo era realmente alta, confirmó.

Las manchas de sangre continuaban sobre el piso pulido, con un gran círculo untado en carmesí al centro de la habitación. Al arrodillarse para examinar las marcas con más detenimiento, encontró una pizca de fino polvo color café derramado dentro del círculo. Con un pequeño pedazo de papel lo recogió, dobló el papel y se lo guardó en el bolsillo. Cuando terminó de recoger esa pequeña porción de evidencia, siguió catalogando el espacio mentalmente.

Una escalera llevaba a otra escotilla, que conducía al techo. Los peldaños estaban ensangrentados también. Supuso que los agresores habían arrastrado a los padres heridos hasta ahí y desde ahí los arrojaron a sus muertes. ¿Pero dónde estaba la hija? ¿Dónde estaba Gertrude? En la esquina del desván encalado, un ropero grande vigilaba en silencio. Tal vez contenía sus atuendos de baile. ¿Como se llamaban? ¿Tutús? O algo así, elegante y afrancesado. Solitario hacía una mueca con solo pensar en algo francés, aún después de tantos años. Evitando el círculo dibujado en sangre, cuidando de no alterar nada con sus botas, se acercó al ropero. Antes de abrirlo, se asomó por la ventana hacia la entrada de la granja y pudo ver que los gemelos Dobbs regresaban con el Dr. Ferris, los tres corceles apresurándose por el camino de tierra rumbo a la casa.

Abrió la puerta del ropero esperando ver una hilera de faldas de tul rosado, pero lo que se toparon sus ojos quemó su alma como un candente hierro para ganado. Se volteó de espalda inmediatamente, pero ya era demasiado tarde. Dentro de ropero antiguo estaba el cadáver ensangrentado de lo que debió ser una mujer joven, totalmente desprovista de piel, sin nada en los huesos —algunos de los cuales sobresalían— con sangre y tejido expuesto. Su cabeza había sido cortada en la base del cuello, y al igual que la dermis, no se encontraba. Solitario cerró la puerta de un golpe. Luchando contra una poderosa ola de náuseas, se recargó con las manos en el alféizar y levantó la ventana para permitir la entrada de aire fresco. Desde abajo, el doctor y los gemelos lo miraban con curiosidad. Entrecerró los ojos frente al sol, meneando la cabeza. Por primera vez en toda su vida laboral se había topado con una maldad tan oscura que lo había sacudido hasta la médula.

———

Mientras el Dr. Ferris examinaba los restos de Gertrude Jackson en el desván, Michael montaba guardia afuera de la casa y su hermano Blake fue al pueblo por una carreta para llevar los cadáveres al cementerio.

De pie junto al doctor, que estaba agachado sobre el cuerpo, Solitario preguntó: —¿Diría que esta forma de despellejar requiere de una habilidad especial?

—Definitivamente —respondió el doctor Ferris, acariciando

su bigote blanco—. La mayoría de los cazadores de por aquí saben cómo despellejar un animal, pero ellos lo hacen en tiras, arrancando trozos de músculo al cuerpo. Esto fue hecho de una manera mucho más deliberada, con gran precisión y cuidado. Hay muy pocos cortes al estrato muscular.

—Es como si hubiesen querido retirar toda su piel en una sola pieza —aventuró Solitario.

El doctor Ferris asintió.

—¿Qué clase de persona podría hacer eso?

—Un loco —respondió el Dr. Ferris.

Solitario caminó hacia la ventana y miró a Michael Dobbs que cuidaba el claro. —Quise decir desde la perspectiva de las habilidades requeridas.

—Ah, ya veo —el Dr. Ferris se reclinó en sus piernas, haciendo una pausa para considerar la pregunta—, supongo que quizás un carnicero podría hacerlo.

—Nuestro carnicero del pueblo fue quemado hace unos días. ¿Esto pudo haber ocurrido antes?

—Por el grado de descomposición, yo diría que este crimen sucedió después de que esas personas fueron quemadas en la hoguera.

—¿Quién más podría poseer esas habilidades?

—¿Los apaches?

Recargado con la espalda contra la ventana, Solitario, mirando con atención al doctor Ferris, preguntó: —¿y un doctor?

El doctor Ferris le devolvió la mirada, su nuez de Adán elevándose y descendiendo varias veces. —Supongo que esa es otra posibilidad.

Solitario asintió, cruzó los brazos y observó atentamente al doctor Ferris concluir su revisión médica. Una vez que hubo concluido, envolvieron el cuerpo en lona y lo llevaron abajo.

Afuera, bajo la luz candente del sol, Solitario se acercó una vez más a los cuerpos de los padres de Gertrude. Cuando el doctor los volteó, se sorprendió de ver un hoyo en cada uno de sus pechos.

—Les sacaron los corazones antes de lanzarlos del techo —Solitario dio voz a sus pensamientos al momento que estos se estaban formando.

—¿Cómo sabe que fue antes? —preguntó Michael Dobbs.

—No hay señales de que los cuerpos fuesen trastornados después de la caída

—respondió Solitario.

—Es muy probable que ellos ya estaban muertos antes de golpear el suelo —concluyó el doctor—. Ahora que si aún había algo de sangre fresca en su cerebro, el chasquido del cuello habría rápidamente puesto fin a su sufrimiento.

—Que misericordioso —murmuró Solitario, escupiendo al suelo con desdén.

Mientras el doctor Ferris y Michael Dobbs preparaban los cuerpos para transportarlos, Blake Dobbs dio vuelta a la casa con una velocidad alarmante. La carreta que arrastraba casi se voltea debido a la prisa.

—¡OOO! —gritó Blake, luchando con las riendas para detener a su caballo, cuyas pezuñas resbalaban a través del claro.

—Cuidado, joven —regañó el Dr. Ferris—. Lo último que necesitamos es tener más cadáveres en nuestras manos.

—Lo siento —dijo Blake, saltando al suelo—. Jefe, hay problemas en el pueblo. Tiene que apurarse.

Solitario miró calmadamente a su ayudante. —¿Qué pasa?

—La gente ya se enteró de estos asesinatos. Algunos hombres formaron una pandilla y andan arrestando sospechosos. Me temo que están planeando fusilarlos a todos.

—¿Sospechosos? —reflexionó Solitario—. ¿Cómo puede ser? No hemos concluido nuestra investigación.

—No creo que les importe, señor —respondió Blake jadeando, con las mejillas enrojecidas y el sudor de su frente resbalando por las cejas hacia los ojos—. Usted necesita llegar antes de que la sangre corra por las calles.

—¿A quién están arrestando? —preguntó Solitario mientras caminaba hacia Tormenta, atando su sombrero con la cuerda que colgaba debajo de su barbilla.

—Mexicanos y apaches —respondió Blake.

—Ayuden al doctor a cargar los cuerpos y después apresúrense a alcanzarme —gritó Solitario, montando a Tormenta y alejándose a galope en una nube de polvo.

DIECIOCHO

Mientras Solitario se dirigía hacia Olvido a gran velocidad, el viento abofeteaba a Tormenta. Los arbustos rodadores saltaban sobre los caminos de tierra y levantaban el vuelo, impulsados por las ráfagas. Varias ramas de árbol navegaban por encima. Estructuras abandonadas silbaban y aullaban por el viento que soplaba a través de sus entrañas huecas, y sus puertas abolladas golpeaban en el viento. Solitario presentía el caos que se avecinaba. Lo había sentido en la víspera de batallas mal planeadas y durante la inminente invasión de ciudades que albergaban demasiadas variables desconocidas. Era una clase especial de presentimiento que no le gustaba para nada.

Inclinado sobre el pescuezo ondulado de Tormenta, pasó volando por la calle principal del pueblo, deteniéndose en lo que hacía las veces de plaza principal de Olvido: un conjunto de edificios comerciales construido por los colonos anglosajones, que se alineaban por los cuatro lados de un amplio claro cuadrado. En el extremo norte de la calle, aproximadamente a 100 yardas de la plaza, estaba la iglesia blanca del reverendo Grimes. En el extremo opuesto, quedaba la garganta del río seco y más allá la calle se extendía a través del sector mexicano del pueblo.

La borrasca estalló en la plaza justo al llegar Solitario, pateando remolinos de polvo y levantando hojas secas en un frenesí de escombros. Entrecerrando los ojos por la tormenta seca que le aguijoneaba los ojos, Solitario supo inmediatamente que ninguna de las personas detenidas en contra de su voluntad podría haber cometido crímenes tan complicados y atroces. Contra un muro de estuco, tras el cual estaba situado el cementerio, quince hombres habían sido alineados, atados con cuerdas por los tobillos y las muñecas, con las manos en la espalda. Vestían la ropa raída y desteñida de campesinos, y algunos de ellos incluso portaban sombreros. Unos cuantos eran poco más que niños, incluido un trío de apaches demasiado jóvenes para ir de cacería o a luchar junto a sus padres. Un puñado de pistoleros los vigilaba, con sus pistolas listas y amartilladas. Ciudadanos y comerciantes prudentemente se habían refugiado en sus hogares y comercios y ocultado detrás de sus persianas.

Solitario resistió el impulso de desmontar y desatar a los prisioneros. Era muy rápido con las pistolas, pero los pistoleros eran demasiados. Nunca había sido muy afecto al diálogo, pero también había aprendido tiempo atrás que las palabras eran, en ocasiones, indispensables para la supervivencia. La diplomacia, como le había nombrado el coronel Terrazas, un esfuerzo en el que se había considerado competente. El coronel le había enseñado a Solitario que, en ocasiones, era mucho más fácil obtener grandes extensiones de tierra superando al oponente en estrategia y facilidad de palabra que con el uso de la fuerza bruta. A veces, la amenaza del derramamiento de sangre era más efectiva que el acto violento en sí. Y, en otro momentos, la vaga promesa de una seductora recompensa en el futuro podría disuadir a un hombre de optar por matar en el presente.

Avanzando lentamente, Solitario llevó a Tormenta hacia el jinete que dedujo que era el líder de la pandilla. El rostro del hombre estaba cubierto por una espesa barba roja, su piel rubicunda por los efectos del sol, el alcohol y el tabaco. Llevaba un polvoriento saco gris y un desgastado sombrero de caballería confederada.

Al acercarse Solitario, el jinete se volteó en su alto caballo cuarterón y se dirigió a él.

—Si yo fuera tú, no me iría a meter donde no me llaman —gruñó el hombre—. ¿Hablas inglés?

Solitario le tomó la medida, ansiando ir por su pistola. Sabía que era muy probable que fuera más rápido que el hombre, pero le preocupaban sus cuatro secuaces. ¿Cómo podría esquivar el fuego con que le respondieran?

—Sí, yo hablo inglés —respondió Solitario, acercándose más.

Los ojos del hombre se posaron en la insignia de plata que brillaba en la chamarra de Solitario. —Ya veo. Tú debes ser el nuevo alguacil del que todos hablan. Yo soy el capitán Ringgold. Trabajo para el Sr. Grisson.

Grissom era el principal terrateniente del condado. Todo mundo conocía su nombre, pero poco acerca de él excepto que era alguien con quien nadie debía meterse. Solitario había escuchado acerca de Ringgold también, una reliquia de la guerra civil que Grissom había traído al oeste con él después de la victoria de la Unión sobre el sur. Ringgold era famoso por tomar mucho y perder los estribos, una combinación que, generalmente, terminaba con personas inocentes pagando el precio de sus excesos.

—Solitario Cisneros —respondió presentándose—. Ahora, dígame capitán, ¿qué significa todo esto?

—Estos hombres están siendo ajusticiados por los horribles crímenes que se han venido sucediendo por aquí —respondió el capitán Ringgold, escupiendo una bola de tabaco al suelo, a la derecha de su caballo.

—¿Pero cómo se puede impartir justicia cuando la investigación aún no ha terminado? —preguntó Solitario—. Estos hombres, y niños, no encajan en la descripción de la clase de gente que yo creo que pueden haber cometido los crímenes de los que usted hace mención.

—Pues ya lo veremos —respondió el capitán Ringgold.

—¿Ah sí?, ¿cómo?

—Bueno, pues si los fusilamos y los crímenes cesan, entonces sabremos que eran ellos . . . o algunos de ellos, al menos.

Solitario intentó no burlarse del estrafalario sentido de justicia del capitán Ringgold, optando por contener sus instintos y poner en práctica la diplomacia del coronel. —Bien, ¿y qué evidencia tiene contra ellos?

—Pues son mexicanos y apaches —respondió el capitán Ringgold—. Y todos saben que ambas razas son propensas a la violencia.

Solitario permaneció en silencio, mirándolo fijamente, preguntándose qué le hacía pensar a Ringgold que tenía derecho a impartir justicia.

Solitario volvió nuevamente a recorrer el área inmediata con la mirada, en busca de tiradores escondidos, aliados o contrarios. Mientras el capitán hablaba, una diligencia hizo su llegada al pueblo, deteniéndose frente al único hotel de Olvido, un edificio de dos plantas con un vistoso balcón con vista a la plaza. El Sr. Boggs salió del hotel ataviado con un brillante chaleco morado adornado con un complicado bordado negro. Ayudó a dos damas, ataviadas con lujosos vestidos con volados, faldas en forma de campana y elegantes sombreros a descender de la diligencia y rápidamente las introdujo al vestíbulo del hotel.

—¿Y cuándo planea organizar su pelotón de fusilamiento?

—inquirió Solitario—. Si tuviese un poco de paciencia para esperar, me gustaría que antes conversara con el alcalde. Tal vez se podría evitar derramar sangre inocente. Yo necesito más tiempo para mi investigación.

—A su investigación —se burló el capitán Ringgold— no le está yendo muy bien, ¿o sí? —el rostro impasible de Solitario no revelaba nada.

—¿Cuántos cadáveres se han amontonado ya? He escuchado que los hombres más ocupados en el pueblo no son el banquero ni el panadero, sino el sepulturero y el fabricante de ataúdes —agregó Ringgold. Y mientras él celebraba su propio chiste, sus secuaces se carcajeaban detrás de él.

Justo cuando las risas se apagaban, los gemelos Dobbs cabalgaron hasta la plaza, colocándose detrás de Solitario.

Ringgold permaneció callado. Solitario supuso que estaba calculando las posibilidades. Ahora eran cinco contra tres, pero Solitario sabía que sus ayudantes se veían muy verdes mientras que los secuaces de Ringgold eran curtidos veteranos de guerra.

—Como dije —repitió Solitario—, estaría bien si hablara con el alcalde antes de tomar las riendas del asunto y tener que enfrentar las consecuencias.

Con una risita, Ringgold comentó: —Tienes los cojones grandes, lo reconozco. No sé si eres más niñera que alguacil con ese par de ayudantes, pero seguro, te doy diez minutos para intentar encontrar al alcalde, a ver si puedes. Si eres tan efectivo para encontrarlo como para resolver crímenes, yo calculo que en un ratito vamos a tener aquí un buen fusilamiento a la antigüita.

Solitario dejó que el hombre hablara todo lo que quisiera. Cada par de segundos ganaba otro aliento para los hombres que temblaban junto a la barda del cementerio, a unos cuantos pasos del lugar de su descanso final, y que sin duda estaban ansiosos de alejarse de ahí corriendo.

—Chicos, vayan por el alcalde —les ordenó Solitario, sin apartar ni por un momento su sombría mirada de los ojos azules del capitán Ringgold. Podía ver ahí la sed de sangre que la guerra no había podido sofocar, sino más bien reforzar y convertir en una enfermedad. Los hombres como Ringgold necesitaban matar para sentirse vivos—. Apúrense.

—Pero, jefe . . . —empezó a decir Blake.

—Vamos —lo interrumpió Michael—. Ándale. No hay tiempo que perder.

Cuando partieron los hermanos, Solitario comprendió la ventaja que era que fuesen dos. Blake iba a argumentar que no tenían ni la menor idea de dónde podía estar el alcalde, pero Michael comprendió que Solitario ya lo sabía y que simplemente intentaba ganar tiempo. Tal vez sus ayudantes tuviesen potencial después de todo, pensó Solitario atusándose el bigote. Ellos formaban la clase de equipo que él siempre había deseado en su propio hermano gemelo.

—Yo esperaré debajo del árbol —dijo a Ringgold, inclinando la cabeza y llevando a Tormenta hacia el roble solitario que se erguía en el centro de la plaza. Algunos lo llamaban el árbol de los colgados.

A la sombra del roble majestuoso, Solitario desmontó. Sabía que era el centro de todas las miradas, las de los prisioneros junto a la barda de estuco, las de los ciudadanos que se asomaban detrás de las persianas, las del capitán Ringgold y sus hombres, inquietos y prestos a disparar sus armas hacia la alineación de sospechosos que habían reunido en su supuesta búsqueda de justicia. Mientras que todos observaban y esperaban, dio un largo sorbo de agua de su cantimplora. Susurró unas cuantas palabras tranquilizadoras a Tormenta, que claramente percibía la tensión, y desató su guitarra del flanco de su yegua.

Recargado contra el árbol, Solitario empezó a arañar las

cuerdas, afinando su instrumento. Tocó una antigua canción de cuna española; las notas llevadas por el viento, arremolinándose en la plaza, proporcionaban un ritmo y una melodía que hacía bailar las hojas y las plantas rodadoras. Los hombres de Ringgold, incrédulos, se miraban unos a otros, pero Solitario seguía tocando, y la magia veleidosa que emanaba de su guitarra iba tejiendo un hechizo sobre la pandilla. Hasta el mismo Ringgold se meneaba en la brisa al ritmo de la dulce melodía de Solitario. El envés del sombrero de Solitario empezó a emitir un brillo de un profundo tono azul cobalto, y su bordado plateado resplandecía al tiempo que él cerraba los ojos y dejaba volar sus dedos sobre las cuerdas, evocando notas tanto de instinto como de memoria. Era una canción que había aprendido mucho tiempo antes en Caja Pinta, mucho antes de que Luz le obsequiara el sombrero encantado. Mientras que él tocaba, el tono del envés del sombrero se iba aclarando, como el cielo nocturno hacia el amanecer.

Cuando terminó la canción, el brillo azul desapareció de su rostro. Y cuando abrió los ojos, el capitán Ringgold se había desplomado sobre el pescuezo de su caballo en un sueño profundo, y sus secuaces yacían inconscientes en el suelo, roncando bajo el sol del mediodía. Cuando los chicos Dobbs regresaron con el alcalde Stillman, Solitario a señas les ordenó no hacer ruido y desatar a los prisioneros. Mientras ellos obedecían, él esposó a Ringgold y a sus secuaces. Los prisioneros corrieron lo más rápido que podían para alejarse de la plaza, pero el capitán Ringgold y sus hombres siguieron durmiendo imperturbables a pesar del viento, del sol y del calor.

—Cárguenlos en la carreta y llévenlos a encerrar —dijo Solitario a los chicos Dobbs.

—¿Estás seguro de eso? —preguntó el alcalde Stillman con voz temblorosa—. El capitán Ringgold trabaja para el señor Grissom, nuestro principal contribuyente.

—La justicia no está en venta —comentó Solitario con sarcasmo, atando su guitarra de nuevo al flanco de Tormenta.

Cuando estaba a punto de poner su bota en el estribo para montarse en la silla, Solitario escuchó a un hombre aclararse la garganta detrás de él. Sacó su pistola al tiempo que se daba la vuelta. Pero en vez de un agresor, se encontró con un rostro conocido del pasado.

Un anciano con cabello canoso y rizado, ataviado con un elegante traje color crema, estaba de pie frente a él con una mano arrugada y temblorosa extendida. —M'ijo —le dijo—, me da tanto gusto ver que todavía le das buen uso al sombrero que te hizo mi hija.

—¡Don Miguel! —exclamó Solitario, dando al hombre un fuerte abrazo. Lo sintió más pequeño y frágil de lo que recordaba. Demasiados años habían transcurrido desde que se vieran por última vez. Había sido más fácil ignorar la continuada existencia de su suegro después de la muerte de Luz que recordarla a ella en su presencia. Los ojos verdes de don Miguel brillaban bajo la luz del sol, como solían hacer los de ella—. ¿Qué lo trae al pueblo, don Miguel?

—Un asuntito de negocios —respondió don Miguel señalando hacia el banco—. Me enteré de que volviste a retomar la insignia y la pistola. Eso está bien. Olvido tuvo su mejor época cuando tú estabas a cargo de mantener la paz.

Solitario sonrió. Esos sin duda habían sido días mucho mejores, cuando Luz estaba viva, antes de que el río hubiere abandonado Olvido. —Veremos qué se puede hacer.

—Yo voy de regreso al rancho —dijo don Miguel—. Como sabes, cerré la casa de la ciudad hace mucho tiempo. Demasiados recuerdos de . . .

—Sí —asintió Solitario, tornándose melancólico—, demasiados recuerdos de Luz.

—Cuídate, m'ijo —dijo don Miguel, encaminándose hacia su carruaje que estaba estacionado frente al banco—. Y conserva ese sombrero. Ella lo hizo con amor para ti.

Solitario observó a su suegro subir a su carruaje y partir. Montó a Tormenta, tocando el envés de su sombrero, que ahora estaba oscuro. Luz había poseído magia, e impregnaba con su espíritu todo lo que tocaba. Solitario hubo de luchar para contener el llanto.

———

En la alcaldía, Solitario montaba guardia sobre los cautivos que dormían en sus celdas. Los gemelos Dobbs no daban crédito a sus ojos. El alcalde Stillman ocupaba el escritorio del alguacil, rascándose la cabeza.

—No puedo creer cómo hiciste eso —dijo Blake Dobbs por enésima vez.

—¿Cómo lo hiciste? —preguntó Michael.

—Es un viejo truco charro que aprendí al sur del río. Es mi tipo especial de diplomacia.

—Bien, pues independientemente de cómo lo hayas hecho —concluyó el alcalde— se salvaron vidas y eso es lo importante. Nuestro pueblo no se puede seguir permitiendo que su población disminuya. La población está muy inquieta, muy asustada. ¿Tú crees que Grissom haya enviado a Ringgold y su pandilla a matar a esos hombres para intentar calmar las cosas?

—Yo solo sé que, si la gente sigue muriendo, este pueblo realmente va a quedarse muy silencioso —comento Blake Dobbs.

Solitario contemplaba al capitán Ringgold desplomado en una banca pegada al muro de la celda. —No sé si Grissom los haya enviado. Lo averiguaremos en cuanto despierten. Que será dentro de unas horas. Mientras tanto, tengo trabajo que hacer.

La razón por la que estoy seguro de que esos hombres a quienes salvamos no eran culpables es que esos asesinatos parecen muy complicados y planeados. Sí, hay varias personas colaborando en ellos, pero los crímenes en sí no parecen aleatorios. Tampoco son robos. Son ritualistas. No es labor de campesinos ni de niños. Es labor de malhechores hábiles.

—¿Así que los apaches? —preguntó Stillman.

—Tampoco lo creo. Pero si no resolvemos esto pronto, las personas como Ringgold van a seguir culpando a cuantos apaches y mexicanos puedan atrapar, hasta que nadie pueda evitar el derramamiento de sangre inocente.

Solitario tomó su sombrero y abrió la puerta del frente. Se volteó y ordenó a sus ayudantes que vigilaran muy de cerca a los prisioneros.

—¿Y yo? —preguntó el alcalde.

—Presiento que Grissom no tardará en aparecer —respondió Solitario—. Asegúrese de que prometa que, si liberamos a sus hombres, los mantendrá alejados hasta que hayamos concluido nuestra investigación.

El alcalde asintió.

Solitario salió, montó en Tormenta y desapareció en la implacable tormenta de arena.

DIECINUEVE

A medida que el atardecer sumergía su casa en un tono de cobre profundo, Onawa frotaba suavemente la frente de su padre con una toalla húmeda, y sus ojos calcaban las arrugas de su piel curtida. Él había hecho tanto por su madre y por ella. Ahora le tocaba a ella sacrificarse por él. Esperaba lograr que se enorgulleciera de ella, pero no podía evitar sentir que era solo una decepción. No se había casado. No le había dado nietos. El tiempo, como la vida de su padre, se le escapaba entre los dedos.

Recorriendo silenciosamente su casa de adobe y techos bajos situada a las afueras de Olvido, Onawa se detuvo por un momento frente a un pequeño altar en el cuarto del frente. Una colección de velas y artefactos que habían pertenecido a su madre estaban sobre la rústica mesa de madera, frente a la única fotografía que tenía de ella. En la fotografía, su madre estaba vestida de blanco. Sus trenzas negras, una sobre cada hombro, casi llegaban al suelo. Estaba de pie junto al padre de Onawa, que había estado entonces en su mejor momento, y portaba un penacho de plumas que lo coronaba como jefe. No era una tradición apache conservar un tributo semejante a los difuntos dentro del hogar. Todo lo contrario, la mayoría de los apaches creían que desechar los recuerdos de los difuntos ahuyentaba cualquier desdichado resto de sus espíritus. Pero el padre de Onawa había permitido esta práctica para honrar las costumbres mexicanas de su madre.

Onawa miraba con atención la rígida imagen de su madre. La nostalgia le recorrió el cuerpo: el dulce, imposible anhelo de una hija separada demasiado pronto de su madre. Onawa creía que el espíritu de su madre aún permanecía con ella, agitando las ramas en la brisa, trayendo el aroma de lavanda y artemisa a través de las ventanas abiertas en la noche. Pero, aun así, la extrañaba. Algunos espíritus eran más visibles, más tangibles que otros. Y el de su madre parecía haber estado descansando muy tranquilo.

Por un momento, de pie contemplando su altar, bañada en la luz dorada que se filtraba por las ventanas, temía que su vida entera estaba suspendida en ámbar.

—Me pregunto qué pensarías de Solitario, mamá —susurró Onawa—. ¿Lo aprobarías, o me aconsejarías alejarme de él? —con un suspiro hondo, acarició el rostro descolorido de su madre, perdida en su soledad, escuchando a su padre roncar en la habitación del fondo.

Se sobresaltó por un repentino golpecito en la puerta del frente. Asomándose por la mirilla se tranquilizó al ver a Solitario afuera, con el rostro sombreado por su ancho sombrero.

Abriendo la puerta, sonrió. —Ya me enteré de tu serenata en la plaza.

El rostro de póker de Solitario permaneció inquebrantable. —¿Cómo es posible que el chisme viaje más rápidamente que la velocidad misma del sonido?

—Pasa —invitó ella, retrocediendo un paso—. Mi padre está dormido, pero le dará gusto verte. No se ha sentido bien.

Solitario se quitó el sombrero.

—Dame, lo colgaré —ofreció ella. Al tocar el sombrero, sus dedos hormiguearon con energía—. ¿Así que esta es tu arma secreta?

Solitario permaneció de pie embarazosamente al centro del pequeño cuarto.

—No tienes que darme una respuesta —agregó ella, colocando el sombrero en una percha junto a la puerta—. Todos necesitamos nuestros secretos.

—Onawa

—¿Sí? —contestó ella expectante.

—En realidad vine a verte a ti.

—¿Otra vez? —sonrió ella, sintiendo un aleteo en el estómago que animaba su espíritu.

—Sí, necesito tu ayuda.

Sus ojos brillaron, y se posaron en la insignia brillante prendida en su pecho. No había estado ahí durante su viaje a las montañas en busca de Frankie Tolbert. —¿Por qué solo los hombres pueden llevar insignias radiantes, brillando con poder?

La mente de él parecía alejarse del cuarto.

—¿Solitario? —su comentario lo sacó de su aturdimiento.

—Sí —respondió él, mirándola a los ojos—, lamento que tu padre no se encuentre bien.

Onawa se volteó rumbo a la habitación de su padre, caminando de puntitas hasta la puerta. Él todavía estaba dormido. —¿Tienes prisa?

—Me temo que sí.

—¿Cómo puedo ayudarte? —ella se recargó en el umbral entre las dos habitaciones. En medio, había un pequeño nicho donde preparaba sus comidas.

Él le describió los asesinatos en la granja Jackson. —Algunas personas culpan a los apaches. Todos los asesinatos tienen un hilo en común, un sentido de ritual —dijo Solitario, pasándose la mano sobre el cabello—. ¿Tú crees que alguien de la antigua tribu de tu padre pudiera estar involucrado en esto?

Ella miró a través del nicho hacia su padre. Ellos habían dejado los restos dispersos de su tribu unos años atrás para vivir en Olvido, aparentemente porque la deteriorada salud de su padre ya no les permitía continuar con los rápidos traslados de la banda. Pero ella sospechaba que había otras razones también, diferencias de opinión entre los ancianos de la tribu, como su padre, que buscaban paz, refugio y fin a las interminables guerras, y los líderes jóvenes empeñados en continuar luchando al lado de Gerónimo contra el implacable avance del hombre blanco.

—Siempre que una persona blanca es escalpada o desollada, la gente inmediatamente acusa a los apaches. Pero yo no creo que estén en lo correcto al asumir tal cosa. Cuando nuestra gente pelea —concluyó Onawa—, es con un propósito.

—Sí, y generalmente ese propósito es muy evidente —convino Solitario.

—No como estos asesinatos —dijo ella.

—Yo concuerdo, pero si no puedo descifrar el porqué de estas muertes y quién las está ocasionando, mis canciones y mi sombrero no serán suficientes para detener a aquellos que quieren culpar a cualquiera que tenga apariencia diferente a ellos.

—Los rituales que has descrito no parecen apache —dijo Onawa pensativamente, mirando la fotografía de su madre en el altar—, me suenan a azteca.

Solitario asintió.

—Hay una mujer a quien debemos visitar —decidió Onawa—. Está a una distancia de medio día cabalgando hacia el sudeste.

—¿Cerca del Big Bend?

—Sí —dijo ella—, vamos a despertar a mi padre para que pueda darnos su bendición.

—Siento mucho alejarte de él —susurró Solitario mientras se acercaban poco a poco a Águila Brava—. Tal vez pudieses darme instrucciones para encontrar el lugar y yo podría ir solo.

—Esta mujer no hablará contigo si vas tú solo.

—¿Es una bruja? —preguntó.

—Sí, era amiga de mi madre —respondió Onawa—. Por ello, yo debo ir.

Solitario asintió y Onawa empujó suavemente el hombro de su padre.

—T'aah —susurró—, despierta T'aah. Tu amigo está aquí.

Los ojos de Águila Brava se abrieron y una sonrisa apareció en su rostro curtido al enfocarse en Solitario de pie junto a Onawa. —Bienvenido, 'Habla con los Espíritus'.

———

Viajaron durante la noche para ahorrar tiempo y energía. Saliendo de Olvido a las tres de la madrugada al amparo de la oscuridad que les brindaba una brisa fresca al avanzar sobre el vasto desierto, con la arena emitiendo un brillo blanco bajo la luz de la luna. Solitario cabalgaba sobre Tormenta y Onawa montaba a Invierno, y silenciosos atravesaron el desierto a un paso firme. El paisaje estaba manchado con una infinita abundancia de yuca y creosota. En la distancia, hacia el sur y hacia el norte, podían ver los contornos oscuros de las montañas sobresaliendo al estrellado cielo de cobalto. Avanzaron imperturbables, el único sonido era el aullido ocasional de un coyote lejano. Mientras cabalgaban, Onawa se sentía extrañamente en paz, en armonía silenciosa con Solitario y los caballos. Era como si siempre hubiese sabido que haría este trayecto con él a su lado.

Dejando a Olvido atrás, Onawa sintió que no estaban solos. Al voltear hacia atrás, ella pudo distinguir una figura solitaria que los seguía a la distancia.

—¿Por qué nos sigue desde tan lejos? —preguntó a Solitario.

—¿Tú también lo ves?

—Sí.

—Yo creo que se siente incómodo contigo —respondió Solitario—. Le dio tristeza que no lo invitara a acompañarnos cuando fuimos a la cueva a buscar al niño Tolbert.

Onawa se preguntaba si Elías estaría vivo aún si los hubiera acompañado en ese viaje. ¿Le preocuparía a Solitario la misma duda? ¿Se culparía de la prematura muerte de su sargento? De cualquier forma, él hubiese perdido a su familia. Y aún existía la posibilidad de rescatar a su hija Elena.

Onawa tiró de sus riendas, disminuyendo la velocidad hasta que su caballo se detuvo por completo. Tormenta se volteó, con curiosidad y titubeando.

—Sargento Elías —susurró Onawa al viento—, únase a nosotros.

Elías repentinamente apareció a medias. Onawa escuchaba su voz y Solitario también.

—No estoy seguro de ser bienvenido.

—Usted siempre es bienvenido —dijo Onawa para apaciguar su espíritu.

Elías estaba de pie junto a ellos. —Buenas noches, jefe. Buenas noches, Onawa.

—Buenas noches —respondieron ambos, compartiendo una mirada.

—Sargento, usted no tiene por qué sentirse apenado conmigo, ni temerme. Esta es su batalla también —le dijo Onawa—. Juntos encontraremos a su hija y la protegeremos.

—Gracias —respondió Elías.

—Camina con nosotros —agregó Solitario.

—Muy bien —dijo Elías.

—Usted puede cabalgar conmigo, si lo desea —Onawa le sonrió.

—A Otila no le agradaría eso —contesto Elías—, pero gracias por ofrecerlo. Es muy amable de su parte.

—¿La has visto? —preguntó Solitario.

—Aún no.

—Algún día lo hará —le aseguró Onawa. Ella pensó en agregar que se reuniría con su esposa una vez que hubiese terminado su misión actual y pudiese alcanzar la paz, pero decidió no hacerlo pensando que él no necesitaba más recordatorios de los retos y las terribles posibilidades que les esperaban. ¿Qué tal si no lograban rescatar a Elena? ¿Qué pasaría entonces? ¿Estaría entonces condenado a recorrer las arenas para siempre en busca de alguien a quien jamás encontraría o de una venganza destinada a eludirlo?

Onawa se guardó sus preocupaciones para sí misma y los tres continuaron su trayecto juntos, deteniéndose ocasionalmente para observar las estrellas y confirmar que se dirigían en la dirección correcta.

———

Cuando el cielo empezaba a aclararse, se detuvieron en una cresta y encendieron una fogata pequeña sobre la cual Solitario hirvió un café toscamente molido que sacó de su alforja. De dos pequeñas tazas de hojalata, él y Onawa bebieron el líquido amargo sentados a la orilla de la hoguera y contemplaron el amanecer explotar sobre el horizonte oriental, el desierto debajo de ellos con un brillante color anaranjado.

Mientras admiraban el espectáculo de la naturaleza dando

a luz un nuevo día, Onawa se acercó a Solitario para rozar sus brazos. Estaba a punto de recargar la cabeza en su hombro cuándo Solitario se hizo a un lado para restablecer el vacío entre ellos. Con el corazón oprimido, Onawa se sentó lo más erguida que pudo, entrecerrando los ojos para protegerse del sol, y el resquemar del sol llenó sus ojos de agua.

«¿Por qué me rehúye?», se lamentaba y tanto su corazón como su orgullo dolían como si hubiesen sido arponeados por las espinas de los cactus que los rodeaban. Pero antes de que ella pudiese moldear sus emociones turbulentas en palabras, Solitario apuntó hacia los llanos que se extendían a sus pies.

A lo lejos, una delgada pluma de humo blanco se enroscaba hacia el cielo.

—¿Es ahí donde ella vive? —preguntó Solitario.

Onawa fijó la vista en el rizo de vapor opaco, asintiendo y haciendo una mueca ante el sabor del café.

Mientras que él guardaba las tazas, ella apagó la hoguera con sus mocasines. —Elías tenía razón —comentó al tiempo que montaba sobre Invierno.

—¿Sobre qué?

—Tu café sabe demasiado fuerte.

—¿Y tú lo podrías preparar mejor?

Ella no agregó nada más, pero le lanzó una mirada engreída que confiaba que expresara su genuino sentir de que ella podía hacer cualquier cosa mejor que él. Su cara y sus brazos brillaban en la luz cobriza mientras ella ponía las piernas alrededor de los flancos de su caballo. Con un grito que semejaba un grito de guerra apache, arrancó velozmente para salir del claro, lanzándose hacia abajo por una profunda cañada para alcanzar el piso del cañón. «¿Quieres poner distancia entre nosotros? —pensó—, pues alcánzame si puedes».

Su corazón corría mientras que, tras ella, Tormenta relinchaba entusiasmada y Solitario la perseguía.

———

El jacal de la bruja era tan bajo que ambos tendrían que agacharse para cruzar el umbral. Estaba hecho de ladrillos de adobe toscamente tallados, el techo estaba formado de ramas de mezquite bien apretadas. Una chimenea de piedra arrojaba hacia afuera el humo de lo que se cocinara dentro.

Onawa llegó a la casa primero, con Solitario siguiéndola muy de cerca. Al llegar, la única habitante de esta ya los esperaba afuera.

La mujer era muy anciana, quizás de la misma edad que Águila Brava, o tal vez aun mayor. Llevaba su cabello en largas trenzas plateadas y vestía una amplia túnica morada.

Al desmontar Onawa, la mujer alzó las manos y cerró los ojos.

—Es como si tu madre estuviese de pie frente a mí —susurró la bruja, su voz temblando de emoción.

Onawa sonrió y suspiró aliviada. —Alicia . . . —dijo con una exhalación.

—Ven, m'ija —la mujer abrió los brazos ampliamente y la tela transparente que los cubría colgaba de ellos agitándose en la brisa fresca de la mañana.

Onawa se deslizó hacia ella, abrazando su cuerpo frágil. Se había encogido con los años, igual que el padre de Onawa.

—No te veía desde tu ceremonia de mayoría de edad —dijo Alicia, apretando las mejillas de Onawa entre sus manos ásperas, con sus largas uñas peinando sus cabellos—. Te has convertido en una joven muy hermosa, igual que era tu madre cuando yo le enseñaba.

La amplia sonrisa de Onawa brotó desde las profundidades

de su propia alma. Sentía que había llegado a casa a pesar de que solo había estado ahí una vez, hacía ya mucho tiempo, con su madre cuando era niña.

—Cuando regresamos a los lugares que hemos conocido con nuestros seres queridos, es como si ellos estuviesen de nuevo con nosotros. Nos hace sentir completos. Ven, m´ija, vamos a desayunar. Estoy haciendo chilaquiles —Alicia tomó a Onawa de la mano, llevándola hacia el jacal. Titubeando al llegar a la entrada, se volteó a evaluar a Solitario—. Yo recuerdo a tu compañero. Él también estuvo en tu rito de iniciación. ¿Quieres que nos acompañe? ¿O les traemos el desayuno a él y a su amigo aquí afuera?

—Pueden acompañarnos ambos si tú estás de acuerdo —respondió Onawa, más por cortesía para con Elías que con Solitario.

—Oh, yo ya no permito a los espíritus entrar en mi casa. No después de lo que sucedió hace tiempo . . . —los ojos de Alicia se nublaron por un momento. Después, se enfocó en Elías—; sin ánimo de ofender, sargento Elías.

Onawa se rio entre dientes al ver las expresiones de aturdimiento en los rostros de Solitario y Elías. Alicia era una bruja anciana y diminuta, pero sus recursos eran tan profundos como el agua oculta en canales debajo del desierto. Solo aquellos que sabían dónde buscar podrían encontrarlos.

—¿Por qué no les traemos el desayuno aquí? Primero hablemos tú y yo adentro —Onawa sonrió suavemente, cruzando su brazo con el de Alicia y agachándose con ella para entrar en su casa.

———

Después del desayuno, Solitario se quitó el sombrero y se reunió con ellas en la casa, que consistía en un largo y angosto pasillo de pequeñas áreas designadas para trabajar, cocinar y descansar. Era evidente que ella había vivido sola por mucho tiempo. No había rastro de otros habitantes ni la necesidad de objetos o muebles para comodidad de las visitas. Se sentaron en el suelo, con las piernas cruzadas.

Después de que Onawa hubo detallado los pormenores de la investigación, ellos esperaron para recibir la sabiduría de la bruja. Alicia cerró los ojos y respiró profundamente. Después de un rato, los abrió y habló. —Onawa, m´ija y Solitario, nieto de Minerva Villarreal de Caja Pinta . . .

Onawa observó los ojos de Solitario abrirse de asombro ante la profundidad de la intuición de Alicia.

—Gracias por venir a visitarme. Están justo donde deben, y esto es siempre algo bueno.

«Ella puede ayudarnos —pensó Onawa— yo sabía que ella podría». En su entusiasmo casi olvidaba la incomodidad de la mañana. Iba a darle a Solitario una palmadita en la rodilla, pero corrigió a tiempo y en vez de eso, se pasó una mano por el cabello.

—Su trayecto es largo y devanado, lleno de retos y tristezas —dijo mirando a uno y luego al otro para transmitir que el mensaje iba dirigido a ambos—. Este reto en particular que enfrentan en Olvido, este esfuerzo por salvar a la hija del sargento Elías y a las otras niñas es una causa noble. Siempre debemos esforzarnos por vivir nuestras vidas a favor de una causa noble. La serie de crímenes que ustedes describen son verdaderamente rituales. Conozco no solo su contenido, sino su orden.

Onawa miró a Solitario, y él asintió.

Alicia se puso de pie y se dirigió al fondo de su cueva artificial. Allá, hurgó por varios minutos y regresó con un antiguo tomo de piel en los brazos. Retomando su sitio en el suelo frente a ellos, sacudió el polvo de la cubierta, que reveló un símbolo conocido labrado en la piel.

—El calendario azteca —comentó Onawa.

—Si, m´ija —confirmó Alicia, colocando el libro sobre el sarape y abriéndolo para revelar dibujos complicados hechos con coloridos pigmentos obtenidos de los cactus de los desiertos del valle de México—. Este códice ha recorrido una gran distancia para terminar colectando arena aquí en esta tierra de nadie.

—¿Son hechizos? —preguntó Onawa, inclinándose al frente, sus ojos brillaban con curiosidad.

—Hechizos, encantamientos, historia, canciones, cuentos, cultura . . . ¿quién puede apreciar la diferencia entre uno y otro? —respondió Alicia.

Solitario observaba atentamente mientras la bruja hojeaba entre las páginas. Onawa se preguntaba si ella le recordaba a su abuela, así como a ella le recordaba a su propia madre. Mujeres no de guerra, sino de costumbres místicas. Mujeres no de muerte y temor, como muchos las consideraban, sino más bien de amor y creación, de buscar nuevas formas para resolver viejos problemas.

—Los rituales que ustedes describen siguen el calendario azteca y el orden de los sacrificios que los aztecas ofrecían a sus dioses según el progreso de las estaciones —explicó Alicia—. La primera muerte, la de la esposa del alguacil, sucedió en nuestro mes de julio, que para los aztecas era el octavo mes del año, hueytecuihutli. El sacrificio se llevó a cabo durante un festival dedicado a la diosa Xilonen, la diosa azteca del alimento, de la nutrición. El intento de matar de hambre al niño a quien ustedes llaman Frankie en la cueva se alinea con el siguiente sacrificio en la tradición azteca, que se realizaba en el noveno mes, tlaxochimaco, al dios Huitzilopochtli. La incineración de la familia de tu pobre sargento, junto con la familia del carnicero en el cauce seco sucedió en agosto, en lo que era el décimo mes de los aztecas, xocotlhuetzin, en tributo a Xiuhtecuhtli, el dios del fuego . . .

—¿Qué hay del crimen más reciente, el de la familia Jackson en su granja? —preguntó Solitario.

—Paciencia, m´ijo —dijo Alicia—. Este último rito coincide con el mes azteca de ochpaniztli, que para nosotros equivale al período de finales de agosto a principios de septiembre. Es un sacrificio dedicado a la diosa madre Toci, en el que las personas son arrojadas a su muerte desde grandes alturas y una joven es decapitada y desollada. El gran sacerdote se vestía con la piel de la joven y realizaba una danza en honor a Toci.

Tanto Onawa como Solitario hicieron una mueca horrorizados al pensar en la piel de la pobre Gertrude Jackson siendo utilizada por un sumo sacerdote para danzar en la ceremonia.

—¿Y qué seguiría? —preguntó Onawa.

Los dedos de Alicia se movían sobre las páginas del códice mientras ella traducía los glifos antiguos. —Siguen más sacrificios por fuego. Después, dos mujeres aristócratas serían sacrificadas a Tlaloc, el dios de la lluvia. A esto seguiría muerte por garrote en honor a Coatlicue, la diosa que dio vida a la luna y las estrellas. Después, un sacrificio mayor a Huitzilopochtli de muchos niños, decapitarán a las niñas que han secuestrado.

—¿Cuándo? —preguntó Solitario—, ¿cuánto tiempo tenemos para detenerlos?

—El próximo podría suceder en cualquier momento. El siguiente, las mujeres aristócratas, en octubre. La muerte por garrote, después de eso. Y el último, las niñas, durante noviembre.

—¿Por qué? —inquirió Onawa. ¿Por qué haría alguien todo esto?

—Bueno —respondió Alicia cerrando con delicadeza el tomo antiguo—, los aztecas hicieron todo esto porque creían que sus dioses controlaban todo en sus vidas, desde la lluvia para sus cosechas hasta el resultado de sus batallas y guerras.

Muchas de las personas que sacrificaban habían sido enemigos que habían derrotado en batalla y esclavizado.

—Pero ¿por qué ahora?, ¿por qué en Olvido? —insistió Solitario.

Con una sonrisa críptica, Alicia se dirigió a los dos. —Eso, mis queridos niños, no lo sé. Pero espero que ustedes podrán descifrarlo . . . a tiempo.

Solitario se volteó hacia la puerta abierta del jacal. Afuera permanecía Elías, retorciéndose las manos, preocupado por el incierto destino de su hija Elena.

Resurgiendo de las profundidades de sus pensamientos, Onawa rompió el ominoso silencio.

—Para que alguien esté realizando estos rituales ahora debe esperar recibir algo a cambio.

—Un regalo de los dioses —convino Alicia—. Era lo que los aztecas esperaban también. Por supuesto, los dioses aztecas han estado inactivos por mucho tiempo. Cuando los españoles conquistaron Tenochtitlan y construyeron sus catedrales sobre las antiguas pirámides y templos, suprimieron la religión antigua y la reemplazaron con sus propios ídolos. Sin los sacrificios y las oraciones de su gente, los dioses cayeron en un sueño profundo. Algo como esto, sin embargo, podría ser suficiente para despertarlos.

—Es una ironía trágica que la religión pueda impulsar a sus fieles a cometer crímenes tan atroces —dijo Solitario—. Y hablando de temas menos filosóficos, ¿podría ayudarme a identificar estos dos objetos que encontré en las escenas de los crímenes? —de su chamarra sacó una de las plumas verde-azules que había encontrado en el granero de los Tolbert y en la cueva de Frankie, así como el papel doblado que contenía el fino polvo de color café que había recogido en el desván de la granja de los Jackson.

Alicia tomó la pluma. —Esta es muy probablemente la pluma de algún pájaro tropical con la que pretendían semejar la del mítico quetzal. Quienquiera que dirija los rituales porta un penacho y una falda roscada con conchas y plumas sagradas, igual que hacían los sumos sacerdotes aztecas en la antigüedad —regresando la pluma y colocándola entre ellos, levantó la bolsa y olfateo el polvo color café—. Y esto —concluyó— es esencia molida de teonanácatl, un hongo utilizado en los rituales para inducir visiones y transportar a los participantes al reino divino de los dioses aztecas.

—Gracias por aclararlo —dijo Solitario—. Encontré el polvo en el estudio de danza de Gertrude Jackson. Quizás utilizar el polvo del hongo de alguna manera le hizo más fácil al sumo sacerdote envolverse en la piel de ella y comunicarse con los espíritus.

Alicia asintió, tomando la mano de Onawa. —Me encantaría que pudieses quedarte unos días conmigo. Hay tanto que quisiera enseñarte. Perdiste a tu madre cuando eras muy niña, antes de que pudiese enseñarte lo que aprendió de mí. Nuestras tradiciones se están perdiendo, m´ija.

Onawa asintió, y sus ojos se empezaron a llenar de lágrimas.

—Pero sé que ustedes deben apurarse. Deben regresar a Olvido y evitar que muera más gente inocente en estas distorsiones mal aconsejadas de los rituales antiguos —dijo Alicia.

—Regresaré cuando esto haya terminado —prometió Onawa—. Lo prometo.

Afuera, en el claro brillante, Solitario agradeció a la bruja y Onawa la abrazó con fuerza. Elías ya había emprendido el viaje de regreso.

Cuando Onawa se aprestaba a montar a Invierno, Alicia la tomó del brazo y la detuvo mientras que Solitario se despedía y partía. —Onawa, tú lo amas, ¿verdad? —la solemnidad del tono de su voz hizo que el estado del corazón de Onawa sonara como una penitencia, una pesada cruz que habría que soportar atravesando el desierto.

Onawa asintió, fijando sus ojos en las orbes temblorosas y brillantes de la bruja, que semejaban piedras preciosas sobre su rostro arrugado. Y los ojos de Alicia se llenaron de líquido, como agua que surgiera de una noria debajo del agrietado suelo del desierto.

—Ten cuidado, m'ija —le susurró la bruja, y su voz rasposa denotaba el temor—. Hay un motivo por el que él guarda su distancia. ¿Sí sabes que . . . él está maldito?

———

Mientras atravesaban el desierto, Onawa luchaba con sus emociones. Su padre hablaba de la oscuridad dentro de Solitario. ¿Se refería acaso a esa maldición de que hablaba Alicia? ¿Era esa la razón por la que él siempre mantenía su distancia de ella?

Cuando se detuvieron en medio de las llanuras amplias y ardientes para comer y dar agua a los caballos, Onawa se acercó a él más de lo usual. Visiblemente nervioso, se hizo a un lado.

—¿Te repugna mi cercanía? —preguntó Onawa, mirándolo a los ojos.

Solitario le sostuvo la mirada, inmóvil y callado.

—¿No puedes ver lo que yo siento por ti? ¿No hay ninguna parte de mí, aparte de mis habilidades, que sea digna de tu interés?

Solitario dio otro paso atrás, como si hubiese visto una víbora de cascabel en la arena.

—Actúas como si me temieras —su voz se elevó, dejando salir su frustración—. Pero yo lo único que he hecho es ayudarte. ¿Es debido a esa maldición de la que habla la gente? ¿O soy yo?

Solitario respondió finalmente, y su mirada se suavizó. —No es culpa tuya.

—¿Entonces qué? —exigió ella.

—Sí existe una maldición —admitió Solitario—. No me gusta hablar de ella por temor a darle fuerza. Es la maldición de Caja Pinta, el lugar donde nací.

—¿Y? ¿Por qué te impide dejar que yo entre en tu corazón?

—Onawa, yo perdí a mi esposa —dijo, y su voz se quebró.

—Lo siento, pero eso fue hace muchos años. ¿No es ya tiempo de que sigas adelante con tu vida?

—Yo no sé si pueda soltar el pasado —confesó— y, aún si pudiese, la maldición me impide volver a amar.

—¿Por qué?

—Porque la maldición consiste en que yo pierda a las personas que amo. Si yo me permito acercarme a ti . . . —su mirada triste le suplicaba no obligarlo a dar voz al resto de sus pensamientos.

Ella terminó. —Tú crees que si te permites acercarte a mí . . . yo moriré también.

Él asintió.

Ella dio un sorbo a su cantimplora y frunció el ceño. —¿Ya no tienes tequila?

Él le paso su termo y ella bebió un trago abundante.

Recorriéndolo de arriba abajo, ella dijo: —Siempre me ha dado gusto verte. De niña, dejé volar mi imaginación con sueños bobos acerca de ti. Yo pensaba que quizás algún día cuando tu corazón hubiese sanado y tu duelo terminado, y yo ya tuviese edad suficiente . . . bueno, pensaba que algo pudiera pasar. Me preguntaba si podríamos estar juntos, no como una niña y un amigo de la familia, sino como un hombre y una mujer. Yo estaba engañada. Ahora me doy cuenta de que la única persona en el mundo que podría estar más engañada que yo . . . eres tú.

Me rompes el corazón, Solitario Cisneros. De cualquier modo, no importa qué, ahora comprendo que el futuro que imaginé está muerto.

Le devolvió el termo y se dio vuelta, dirigiéndose a su caballo. No estaba segura contra quién sentía más coraje: contra él o contra ella misma. De cualquier forma, Invierno percibió su coraje, relinchando y arrancando al mismo instante que ella estuvo en la silla, dejando a Solitario en una nube de arena sin más compañía que su misterio.

———————

No volvieron a cruzar palabra, cabalgaron en silencio por el resto del día. El sol iniciaba su largo y lento descenso cuando Elías reapareció frenético ante ellos, alarmando a los caballos.

—¡Apúrense, ya está sucediendo de nuevo! —gritó. El siguiente sacrificio que la bruja mencionó ya ha comenzado.

Onawa y Solitario se dirigieron a Olvido a máxima velocidad. Al aproximarse al pueblo, descendiendo de las montañas que rodeaban la planicie, vieron una nube de humo negro que llenaba el cielo sobre Olvido, flotando como una persistente nube de tormenta, cubriendo el valle y a todos los que se atrevían a habitarlo, con una amplia sombra. Atravesando el valle a galope, el suelo moteado de creosota era empañado por las veloces pezuñas de sus caballos. Borrado por la ondulante nube de humo, el sol dio paso a la oscuridad y una brisa fresca acompañaba olas de ceniza. Flotaban hacia abajo en copos relucientes como una temprana nevada en agosto, arremolinándose a su alrededor mientras ellos se inclinaban hacia delante y apuraban a Invierno y Tormenta hacia la olvidada ciudad en llamas.

VEINTE

La nueva habitación donde estaban prisioneras era una capilla. Era más elegante y vistosa que cualquier cosa que hubiesen visto en el pueblo de Olvido. Las paredes blancas estaban limpias. El altar estaba labrado en madera y lleno de nichos habitados por estatuas de santos y de la misma Virgen de Guadalupe. Inscritos en las orillas, donde las paredes se unían al techo abovedado, hojas de oro se enroscaban como jirones de viento acompañando nubes que atravesaban los cielos.

Elena miró hacia arriba deseando poder maravillarse con todo, admirándolo con júbilo y alegría, como ella esperaría sentirse al ser bienvenida a las puertas del cielo. Pero en vez de eso, su corazón estaba lleno de pavor. Hubiese preferido la comodidad de la recámara que había compartido con las niñas Tolbert los primeros días. La habitación estaba decorada con estampado floral y contenía las comodidades de una niña, algunas muñecas de trapo y cepillos. Se sentía como el hogar de alguien, aunque no el suyo. Pero este lugar al que las habían traído, con todo lo hermoso que era, no se sentía como el hogar de nadie. Peor aún, generaba un sentimiento de espantosa expectación. Las bancas de la pequeña capilla no estaban llenas de fieles fervorosos. Estaban vacías. Y ni ella ni las otras niñas estaban ahí por su propia voluntad, en búsqueda de pureza y salvación. Estaban ahí porque habían sido arrastradas por la fuerza. Las pequeñas, Abigail y Beatrice, estaban tan asustadas que sus cuerpecitos temblaban contra su cuerpo más grande como hojas en una tormenta. Ella trataba de tranquilizarlas lo mejor que podía, envolviéndolas en sus brazos y apretándolas fuertemente, diciéndoles que solo tenían que permanecer calladitas y rezando y muy pronto estarían de regreso en casa. No sabía si ellas le creían. Ni siquiera sabía si ella misma se lo creía. De hecho, no se lo creía. Había visto a Johnny, el hermano de Abigail y Beatrice, aparecer y desaparecer frente a sus ojos. Ella sabía que él era solo un espíritu ahora. Suponía que los padres y el otro hermano de las niñas probablemente estaban muertos también, igual que los suyos. Había visto a su padre, a su madre y a su hermano quemados en la hoguera en el barranco. ¿Por qué iba a correr mejor suerte la familia de Abigail y Beatrice? Pero mintió. Manipuló la verdad como su padre; el sargento le había platicado qué habían hecho su padrino, Solitario, y el coronel Terrazas, su oficial al mando, durante la guerra contra los imperialistas franceses. ¿Si los hombres podían difuminar las líneas entre la verdad y la ficción para hacer la supervivencia parecer posible para sus tropas, entonces por qué no podría ella hacer lo mismo para estas dos niñas más pequeñas?

En la capilla, la luz de las velas ardiendo en candelabros de hierro forjado parpadeaba. Los vitrales de las ventanas mostraban la conocida historia de un hombre con barba cargando una cruz. Los fragmentos translúcidos coloreaban las sombras en tonos profundos de sangre, cielo y cactus. Y repentinamente, Elena no pudo contener las lágrimas, que mojaban los rizos rubios de las niñas.

—¿Por qué estas llorando, Elena? —le suplicaba Abigail—. Tú prometiste que todo estaría bien.

—Sí, Elena, tú lo prometiste —repitió la pequeña Beatrice—. Dijiste que muy pronto veríamos a mamá y papá y a Johnny y Frankie y que esto sería una historia chistosa que estaríamos platicando por años durante la cena. ¿Por qué estas llorando así, Elena? ¿Por qué?

Elena se secó las lágrimas de las mejillas y abrazó muy fuerte a las niñas. No estaba segura de por qué estaba llorando. ¿Era por sus padres? ¿Por su hermano? ¿Por estas niñas? ¿Por ella misma? ¿O era acaso simplemente porque era triste que se necesitara morir para ver algo hermoso como el cielo mismo?

Elena escuchó unos golpes a la puerta de la capilla. Algo estaba intentando obtener acceso, rascando contra la gruesa madera labrada. ¿Vendría alguien, o algo, a cobrar su ofrenda? Sus ojos se fijaron en Jesús, colgado en la cruz sobre el altar. No parecía que pudiese ayudarlas. Estaba cubierto de heridas, coronado por espinas y clavado a la madera astillada. Sus ojos afligidos volteaban hacia los cielos y suplicaban misericordia de su propio padre. Lo que fuere que estaba tras esa puerta arqueada ya venía. Y Jesús parecía estar llorando y abandonado.

«Jesús tiene bastantes problemas sin que yo le cargue los míos», pensó Elena, apretando a Abigail y Beatrice.

Ella miraba fijamente hacia la puerta. Podía escuchar a la cosa crujir contra la puerta. Afuera de las ventanas sonaron fuertes pisadas, voces de hombre apagadas. Y después silencio.

—Vengan, escóndanse conmigo —dijo Elena a las niñas. Se acurrucaron tras la banca más cercana al altar, la más alejada de la entrada de madera arqueada a la capilla.

Ella se asomó sobre la banca al escuchar el rechinido de la puerta al abrirse. ¿Entraría un monstruo a devorarlas? ¿Estaba cerca el fin? ¿Se reuniría pronto con sus padres que habían sido quemados en la hoguera? Abrazó con fuerza a las niñas, espiando aterrorizada por encima de la banca.

Mientras espiaba, no vio un monstruo sino a otra niña, esta con un rostro manchado de hollín y rizos cobrizos que estaba siendo empujada a través de la rendija hacia el piso de la capilla.

La niña alzó la vista, sus ojos brillaban a la luz de los vitrales. Miró justo hacia el pasillo central hacia el altar, desde donde Elena se apresuró hacia ella con los brazos extendidos para cargarla y hacer todo lo posible para hacerla sentirse segura.

—¿Nos vamos a morir? —preguntó la niña ojiverde, con los ojos fijos en los de Elena.

La respuesta de Elena fue asirla y llevarla con Abigail y Beatrice. Juntas se agruparon tras la barrera defensiva de la robusta banca de madera.

—Estamos a salvo aquí —mintió Elena—, hay seguridad en los números —ella había escuchado a su padre recitar esa frase en sus conversaciones con su padrino Solitario. Y ahora todo lo que podía hacer era repetirla y esperar que fuese verdad, esperar que su padrino también fuese leal y cumpliera con las promesas que su padre había profesado en su nombre.

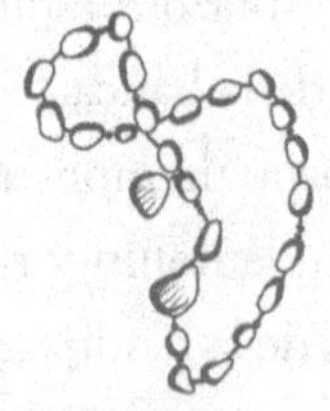

VEINTIUNO

Solitario observó impotente, junto con una multitud de ciudadanos perturbados, una gran casa de madera quemarse hasta sus cimientos, llevándose con ella dos estructuras adyacentes. El calor surgía en olas, repeliendo a la multitud.

—Otra familia entera perdida —murmuró el Sr. Boggs, que estaba junto a Solitario—. Se nos está acabando el tiempo para detener esta locura.

La presión por culpar a alguien se elevaba. Solitario podía sentir su peso creciente sobre los hombros, como un saco de harina que pesa cada vez más mientras más lejos lo cargas.

El alcalde Stillman murmuró: —Por otro lado, el fuego podría no estar relacionado. ¿No podría ser un accidente? Los ciudadanos se alegrarían de escuchar eso. Podría evitar que huyeran convirtiendo a Olvido en un pueblo fantasma.

Solitario comprendía que el alcalde deseara dar buenas noticias a los votantes, pero hacerlo constituiría una traición a la confianza pública. —Está relacionado. Respondió a las preocupaciones de ambos hombres mientras miraban sombríamente las ruinas humeantes.

—¿Cómo lo sabe? —preguntó Boggs.

Solitario señaló los dos cadáveres calcinados que yacían cubiertos bajo unas sábanas blancas.

—¿Pero cómo puede estar seguro? —inquirió el alcalde.

—Sus corazones fueron arrancados de sus pechos —respondió Solitario. Por suerte la brigada de bomberos voluntarios había logrado rescatar a las desafortunadas almas antes de que el fuego consumiera su carne, pues de otra forma habría sido imposible determinar si habían muerto por accidente o si habían sido asesinados—; también coincide con el orden de los rituales sobre los que aprendimos Onawa y yo esta mañana.

—¿Está diciendo que sabe lo que va a seguir? —preguntó el alcalde Stillman.

—Sí —asintió Solitario, lanzando una mirada solemne a Onawa que estaba al otro lado de la multitud. Ella se mantenía alejada del humo, frunciendo el ceño desde las orillas, con su largo cabello negro ondeando en el viento—, debemos discutirlo en privado.

Los hombres asintieron y siguieron a Solitario rumbo a la cárcel.

Dentro se hallaba el capitán Ringgold, hosco, frunciendo el ceño al verlo entrar. —No sé cómo hiciste lo que hiciste —dijo Ringgold— pero te vas a arrepentir —disgustado, escupió al piso por entre los barrotes.

Solitario miró fijamente la bola de flema que burbujeaba sobre las duelas fuera de la celda. Ignorando al prisionero, dirigió sus palabras a los gemelos Dobbs.

—Chicos, asegúrense de que antes de que los prisioneros sean liberados el capitán Ringgold trapee el piso como parte de su multa.

—Pasemos a mi oficina —sugirió el alcalde, guiando a

Solitario y Boggs por un pasillo angosto hacia un cuarto al fondo del edificio.

Ahí, el alcalde tomó asiento detrás de su escritorio, indicando con señas a los otros dos hombres que tomaran asiento frente a él. Boggs se sentó, pero Solitario permaneció de pie en el umbral de la puerta, desde donde podía vigilar el pasillo y la cárcel.

—A ver, ¿qué es lo que seguirá y cómo lo sabe? —preguntó Boggs ansioso.

—Onawa me llevó con una mujer que conoce sobre esos rituales —explicó Solitario—. Tal como sospechábamos, los rituales vienen de los aztecas. No parece tener sentido, ya que no hay aztecas aquí . . . ni en ninguna parte ya, realmente, al menos ninguno que practique esta clase de rituales violentos en nombre de dioses olvidados. Pero quienquiera que sea que esté cometiendo estos crímenes, por cualquier razón, está siguiendo el calendario azteca.

—¿Y qué cree qué seguirá? —insistió el alcalde Stillman.

—Después de estas muertes por fuego, hay dos mujeres aristócratas en peligro —dijo Solitario—. Después de eso, una muerte por garrote. Y después, un sacrificio final de un grupo de niños. Yo creo que esa es la razón por la que están secuestrando niñas. Las están reservando para la ceremonia culminante.

—Eso explica una cosa —dijo Stillman pensativo—. Cuando se encontraron los cuerpos en el fuego, faltaba una jovencita.

—Ahora ya tienen cuatro —dijo Solitario.

—¿Y entonces qué, después de todos los sacrificios? —inquirió Boggs.

—Como si eso no fuera suficiente —resopló el alcalde Stillman—. Esta gente suena completamente loca.

—Bueno —respondió Solitario lentamente—, me parece que existen dos escenarios posibles. Uno es que la persona que está detrás de todo esto quiere ahuyentar a todos por algún motivo. Tal vez quiere acaparar todas las tierras.

—¿Cuál es el otro escenario? —preguntó Boggs.

Solitario se balanceó nervioso sobre sus botas, recargándose contra el marco de la puerta. Ya era casi un milagro que estos dos hombres blancos le hubieran confiado un puesto de autoridad. Él estaba preocupado porque, si decía lo que realmente estaba pensando, perdería cualquier confianza que aún le tenían, especialmente que, hasta ahora, no había tenido éxito en detener la cadena de muertes. Aun así, su deber era decirles la verdad como él la veía.

—El otro escenario es que la persona que está orquestando los rituales cree que los dioses aztecas lo recompensarán de alguna forma.

—No, eso es pura bazofia —se burló Stillman.

—Esto tiene que tratarse de dinero —convino Boggs, desechando la teoría espiritual de Solitario.

—Siempre se trata de tierras o dinero. Y la tierra *es* dinero, así que realmente no hay ninguna diferencia. Sígale la pista al dinero, alguacil. ¿Las víctimas le debían dinero a alguien? ¿Quién hereda las tierras ahora que han muerto? ¿Hay alguien que esté comprando tierras abandonadas, aparte de Grissom, que siempre anda comprando?

Solitario se sorprendió de la agudeza de Boggs para labores detectivescas. —Necesito su ayuda para sacar esa información de los archivos del condado. Hipotecas, préstamos, testamentos, etc. Y también quisiera ver algunos libros contables de bancos.

—Yo me encargo de los asuntos del condado —dijo el alcalde—. Boggs, tú hazte cargo de los asuntos bancarios.

Boggs asintió, poniéndose de pie.

—Hay algo más —dijo Solitario, mirando a Boggs con

preocupación—, ¿quiénes eran las dos damas que usted recibió de la diligencia ayer?

—Son mi suegra y mi cuñada que nos visitan de Boston —respondió.

—¿Puedo suponer que son gente adinerada? —preguntó Solitario.

—Supone bien —respondió el Sr. Boggs—. De hecho, espero convencerlas de invertir en nuestro banco para que podamos financiar una mayor parte de la expansión del pueblo y abrir sucursales en el oeste de Texas y en Nuevo México.

—Tienen apariencia aristocrática —dijo Solitario, pensando que ellas podrían ser las mujeres más aristocráticas que se pudieran encontrar en esta lúgubre avanzada fronteriza, al menos desde la perspectiva de los asesinos—. Debemos otorgarles protección. Los gemelos Dobbs se turnarán para montar guardia en su casa.

Boggs tragó saliva. —Esto no va a ayudar para convencerlas de invertir.

—Tampoco lo haría la atrocidad que casi comete Ringgold en la plaza —dijo Solitario—.

Usted debería asegurarse de que sus inversionistas entiendan que vivimos en un lugar peligroso, Sr. Boggs. Aquí nada es sagrado, ni su dinero ni sus vidas.

Desde el momento en que Dwight Grissom entró en la cárcel, el cuarto repentinamente se sintió tan atestado que parecería próximo a reventar. Vestía un traje gris de corte elegante, con una corbata negra y un Stetson negro haciendo juego. Su cabello corto y su bigote brillaban de color gris plata. No era un hombre de gran estatura, notó Solitario, pero el estado inflado de su ego y su cuenta de banco compensaban ampliamente para llenar el cuarto.

—¿Dónde está el alguacil? —preguntó Grissom bruscamente, desde la puerta.

—Lo está viendo —respondió Solitario presentándose—, Solitario Cisneros.

—Ah, sí, hay un nuevo alguacil en el pueblo. Ya nos conocíamos. Dwight Grissom. Hace unos años intenté comprar su rancho, El Escondido, pero usted no estaba interesado en vender. También intenté comprar el rancho de su suegro . . .

—Pero él tampoco estaba interesado en vender —recordó Solitario.

—Sí, bueno, todo cambia en algún momento. Y hablando de intereses, yo estoy interesado en conocer la razón por la cual ha arrestado a cinco de mis hombres, alguacil Cisneros. Espero que tenga una buena razón para hacerlo, ya que mis impuestos pagan su sueldo.

—Yo no he recibido un sueldo aún —aclaró Solitario—. Y la verdad, no necesito el dinero. Pero sus hombres —dijo apuntando a la celda— estaban a punto de asesinar a quince hombres y niños a sangre fría, sin una pizca de evidencia en su contra.

—Mis hombres solo intentaban hacer lo que usted no ha podido lograr hasta ahora

—Grissom se aproximó a Solitario. El ranchero era aproximadamente seis pulgadas más bajo, sacaba la barbilla e inflaba su pecho para compensar. Llevaba dos brillantes revólveres de plata en sus fundas que Solitario pudo adivinar que eran más para adorno que para otra cosa.

—Si llego a necesitar ayuda, se lo haré saber —respondió Solitario cortante—. ¿Está aquí para sacarlos bajo fianza?

—¿Bajo qué cargos los ha detenido?

—Perturbar la paz y conspiración para cometer asesinato.

—Tenemos que reducir esos cargos —dijo Grissom meneando la cabeza—. Perturbar la paz es manejable. Podemos pagar una multa al pueblo y dar por terminado el asunto.

—Tendría que hablar con el juez para eso.

—Bueno, sucede que el juez es el alcalde, así que voy a tener una pequeña plática con él —Grissom sonrió a Solitario y se dirigió por el pasillo hacia la oficina de Stillman.

Cuando el trato estuvo hecho, Michael Dobbs abrió la puerta de la celda y estaba a punto de soltar a los prisioneros cuando Solitario se aclaró la garganta: —Se está olvidando de algo.

—¿Y qué sería eso? —preguntó Grissom.

—Su hombre Ringgold tiene una multa personal pendiente —dijo Solitario.

Grissom miró fijamente al capitán Ringgold al tiempo que Michael Dobbs surgía del fondo del pasillo con una cubeta y un trapeador.

—Los demás pueden esperar afuera —indicó Solitario, se sentó en su silla y puso sus botas sobre el escritorio para mayor énfasis.

Con una sonrisa burlona, Ringgold le arrebató a Michael de las manos los implementos de limpieza. Frunciendo el ceño a Solitario y murmurando obscenidades entre dientes, trapeó el piso mientras su jefe y sus hombres lo observaban asombrados a través de las ventanas.

———

Ya tarde por la noche, Blake Dobbs rellenaba las linternas de queroseno mientras que su hermano Michael montaba guardia en la residencia Boggs. El alcalde Stillman y el Sr. Boggs estaban sentados alrededor de una mesa ubicada frente a un tablero con fotografías que Solitario había dispuesto en la pared. La mesa estaba cubierta con montones de papeles y libros contables forrados en piel.

Solitario estaba de pie junto al tablero, señalando las fotos mientras hablaba. —Gracias a la contabilidad forense del Sr. Boggs hemos aprendido que los Jackson habían hipotecado su granja, no con el banco, sino con la iglesia protestante.

Boggs asintió con una inclinación de cabeza. —Su cosecha fue una pérdida total también, así que estaban viviendo con los días contados. El reverendo Grimes podría haberlos desalojado muy pronto.

—Así que el reverendo es uno de nuestros sospechosos —dijo Solitario—. Él se queda con la tierra si los Jackson no están aquí para rescatarla o pagarle. Él también tenía problemas con el alguacil Tolbert. Y es un hombre de religión, así que es posible que el aspecto ritualista le atraiga.

—¿Así que usted piensa que el reverendo está detrás de todo esto? —preguntó Boggs, con los ojos abiertos como platos.

—No necesariamente —negó Solitario con la cabeza—. ¿Por qué quemaría la casa más reciente? No existe una conexión ahí.

—Ninguna que hayamos podido encontrar —contestó el alcalde Stillman—. Además, es un reverendo, por Dios. No podemos ir a arrestar al predicador del pueblo.

Solitario continuó. —Tampoco tendría razón para asesinar a las familias de Elías y López, excepto por racismo, que como pudimos comprobar con el capitán Ringgold en la plaza puede ser un motivador poderoso en tiempos difíciles.

—Sin embargo, no tiene sentido —interpuso el Sr. Boggs—. ¿Por qué querría el reverendo asustar a la gente para ahuyentarla? Sin parroquianos su iglesia se hunde.

—¿O se hace con todas las tierras y se las vende a Grissom? —dijo Solitario.

—Grissom podría sencillamente comprar las tierras directamente sin necesidad de todo este derramamiento de sangre.

Solitario se rascó la cabeza. —Grissom podría definitivamente tener un motivo para asustar y ahuyentar a la gente. Con el mercado saturado de tierras, las obtendría a precios más bajos.

—Algo no cuadra —dijo Boggs, limpiando sus lentes y bostezando—. ¿Qué razón tendría un hombre blanco, quienquiera que fuese, para adoptar tradiciones mexicanas que datan de los aztecas?

Solitario asintió, agregando más tarjetas en el tablero. El banquero tenía razón. Había muchas fotos en la pared ahora: la creciente lista de víctimas, así como los sospechosos: Grissom, Ringgold y el reverendo Grimes, además de las nuevas tarjetas, con las Palabras *apache* y *azteca* seguidas de signos de interrogación, pero la naturaleza extrema de los asesinatos y su complejidad ritualista no apuntaban a ninguno de esos hombres o grupos trabajando solos o juntos. —Deberíamos dejarlo por esta noche —dijo con un suspiro—. Regresar mañana con ojos frescos. Y usted, señor Boggs, debería estar con su familia. ¿Tiene una pistola?

Boggs afirmó con la cabeza, ruborizándose.

Al ponerse de pie para irse, el alcalde Stillman fijó la vista en las fotos de la pared, enfocándose en la hilera de fotos y nombres de las víctimas. —¿No es extraño que estén asesinando a toda clase de personas? —se preguntó Stillman en voz alta—. ¿Mexicanos y anglos, jóvenes y viejos, ricos y pobres por igual? Y que entre nuestros sospechosos también hay de todo: blancos, mexicanos, apaches . . .

Solitario le devolvió la mirada, negando con la cabeza. —La discriminación es maligna —dijo en voz baja—, pero el mal no discrimina.

Después de que los hombres partieron, Solitario repasó los libros contables del banco bajo la luz tenue de la lámpara de queroseno sobre la mesa, examinando diligentemente los flujos de dinero entre los diversos residentes importantes de Olvido.

Un nombre en particular atrajo su atención entre aquellos a quienes Dwight Grissom había hecho pagos en los meses recientes. Anotando el nombre, se hizo el propósito de enviar un telegrama a Ciudad de México al día siguiente para darle seguimiento. Después se encaminó por las oscuras calles rumbo a la casa del doctor. Necesitaba más información para resolver el caso. Y era muy posible que Frankie fuese la clave.

El Dr. Ferris recibió a Solitario y lo llevó hasta la habitación de huéspedes donde Frankie dormía aún. El niño se veía pálido y demacrado.

No podrá seguir así por mucho tiempo, sin sustento —dijo el Dr. Ferris—. Sus órganos internos empezarán a fallar pronto.

Solitario miraba fijamente al pobre niño que Onawa y él habían rescatado de la cueva en las montañas, preguntándose si le habían hecho un favor realmente. Le había prometido a su hermano que haría todo lo posible por salvar al niño y a sus hermanas. La frustración creció dentro de él, quemando su interior con una ola de ácido ardiente. Mientras contemplaba a Frankie, se escuchó un toque a la puerta. Cuando el doctor regresó, iba seguido por el boticario. El frágil hombre calvo se volteó nervioso cuando Solitario intentó contactarlo con la vista.

—Aquí están las tinturas para esta noche, doctor Ferris —murmuró, entregándole al doctor dos juegos de frascos: uno dorado y otro color lavanda.

Solitario observó al doctor inyectar primero el líquido dorado y después frotar el líquido color lavanda en sus labios agrietados.

—¿Para qué son esas medicinas? —preguntó.

Al enderezarse, aún sosteniendo la jeringa en una mano y una botella en la otra, el Dr. Ferris parecía haber sido tomado por sorpresa ante la pregunta. —Estas son para mantenerlo vivo. Las inyecciones atacan cualquier infección que pueda tener que le impide recobrar el conocimiento. Y la tintura oral es para ayudar a evitar la deshidratación.

El boticario asintió. —Debo irme ahora, doctor Ferris. Hasta mañana. No necesito que me acompañe a la puerta.

Solitario observó al hombrecillo escurrirse por el pasillo. Y después observó al doctor colocar cuidadosamente las medicinas restantes en el buró junto a la cama de Frankie.

—¿Me llamará en cuanto despierte? —pidió Solitario.

—Por supuesto, alguacil —respondió el Dr. Ferris, desde el lado opuesto de la cama.

Entre ellos dormía una víctima viva, una que podría decir si alguno de los hombres en el tablero de sospechosos era el «hombre de cara conocida» que había llamado a la puerta aquella trágica noche en la granja de los Tolbert. Ambos sabían que Frankie podía ser vital para salvar las vidas de aquellos que aún estaban en riesgo. Sin embargo, Solitario no podía evitar sentir una persistente sospecha sobre que quizás el doctor no querría que Frankie despertara.

Cuando Solitario regresó a la cárcel, agregó al doctor y al boticario a su pared. Pronto la mitad del pueblo podría estar ahí, pensó. Mientras más sospechosos identificara, más lejos sentía estar de la verdad.

Al escuchar un crujir afuera, Solitario salió al pórtico de madera del ayuntamiento. Los únicos sonidos eran los de la brisa agitando las hojas de los árboles y el canto de las chicharras. Las calles estaban abandonadas, pero Solitario vio una figura sentada pacientemente en el escalón del frente. Reconoció la gruesa forma del sargento Elías.

—¿Qué haces aquí? —preguntó Solitario.

—Vine a asegurarme de que está trabajando —contestó Elías—. Estaba preocupado de que se hubiese distraído con la joven apache.

Solitario meneó la cabeza, preguntándose hasta cuándo volvería Onawa a dignarse dirigirle la palabra. —No creo que debas preocuparte por eso. No descansaré hasta encontrar a Elena y a las otras niñas.

—Entonces venga a casa conmigo —suplicó Elías—; allá puede pensar igual que aquí.

Solitario estaba a punto de regresar al interior de la cárcel y continuar examinando los documentos sobre la mesa cuando percibió el dolor del alma de Elías que asomaba por los ojos de la manifestación fantasmal. Elías se sentía solo. No quería estar solo en casa, sin su familia, sin siquiera el sonido de su propio aliento ni el palpitar de su propio corazón para acompañarlo.

—Vamos entonces —concedió Solitario. Apagó la linterna, se guardó las llaves en el bolsillo y le hizo una señal a Elías para que lo siguiera—. Mañana continuamos la batalla.

Al cruzar la garganta del río, Elías hacía remembranzas. —Vinimos aquí juntos, jefe.

—Así es.

—Y aquí estamos todavía, a pesar de que muchos ya no están.

—Sí —Solitario, a menudo, deseaba que las cosas hubiesen sido diferentes, que él hubiese muerto en lugar de su esposa. Imaginaba que Elías se sentía igual, que habría dado cualquier cosa por salvar a su esposa y a su hijo—. ¿Tal vez preferías descansar?

—No puedo descansar hasta que rescate a Elena.

Trepando de nuevo hasta el dique donde esperaba la casa de Elías, Solitario sentía que el peso que cargaba sobre los hombros se hacía más fuerte aún. Debajo de los mezquites estaban Tormenta y Caballo sin Nombre. Bufaron suavemente mientras Solitario y Elías se aproximaban en la oscuridad.

—Tu viejo amigo aún está aquí —dijo Solitario,

acariciando a Caballo sin Nombre mientras daba agua a ambas bestias.

—Aún aquí —suspiró Elías mirando las estrellas.

Solitario se preguntaba por cuánto tiempo más estarían ahí, cuánto tiempo cualquiera de ellos tendría. ¿Podría terminar este trabajo antes de quedar él mismo reducido a un espíritu inquieto en el viento?

—¿Alguna vez ha deseado que nunca hubiésemos venido a Olvido, jefe?

Solitario meditó la pregunta. No haber venido a Olvido significaría no haber conocido a Luz. Y nunca haber conocido a Luz habría significado no haberla perdido nunca, pero también significaría nunca haberla amado, nunca haber sido amado por ella. Fugaces como habían sido esos tiempos, o sus recuerdos de ellos, eran lo que habían hecho que su corazón siguiera latiendo todos estos años después. —Yo creí que le podría ganar la carrera a la maldición —obvio que no lo había logrado, entonces y aún hoy eso lo atormentaba.

—¿La maldición de Caja Pinta?

—Sí —ambos sabían que había fracasado tristemente en ese empeño.

Fatigado, Solitario se encaminó lentamente hacia la casa. Cuando alcanzó la puerta, se volteó y vio a Elías, de pie junto a su caballo. —No puedo desear que no exista lo que existió. Todo lo que puedo hacer es recordar y respetarlo.

—Y seguir corriendo . . . —concluyó Elías.

Solitario se quitó el sombrero y desapareció al interior de la casa oscura y vacía, con la mente inundada de recuerdos, viejos y nuevos.

VEINTIDÓS

Hacia finales de la guerra contra los imperialistas franceses, Solitario y Elías eran parte de la fuerza que restableció el control de Chihuahua. Poco tiempo después, la República de México fue restaurada bajo el presidente Benito Juárez. El coronel Terrazas reanudó su puesto como gobernador de Chihuahua y asignó a Solitario el mando de una unidad de Rurales responsable de mantener la paz a lo largo y ancho del amplio estado desértico.

En 1870, tras casi cinco años sirviendo bajo el mando del coronel, a Solitario lo llamaron a presentarse al palacio del gobernador, que ocupaba el edificio de un antiguo colegio jesuita construido al inicio de la era colonial. A través de su patio adornado con columnas, Solitario caminaba ataviado con su más fino traje de charro, de un negro aterciopelado y adornado con brillantes bordados de plata. Llevaba su pañuelo amarillo atado al cuello. Sus hazañas durante la guerra eran bien conocidas por toda la región y, por lo tanto, cuantos se cruzaban con él, lo saludaban. En la oficina del gobernador, se reunió con su antiguo comandante, quien estaba sentado en un escritorio tallado elegantemente; y detrás de él, había una fila de coloridas banderas.

—Hemos progresado bastante desde los tiempos de la carpa en el desierto, capitán Cisneros —dijo el gobernador Terrazas.

—Pues sí, gobernador —asintió Solitario admirando las obras de arte que adornaban las paredes.

—¿Cómo puedo servirle?

—Tengo otro favor que pedirle —dijo el gobernador, pasándose los dedos a través de su tupida barba entrecana.

—Usted dirá.

—El pueblo fronterizo de Olvido necesita que alguien se haga cargo de restablecer el orden en las calles. Tengo un gran amigo de la familia, un ranchero como yo, Miguel Antonio Santander. Es un poco mayor que yo, y era un gran amigo de mi padre, a quien Dios tenga en su gloria. Ha estado intentando establecer la economía local, pero forajidos y bandidos le están dificultando su labor. Me ha pedido ayuda, y no se me ocurre nadie mejor que usted para ayudarlo. Después de todo, usted es originario de la frontera y sabe lo complicado que puede ser el sitio donde dos países se encuentran.

Solitario asintió con un movimiento de cabeza. —Yo solo pido dos cosas.

—Dígame, capitán.

—Que pueda llevar conmigo a mi sargento, Elías.

—Hecho.

—Y que le deje claro a su buen amigo Santander que, si yo acepto el puesto, él puede ser el rey de Olvido, pero mi palabra es la ley.

El gobernador rio entre dientes. —En todos estos años, usted nunca ha cambiado su postura, Cisneros. Permanece fiel a sus principios siempre.

—Es la única forma que conozco —respondió Solitario. Era cierto. Criado como el pobre hermano menor, le habían enseñado que no heredaría más que su entrenamiento y su honor. Él nunca podría abandonarlos. Esos dos atributos habrían de servirle para sacarle el mayor provecho a su vida.

—El charro es la respuesta de México al código de caballerosidad —dijo el gobernador Terrazas, golpeando con el puño sobre el escritorio, causando sobresalto a los dos guardias que protegían la puerta. Ellos reflexivamente sacaron sus armas, pero el gobernador los despidió—. Y usted, mi amigo, es un auténtico charro.

—De sus labios al oído de Dios.

Se estrecharon las manos y el gobernador acompañó a Solitario hasta la puerta, aconsejándole tener cuidado. —Usted ha estado alejado de la frontera por algunos años ya. Yo espero que finalmente se haya podido deshacer de la maldición que me comentó, pero debo aconsejarle que sea cauteloso. Recuerde que, en la frontera, nada es como parece. Lo que uno piensa que está en un lado, a menudo, se encuentra del otro.

El gobernador palmeó a Solitario en la espalda y le dio un abrazo de despedida.

Unos cuantos días después, Solitario y Elías cabalgaron rumbo al norte de Chihuahua hacia Olvido, en la frontera con el oeste de Texas.

Llevaban sus escasas pertenencias en paquetes colgados sobre las ancas del burro que le habían asignado a Elías, ya que el ejército andaba escaso de caballos.

Solitario iba al frente sobre Oscuridad mientras que Elías iba a una escasa distancia atrás.

—Me siento como Sancho Panza —murmuró Elías.

—No sabía que habías estado leyendo —dijo Solitario mientras continuaban su lento viaje sobre las secas montañas bajo el ardiente sol.

—No lo he hecho, pero todos conocen la historia.

—Sí, pues yo no estoy seguro de querer terminar como don Quijote, aunque admiro su tenacidad —dijo Solitario.

—Tal vez estemos locos los dos por aceptar este puesto —se preguntaba Elías en voz alta—. Yo soy del sur. Allá la tierra es exuberante y la fruta abundante. Si paso mucho tiempo más en el desierto, acabaré convertido en un pilar de arena y me desmoronaré en el viento ardiente.

—Lo que pasa es que estás enojado porque no te dieron un caballo.

—¿Siquiera intentó conseguirme uno?

—Debí hacerlo, pero no se me ocurrió —admitió Solitario—. Me di por bien servido que te hubieran enviado conmigo.

—Sí, usted tiene mucha suerte —Elías lo reprendió—. A mí, por otro lado, me tocó el reverso de la moneda.

Solitario sonrió en silencio y siguió cabalgando. Sabía que su sargento solo fanfarroneaba, que en el fondo no hubiera deseado otra cosa. Caballo o burro. Iban a tener un empleo haciendo lo que les gustaba hacer: mantener la paz y buscar equidad y justicia. Tendrían un techo sobre sus cabezas, comida y un sueldo. ¿Qué más podrían desear un par de soldados en tanto su país se esforzaba para salir de la pobreza en que se encontraba a causa de las interminables guerras?

Por la noche acampaban a un lado del camino de tierra que se extendía a través de montañas y mesetas desérticas serpenteando su rumbo al norte hacia el Río Grande. Cuando finalmente llegaron a Olvido, encontraron un pueblo fronterizo bullicioso que inmediatamente le recordó a Solitario su hogar, Nueva Frontera. La principal diferencia, a primera ojeada, era que el tiempo era seco en Olvido, mientras que Nueva Frontera, situada como estaba a la boca del río junto al golfo de México, estaba siempre empapado de humedad, como si el aire mismo estuviese sudando a causa del calor alarmante.

Edificios nuevos se estaban elevando a diestra y siniestra, hechos de adobe con acabados de estuco, pintados en tonos brillantes de cobalto, turquesa, limón, piña, naranja y rosa. El pueblo irradiaba un espíritu festivo rebosante de optimismo. A Solitario

le pareció contagioso, y con una amplia sonrisa cabalgaron por las calles polvorientas rumbo a la dirección que le habían proporcionado, donde debía encontrar a don Miguel Antonio Santander.

El amigo del gobernador se dedicaba a la ganadería, pero —como muchos hacendados ricos— poseía también una residencia en el pueblo. Su residencia estilo colonial tenía vista hacia la plaza, en la cuadra entre la catedral y el palacio municipal. Estaba pintada de rojo, como la capa de un torero.

—No tendrá problemas para encontrarla —había dicho el gobernador a Solitario—, allá todos la conocen como 'La Casa Colorada'.

—Y no bromeaba —dijo Solitario señalando la magnífica casa. Sus paredes eran altas, sus ventanas estaban protegidas por rejas de hierro forjado y enmarcadas por piedra artísticamente labrada, sus enormes puertas de madera eran dignas de una fortaleza.

Elías sonrió. —¿Vamos a vivir aquí?

Solitario negó con la cabeza. —Ni lo sueñes, amigo.

En la puerta, el mayordomo les dijo que don Miguel regresaría del rancho por la tarde. Sugirió que descansaran en la plaza o con algo de beber en el café que estaba al cruzar la plaza. Desde ahí, agregó, ellos fácilmente podrían ver el carruaje de don Miguel llegar a la casa.

Aprovechando el tiempo para familiarizarse con el pueblo, ataron el caballo y el burro detrás de la casa y recorrieron las calles caminando hasta el dique. Desde ahí, podían ver un conjunto de pequeños edificios de madera al otro lado del río que corría rápidamente.

El balsero los saludó y preguntó si necesitaban cruzar.

—No, solo estamos viendo —respondió Elías—. ¿Eso es El Otro Lado?

—Los Estados Unidos —señaló el balsero—. Originalmente era solo las afueras de Olvido, pero ahora se ha convertido en una villa. Podría ser un solo pueblo, pero ahí es donde cada vez más gringos se establecen cuando vienen del norte para comerciar con nosotros.

—Así era donde yo crecí —dijo Solitario—. La Frontera estaba en el lado norte del río y Nueva Frontera en el sur.

—¿Y aquí? —preguntó Elías al balsero—, ¿cómo le llaman a la villa en los Estados Unidos?

—Le llaman Olvido Norte o El Otro Lado —dijo el balsero—. No importa. Todos entendemos.

Solitario se preguntaba si eso sería cierto. En ocasiones, la frontera tenía su forma de difuminar las líneas.

De regreso a la plaza, Solitario escuchó un sonido angustioso. Muy cerca, en un corral situado frente a La Casa Colorada por una calle lateral, un caballo relinchaba y se quejaba, y sus pezuñas golpeaban el piso mientras dos vaqueros cubiertos de polvo intentaban domarlo.

Solitario sintió surgir la ira, como una ola surge durante una tormenta. Los vaqueros estaban maltratando al animal. Eso no estaba bien. Y, si continuaban, el caballo podría accidentalmente lastimarse. Se imaginó a los hombres verse forzados a darle muerte y tomarlo a broma, riendo como hacían ahora. El vaquero en el suelo utilizaba un lazo para intentar controlar las patas del animal, evitando que se empernara. El jinete lo azotaba, sosteniéndose del cuerno de la silla de montar para evitar caerse con el corcoveo del caballo. Era un pinto con manchas blancas y café, joven y fuerte, pero asustado y con dolor. Solitario reconoció el terror en los ojos del caballo al acercarse con Elías.

Encolerizado, Solitario aventó la puerta del corral y se adentró en él, con las manos sobre sus pistolas.

—¡Esa no es manera de tratar a un caballo! —gritó Solitario, y su voz retumbaba sobre las quejas del caballo—. ¡Deténganse ahora mismo!

El caballo se desplomó al suelo cuando el vaquero con el lazo apretó la cuerda, forzando sus piernas a juntarse. El jinete permaneció en la silla, encarando a Solitario. —Usted no tiene ningún derecho a meterse aquí. Y no puede darnos órdenes. Salga de aquí.

Solitario continuaba lanzándoles miradas fulminantes mientras continuaban forcejeando con el caballo, intentando sujetarlo. Volteándose hacia Elías, le pidió: —Tráeme dos lazos.

Elías atravesó la calle corriendo hasta donde habían dejado a Oscuridad y al burro.

Solitario observaba a los vaqueros que seguían maltratando al animal. —Le van a quebrar las piernas.

—Entonces tendremos que matarlo —contestó el jinete con una risa burlona, como anticipando disfrutar del momento.

Solitario sacudió la cabeza y extendió las manos para que Elías pudiese poner una larga cuerda enroscada en cada una. Dando un paso al frente, giró ambos lazos al mismo tiempo, formando un lazo en cada uno, lo suficientemente grande para un hombre. Mirando a los dos hombres de soslayo, soltó ambos lazos simultáneamente. Las cuerdas salieron disparadas de sus manos con tanta rapidez que los vaqueros no tuvieron tiempo de reaccionar. Los lazos cayeron exactamente sobre ellos, con un silbido de aire rozando sus rostros al tiempo que los lazos caían hasta sus pechos, donde Solitario los apretó con fuerza. Cuando los lazos se cerraron alrededor de ellos, estiró con ambos brazos, haciendo muecas por el esfuerzo.

El jinete salió volando, formando un arco hacia Solitario mientras el otro vaquero soltó la cuerda que sujetaba alrededor de las piernas del pinto y fue arrastrado por el suelo hasta donde se encontraba Solitario.

Solitario podía escuchar las carcajadas de Elías detrás de él, con sus pistolas amartilladas y listas, apuntando a los vaqueros caídos, que vociferaban obscenidades y se retorcían como gusanos en el suelo del corral mientras Solitario terminaba de atarlos de las muñecas y los tobillos.

El pinto se alzó sobre sus patas traseras y lanzó un relincho de alivio, al que respondió Oscuridad desde el lado opuesto de la calle. El liberado pinto entonces se hizo al trote dando una vuelta rápida al corral, sacudiéndose como si el dolor fuese a evaporarse como gotas de agua después de un chubasco.

—Es un bonito caballo —sonrió Elías—. Y ahora también está feliz.

—Lo estará —asintió Solitario—, en cuanto podamos alejarlo de este par de pendejos.

Los dos vaqueros estaban sentados en el suelo, lanzando miradas fulminantes a Solitario. El jinete gritó: —Te vas a arrepentir de esto, charro. Cuando nuestro patrón se entere, te hará encarcelar. Ese es su caballo y domarlo es nuestro trabajo.

—Esa no es manera de tratar a un caballo —respondió Solitario.

—¿Cuál es el nombre del caballo? —preguntó Elías.

—Es un caballo sin nombre —contestó el vaquero que lo había montado.

—Caballo sin Nombre —repitió Elías—. Me gusta. Es fácil de recordar.

—Entonces será tuyo —dijo Solitario.

—¿Qué? ¿Cómo? —preguntó Elías.

—Ya verás. Ese burro no es apropiado para un guardián de la ley. Tú necesitarás un caballo. Y yo voy a entrenarlo correctamente.

—Estás loco —el jinete escupió el suelo—; ustedes dos están locos.

—El caballo no tendrá nombre —respondió Solitario—, pero su comportamiento sí. Ese nombre es *crueldad*. Y no debe ser tolerada, ni contra otro ser humano, ni contra ninguna criatura viva.

Mientras hablaba, un vaquero más viejo se acercó furioso desde el otro lado de la calle. —¿Qué significa esto? —preguntó a Solitario—. Están invadiendo propiedad privada.

Los vaqueros sonrieron ampliamente, mirándose uno a otro y después a Solitario.

Sin inmutarse, Solitario evaluó al hombre. Debía ser el capataz del corral o del dueño del caballo. —¿De quién es la propiedad?

—¿Qué? —el vaquero viejo parecía confundido.

—¿De quién es esta propiedad privada? ¿El caballo y el corral? ¿Quién es tu patrón?

—Todo el mundo lo sabe —respondió el hombre mayor.

—Apenas llegamos a Olvido —dijo Solitario.

—Ya veo. Eso explica muchas cosas —el vaquero viejo se movía de un lado a otro en sus botas y su mirada seguía los corchetes relucientes a los lados de los pantalones de Solitario—. Don Miguel Santander es nuestro patrón y el dueño de este caballo pinto. Me temo que usted ha cometido un grave error.

Solitario contuvo una sonrisa. —No, señor. Los que han cometido un grave error son estos dos hombres. No debería permitírseles acercarse a los caballos de su patrón. El sargento

Elías, aquí presente vigilará a estos dos, mientras yo me reúno con don Miguel.

—Él está ocupado, tiene una cita. Yo sugiero que suelte a los hombres y nos olvidemos de este incidente —la mirada del viejo vaquero estaba fija en las pistolas guardadas en las fundas de Solitario y los cinturones de municiones atados a su pecho—. Don Miguel apoya a sus hombres.

—Su cita es conmigo —dijo Solitario, dejando a Elías a cargo y dirigiéndose al frente de La Casa Colorada.

Cruzando la calle, de pronto sintió que estaba siendo observado. Levantando la vista, pudo distinguir en una ventana del piso superior un rostro impactantemente hermoso. Cuando sus miradas se cruzaron, ella desapareció detrás de una cortina de encaje blanco.

———

Solitario jamás había estado dentro de una biblioteca tan voluminosa como la de don Miguel Santander. Los libros cubrían estantes de pared a pared y del piso hasta el techo. Una luz tenue se filtraba a la habitación con paneles oscuros a través de altas ventanas situadas entre los enormes libreros de madera empotrados en las paredes.

Estaba sentado en un diván de piel suave frente a don Miguel mientras el mayordomo les servía té de yerbabuena. Don Miguel vestía un traje claro y corbata negra. Su piel tostada contrastaba con su camisa blanca. A Solitario le simpatizó el hombre de inmediato, reconociendo por su apariencia que, a pesar de su riqueza y elevada posición, no evitaba trabajar en su rancho bajo el agobiante sol.

—Usted viene altamente recomendado por mi amigo el gobernador Terrazas —dijo don Miguel—. Él me asegura que usted puede ayudar a traer paz y orden a nuestras calles.

Solitario asintió. —Yo pondré todo lo que esté de mi parte, eso puedo prometerle.

Mientras saboreaban el té, don Miguel explicaba las políticas locales y le advertía sobre quiénes encabezaban las diversas bandas de bandidos y contrabandistas que aterrorizaban la región. Solitario escuchaba con atención, tomando notas mentales.

Cuando hubieron terminado de tomar el té, el mayordomo entró a la biblioteca con gran discreción y susurró algo al oído de don Miguel, cubriéndose la boca con la mano y mirando nerviosamente a Solitario.

Don Miguel, visiblemente sorprendido, con los ojos muy abiertos, reevaluaba a Solitario. Cuando el mayordomo salió de la habitación, don Miguel frunció sus espesas y canosas cejas y se inclinó hacia delante. —Al parecer, su llegada ya ha hecho impresión.

Solitario mantuvo su expresión impávida y no hizo comentario alguno.

—Acabo de enterarme de que mis vaqueros están atados y siendo detenidos enfrente por su sargento armado —expresó don Miguel en forma de pregunta pidiendo una explicación.

—Me alegra que usted sacara el tema —dijo Solitario asintiendo con la cabeza—. Esos hombres estaban maltratando seriamente a un caballo pinto.

—¿Es eso un crimen?

—En contra de la naturaleza.

Don Miguel frunció el ceño. —Yo esperaba que usted se enfocara en los criminales, no en mis empleados trabajadores.

—Como el gobernador le mencionó, yo aplicaré la ley y mantendré la paz, pero no excluiré a nadie, incluso a aquellos a quienes usted emplea. Eso es, si aún desea mi ayuda.

Don Miguel se rascó la cabeza. —Yo dependo de mis

vaqueros. Tengo mucho ganado y caballos. Usted me pone en una difícil . . .

—Es verdad, papá —lo interrumpió una voz agradable desde la esquina.

Solitario volteó rápidamente y reconoció el bello rostro que había visto en la ventana.

—¿Qué es verdad? —preguntó don Miguel a la joven, quien lucía un vestido verde menta que fluía hasta sus pies.

Al ponerse de pie en su presencia, todo lo que Solitario podía pensar era que parecía una princesa de alguna tierra mística y lejana, donde nada estaba cubierto de polvo, sino bordado en pedrería fina. No un pueblo ganadero y puesto comercial, sino una capital luminosa donde las calles estaban adoquinadas y los altares adornados en hojas de oro.

Su piel era suave, delicada y radiante. Sus rasgos afilados y elegantes. Sus ojos, verdes como su vestido. Su cabello, largo y oscuro, le caía en cascada sobre los hombros y se deslizaba por la espalda. No podía apartar los ojos de ella. Y tenía que recordarse a sí mismo de respirar.

—Lo que este caballero dice es verdad —explicó la dama—. Yo presencié la crueldad de esos vaqueros desde arriba, de mi habitación. Este hombre no solamente salvó la vida del caballo, sino probablemente evitó que los vaqueros salieran lastimados.

Nervioso, don Miguel se volteó hacia Solitario. —Capitán Cisneros, le presento a mi hija Luz.

«Que nombre tan apropiado», pensó para sí mientras saludaba. Olvidando que ya lo había hecho, levantó la mano para quitarse el sombrero, pero solo encontró un rizo de su propio cabello.

A ella se le escapó una risilla sofocada al notar su torpe maniobra y verlo ruborizarse y bajar la vista hacia la espléndida alfombra oriental debajo de sus botas negras polvorientas.

—Por favor, siéntense los dos. Yo solo quería hacerte saber lo que vi, padre, y que este hombre dice la verdad. Y ahora los dejo para que puedan continuar con sus asuntos. Un placer conocerlo, capitán.

—El placer es todo mío —dijo él con una inclinación al verla partir.

—Ya ve usted con lo que tengo que contender —dijo don Miguel sonriendo y retomando su asiento—. ¿Quizás deberíamos concluir nuestra junta no con más té, sino con un poco de tequila reposado?

El mayordomo regresó y vertió un líquido dorado en dos copas pequeñas.

Mientras Solitario bebía, miraba a don Miguel esperando una explicación.

—Entre nuestro nuevo representante de la ley y los ideales de mi hija me doy cuenta de que mi camino se va estrechando y enderezando cada vez más —concluyó.

—Tal vez pueda aminorar la dificultad en lo que al pinto y sus vaqueros se refiere —sugirió Solitario, comprendiendo que evitar que los vaqueros y el capataz se rebelaran era un asunto de gran importancia para un ranchero.

—¿Y cómo podría hacerme ese favor?

—Permítame comprarle el caballo pinto. Rebájelo de mi sueldo. Podrá decirles que usted me había vendido el caballo con anterioridad y por lo tanto era mi propiedad privada lo que yo estaba protegiendo.

—Ya veo. Una salida —Don Miguel saboreó el fino tequila—. Terrazas le enseñó muy bien los métodos de la diplomacia.

—Una victoria para todos —confirmó Solitario—. Pero esos hombres necesitan aprender la manera correcta de domar un caballo. O no se les debe permitir acercarse a ninguno de sus animales.

—Me aseguraré de que así se haga —dijo don Miguel, extendiendo su mano.

Ambos sonreían al estrecharse las manos y terminar de beber sus tequilas.

—Yo creo que este es el inicio de una asociación productiva —concluyó don Miguel, acompañando a Solitario hasta el vestíbulo.

Solitario levantó la vista hacia la escalera curva de hierro forjado, visualizando a Luz en su habitación. Se le cortó el aliento con solo pensar en ella otra vez.

———

Don Miguel y Solitario acordaron reunirse una vez por semana en la biblioteca para repasar el progreso de la nueva fuerza policial en restablecer el orden en la próspera ciudad fronteriza.

—El comercio fluye, justo como el Río Grande —dijo don Miguel emocionado un par de meses después de que Solitario ocupara el puesto—. Debemos asegurarnos de que todos los ciudadanos se beneficien, no solo los bandidos que saquearían y acapararían toda la riqueza para ellos mismos.

—Me parece justo —convino Solitario.

Con financiamiento del gobernador, él y Elías supervisaron la construcción de una nueva cárcel para el pueblo, que el gobernador mismo vino a inaugurar.

Durante las sesiones semanales y de planeación en la biblioteca, Solitario, a menudo, intercambiaba miradas furtivas y sonrisas secretas con Luz, quien siempre encontraba maneras inteligentes de introducirse en la conversación. Sus conocimientos eran muy amplios. De hecho, ella misma había ordenado y leído la mayor parte de los libros de la biblioteca; incluso había estudiado en internados en México y París tras la muerte de su madre, quien había fallecido de cólera muy joven. Solitario no podía entender cómo una dama como ella podía permanecer en Olvido, pero aparentemente su misión era hacerle compañía a su padre anciano, y en muchas formas, existir atrapada en una jaula dorada fabricada por ella misma, como una de las muchas aves cantoras que tenía en una colección de jaulas de hierro forjado muy adornadas en el patio central de la mansión colonial.

Un día cuando a don Miguel se le había hecho tarde para su cita acostumbrada, Solitario deambulando fue a parar al patio central, atraído por el canto alegre de los pájaros de Luz. Asomándose para observar los especímenes de plumas coloridas, sonreía al escucharlos entonar sus caprichosas melodías. Había tantas variedades diferentes de pájaros en el patio cubierto de enredaderas. Entre las jaulas de los pájaros y los palomares, palmas gigantes sembradas en macetas se elevaban hacia el cielo. En el centro del patio, una fuente de piedra le agregaba frescura al ambiente.

—Esta es mi pequeña jungla —una voz conocida lo sobresaltó.

Inmediatamente se quitó el sombrero negro de la cabeza y se inclinó levemente, sonriendo ante su presencia.

Ella lucía un vestido rosa pálido, que fluía en la brisa como todos sus vestidos parecían hacer, aun cuando ella estaba adentro y el aire estaba quieto.

El aroma a jazmín era embriagador, las flores flotaban alrededor de ellos, desprendidas por la brisa de las enredaderas que cubrían la galería de arcos y los balcones del segundo piso.

—Eres tan hermosa . . . quise decir, tus pájaros son tan hermosos —y sacudió la cabeza, apenado por haber dado otro paso en falso.

Ella acalló una risilla, ignorando su torpeza y se paró junto a él admirando un pequeño pajarito verde con plumas azules y rojas. —Esta es una cotorrita. Es un perico miniatura. Podría aprender tu nombre si tú le enseñas.

—Fascinante —dijo él con su mirada fija en ella mientras ella se inclinaba y, frunciendo los labios, soplaba un beso al pájaro. Él pensó que tal vez su corazón estaba palpitando aun más rápidamente que la pequeña criatura alada.

Ella le dio un recorrido guiado de todas sus mascotas, explicó sus nombres y de dónde era originaria cada una.

—¿Y tú has viajado a todos esos sitios? —preguntó, maravillado no solo de su inteligencia, sino de su afecto por los animales. Era una rara afinidad que tenían en común.

—Oh, sí, con mi padre —respondió Luz—. A él le gusta llevarme en sus viajes de negocios . . . a Yucatán, Chiapas, Guatemala, hasta Costa Rica y Cuba; no le gusta estar solo. Nunca ha podido superar la muerte de mi madre.

—Lo siento —respondió Solitario.

—Eso fue hace mucho tiempo —ella sonrió, levantando hacia él la mirada con sus grandes ojos verdes que brillaban como esmeraldas.

—Uno nunca se repone de una pérdida así —concedió Solitario.

—¿Hablas por experiencia?

Él asintió, pensando en el padre que nunca conoció, la madre que solo había visto como un espíritu parado en una duna, la novia que había perdido en la inundación, la maldita maldición. Pero algo acerca de Luz provocaba más que solo lascivia, o amor, o deseo dentro de él. Como su nombre, ella empalmaba la oscuridad y soledad de su vida como un claro haz de luz, encendiendo una chispa en lo más profundo de su alma que amenazaba con crecer hasta convertirse en un fuego flameante.

Al principio, él temía que don Miguel no lo considerara

digno de Luz, dado que él no era un hombre de gran fortuna. Se propuso cambiar eso para poder pedir su mano. Poco después de que había tomado esa decisión, capturó una banda de ladrones que habían asediado a los nuevos ferrocarriles que llevaban mercancías del interior a la frontera. Sin saberlo, la compañía ferroviaria había ofrecido una gran recompensa por la captura de los bandidos. El día que recibió el considerable cheque, Solitario abrió una cuenta en el banco, compró su rancho y pidió a don Miguel la mano de Luz en matrimonio.

—Tú has más que probado que eres un hombre de carácter, y ahora eres un hombre acaudalado, un terrateniente como yo —respondió don Miguel—. Me encantaría que Luz no tuviese que envejecer sola como yo. Nunca ha habido otro caballero digno de su atención en estos lugares. Así que, si ella dice que sí, yo les daré mi bendición a ambos. Solo pido un favor.

—Cualquier cosa —respondió Solitario, sintiéndose más emocionado y lleno de gozo como jamás se había sentido en toda su joven existencia.

—Que no te la lleves lejos de aquí, que permanezcan cerca para que podamos vivir como una familia.

—Por supuesto —contestó Solitario—. Olvido será nuestro hogar.

Esa noche, Solitario trajo un grupo de mariachis, incluido a un desafinado sargento Elías, y le brindó a Luz una serenata desde la calle donde la vio por primera vez en la ventana. Ella abrió la ventana, sonriendo al dirigir la vista hacia abajo y verlo en su traje de mariachi, con los bordados de plata de su saco y su sombrero brillando a la luz de la luna. Él tocó la guitarra y cantó apasionadamente para ella, y cuando ella aplaudía, se arrodilló y le propuso matrimonio.

—Sí —sonrió ella desde arriba—, me casaré contigo, Solitario Cisneros.

Finalmente, pensó él, su vida se desviaría del destino tallado a su nombre. Ya no volvería a estar solo.

El gobernador Terrazas vino desde Chihuahua para la boda, que se celebraría en la catedral frente a la plaza. Cuando los recién casados surgieron de la entrada arqueada a los escalones soleados, fueron rociados con granos de arroz por la multitud jubilosa. Un fotógrafo que don Miguel había contratado para la ocasión tomó una foto de la pareja. Después celebraron en el patio central de La Casa Colorada, rodeados de los amigos de la familia y los pájaros de Luz. Bailaron alrededor de la fuente a la música de un cuarteto de cuerdas de Ciudad de México. Y, antes de que la noche terminara, Luz le entregó a Solitario un regalo de boda especial. Descendió en su fluido vestido blanco por la escalera exterior al patio central acompañada de las porras de la multitud festiva. En sus manos, llevaba el sombrero más maravilloso que Solitario había visto jamás. La parte superior era negra y bordada en plata, pero el envés era de terciopelo azul medianoche, con diseños blancos bordados a mano.

Al entregárselo, Luz susurró: —Este es un sombrero especial, mi amor. Lo hice yo misma. Cuando lo lleves puesto y cantes o toques la guitarra, cualquier emoción que desees expresar o transmitir conmoverá profundamente las mentes y los corazones de quienes te escuchen.

Él no estaba seguro de lo que ella quería decir, pero se puso el impresionante sombrero sobre la cabeza y le dio las gracias, abrazándola estrechamente.

Don Miguel se aclaró la garganta y levantó su copa de champán. —Por mi hija Luz y su marido, Solitario. No fue sino hasta ya tarde en la vida que mi adorada esposa desaparecida y yo nos convertimos en padres. Luz fue nuestra única hija. Yo nunca pensé que ella pudiese encontrar un caballero que pudiese considerar digno de sus afectos, mucho menos de su mano en matrimonio. Pero el día que conocí al capitán Solitario Cisneros me formé una impresión de él. Este es un hombre de honor. Hoy, me enorgullezco de darle la bienvenida a nuestra familia. Y nuevamente a Luz, mi hija amada, y a Solitario, mi nuevo hijo, cuya unión sea bendecida eternamente.

Los invitados levantaron sus copas y brindaron por los recién casados. El mariachi tocó música alegre. Y, en ese momento, Solitario cometió un error del que se arrepintió todos esos años después durmiendo solo en la casa de Elías: se permitió creer que había finalmente huido de la maldición de Caja Pinta.

VEINTITRÉS

Cuando Solitario despertó en la casa de Elías esa mañana de domingo se sintió inexplicablemente atraído hacia la antigua plaza en el sector mexicano de Olvido. Después de tomar su café con Elías, montó en Tormenta y cabalgó lentamente a través de las polvorientas calles. La plaza estaba en ruinas, los árboles secos y quebradizos, hojas secas crujiendo entre las hierbas. Cuando se detuvo a admirar la elegantemente labrada fachada de la catedral en ruinas, una anciana sacaba agua de la noria. Él nunca se había considerado muy religioso, espiritual sí, pero no le atraía ninguna forma de culto organizado. Para él su relación con Dios era un canal de comunicación personal y directa, un lazo vital pero invisible. Rezaba cuando se sentía agradecido o necesitaba consuelo, pero había abandonado la costumbre de pedir algo desde el día que Luz murió. Aun así, le daba tristeza por el pueblo y los residentes mexicanos porque nadie había reunido ni la voluntad ni los recursos para reconstruir la diezmada catedral. ¿Qué significaba eso? ¿Se había rendido totalmente la gente de Olvido, habían abandonado toda esperanza para el futuro?

Desmontó y se adentró a la nave de la iglesia. Las bancas

habían sido saqueadas para utilizarlas como leña o material de construcción. El techo se había quemado casi totalmente y ahora tenía un boquete abierto hacia el cielo. No había nada más que vigas quemadas desmoronándose sobre el piso de mosaico de Oaxaca. Todos los vitrales habían explotado durante el incendio que destruyó el edificio poco tiempo después de que el río cambiara su curso; era como si Dios mismo se había enfurecido ante el abandono del Río Grande hacia su rebaño.

Aquí se había casado con Luz. La recordaba junto a él ante el altar. Pisando sobre las cenizas, se paró en el sitio justo donde los habían declarado marido y mujer. Mientras la imaginaba junto a él, se sobresaltó al escuchar un crujido a sus espaldas. Al voltearse, vio a la anciana que había estado sacando agua en la plaza. Llevaba una cubeta en cada mano y estaba ataviada con un vestido negro como carpa, y llevaba un pañuelo del mismo color sobre su cabello blanco.

—M'ijo, aquí ya no hacen misas. Tendrás que ir a la barranca seca si quieres rezar con el resto de los creyentes —dijo.

—Gracias.

—Ahí están precisamente ahora.

Él se preguntaba por qué no estaba ella ahí, pero decidió que no era de su incumbencia. Generalmente, prefería evitar hablar, a menos que fuese absolutamente necesario. En boca cerrada, no entran moscas.

Después de que la anciana se fue, regando agua por el balanceo de sus baldes, regresó afuera donde Tormenta lo esperaba pacientemente. Le acarició el cuello y la llevó a la vuelta de la plaza a la casa de Luz, tapiada tal como había descrito don Miguel. Ya no lucía de un rojo brillante como antaño. Sus paredes estaban cubiertas por incontables capas de polvo, lo que le daba un tono rosa arenoso. La Casa Colorada era una sombra descolorida y sin vida de su antigua versión. Frunció el ceño sacudiendo la cabeza. La casa se veía justo como él se sentía.

Volvió a montarse en la silla y cabalgó hacia la barranca. Tal como la mujer le había anticipado, una multitud de ciudadanos mexicanos de Olvido llenaban el cañón que había dejado el río esquivo. El sacerdote estaba frente a un altar improvisado; su sotana negra aleteaba en el viento mientras que él elevaba una hostia de gran tamaño hacia el sol. Los feligreses se arrodillaron e inclinaron la cabeza, murmurando oraciones. Intentando hacer el menor ruido posible, cruzó la zanja y continuó su paseo dominical cruzando el pueblo con un pensamiento en la mente.

Se dirigió a la iglesia anglosajona y desmontó junto a la cerca del frente. La puerta de la iglesia estaba abierta y se podía escuchar a la congregación cantar un himno solemne en inglés.

Asomándose a la puerta, podía ver a los colonos anglos ataviados con su ropa dominguera; las niñas y sus madres con sombreros cubriendo sus cuidadosamente peinados cabellos, los niños y los hombres con corbata y sus cabellos untados de brillantina.

De pie ahí, escuchaba al reverendo predicar su visión del mundo, de fuego y azufre. Era claro que al reverendo le gustaba practicar la clásica dinámica de temor y esperanza. Asustaba a sus feligreses con toda esa verborrea de pecado e insuficiencia, pero después les ofrecía el socorro y la salvación de su Señor. No era tan diferente del enfoque católico, pensó Solitario. Ellos no adornaban su casa de oración con estatuas de la Virgen de Guadalupe ni de los santos. Mantenían las cosas más sencillas, más limpias y mucho menos sangrientas. En vez de una figura de Jesús herido sobre el altar, se enfocaban en una sencilla cruz tallada, si bien enorme, que representaba el símbolo del sacrificio de Jesús en vez de la imagen macabra de su grotesco sufrimiento. Mientras esperaba que terminara el servicio, Solitario se preguntaba por qué y cómo podía derramarse tanta sangre y mantenerse tanto odio entre rebaños divergentes de creyentes sobre tan sutiles diferencias. ¿Acaso no todos anhelaban las mismas cosas? ¿Saber que existía algo más que esto? ¿Creer en la esperanza de una recompensa al final de años de sufrimiento? ¿Ser perdonados por los propios pecados y errores? ¿Sentirse un poco menos aislados en el universo?

Escuchó al reverendo Grimes predicar un sermón acerca de los horrendos asesinatos que llenaban a los ciudadanos de temor. Después de preguntarse en voz alta si Olvido no habría provocado su largo período de mala suerte con su comportamiento descarriado, el reverendo consoló a sus fieles con las conocidas palabras del salmo 23. —Aunque camine por cañadas oscuras, no temeré; tu vara y tu cayado me dan seguridad.

Solitario recordaba las palabras y las repetía en español en voz baja como si estuviese conjurando una rima de la infancia. Compañerismo, disciplina, guía, estos eran, para la mayoría de la gente, consuelo en el desierto. Eran las alternativas para la soledad, el caos y la perdición. Con sus cejas juntándose como nubes de tormenta, rodeó hacia la parte trasera de la iglesia y atisbó hacia los bosques, con la esperanza de ver un destello dorado entre los árboles. No había visto a Johnny Tolbert por un tiempo. ¿Se le escapaba todo entre los dedos? ¿Y si fallaba en el intento de llevar a los culpables ante la justicia y salvar a Elena y a las otras niñas? La duda se deslizó por su alma como una serpiente.

Cuando la congregación se dispersó para regresar a sus hogares, interceptó al reverendo en el camino a su casa.

—¿Trabajando en domingo? —preguntó el reverendo, abrazando el libro de oraciones junto a su pecho como un escudo.

—Igual que usted —respondió Solitario, acercándose al predicador.

—Sí, el trabajo del Señor nunca termina.

—Tampoco el de la ley —dijo Solitario con sarcasmo—. Cuando el Señor no está presente en el valle de las sombras de la muerte alguien tiene que ocuparse.

—Ahí es donde usted se equivoca, señor —sermoneó el reverendo Grimes—. El Señor está siempre presente. Ese es el objetivo de la oración que, me temo, usted no ha entendido.

—Pues yo nunca fui muy bueno en la escuela —confesó Solitario—. Soy más bien una persona de acción. Pero voy a hacerle una pregunta: ¿Dónde estaba su Señor omnipresente cuando los Jackson y los Tolbert y las familias de Elías y los López fueron brutalmente asesinados?

El reverendo inclinó la cabeza y siguió caminando hacia su casa. —Me temo que mi esposa me espera para la comida. Tal vez podamos continuar este debate en otra ocasión . . . o tal vez nunca.

Solitario siguió al predicador hasta la terraza al frente de su casa. —Encontré algo muy curioso en los archivos del banco y del condado, reverendo.

—¿Y qué podría ser? —el reverendo preguntó, deteniéndose en el primer escalón, escudriñando a Solitario desde arriba.

—Que la tierra de los Jackson pasa a ser suya y de su iglesia y también la de los Tolbert si ninguno de los niños sobrevive. Usted tiene la hipoteca de la granja de los Jackson. Y la granja de los Tolbert sería subastada si no hubiese herederos, pero la iglesia tendría preferencia, ya que usted presentó una querella en el condado sobre el límite de la propiedad.

—¿Está insinuando algo? —respondió el reverendo, y los músculos del rostro se le aflojaron.

—¿Estaría dispuesto a permitirnos hacer un cateo de su casa y su iglesia?

—Absolutamente no. ¿Qué pensaría la gente? ¿Qué diría la gente? —preguntó.

—Podían decir lo que todos están ya pensando —respondió Solitario aventurando una conjetura—. Que usted es quien tiene más que ganar con la muerte de las familias Tolbert y Jackson. Y que nada le importa lo sucedido a las familias mexicanas en la garganta del río. Tal vez organizó eso para alejar sospechas de usted . . . o por malevolencia hacia mí.

—Usted cree que el mundo gira a su alrededor —respondió el reverendo—. Por eso jamás encontrará la verdad. Está demasiado distraído por sus propias emociones y *vendettas*. Yo no le caigo bien, así que quiere inculparme.

—La ley no funciona así.

—Exactamente —el reverendo entró a su casa y cerró con un portazo. Después de que Solitario tocó, la abrió parcialmente—. Regrese cuando tenga una orden de cateo. Si aún me queda algo de influencia en este pueblo, el alcalde jamás se la concederá. Y menos en domingo —y volvió a cerrar con un portazo.

Solitario sonrió. Había supuesto que valdría la pena intentarlo. Ahora estaba seguro de algo, tanto si estaba relacionado con los asesinatos o no, el buen reverendo tenía algo que deseaba ocultar. Tal vez no era tan puro como el evangelio que predicaba.

VEINTICUATRO

Percy Boggs se sentía inquieto sentado a la cabeza de la mesa en su hogar de estilo victoriano. La mesa estaba servida con un banquete tan suntuoso como era posible obtener en Olvido. No había escatimado gasto para celebrar la presencia de la madre de su esposa y su hermana menor. Al centro de la mesa, sobre una charola de plata, un lomo de cerdo asado. Alrededor de este, guarniciones de elote, puré de papas, zanahorias y salsa. Su esposa Annie, sentada frente a él, lucía radiante en un vestido amarillo que su madre había comprado para ella en la calle Newbury de Boston.

—Y díganos, Sra. Lewis, ¿cómo están las cosas en Boston? —preguntó Percy Boggs a su suegra, en un intento por animar la atmosfera flemática.

Desacostumbrada al calor de Texas, la adusta y corpulenta dama ataviada con su elegante vestido púrpura agitaba sin cesar su abanico de encaje. —Están horribles, si vamos a ser sinceros. La gente sigue llegando por multitudes desde las áreas rurales y del sur. La ciudad está de atestada y sucia. Todos los que pueden hacerlo, escapan cada vez que pueden hacia los Berkshires o al norte a Maine.

—Seguramente que Beacon Hill es aún un refugio aceptable, madre —comentó Annie Boggs sonriendo al tiempo que servía un plato.

Su madre olfateó, ojeando el elegantemente decorado interior del comedor, el mobiliario, las cortinas de seda. —Es tolerable, supongo, comparado con las condiciones a las que has optado por someterte.

—Olvido es una ciudad fronteriza que está prosperando, madre —dijo Percy forzando una sonrisa y elevando su copa para dar un trago generoso a su vino tinto.

La Sra. Lewis se volteó hacia Annie, susurrándole: —¿Por qué insiste en llamarme así?

—A mí me gusta este lugar. Se siente interesante y arriesgado, listo para hacer de él lo que se desee —declaró Georgina, la hermana menor de Annie.

Su madre frunció los labios. —Está demasiado alejado. Te perdiste el debut de tu hermana —dijo reprochando a Annie—; y mis nietas están creciendo como salvajes aquí —opinó con un ademán desdeñoso hacia las dos pequeñas hijas de Percy y Annie, que estaban muy silenciosas y tiesas en sus vestidos domingueros, temerosas de hacer o decir algo que pudiese ofender a su fastidiosa abuela.

Percy les había advertido que debían portarse bien porque de otra forma su abuela exigiría que las enviaran de regreso con ella, para estudiar en un internado en Massachusetts. Si tan solo la vieja bruja no tuviese el control de la fortuna de la familia. Percy bebió más vino, como si fuese agua y el estuviese varado en el desierto.

—Es un sacrificio, madre —dijo Percy—, pero los grandes riesgos producen aun mayores recompensas.

—Eso dices tú —respondió la Sra. Lewis ceñuda, masticando su puré de papas—. Es tan seco aquí que el puré se está desmoronando en mi boca.

—Los hombres son guapos y fuertes aquí —dijo Georgina con una sonrisa radiante, y sus rizos rubios rebotando hacia arriba y hacia abajo por la emoción—. Ese guardia que el alguacil asignó a la puerta es un lujo que no tenemos en Beacon Hill.

Irritada, la Sra. Lewis la amonestó. —Georgina, debes dar un mejor ejemplo para las niñas. ¡Por Dios, querida! Estamos aquí para visitar a la familia y atender algunos asuntos, no para coquetear con los nativos.

—¡Madre! —protestó Annie—. Michael Dobbs es un buen muchacho. Tenemos suerte de tenerlo aquí para protegernos. Si no, ¿quién iba a hacerlo?

Percy Boggs vació su copa y la depositó en la mesa con demasiado énfasis. Todos voltearon a verlo. Su rostro estaba rosado con una mezcla de frustración y vergüenza. Después de todo, él también tenía una pistola. Claro, no la había disparado nunca, pero podía sentirla en la bolsa de su pantalón en ese preciso momento.

—Lo siento, Percy —se disculpó Annie. Estoy segura de que tú podrías protegernos adecuadamente.

La Sra. Lewis olfateó de nuevo, bajando su tenedor y masticando trabajosamente un bocado de lomo de cerdo.

—¿Tal vez debería llevarle un plato? —se atrevió a sugerir Georgina, mirando a su hermana en busca de aprobación.

¿A quién? —preguntó su madre.

—Al guardia —respondió Georgina—, Michael Dobbs.

La Sra. Lewis puso los ojos en blanco y levantó la vista al techo, desde donde colgaba un carísimo candil de cristal. —¿Qué caso tiene?

—¿Caso de qué? —preguntó Annie, al momento que Georgina se levantaba a preparar un plato para el chico Dobbs.

—De todo —ella miraba el candil—. Mi hija mayor y mis únicas nietas abandonadas aquí en este yermo desértico, fingiendo llevar una vida civilizada, colgando candiles del techo como si hubiese alguien aquí que fuese capaz de apreciar el refinamiento.

Percy ya no pudo contenerse más. —¡El futuro es el caso! Debemos esforzarnos para ser parte del destino manifiesto de América. Las nuevas fortunas se acuñarán aquí. Con su ayuda, madre, podríamos colocar a las familias Boggs y Lewis en el primer plano del empresariado y el poder.

La Sra. Lewis se tocó ligeramente las comisuras de sus arrugados labios con una servilleta de encaje al tiempo que se lamentaba: —Qué torpe.

—Ahora no, querido —Annie meneó la cabeza desde el otro extremo de la mesa.

Frustrado, se recargó en su profusamente tallada silla. Volteó la vista hacia la vitrina de los vinos. ¿Sería demasiado pronto para abrir otra botella? Por supuesto que no, se convenció a sí mismo. Su suegra estaba de visita, y eso solo ameritaba un alto volumen de bebida. Era la única forma de soportar la humillación.

Mientras que Percy Boggs se levantaba para tomar otra botella de la vitrina, Georgina se apresuraba al vestíbulo con un plato lleno de comida en las manos.

———

Percy estaba en la cama con su esposa cuando un ruido en la planta baja lo despertó. —¿Escuchaste eso, Annie? —susurró, sentándose y tallándose los ojos.

Ella se movió, murmuró algo inteligible y se volvió a dormir.

Percy tomó sus lentes del buró de su lado de la cama. Al ponerse de pie, se tambaleó un poquito, y sintió un agudo dolor en la cabeza. «Demasiado vino tinto», reconoció, buscando la pequeña pistola niquelada en el cajón. Cautelosamente, caminó de puntillas hasta la puerta y la abrió. Asomó la cabeza al pasillo y miró en ambas direcciones. El corredor estaba vacío. Caminó descalzo hasta la parte superior de la escalera. Y entonces escuchó más ruido abajo, ¿sillas moviéndose por el piso del comedor? ¿Qué sucedía, por Dios? Bajó cuidadosamente, su pistola en la mano izquierda para poder sostenerse de la barandilla con la derecha. Al llegar al primer escalón, se volteó en el vestíbulo para dirigirse al comedor, pero antes de que pudiese alcanzarlo, escuchó el piso rechinar detrás de él. Volteándose sorprendido, todo lo que pudo ver fue una enorme sartén de hierro avanzando con gran rapidez hacia su cabeza. Escuchó el sonido de sus lentes al quebrarse justo antes de que el golpe lo dejara entumecido y sin sentido.

———

Cuando Percy Boggs volvió en sí, su dolor de cabeza era inaguantable. Intentó ver algo, pero todo estaba empañado. Intentó alcanzar sus lentes para limpiarlos, pero no podía mover las manos. Estaban atadas a su espalda. Tampoco podía ponerse de pie. Estaba atado a una de las sillas del comedor. Intentó hablar, gritar, pero eso tampoco era posible. Tenía una tira de tela atada fuertemente de la boca a la parte de atrás de la cabeza. En el oscuro comedor, podía percibir movimientos, sombras, pero casi nada más debido a su vista abominable. Podía escuchar los sonidos ahogados de una lucha inútil, gruñidos y chillidos de incomodidad y dolor. Su corazón parecía explotar. ¿Sería este el fin? ¿Y sus niñas? ¿Qué había ocurrido con el guardia? ¿Dónde estaba el alguacil? Se remolineaba inútilmente en su asiento hasta que un puño se estrelló contra su mejilla. Al morderse la lengua por el impacto, Percy se contrajo de dolor, y la sangre se derramó por su barbilla hasta sus pijamas blancos.

—No querría que te perdieras esto —dijo una voz, bruscamente colocando los lentes estrellados sobre el herido y ensangrentado puente de su nariz.

Al enfocar, Percy pudo ver a dos intrusos, pero no podía distinguir sus facciones. Llevaban capuchas negras sobre las cabezas. Sentadas a la mesa atadas y amordazadas estaban la Sra. Lewis y Georgina en sus camisones oscuros. Sus ojos abultados por el terror lo miraban con impotencia. Volteándose de lado, vio a su esposa. Annie, pobre Annie. La había puesto a ella, a sus niñas y ahora a su madre y hermana en esta terrible situación. ¿Y todo para qué? ¿Sus sueños de éxito? ¿Dónde estaban sus niñas? ¿Y dónde estaba el maldito guardia?

Los dos encapuchados formaron una fila de velas a los pies de la mesa. La luz vacilante iluminaba los pálidos rostros de la madre y la hermana de Annie.

Cómo podría dar la cara otra vez a su suegra, se preguntaba Percy Boggs. Ella les había advertido en incontables ocasiones antes de que se mudaran al oeste. Esta era la realización de todo lo que ella había temido para ellos.

Cuando terminaron de alinear las velas, los dos intrusos se colocaron a lados opuestos de la mesa del comedor. Lentamente, desenfundaron cuchillas largas y brillantes.

Annie jadeó en tanto Boggs intentaba voltearse para no ver. «No mires, Annie. No mires», pensó.

Un sonido crujiente se podía escuchar proveniente de la cocina. Contra su mejor juicio, hasta contra su voluntad, Boggs miró a hurtadillas en dirección al sonido. En la luz vacilante, alcanzó a ver las sombras amplificadas de plumas largas en la pared del comedor. Al principio no estaba seguro de si lo que estaba viendo era una criatura de otro mundo, pero pronto cayó en cuenta de que esto era un hombre, ataviado con alguna especie de atuendo extraterrestre. Su mitad inferior estaba cubierta por una falda compuesta de plumas grandes y tiras de conchas y cuentas. Su torso estaba desnudo bajo una capa negra que le colgaba de los hombros. Su rostro estaba cubierto por una máscara con más plumas erizadas de sus lados y sobre su cabeza. Boggs nunca había visto un apache ataviado en esta forma.

El hombre tenía una voz áspera, y utilizaba palabras que Boggs no podía identificar, entonándolas mientras realizaba un ritual frente a la Sra. Lewis y Georgina. Con un trozo de tiza, el hombre dibujó símbolos en el rostro aterrorizado de la Sra. Lewis. Boggs intentaba zafarse de las cuerdas, pero sus esfuerzos eran inútiles; estaban muy apretadas alrededor de los brazos y las muñecas.

Cuando el hombre hubo terminado sus encantamientos, con la cabeza hizo una señal a uno de los intrusos encapuchados. El intruso levantó su cuchilla larga, y se ubicó detrás de la Sra. Lewis.

Annie casi derriba su silla, retorciéndose y chillando a través del pañuelo que tenía en la boca.

—No, por favor, no —rezaba Boggs, cerrando los ojos—. No permitas que esto suceda, Dios.

El afilado metal rebanó el cuello de la Sra. Lewis, y la sangre salpicó los rostros de Percy y Annie que observaban horrorizados.

El chamán agregó más palabras, ahuecando las manos para recoger en ellas la sangre que era expulsada rítmicamente del cuello cortado de la Sra. Lewis. Levantó después las manos para permitir que el líquido carmesí fluyera por sus brazos.

Annie sollozaba. Georgina se desmayó, cayendo de lado sobre la mesa, con el cuerpo recargado sobre la masa temblorosa de su madre decapitada.

El chamán asintió con la cabeza al otro encapuchado, que estiraba el hombro de Georgina para enderezar su cuerpo delicado. Bajó la cuchilla hacia el cuello de ella, y justo cuando se disponía a rebanarlo, alguien llamó a la puerta.

«Amado Señor» —pensó Percy— «Permite, por favor, que sea el alguacil. Alguien tiene que detener esta locura antes de que prosiga». ¿Qué tal si, después de Georgina, siguieran sus hijas?

Los atacantes permanecieron congelados por lo que pareció un momento eterno. Boggs gruñó, esforzándose por gritar pidiendo auxilio a través de la mordaza.

—¿Sr. Boggs? —llamó el hombre a la puerta— ¿Michael?

Era el otro gemelo Dobbs. Tocó una vez más, esta vez más fuerte. —Voy a entrar a revisar que todo esté bien —gritó.

La manija de la puerta se sacudió en sus manos. La cerradura estaba puesta.

Uno de los encapuchados guardó su sable y desenfundó un revólver, caminando hacia la ventana y asomándose desde atrás de la cortina. —Voy a dispararle. Eso lo hará huir asustado o buscar donde resguardarse. Mientras tanto, tú vete de aquí lo más rápido que puedas.

Le hablaba al chamán, comprendió Boggs.

El hombre abrió la ventana lentamente mientras que el movimiento de la manivela continuaba. Esos gemelos Dobbs eran muy agradables, pero Percy no estaba seguro de que fuesen muy inteligentes.

Todos en el cuarto, incluso Georgina que había estado inconsciente, saltaron al escucharse un disparo.

—¡Maldita sea! —gritó Blake Dobbs, alejándose del pórtico—. ¡Ya me pegaste en el brazo!

Blake Dobbs regresó el disparo, estrellando la ventana, y pedazos de vidrio volaron por todo el cuarto, y los brazos y el cuello de Percy recibieron lo que parecía una docena de picaduras de abeja.

El encapuchado se agachó debajo de la ventana, instando a sus camaradas: —¡Váyanse!, váyanse ahora, ustedes dos. Yo me encargo de la chica.

El chamán y el otro encapuchado huyeron por la puerta trasera.

Se escucharon más disparos mientras que Dobbs y el intruso restante seguían intercambiando fuego.

Las balas perdidas hicieron pedazos otras ventanas. El candil explotó arriba. Georgina logró resbalarse y meterse debajo de la mesa, doblándose con la cabeza temblando sobre su regazo. Los ojos de Percy seguían el esqueleto del candil, que se balanceaba de un lado a otro.

«Ahora sí —pensó Percy Boggs— el otro gemelo Dobbs está muerto. Esto es el fin. Dios, solo salva a nuestras hijas. Protégelas de todo mal. Que estén ocultas debajo de sus camas».

El intruso, reía entre dientes bajo la capucha. —A ver, jovencita, ¿dónde te has metido? —se agachó y encontró a Georgina enroscada, en posición fetal, debajo de la mesa del comedor, que estaba cubierta de vidrios rotos y fragmentos de cristal. Se estiró y la haló por los rizos mientras ella emitía un chillido ahogado. Posicionándola de pie, se colocó detrás de ella, desenfundando su cuchilla y elevándola a su garganta.

VEINTICINCO

Solitario escuchó los disparos que hacían eco por todo el pueblo. Había estado dando de beber a Tormenta debajo del mezquite en la casa de Elías cuando el crepitar de los disparos interrumpió el silencio de la noche, vibrando bajo el cielo ennegrecido. Los cuervos volaron de las ramas graznando angustiados. En un instante, saltó sobre su caballo. Cabalgando a pelo, se precipitó al barranco dirigiéndose al origen de los disparos. Al escucharse otro disparo, pudo ver un fogonazo por sobre el dique. «Maldita sea —se reprochó Solitario—, no debí dejar a Michael solo ahí. Mas rápido, Tormenta, más rápido».

Tormenta voló sobre el otro lado del barranco, corriendo para la residencia Boggs. Al frenar en el claro frente a la casa, Solitario vio a Blake Dobbs tirado en el suelo detrás de un arbusto. Aún respiraba, pero el brazo y la pierna sangraban.

Solitario se apeó, arrodillándose junto a él.

—Apúrese, jefe —jadeó Blake, con gotas de sudor brillando en las mejillas pálidas bajo la luz brillante de las estrellas en el vasto cielo—. Algo malo está sucediendo ahí.

Solitario contempló las heridas de su ayudante. Su pierna

sangraba abundantemente. Si no hacía algo, Blake Dobbs se desangraría rápidamente. Desató su pañuelo amarillo y lo ató alrededor del muslo de Blake con fuerza, aplicando presión a la herida.

Blake, con una mueca de dolor, apretó los puños y lo incitó:

—Apresúrese, jefe, apresúrese.

Agachado muy cerca del suelo, con las pistolas desenfundadas, Solitario corrió hacia el pórtico. Subió los escalones lo más silenciosamente posible, alcanzando la puerta. Dentro, podía escuchar los sonidos ahogados del terror. Sin dudarlo, dio un paso atrás, se enderezó y pateó la puerta. Se precipitó hacia adentro, listo para disparar.

—Dispara y la mato —dijo desde el comedor, a la izquierda de Solitario, una figura encapuchada. El sujeto estaba detrás de la cuñada del Sr. Boggs, oprimiendo una larga y brillante cuchilla contra su yugular.

Solitario recorrió la habitación con la mirada: la matriarca tendida sin vida sobre la mesa del comedor, el Sr. Boggs y su esposa atados a las sillas. Necesitaba un tiro claro, pero el salón estaba muy oscuro y lleno de sombras, el cuerpo del hombre protegido por el cuerpo de la joven. Dio un paso tentativo hacia el comedor.

—¿No te acerques más, oíste? —amenazó el agresor, incrementando la presión de la cuchilla contra el cuello delicado de Georgina. Su blanca y suave piel empezó a sucumbir ante el agudo filo de acero, y una delgada línea carmesí apareció donde ambas se encontraban.

El agresor la fue arrastrando con él mientras caminaba hacia atrás, del comedor a la cocina. Solitario iba siguiéndolos lentamente, cuidando de no perderlos de vista, pero manteniendo su distancia hasta conseguir ver bien a su objetivo.

—Tú nomás quédate quieto, quédate donde estás, donde

yo pueda verte —dijo el encapuchado—; ahora nomás voy a atravesar la puerta trasera, y tú te esperas adentro. No me sigas. Si lo haces, la corto inmediatamente y la aviento al suelo, igual de muerta que su madre.

La Sra. Boggs temblaba de dolor y miedo y el Sr. Boggs observaba horrorizado.

Solitario avanzó, atravesando el comedor, sin apartar la vista del agresor y su rehén, que ahora estaban justo a la puerta de la cocina. Sabía que no podía dejar al agresor retroceder más. Si lo dejaba cerrar la puerta de la cocina o escapar por la puerta trasera, si perdía el contacto visual por siquiera un momento, podría aprovechar para acabar con Georgina y alcanzar su caballo. La respiración de Solitario se hizo más lenta. Su corazón mantuvo su cadencia estable.

Sabía que la intención del hombre era matar a Georgina de una u otra forma, tanto si en este momento o más tarde. Nadie más vendría a ayudar. Si titubeaba o permitía que utilizara su rehén para escapar, la joven seguramente moriría. Ella era parte de este sacrificio, un ritual terminado a medias, una de las dos mujeres aristócratas. Tepehuitl, lo había llamado la bruja.

Su mirada se estrechó, centrándose en la capucha del hombre. A la base de la tela, pudo percibir un parche de piel blanca. Era el cuello del hombre, parcialmente expuesto. Finalmente, había encontrado algo en qué enfocarse, un objetivo claro. Sus manos, y su espíritu, tan quietos como un lago congelado a la mitad del invierno, Solitario hizo un solo disparo.

Un arco de líquido carmesí fluyó a través del cuarto, salpicando el papel tapiz de damasco al caer el agresor hacia atrás y lejos de su rehén, su larga cuchilla repiqueteando sobre la mesa mientras él se desplomaba en el piso.

A través de una nube sinuosa de humo de pistola, Solitario pudo ver las lágrimas de Georgina brillando a la luz de las velas.

Se apresuró a atravesar el salón para asegurarse de que el agresor estuviese muerto. Después de eso, desató a Georgina. Cuando ella se derrumbó, llorando en el piso, liberó al Sr. y la Sra. Boggs de sus ataduras.

—¡Mis hijas! —gritó la Sra. Boggs, trepando la escalera seguida de su marido.

Mientras el Sr. y la Sra. Boggs buscaban a sus hijas en el piso de arriba, Solitario recorrió rápidamente el resto de la casa, asegurándose de que no había otros intrusos acechando en los salones oscuros. Encontró la puerta trasera medio abierta, balanceándose en la fresca brisa nocturna. Afuera, estaba un solo caballo, esperando un jinete que ya nunca regresaría. De vuelta al vestíbulo, escuchó a la Sra. Boggs gritando angustiada. Estiró el cuello para ver hacia arriba y vio al Sr. Boggs.

—No están —gritó Boggs, sacudiendo su cabeza desesperado—, nuestras niñas no están.

―――――

Después del ataque a la familia Boggs, Solitario retiró la capucha negra del cadáver del agresor. Nadie lo reconoció. Era un hombre joven con un tupido bigote café. Nada acerca de él era distintivo. Y nada parecía relacionarlo con ninguno de los sospechosos de Solitario. Ni tampoco la descripción del Sr. Boggs del chamán que había huido con el otro agresor encapuchado.

Solitario supuso que antes de que despertaran a los adultos había más personas en el grupo invasor. Esos hombres adicionales habían incapacitado a Michael Dobbs y escapado con él y las niñas Boggs sin que los vieran antes de que despertaran a los adultos para participar en el ritual impío que no solamente había destrozado el comedor de los Boggs, sino también sacrificado a la matriarca.

La Sra. Boggs lloraba en el sofá de la sala de estar abrazada a su hermana.

—¡Mamá está muerta! —gemía Georgina, y todo su cuerpo temblaba.

Cuando el Dr. Ferris atendía a Blake Dobbs de sus heridas en el pórtico del frente, se quedó sorprendido al retirar el pañuelo amarillo de la pierna del joven. —Esto es muy extraño. Aparentemente, no solo se contuvo el sangrado, sino que la bala ha sido expulsada de la herida hacia la superficie —levantó el pequeño proyectil con sus pinzas—. Generalmente, es un proceso muy doloroso extraer uno de estos de la herida —se quedó mirando fijamente la bala mientras la sostenía con su instrumento.

Solitario envolvió el pañuelo ensangrentado alrededor de su cuello, ocultando el collar que su abuela, la bruja, le había dado hacía ya tanto tiempo. No estaba dispuesto a explicar cosas que el doctor no podría siquiera empezar a entender, y él mismo jamás hubiese imaginado que la magia protectora que emanaba de las conchas de mar ensartadas alrededor de su cuello pudiera adherirse al pañuelo después de todos los años de usarlos juntos.

—Mi pierna se siente bien —convino Blake Dobbs incrédulo.

—Generalmente, un paciente estaría incapacitado por días, y yo estaría preocupado ante la posibilidad de una infección, pero tu herida ya está básicamente curada —el Dr. Ferris meneó su cabeza asombrado.

—No puedo descansar. Tengo que encontrar a mi hermano —Blake se puso de pie de un salto.

El Sr. Boggs estaba sentado, totalmente apagado, en una de las mecedoras formadas en el pórtico. Su cabello estaba en desorden, sus lentes estrellados, sus pijamas salpicados de sangre; se veía totalmente derrotado. —Aún no tenemos ninguna pista.

¿Cómo vamos a encontrarlos? Al menos tu hermano es un adulto. Mis niñas están indefensas.

Solitario reflexionaba sobre el predicamento. Las cosas parecían empeorar, en vez de mejorar. ¿Era así como se sentía el fracaso? Él había perdido todo en su vida personal, pero nunca había perdido la confianza en sus capacidades profesionales. Nunca había realmente dudado de sí mismo ni de su capacidad para luchar contra el crimen y la injusticia, pero ahora, ciertamente, dudaba de sí mismo. ¿Sería que los años que había pasado escondido en su rancho le habían enmohecido al grado de volverse completamente ineficaz? ¿Por qué parecía que su único recurso era la persona a quien pensaba pedir ayuda otra vez?

—Blake, ¿realmente tu pierna está lo suficientemente bien como para caminar y cabalgar? —inquirió Solitario.

—Sí, jefe. Dígame qué debo hacer. Haré lo que sea necesario para ayudar a mi hermano.

—Necesito que vayas a un sitio por mí —respondió Solitario, pensando no solo en su reciente altercado, sino también recordando a manos de quién supuestamente habían quedado huérfanos los gemelos Dobbs—. Necesito que traigas a alguien. Pídele que venga inmediatamente. Dile que es una emergencia.

Antes de que Solitario pudiese terminar de dar sus instrucciones, Blake Dobbs ya estaba arriba de su caballo, cuidando de su brazo vendado, listo para cabalgar como si su pierna jamás hubiese recibido un disparo. —¿A quién quiere que traiga, jefe? —preguntó.

—A Onawa.

Blake se notó frustrado, y su rostro se nubló dudando. Solitario miró a Blake a los ojos y dijo: —Ella puede ayudarnos a encontrar a tu hermano.

Asintiendo con el ceño fruncido, Blake se dio la vuelta

despacio e inmediatamente después, espoleó su caballo con rumbo a la casa de Águila Brava.

———

El Dr. Ferris claramente afirmó que no creía en cosas como la magia y el misticismo apache, pero el Sr. Boggs le contestó que, dadas las circunstancias, estaba tan desesperado que intentaría lo que fuera. Solitario escuchaba en silencio, esperando el arribo de Onawa, con los codos descansando sobre la barandilla del pórtico y atisbando la noche. Cuando ella surgió de la oscuridad, varios cuerpos delante de Blake Dobbs, Solitario le hizo una seña para que lo siguiera a la vuelta de la casa para poder hablar en privado.

Desmontando, se quitó el cabello de la cara y lo fulminó con la mirada, aún furiosa pese a que ya habían pasado días desde su confrontación en el desierto.

Después de que le explicó las atrocidades que se habían cometido, ella pareció haber dejado de lado sus emociones para considerar cuidadosamente los eventos. —Este chamán del que hablas. Su vestimenta, su máscara, su ritual, no parecen ser apache.

Solitario asintió. —Suena como lo que nos comentó Alicia.

Ella convino, ojeando al Sr. Boggs en el pórtico, doblado sobre sus rodillas en la mecedora, con la cabeza entre sus manos. —No es común ver a un hombre blanco sufrir tanto, y menos si es acaudalado.

Solitario siguió la mirada de Onawa. Sentía lastima por el Sr. Boggs y su esposa. Supo desde la primera vez que lo vio que no debería haber venido al oeste y, ciertamente, no debió traer con él a su esposa y a sus hijas. —Necesitamos encontrar a las niñas Boggs y a Michael Dobbs . . . y también a las otras niñas.

—¿Y quieres mi ayuda de nuevo? Onawa se puso las manos sobre las caderas, mirándolo de soslayo.

—La gente piensa que los gemelos tienen una conexión especial —dijo Solitario—. Yo no la experimenté con mi hermano gemelo, desafortunadamente. Nuestros destinos siempre estuvieron opuestos debido a las circunstancias. Pero tampoco éramos gemelos idénticos como los chicos Dobbs. Ni éramos cercanos como ellos.

La voz de ella cambio a un tono más controlado. —Sí, los gemelos, con frecuencia, están muy conectados. ¿Tú crees que quizás por medio del que me trajo aquí podríamos ver a dónde llevaron a su hermano?

Solitario asintió. Ella siempre parecía entenderlo sin necesidad de muchas explicaciones. Le gustaba eso. Mientras menos hablaran, mejor. Especialmente después del tono de su más reciente conversación.

Los ojos de ella se posaron en su insignia. —Una vez más, Solitario, ¿explícame por qué solo los hombres pueden llevar la insignia brillante?

Al igual que la primera vez que ella le había hecho la pregunta, él respondió con su cara de póker hasta que ella cedió.

—Sí. Lo intentaré —suspiró ella—. No por tus asistentes, ni por ti, por las niñas. Voy a necesitar un mechón del cabello de Blake Dobbs y un cuenco grande de agua —ordenó ella—. Y no quiero que esos hombres blancos me estén observando desde el pórtico mientras lo hago.

Él asintió. —Espera aquí.

Apartando a Blake Dobbs a un lado, Solitario frunció el ceño con tal intensidad que le dolían los músculos del rostro. Para él, lo único más difícil que pedir algo de sí mismo era pedírselo a alguien más.

—¿Qué pasa, jefe? —preguntó Blake.

—Necesito que cortes un poco de tu cabello.

—¿Por qué? —Blake parecía nervioso.

—Onawa lo utilizará para localizar a tu hermano.

Blake miró en dirección a Onawa. Ella estaba sola en el claro a un lado de la casa. Luego miró a Solitario. En sus ojos azules, Solitario podía ver nubes de desconfianza, pero también rayos de temor y esperanza. —No estoy seguro de creer en las costumbres de ella —dijo Blake—. Como usted sabe, mi familia no tiene buenos recuerdos de los apaches.

—No tienes que creer. Ni siquiera tiene que gustarte. Lo único que tienes que hacer es cortar un poco de cabello para mí —dijo Solitario pasándole una navaja.

Blake aceptó la navaja, se cortó un pequeño rizo detrás de la oreja derecha y se lo entregó a Solitario.

Cuando Solitario regresó con Onawa llevando los artículos que ella había pedido, el pórtico ya se había vaciado, los hombres a regañadientes habían entrado a la casa, donde las mujeres aún estaban llorando la muerte de su madre y el secuestro de las niñas.

Onawa tiró su chal al suelo, estirándolo hasta formar un cuadrado. Colocó el cuenco al centro y se arrodilló sobre el agua. Salpicando los cabellos de Blake al líquido claro, cerró los ojos y sostuvo las manos sobre el cuenco, los labios se movían silenciosamente.

Solitario la observaba atentamente, admirando su serenidad y determinación, agradecido de su ayuda a pesar de su obvio disgusto hacia él. Su concentración estaba grabada en las curvas de su rostro ovalado. Podía darse cuenta de que ella estaba viajando, presente pero ausente, volando alto como un águila sobre las planicies del desierto, siguiendo algún enlace vital de energía que ataba a Blake Dobbs con su hermano Michael.

Ella se estremeció, encogiéndose. Sus ojos se abrieron. —Ya sé dónde se encuentra

—susurró, con la mirada fija más allá de Solitario, hacia el sur—. Debemos apurarnos.

VEINTISÉIS

El sitio adonde lo habían llevado estaba frío y oscuro. Tenía los ojos vendados, las manos atadas a su espalda, los tobillos amarrados. Michael Dobbs nunca había sentido tanto miedo, tanto dolor. Y nunca había estado tampoco —ni una sola vez en toda su vida— tan separado de su hermano.

Había estado sentado al frente de la casa de los Boggs, en el pórtico, su mente vagando, soñando despierto con esa muchacha tan bonita, Georgina. Había estado bastante sorprendido de que el Sr. Boggs, un hombre pasado de peso y totalmente olvidable, pudiese tener una pariente tan bonita. Por supuesto, había resultado ser la hermana menor de la Sra. Boggs. Aparentemente, la Sra. Boggs era la primera en línea para la herencia y, como compensación divina, Georgina había recibido toda la belleza. La suerte siempre empareja las cosas al final. Había estado meditando esas cosas, como le gustaba hacer para mantener la mente ocupada, cuando de pronto sintió un piquete, como de zancudo, pero la temporada de zancudos ya había pasado. Al abofetearlo, se sorprendió de encontrar una mano fría detrás de su cabeza. Entonces, su cuerpo se entumeció, su vista se nubló y se desmayó.

Cuando volvió en sí, estaba amarrado y siendo zarandeado sobre la grupa de un caballo galopando. Apenas podía respirar. Le dolían las costillas. Pensó que en ese momento iba a morir. Cuando el caballo finalmente se detuvo, había sido cargado como un saco de arpillera lleno de sorgo hasta una estructura fría y abierta a las corrientes de aire. Tenía un olor rancio, con un dejo de estiércol viejo desmoronándose. La paja crujía debajo de las botas de quien lo llevaba cargando. Lo colgaron muy rápido, las piernas y los pies atados juntos y por encima de su cabeza, y toda la sangre se agolpaba abajo hacia la frente y las sienes. El dolor de cabeza era inevitable.

Intentaba gritar y chillar. Bastante mal era encontrarse en este aprieto, pero para un tipo curioso como él, era aún peor no poder entender por qué, ni poder hacer preguntas. ¿Qué seguiría ahora? ¿Estaba a punto de ser sacrificado él también, como todas las demás víctimas? Esa pobre muchacha Jackson, Gertrude. Había escuchado al jefe hablando sobre ella con el doctor. La habían desollado viva. Un demente había realizado una danza ceremonial vistiendo su piel como una túnica sagrada. ¿Qué clase de locura depravada era esa? ¿Correría él la misma suerte sórdida? Si por algún milagro lograse salir vivo de esta situación, tendría que reconsiderar seriamente seguir con este empleo. Sí, era de naturaleza inquisitivo y quería hacer lo correcto, y ser representante de la ley se acomodaba muy bien a esas cualidades, pero morir de esta manera no valía la pena solo por tener un trabajo interesante. Además, no había estado anticipando el prospecto de tener que matar a alguien de un balazo. No le importaba hacerle mandados al alguacil Tolbert ni ayudar a Solitario Cisneros. El primero había sido como un padre para él, y el segundo parecía ser un hombre serio y bien intencionado. Pero ganarse la vida matando y arriesgando la vida, pues, ya no estaba tan seguro de estar dispuesto a ello, en caso de tener la suerte de escapar con vida de esto.

Pensaba todo esto mientras colgaba de cabeza en aquel granero abandonado, con las vigas crujiendo mientras se balanceaba pendiendo de ellas, con la brisa nocturna fluyendo entre las costuras de la madera deformada. Este sitio no se había utilizado en mucho tiempo. ¿Cómo podría alguien en esta tierra de Dios encontrarlo ahí?

Después de un rato, el hombre regresó. Lo había escuchado hablando afuera y después escuchó el sonido de caballos alejándose, galopando. Ahora eran solo ellos dos, al parecer. El hombre no parecía muy contento, ya que murmuraba maldiciones escupiendo el suelo. Y de pronto, golpeó muy fuerte a Michael en las costillas. El hombre debe haber utilizado alguna clase de bate o palo, o tal vez incluso un tubo de metal porque el dolor era insoportable. Y lo golpeaba una y otra y otra vez en todo el cuerpo. Sentía como si se estuviese quebrando en pedazos con cada golpe. El dolor lo atravesaba como explosiones de fuego hasta que sintió frío y su cuerpo se entumeció. Pensó que tal vez estaba a punto de morir, pero de pronto los golpes cesaron y los murmullos empezaron de nuevo.

—Malditos hijos de perra —gruñó el hombre—; están más locos que un perro mapache en celo. Esta no es manera de matar a un hombre.

Michael escuchó al hombre dejar caer su arma al suelo. Deseaba poder lanzar un suspiro de alivio, pero a duras penas podía respirar, colgado de cabeza como estaba. Y entonces escuchó al hombre dirigirse a él. —Regresaré, muchacho. Quieren que te mate bien despacio. Tres días, dijeron. Así que duerme bien, como si pudieses elegir. Regresaré mañana —el hombre escupió asqueado, aparentemente de sí mismo y su trabajo, y las propensiones, por decirlo de algún modo, de sus jefes. Michael solamente colgaba ahí, como un murciélago con las alas atadas al torso, y las orejas tapadas también. Ciego como un murciélago, Michael había escuchado el dicho. ¿Bien, pues que tal ciego y sordo y mudo y atado como un murciélago imposibilitado de moverse de su posición en las vigas? Esta no era manera de morir. Pensó en la pobre Sra. Tolbert, que también había muerto colgada en su granero. Bueno, pues si eso había sido suficiente para ella, entonces tendría que serlo para él también. Ella había sido una mujer buena y amable.

«Blake —pensó Michael—, si puedes escucharme, hermano, reza por mí. O mejor aún, ven a encontrarme. Encuéntrame, hermano, por favor. Sálvame, hermano. Ven y descuélgame y llévame lejos antes de que ese hombre maligno que gruñe y escupe regrese a acabar conmigo».

Colgado ahí, cada aliento costaba caro, especialmente después de los golpes. De seguro que tenía costillas quebradas, tal vez sangraba interiormente. Quizás moriría aun si Blake lograse evitarle uno o dos días más de esta tortura. Pero prefería morir en su casa con su hermano en vez de aquí en manos de un maniático con un arma desafilada golpeándolo como si fuese una piñata mexicana.

Quedó inconsciente, pero se sobresaltó por un ruido en lo alto. Se escuchaba como un ave sobre las vigas. Tal vez había un hoyo en el techo y algún cuervo había encontrado la forma de meterse. ¿Pero qué tal si fuese un zopilote y empezara a picotearlo? Luego escuchó su grito. Maldito si no era un halcón o un águila de algún tipo. Llamaba, chillaba como si quisiese comunicarle algo, y luego emprendió el vuelo, y el aleteo se escuchó como si sus alas fueran anchas y fuertes: el águila remontándose. Y desde lo alto volvió a gritar. Era de lo más extraño, pensó Michael. Y después se fue. Deseaba haber podido verla, pero sus ojos aún estaban cubiertos. Podía escuchar los latidos de su corazón y un repique en sus oídos. «¿Habría sido real?», se preguntaba. ¿Qué querría decirle el águila? Por alguna razón, esperaba que fuese un mensaje de esperanza, que su hermano ya estaba en camino para ayudarlo.

VEINTISIETE

Elena estaba formada en la fila para usar el retrete, adonde los guardias escoltaban a las niñas dos veces al día. A las más pequeñas se les dificultaba aguantarse tanto tiempo, así que Elena había estado pidiéndoles a los guardias que las llevaran con más frecuencia, pero ellos no hacían caso. Eran unos miserables, unos vaqueros asquerosos que maldecían, escupían, apestaban a whiskey y peor. Cuando finalmente llevaban a las niñas afuera, sus ojitos les ardían en el sol después de tantas horas de estar encerradas dentro de la capilla. Ella estaba ya cansada de ese lugar. Todas lo estaban. Si lograba salir viva de esta situación, no estaba segura de querer volver a ver el interior de una iglesia. Pero, por otro lado, rezaba pidiendo un milagro, o al menos para que su padrino Solitario Cisneros llegara a salvarlas. Y, si sus oraciones obtenían respuesta, se sentiría obligada a ir a la iglesia. Por supuesto, en Olvido la catedral mexicana se había incendiado, y por ello las misas se celebraban en la cuenca seca del río. No había techo. No había ventanas. No había aire viciado.

El cuerpo le dolía por dormir en las duras bancas de madera.

Y estaba agotada emocionalmente por intentar consolar a las niñas más pequeñas. Justo esa mañana habían traído dos más, llorando, en sus largos camisones blancos, con los pies descalzos y los cabellos oscuros enmarañados. Eran poco atractivas, de piel clara, y pecosas, y ella había escuchado a uno de los guardias referirse a ellas como las niñas Boggs. El nombre le sonaba conocido. Estaba segura de que había escuchado a su padre mencionarlo. Sí, era uno de los hombres a quienes su padre había llevado a El Escondido para intentar reclutar a su padrino Solitario para buscar a las niñas Tolbert y a los asesinos de su familia. Y ahora, aquí estaban ellas también. ¿Quedaría algún niño en Olvido cuando estos malhechores hubiesen terminado?

Elena dejó pasar a las niñas pequeñas al retrete antes que ella. Ella permanecía en el último sitio de la fila. Abigail y Beatrice Tolbert eran las más pequeñas. Después seguía la niña de los ojos verdes, se llamaba Lavinia. La pobre había estado en un incendio terrible. Su familia entera había muerto, pero alguien la había sacado de ahí. Le dijo a Elena que desearía haber muerto con su mamá y su papá. Ella no quería estar aquí, dondequiera que *aquí* fuese. Por lo que Elena podía suponer que estaban en una enorme hacienda. La capilla estaba conectada a una casa grande por un pasillo cubierto con arcos. Todo estaba pintado del color del barro, haciendo que se combinara con el desierto y las montañas distantes. Cuando las llevaban al retrete, todo lo que ella podía ver era campo abierto. El desierto estaba punteado con vacas negras.

Las nuevas prisioneras, las niñas Boggs, estaban delante de ella en la fila, cambiando nerviosas de un pie al otro, cuando de pronto un movimiento captó la atención de Elena. No muy lejos de donde ellas estaban, entre el retrete y la capilla, debajo de un grupo de mezquites, se hallaba un hombre de tez oscura cubierto por un disfraz de plumas y conchas de mar. Estaba de espaldas a las niñas, inclinado sobre una mesa de trabajo. Estaba haciendo algo, porque uno de sus brazos se movía de un lado a otro rítmicamente. Sostenía algo brillante en su mano. Elena se esforzó por la luz tan brillante para intentar ver lo que el hombre estaba haciendo. Tenía plumas hasta en la cabeza. Al tiempo que movía el brazo, emanaba de él un sonido casi musical.

—Apúrate —dijo la mayor de las niñas Boggs a su hermana—, voy a tener un accidente.

Elena frunció el ceño. Los hombres no les proporcionaban un cambio de ropa y ya empezaba a oler muy mal dentro de la capilla. Aun así, ella continuaba observando al hombre, dando un paso más hacia el retrete. Mientras lo observaba, el hombre de pronto se detuvo y se volteó, sintiéndose observado. Cuando giró su cuerpo en dirección a ella, Elena jadeó. El hombre llevaba una máscara, de la que salían plumas color agua y cobalto y resplandecían a la luz del sol. Donde debería estar su boca, había dientes blancos ásperos, probablemente arrancados de la quijada de un coyote. En el brazo que se había estado moviendo sostenía una larga vara de metal. Era una herramienta para sacar filo. Ella la reconoció porque su padre utilizaba una en la herrería. En la otra mano, sostenía una larga cuchilla brillante. Se quedó mirándola fijamente mientras ella observaba todo. Justo cuando era su turno para entrar al retrete, el hombre se movió de lado, permitiéndole ver lo que había extendido en la mesa detrás de él. Era un espantoso desplegado de sierras y cuchillos brillantes. Horrorizada y boquiabierta, las rodillas casi se le doblaron. Quiso alcanzar la puerta para sostenerse, pero justo entonces, uno de los guardias la empujó hacia adentro, golpeando la puerta y lanzándola hacia la putrefacta oscuridad.

VEINTIOCHO

Solitario seguía a Onawa por el oscuro camino de tierra, en dirección sudoeste hacia los Chisos. Sus caballos se movían veloces, y la oscuridad hacía que eso fuera peligroso. Blake Dobbs los seguía más lento, y eso les hacía perder tiempo. Sería fácil perderlo. No era un experto jinete, ni su caballo podía compararse con Tormenta o Invierno, pero él había insistido en acompañarlos. Solitario había accedido porque, después de todo, era la vida de su hermano la que estaba en juego.

—No debiste permitirle venir —protestó Onawa cuando Blake se había quedado tan atrás que no podía escucharlos.

—¿Por qué? —preguntó Solitario, emparejándose con ella.

—Para empezar, no confía en mí —dijo ella—, y en este tipo de situaciones, la desconfianza entre socios puede ocasionar muertes.

Él no podía negar su sabiduría. Era como si ella, y no él, hubiera pasado la mitad de su vida en guerra. Aunque pensándolo bien, se reprendió a sí mismo, ella había pasado toda su vida en guerra. Era mitad apache, mitad mexicana.

Él no podía si no preguntarse si ella aún tenía confianza en él. ¿Iría tal vez su comentario dirigido a él también? ¿Volvería alguna vez a sonreírle con esos ojos alegres y acogedores? ¿O se retiraría para siempre para permitir que la distancia entre ellos creciera hasta que la maldición ya no fuera una amenaza?

Él meditaba los comentarios de ella mientras cabalgaban, retardando a Tormenta para volver a colocarse detrás de Invierno. La distancia entre ellos se sentía dura y fría, y no tan consoladora como él esperaba. Tanto como se había resistido a sus atenciones, se sentía sorprendido, y desanimado, al admitir que ahora las extrañaba.

Amanecía por el oriente sobre las vastas planicies desérticas azotadas por el viento, pintando las montañas en tonos de azafrán y naranja quemado, cuando Onawa finalmente apuntó hacia un granero a la distancia, sobresaliendo hacia arriba, interrumpiendo la línea plana y limpia del horizonte oriental. Se veía amarillo a la luz de la mañana, brillando cobre para cuando lo alcanzaron.

Solitario desmontó primero, seguido de Onawa. Resistió el impulso de irrumpir en el granero inmediatamente, esperando que Blake los alcanzara. Jadeando y resoplando al apearse, se acercó con la pistola desenfundada. El ceño de Solitario se frunció con la preocupación. Deseaba no tener la sangre de estos gemelos en sus manos, aparte de la de todos los demás. Esperaba también que, si encontraban a Michael vivo, este pudiese tener alguna pista acerca de dónde sus captores hubiesen llevado a las niñas Boggs, que a la vez sería muy probablemente el sitio donde estuviesen prisioneras Elena y las niñas Tolbert. Esta era una oportunidad, pensó, pero solo si Michael estuviese vivo.

«Por favor, Michael Dobbs, que estés vivo», casi rezaba Solitario, girándose hacia las puertas del granero, con Onawa a su derecha y Blake a su izquierda. Cuando abrió las puertas y la luz inundó el granero como agua de tormenta llenando una barranca seca en el desierto, encontraron un cuerpo fuertemente atado, colgando de una viga alta.

No había nadie más en el granero, así que Blake enfundó su pistola y se apresuró hacia la forma inmóvil de su hermano.

—Michael —lo llamó—, ¿estás vivo?

Solitario y Onawa lo siguieron, adentrándose en la estructura que aparentaba haber sido abandonada tiempo atrás. Solitario examinaba el suelo en busca de alguna huella de bota conocida, pero nada le llamó la atención. Tirado en el suelo estaba lo que parecía ser el mango de un rastrillo largo. Lo examinó cuidadosamente. Se podía ver el punto donde el rastrillo de metal había sido cortado del mango. Quienquiera que fuese el encargado de apalear a Michael hasta matarlo había utilizado esta herramienta.

Blake cortó la cuerda y, con ayuda de Onawa y Solitario, bajó a su hermano y con gran cuidado lo depositó sobre la paja.

—Michael, Michael, despierta —rogaba Blake, retirando la venda que le cubría los ojos y la mordaza que cubría la boca de su hermano.

Solitario cortó las cuerdas de sus muñecas y sus tobillos con el puñal Bowie que guardaba en una envoltura de piel negra que llevaba enfundada sobre su bota derecha.

Onawa vació agua de su cantimplora en sus manos y frotó el rostro de Michael, humedeciendo su piel. Al sentir la caricia de las manos de Onawa, Michael se movió y abrió los ojos, enfocándose en los de Blake.

—Michael, estás vivo. ¡Gracias a Dios! —sonrió Blake, abrazando a su hermano.

Michael dejó escapar un gruñido de dolor cuando Blake lo abrazó.

—Oh, lo siento —dijo Blake.

Solitario desabrochó la camisa de Michael, descubriendo su torso magullado. Parecía que no había una sola pulgada de su cuerpo que no hubiera sido golpeada. —Está muy mal.

—Deberíamos llevarlo con el Dr. Ferris —dijo Blake—, yo puedo llevarlo en mi caballo.

Solitario asintió. —Veamos primero si puede decirnos algo. Michael, ¿puedes escucharme?

Michael asintió moviendo la cabeza.

—Michael, estás muy lastimado. ¿Recuerdas qué sucedió? ¿Cuántos hombres hicieron esto? ¿Pudiste reconocer a alguien?

Onawa le dio agua de su cantimplora, y Michael bebió lentamente.

En cuanto pudo, se aclaró la garganta y respondió en voz baja y ronca: —Jefe, siento haberlo defraudado. ¿Está bien la familia Boggs?

—No te preocupes por eso ahora —respondió Solitario—, solo dime lo que puedas recordar.

—Alguien me inyectó algo en el cuello, por detrás, cuando estaba en el pórtico. Me trajeron aquí vendado. Nunca vi una cara. Pero sí escuché una voz —hizo una pausa y bebió un poco más de agua de la cantimplora de Onawa—. Fue un solo hombre el que me hizo esto.

—¿Se escuchaba conocido? —preguntó Solitario.

—No podría decir. No lo creo.

—¿Dijo algo que pudieras recordar, algo que resaltara?

—Parecía molesto, como que no estaba muy contento con lo que estaba haciendo, pero igual lo hacía. Dijo que regresaría una y otra vez hasta terminar su trabajo.

Solitario asintió, dando una palmadita a Michael en el hombro, muy cuidadosamente para no lastimarlo, solo para tranquilizarlo. —Buen trabajo, Michael. Ahora, descansa. El viaje de regreso a Olvido va a ser muy difícil. Tu hermano irá despacio, pero hasta que el Dr. Ferris te administre algún medicamento, vas a estar sufriendo.

Michael asintió. —¿Y la familia Boggs, jefe? ¿Están bien? La cuñada del Sr. Boggs, Georgina, ¿ella está a salvo?

—Sí, ella está a salvo, Michael —respondió Solitario, optando por omitir los desafortunados detalles respecto a la mamá de la muchacha y las sobrinas—. Ahora, hay que sacarte de aquí antes de que ese hombre regrese.

Entre los dos, Solitario y Blake, lo levantaron, pasando sus brazos sobre sus espaldas para ayudarlo a caminar hacia fuera. Al subirlo al caballo, Michael hizo muecas y gimió. Cuando los gemelos Dobbs estuvieron listos para irse, Solitario le pidió a Onawa que los acompañara de regreso al pueblo.

—¿Tú no vienes? —preguntó ella, y su expresión hacia él finalmente cambio de enojo a preocupación.

—Yo me quedaré aquí a esperar que regrese el hombre que hizo esto.

—¿Y crees que regresará?

Él asintió. —Tiene un trabajo que terminar. Este debe ser el sacrificio a golpes que Alicia anticipó.

—Entonces no deberías quedarte solo —dijo ella.

—No quiero ponerte en peligro. Tú ve con ellos. Si alguien viene tras ellos, Blake no podrá hacer mucho con su hermano atado detrás de él en el caballo. Llévate mi carabina por si acaso.

—Yo tengo mi arco y mis flechas —contestó ella, mirando hacia su caballo donde el arco y el carcaj iban atados.

—Por si acaso —replicó Solitario.

Ella asintió y él desenfundó el rifle que cargaba Tormenta y se lo entregó.

—¿Y tú? —preguntó ella, y su mirada traicionaba un parpadeo de temor—, ¿no tienes miedo de quedarte aquí solo?

—No voy a estar solo. Tengo estas —y palmeó las pistolas que pendían de sus caderas.

Sacudiendo la cabeza, ella se montó en Invierno.

Justo cuando iba a arrancar su caballo, él la llamó: —Onawa.

Ella se volteó a verlo, de pie frente al granero abandonado.
—¿Sí?

—Gracias por lo que hiciste. Salvaste al chico Dobbs.

Por un brevísimo instante, ella le sonrió con nostalgia. Luego pareció percatarse en el acto, y su rostro se tornó de piedra. Se sacudió el cabello sobre el hombro y palmeó a su caballo en el anca, apretando sus muslos sobre sus costados para impulsarlo a avanzar.

Solitario observaba a Onawa y a los gemelos Dobbs alejarse. «Pobre Michael Dobbs —pensó—, pobre muchacho». Y se culpó por haberle asignado demasiada responsabilidad demasiado pronto. Pero sin su antiguo sargento, ¿qué otra opción tenía? ¿Y ahora qué? ¿Como podría hacer frente a esa pandilla de criminales violentos él solo? Michael estaría recuperándose por días, si es que no semanas. Y Blake probablemente querría estar a su lado. ¿Y Onawa? La salud de su padre estaba muy decaída. ¿Cómo podría alejarla de él ahora, cuando su padre la necesitaba más que nunca? Y además, no quería ocasionarle ningún daño. ¿Cómo podría pedirle que arriesgara su vida y al mismo tiempo negarle su amor para protegerla? Meneó la cabeza al meditar la contradicción en sus acciones.

Mientras el sol arqueaba cruzando el cielo y las sombras cambiaban y se hacían más largas en el granero, Solitario aguardaba detrás de las puertas cerradas, escuchando, esperando el sonido de un caballo aproximándose desde lejos, trayendo con él quizás la oportunidad más importante para resolver el caso desde que habló con el espíritu de Johnny Tolbert en los bosques.

«Ven, cobarde —pensó—. Es muy fácil apalear a un hombre atado y colgado boca abajo. Veamos qué tan fácil es enfrentar a un hombre con dos manos libres para defenderse».

VEINTINUEVE

Onawa cabalgaba al frente de los gemelos Dobbs, ocasionalmente deteniendo a Invierno para darles oportunidad de alcanzarla. Al principio, podía escuchar al pobre de Michael Dobbs gemir por el dolor que le ocasionaba cada bache o zarandeada, pero después de un par de horas, se quedó silencioso. A ella le preocupaba que alguna de sus costillas rotas pudiese haber perforado un pulmón, o peor aún, que estuviese muriendo por hemorragia interna.

Se detuvo en el camino del desierto, aproximadamente a una hora de Olvido, desmontó y se acercó al caballo de Blake Dobbs tan pronto él la alcanzo. —Quiero revisar a tu hermano —dijo ella.

Él se detuvo y permitió que ella se acercara. Ahí, ella se puso de puntillas, se retiró el cabello del rostro y puso su oído contra la nariz de Michael. Aún respiraba. Ella se preguntaba si era mejor continuar o bajarlo y ponerlo en el suelo para poder examinar sus heridas internas. Una vez en el pueblo, el médico no le permitiría hacerlo. Él no creía en sus métodos. Pero si lo revisaba ahora, podría cambiar el curso de su dolor u obtener suficiente percepción para sutilmente guiar al médico en la dirección correcta.

—Vamos a ponerlo en el suelo, con mucho cuidado —le dijo Onawa a Blake Dobbs.

—¿Qué va a hacer? —preguntó él con una mirada aprensiva.

—Quiero asegurarme de que no se está empeorando por estar arriba del caballo —respondió. Su filosofía era evitar siempre dar al hombre blanco tanta información que le permitiese desechar sus intenciones como supersticiones o juzgar sus habilidades como «una carreta llena de tonterías», como había escuchado referirse a ellas en una ocasión.

Blake Dobbs descendió lentamente de su silla. Ella podía percibir que él desconfiaba de sus intenciones. Ella no necesariamente lo culpaba por su cautela. Conocía la historia de la muerte de sus padres durante una confrontación violenta entre los colonos anglosajones del norte de Olvido y una banda de apaches desplazados que buscaban venganza.

De pie junto a ella, la sobrepasaba por mucho en estatura y la sombra de su Stetson no le permitía ver la intención en sus ojos. Así como conocía la historia de su pérdida, sabía también que él podía intentar vengarse en cualquier momento. Probablemente pesaba el doble que ella. Claro, ella era ágil y rápida, pero si iban ellos a lograr las metas que Solitario había formulado, no debían pensar en esos términos. Ella se instó a ver más allá de sus diferencias. ¿Acaso no podrían lograr más trabajando juntos que separados? Dejando de lado las diferencias de sus antepasados, ¿acaso no podrían encontrar terreno común? Ella esperaba, conteniendo el aliento aún en contra de su voluntad.

Finalmente, Blake pasó junto a ella, desatando las cuerdas que sujetaban a su hermano al caballo. Con gran cuidado, puso el cuerpo de Michael sobre un colorido sarape que Onawa había tendido a un lado del camino en un claro arenoso entre cactus.

Michael seguía inconsciente mientras que Onawa, se arrodilló junto a él y se inclinó sobre su torso; su largo y grueso cabello creaba una cortina natural entre su rostro y el escéptico Blake Dobbs. Ella escuchaba su pecho. Su respiración era débil, pero a ella le pareció normal. La ausencia de un pulmón perforado era una buena noticia. Ella escuchó los latidos de su corazón, que también se escuchaban débiles, pero eran constantes. Cerrando los ojos, colocó sus manos sobre el torso de Michael. Dentro de su mente sintió su conciencia viajar a través de sus brazos hasta sus manos, hormigueando al pasar de sus dedos al cuerpo de él. Como un río de energía en miniatura recorrió su cuerpo. Podía sentir que el tejido muscular estaba muy dañado, pero eso podría sanar. Su preocupación era el estado de sus órganos internos. Impulsándose más profundamente dentro de él, su cuerpo se tensó al sentir su dolor irradiando a través de ella. Su estómago estaba intacto. Su vejiga y su hígado estaban bien. Pero al revisar sus riñones pudo darse cuenta de que el derecho estaba perforado. Pronto moriría desangrado, o las toxinas que el órgano estaba liberando le envenenarían el flujo sanguíneo.

Por un momento se sintió abrumada por la desalentadora tarea que enfrentaba. Ella se consideraba una vidente, no una sanadora. Se requería mucho más entrenamiento para dominar esa habilidad tan compleja. Esto era sin duda parte del misterio que Alicia esperaba poder llegar a hacerla comprender algún día. Pero Michael Dobbs no tenía tiempo para que ella se retirase al desierto a estudiar bajo el amparo de la bruja anciana. Y el Dr. Ferris no sería capaz de salvar al pobre e inquisitivo gemelo de su herida mortal.

Se volteó a ver a Blake, pero su visión mental estaba tan inmersa en la anatomía de Michael que mientras sus ojos en blanco estaban fijos en el gemelo consciente, ella en la actualidad aún podía ver los intestinos de su hermano precipitándose hacia una muerte segura.

—¿Qué ocurre? —preguntó Blake, con voz temblorosa—. Pareces asustada.

—Su riñón derecho —dijo ella—, está terriblemente herido.

—¿Hay algo que puedas hacer?

—No lo sé.

—¿Puedes intentarlo?

Ella asintió enfocando de nuevo su pensamiento en Michael, canalizando y ampliando el riachuelo de energía que le había permitido ver dentro de él para envolver el órgano sangrante, encapsularlo, bañarlo en luz sanadora.

De pronto, sintió que el proceso cobraba vida propia. Era como si algo que ella hubiese iniciado, de alguna manera, había logrado cumplir su propio destino de acuerdo con un plan que no alcanzaba a comprender totalmente. Se sintió como un conducto a través del cual el poder curativo fluía desde un sitio invisible. Giraba alrededor del órgano en forma de frijol, reparando su estructura, haciéndolo nuevo.

Cuando hubo terminado, retiró sus manos del costado de Michael.

Cautelosamente, Blake tocó el punto rojo donde las manos de Onawa habían estado. Retrocediendo, gritó: —¡Está muy caliente! —asombrado, la miró boquiabierto— ¿Qué hiciste?

Por un instante, ella no estaba segura si él estaba agradecido o enojado, pero sabía que debería sencillamente decirle la verdad. —Hice lo que pude.

—¿Y? —preguntó, aparentemente desconcertado, sentándose en sus ancas.

—Va a sobrevivir —dijo ella, volviendo a revisar su estado interno con los ojos cerrados. Una vez segura de que podían continuar llevándolo a Olvido, abrió los ojos y se puso de pie, pero al hacerlo se mareó. Casi se caía, pero Blake la sostuvo.

—¿Está bien? —preguntó, y su voz denotaba genuina preocupación.

—Sí —respondió ella, recuperando el equilibrio. El acto de sanación le había costado más energía de la que había inicialmente anticipado. Aclarando su mente, dio un paso atrás, retirándose de Blake, forzándose a escucharse más fuerte de lo que se sentía—. Debemos continuar.

—¿Cree que él lo logrará? —preguntó él.

—Sí, sí lo creo.

Blake suspiró aliviado. Entonces entre los dos levantaron a Michael con el mayor cuidado posible y lo pusieron nuevamente sobre el caballo, justo atrás de la silla, asegurándolo con la misma cuerda que antes.

Cuando ella empezó a caminar rumbo a su caballo, Blake la detuvo, rozando ligeramente su codo. —Espere.

Ella se volteó, levantando su vista hacia él.

—Señorita Onawa —dijo Blake, y sus penetrantes ojos azules le recordaron a ella el color del cielo en los días más claros—, gracias.

Era el primer hombre blanco que se dirigía a ella con este nivel de respeto. Reconociendo el largo trecho que él había recorrido en tan corto tiempo, contuvo una sonrisa, asintió modestamente y se apresuró en llegar a Invierno. Montando en un movimiento rápido, guio el camino hacia Olvido. Al cabalgar, meditaba acerca del nuevo y extraño sentimiento de compasión hacia alguien proveniente de la raza que había sistemáticamente dispersado y destruido a su gente. Los gemelos Dobbs parecían ser diferentes a todos los hombres blancos que ella había conocido en su vida. A pesar de la suerte que les había tocado, no parecían predispuestos a mantener un resentimiento contra ella ni su gente. Por supuesto que ellos debían de tener sus sospechas, pero al mismo tiempo parecían mantener su mente abierta. ¿Qué más podría alguien pedir en una tierra donde cualquier extraño era un posible enemigo? Solitario debió haber notado algo en ellos que los hacía dignos de merecer una oportunidad. ¿Sería algo tan sencillo como la bondad?

Acercándose a Olvido, ella pensaba en Solitario. Tan exasperante como era, no podía negar que tenía muy buenos instintos respecto a las personas. Se preguntaba si la oscuridad de la maldición que acechaba en su alma podría realmente eclipsar su obvia bondad, a tal grado que su padre se sintiese forzado a prevenirla.

A ella se le dificultaba permanecer enojada con él. Era un alma herida, una que ella anhelaba sanar. ¿Si ella era capaz de sanar un riñón perforado, podría sanar un corazón roto? ¿Sería su poder suficiente para desterrar la maldición?

En sus visiones, anhelaba verlo a su lado, pero solo en muy contadas ocasiones lo lograba. Si le diera más tiempo, trabajando con él, apoyándolo, ¿podrían cambiar las cosas?

Pasando todo este tiempo juntos había estimulado un sentimiento de urgencia en ella. Ya no solamente pensaba en él. Lo deseaba en cuerpo y alma. ¿Y si aceptando su temor, pudiera ayudarlo a transformarlo en valor?

Estaba cansada de estar sola. Y, con la salud de su padre deteriorándose cada vez más, temía que su soledad sería aún mayor. Por alguna razón inexplicable, algún gran misterio del corazón, a pesar del incontable número de hombres en el mundo, ella solo podía imaginar a Solitario como su compañero. Solo podía esperar que, con su fe, su maldición y su temor y su dolor persistente podrían algún día ser superados.

———

Cuando llegaron a la casa del Dr. Ferris, Onawa ayudó a Blake Dobbs a cargar a su hermano inconsciente hasta el pórtico de la entrada principal. De ahí, lo ayudó a poner a Michael en una camilla de lona. El Dr. Ferris tomó un extremo y Blake el otro, y ella los siguió hacia dentro de la casa.

—Tendremos que acomodarlo en la misma habitación que Frankie Tolbert —dijo el Dr. Ferris, esforzándose para cargar su parte.

—Tiene algunas costillas rotas, pero sus pulmones y órganos parecen estar bien —le informó Onawa.

El doctor le lanzó una mirada extraña. Sin duda se preguntaba qué le hacía pensar que sabía algo acerca de costillas, pulmones y órganos. —Lo examinaré una vez que lo hayamos instalado.

La esposa del doctor preparó una segunda cama al lado opuesto de la habitación mientras que el doctor y Blake sostenían a Michael. Mientras esto sucedía, Onawa se ubicó por encima de la forma pálida e inerte de Frankie Tolbert. «¿Por qué está este niño aún dormido?», se preguntaba. No tenía ningún sentido. Sus ojos se posaron en una fila de frascos y ampolletas vacías en el buró junto a la cama de Frankie. Aprovechando que el doctor estaba de espaldas a ella, tomó uno de los frascos vacíos y lo olfateó. Arrugando su nariz en un gesto de disgusto, pensó: «Esto no puede estarlo ayudando. ¿Qué tal si esto es lo que lo mantiene dormido? ¿Qué tal si el doctor no quiere que despierte?». Ella había notado que la fotografía del Dr. Ferris estaba en el tablero de sospechosos que Solitario tenía en la pared de la cárcel. Mirando la espalda del doctor, mientras este ayudaba a pasar a Michael Dobbs a la recién hecha cama, cerró su mano sobre el único recipiente restante de líquido color ámbar. Lo colocó contra su vestido de piel, ocultándolo en la palma de su mano y se evadió por la puerta del frente.

TREINTA

Solitario esperaba en los sombríos rincones del granero rancio. Cansado de estar de pie, estiró una paca de paja hacia la entrada y se sentó en ella, esperando escuchar el sonido de un caballo aproximándose, con el aspirante a verdugo de Michael Dobbs.

Sentado ahí, sus pensamientos se dirigieron a Onawa, por más esfuerzos que hacía por evitarlo. No podía borrar la imagen de su rostro, de su negro cabello largo, de su figura delgada, de su mente, por más que se esforzaba. Sacudió la cabeza como si estuviese desechando telarañas. Era inútil. Se obligó a repasar los detalles del caso, las piezas de evidencia que había recolectado, las declaraciones que los testigos, el Sr. y la Sra. Boggs y Georgina Lewis habían proporcionado. Y aun así, nada tenía sentido. ¿Por qué habría un sumo sacerdote de inspiración azteca estar colaborando con esbirros anglosajones encapuchados de negro, inyectando a la gente con drogas y ejecutando espantosos sacrificios rituales? ¿Quién estaba detrás de estos actores disfrazados manejando las cuerdas? Al no encontrar nada si no callejones sin salida en estas meditaciones, sus pensamientos se regresaron a Onawa. ¿Por qué no podía dejar de pensar en ella? Recordaba sus argumentos. Ninguna mujer, ni siquiera Luz, se había dirigido a él con tal ferocidad. Y en vez de sentir rechazo ante su exabrupto temperamental, se encontraba sorprendentemente inquieto. Había un fuego dentro de ella que él de repente anhelaba que lo descongelara. Recordaba la sonrisa anhelante que le había brindado por un instante cuando le agradeció por haber salvado al chico Dobbs. Había algo en su mirada, una melancolía que le hacía sentir que sabía más de lo que aparentaba. ¿Pero qué podría ser? No se trataba del caso. Era acerca de él, de ellos dos. ¿Había visto algo en sus visiones? ¿Sabía de algo que iba a ocurrir algún día en el futuro? ¿O era simplemente que él se estaba imaginando cosas, dándole demasiada importancia? ¿Era ella un alma solitaria desilusionada por su indecisión, su retraimiento, su temor persistente de volver a amar? ¿O peor aún, sería posible que ya le importaba demasiado? Si se permitía sentir más hacia Onawa, ¿cómo podría dar la cara al espíritu de Luz cuando finalmente regresara a El Escondido?

Desalentado, sacudió la cabeza. Era muy difícil tener tantas preguntas y tan pocas respuestas. «Estoy fallando, Elías —pensó—. Estoy fallando en todo».

En un oscuro rincón del granero algo se movió. Surgiendo de las sombras, el sargento Elías se hizo visible.

—¿Desde cuándo estás ahí? —preguntó Solitario sin voltearse a ver a su amigo.

—Vengo cuando me necesita, cuando me llama con el pensamiento.

—¿No tuviste que cabalgar en Caballo sin Nombre para llegar hasta aquí?

—No, usted me jaló hasta aquí.

—Algunas cosas parecen ser más fáciles en la muerte que en la vida —observó Solitario.

Elías estaba de pie junto a él, mirando hacia las puertas del granero, con el ceño fruncido visible en el rayo de luz que asomaba entre la rendija de las puertas. —El asesino se acerca —gruñó Elías—, él sabe dónde tienen a mi Elena.

—Sí, señor —convino Solitario, finalmente escuchando un caballo a lo lejos.

Se puso de pie lentamente, sus piernas estaban entumidas tras el largo trayecto hasta la desolada granja y por estar sentado en la paca durante tantas horas.

—Cómo quisiera poder disparar una pistola como solía hacer —refunfuñó Elías—. Pelearía a su lado de nuevo, jefe.

—Me alegro de tenerte aquí, amigo —dijo Solitario dándole una palmada en el hombro—. Ahora déjame hacer lo que tengo que hacer.

———————

Cuando el hombre abrió la puerta, se quedó pasmado. En vez de encontrar a un atado y herido Michael Dobbs colgando del techo, se encontró con un granero aparentemente vacío.

—¡Qué rayos! —exclamó, encaminándose al sitio donde había estado colgado Michael. Al agacharse para recoger la cuerda cortada, el familiar «clic» de una pistola siendo amartillada lo hizo detenerse.

—Levanta las manos —ordenó Solitario, apuntando a su espalda desde una esquina sombría cerca de la entrada.

El hombre, ataviado como vaquero y con un raído sombrero de paja, levantó las manos, mascullando obscenidades entre dientes.

Aproximándose desde atrás, Solitario desarmó al vaquero y estaba a punto de ponerle las esposas, cuando el hombre lo sorprendió intentando tumbarle la pistola. La pistola casi se resbala de la mano de Solitario, pero este recuperó rápidamente el control del arma y le golpeó la cabeza al hombre con ella. La sangre goteaba de la frente del agresor mientras Solitario lo empujaba contra una pared y le ponía las esposas por la espalda. Luego, disgustado, lo empujó al suelo. Con el hombre tirado ahí, Solitario examinó la suela de sus botas: llevaban la marca que había visto en el granero de los Tolbert y afuera del retrete de Elías: la X.

—Dime para quién trabajas —exigió Solitario, enfurecido por comprobar que este hombre había estado presente en las escenas de los asesinatos despiadados. Él debe saber quién está detrás de ellos, quién más estuvo involucrado en perpetrarlos y, tal vez, el lugar dónde están detenidas las niñas.

El hombre volteó la vista a otro lado. Su sombrero de paja había caído al suelo y Solitario pudo ver que el hombre era calvo. —Yo no voy a decirte una mierda. Ni voy a hablar con ningún alguacil mejicano.

Solitario frunció el ceño. —A menos que quieras que te trate de la misma forma que tú trataste a mi ayudante —y la mirada de Solitario se elevó hacia las cuerdas que aún pendían de las vigas—, vas a hablar conmigo sin importar qué clase de alguacil soy.

El hombre escupió asqueado. —Regrésate a donde perteneces, mejicano.

Solitario sacudió la cabeza. —¿Por qué viniste aquí? ¿Qué venías a hacer?

El hombre permanecía callado, mirando hacia el techo.

—¡Haz algo, Solitario! —gritó Elías enojado—. ¡Elena necesita que hagas algo ahora!

Solitario se sorprendió por el exabrupto de Elías. No estaba acostumbrado a que su sargento se condujera con ira y sin respeto. Quizás ahora que estaba muerto, Elías ya no se sentía obligado a cumplir con los protocolos de rango militares. «Bueno, está bien», pensó Solitario. A pesar de no gustarle el tono de voz de su subordinado, hubo de admitir que tenía razón.

Solitario levantó de un tirón al prisionero y lo lanzó con fuerza contra la pared. Le dio un fuerte golpe en el estómago, lo agarró por el cuello y se lo acercó. El vaquero calvo apestaba a whiskey y tabaco. Solitario hizo una mueca de asco ante el hedor. —¿Quién te envió? ¿Trabajas aquí? ¿Por qué estás aquí?

El hombre solo se volteó.

Solitario le golpeó la cara con fuerza, tumbándole varios dientes. La sangre brotaba de su boca.

—¿Vas a hablar? ¿O voy a tener que tumbarte el resto de los dientes? —preguntó Solitario—. Por el resto de tu vida no vas a poder comer más que avena y puré de papas si no cooperas.

Gimiendo de dolor, el hombre habló. —Yo nomás estaba checando la propiedad para unos compradores.

—¿Para quién trabajas?

—Yo trabajo para varias partes interesadas.

—¿Partes interesadas?

—Yo trabajo por mi cuenta. Acepto trabajos aquí y allá para varias personas.

Solitario frunció el ceño. —¿Y quién en particular te envió aquí?

—Nadie en particular.

Solitario sabía que estaba mintiendo, pero no quería sobrepasarse entre aplicar presión y maltratar en forma brutal a su prisionero. —Tienes suerte de que a mí me enseñaron a ser humanitario con mis prisioneros. Yo creo que esa es, entre muchas otras, una diferencia entre nosotros dos —Solitario arrastró al hombre y lo ayudó a montar su caballo.

—Voy a llevarte de regreso a Olvido, señor . . . ¿cómo te llamas?

—Vance —contestó.

—Señor Vance, estás arrestado —le informó Solitario—. Ahora, tú cabalgarás frente a mí para poder vigilarte. Vas a pasar un tiempo en la cárcel hasta que estés listo para ser más comunicativo con los hechos.

—¡No! —gritó Elías desde la puerta del granero cuando Solitario y Vance partían—, no puedes perder más tiempo.

Solitario se volteó para ver a su antiguo amigo, de pie junto a la entrada del granero, vistiendo su viejo y andrajoso uniforme del ejército republicano. —Paciencia —susurró—. Poco a poco se llega lejos.

————————

Durante el largo trayecto de regreso al pueblo, Solitario iba preocupado porque Elías tenía razón. El tiempo se estaba acabando. Michael Dobbs había personificado el penúltimo sacrificio, la muerte a golpes. Si la bruja Alicia tenía razón, y hasta entonces había estado en lo correcto todo el tiempo, lo que seguía era el sacrificio masivo de todas las niñas capturadas, incluidas Elena, Annie y Beatrice Tolbert y las niñas Dobbs. ¿Y si no fuera capaz de domar a Vance con la habilidad con que domaba un caballo?

Cuando llegó a la cárcel, Solitario acompañó al prisionero a la celda, le quitó las esposas y lo aventó bruscamente al piso.

—No te pongas muy cómodo, Sr. Vance. Si no cooperas, pediré al juez que te condene a la horca por obstrucción.

—Ya lo veremos —respondió Vance desde el piso de la celda, protegiendo su brazo—. Tengo amigos en puestos importantes. Nomás espera pa' que veas.

Solitario lo miró con detenimiento: un pobre infeliz. ¿Qué amigos podría tener en puestos importantes? ¿Sus jefes? ¿No negarían conocerlo dadas las circunstancias? ¿Los echaría de cabeza si lo dejaran pudrirse en la cárcel?

—Dime quiénes son tus jefes para ver si atestiguarían en tu favor —le apremió Solitario, pensando en Elías que cada vez estaba más desesperado y enfurecido por la lentitud de la investigación.

Vance lanzó a Solitario una mirada con recelo. —No son mis jefes, son más como mis clientes.

«Palabras —pensó Solitario—, los gringos eran muy propensos a enredar las cosas con las palabras». —Como quieras llamarlos. ¿Para quién trabajas?

—Yo trabajo, por ejemplo, buscando propiedades en venta para el alcalde Stillman, el reverendo Grimes, el Sr. Dwight Grissom y otros —y escupió, como si estuviese convencido de que esos nombres intimidarían a Solitario y lo obligaran a dar marcha atrás—. Debieras soltarme antes de que ellos se enteren de esto. Si lo haces, yo no les diré nada.

—Apuesto que no lo harías —respondió Solitario—, pero así no funciona la ley.

—¿Y qué saben los mejicanos de la ley? —respondió Vance disgustado.

—Se te olvida —dijo Solitario sombríamente, cerrando la celda con llave.

—¿Olvido qué?

—Ahora soy un americano —Solitario se dirigió a su escritorio, donde encontró una nota garabateada con prisa por Blake Dobbs. Decía: Frankie Tolbert está despertando.

Sin titubear, Solitario se apresuró a salir por la puerta del frente hacia la oscura calle principal. Llevaba tanta prisa que ni siquiera pensó en ensillar a Tormenta, que descansaba después de un largo día de viaje. Mientras atravesaba el pueblo dormido rumbo a la casa del doctor Ferris, ansioso por hablar con Frankie

Tolbert, se le ocurrió pensar: «¿Y si el reverendo Grimes y Grissom estuviesen confabulados? A ambos les interesaba adquirir tierras. ¿Sería posible que estuviesen asustando a la gente para que abandonaran el pueblo y utilizando el ritual azteca como una distracción para despistar a las autoridades y culpar a los residentes mexicanos?».

Sumido en sus pensamientos, ya casi llegaba a la casa del doctor Ferris cuando una figura alta e imponente se le acercó desde una calle lateral.

—Alguacil —dijo el alcalde Stillman.

—Sr. Stillman —saludó Solitario—. ¿Se ha enterado? El niño Tolbert parece estar recobrando el conocimiento.

—Así es —respondió el alcalde Stillman.

Cuando iba a continuar hacia su destino, de pronto sintió un piquete en la parte trasera del cuello, debajo de su sombrero, justo arriba de la línea de su cabello, cortado para dar la limpia imagen que él juzgaba que un representante de la ley debería proyectar. Tal vez se había equivocado al escoger el momento de ir a la peluquería, pensó al tiempo que su visión se nublaba, sus miembros se entumecían y el suelo giraba. Cayendo de lado sobre la calle, contempló los zapatos negros bien lustrados del alcalde hasta que todo se ennegreció.

———

Por un momento Solitario pensó que estaba despertando de una pesadilla. Se sentó, sin saber dónde se encontraba. Estaba en un cuarto oscuro. ¿Estaba de regreso a El Escondido? ¿Había estado durmiendo una siesta en la casa de Elías? No, a medida que sus ojos se adaptaban a la oscuridad, pudo distinguir los barrotes de una celda. ¿Estaba en el trabajo? ¿Se había quedado dormido mientras vigilaba al nuevo prisionero, el calvo Sr. Vance? Se puso de pie para encender una linterna y, al hacerlo, se asombró al darse cuenta de que se encontraba dentro de la celda. De Vance ni sus luces. Sobre el piso había un cuerpo vestido de negro y un sombrero tirado al lado. Miró detenidamente la luz de las estrellas que se filtraba a través de una ventana alta con rejas. El hombre le pareció conocido. Tenía un bigote largo y llevaba un pañuelo amarillo. La hebilla del cinturón brillaba ligeramente, y era de color azul turquesa. «No puede ser», pensó. Esa era la hebilla que Onawa le había regalado años atrás. Ese era su sombrero, y ese su pañuelo amarillo. «Soy yo». Ese era él, tirado sin vida en el piso de la celda. Se acercó a la puerta de la celda. Quienquiera que hubiese sido que lo encerró llevaba mucha prisa; las llaves aún estaban en la cerradura. Quizás sabían que no iba a despertar pronto, o no iba a despertar nunca. Solitario pasó a través de los barrotes de hierro como si no fuesen más que una ilusión, un espejismo. Estaba libre. Se volteó y se miró a sí mismo tirado ahí, muerto en la cárcel. Este era un lugar, y una forma, en que jamás se imaginó que terminaría todo. Había gastado tanto tiempo y energía preocupándose por el efecto que la maldición podría tener en todos aquellos a quienes él se atreviese a amar, que nunca había pensado en su propio estado de impermanencia, su propia vulnerabilidad. En su prisa, se había tornado descuidado. Ahora, había pagado el precio de su propia incompetencia. Y así lo pagarían también Elena y todas las otras niñas. «¿Y todo para qué?», se preguntó. Solitario pasó a través de la puerta cerrada de la cárcel hasta la calle desierta. Tormenta relinchó al verlo. Él miró a los ojos de ella. Los caballos siempre parecían tristes, lastimeros. Y ahora no era diferente, pero él podía sentir su preocupación urgente en toda su profundidad. La tocó, y ella agachó la cabeza, volteando hacia la orilla de Olvido. Siguiendo su mirada, él supo lo que ella estaba pensando, hacia donde quería que fuese a buscar ayuda.

PARTE III

TREINTAIUNO

Luz estaba parada en la entrada trasera de El Escondido, agachándose para admirar las jaulas de hierro forjado alineadas contra la pared, silbando a sus pájaros que la escuchaban con atención. Solitario la observaba desde su mecedora, con una sonrisa apacible en sus labios mientras saboreaba su café. Luz vestía un sencillo vestido de lino blanco, y su cabello negro y rizado flotaba en la brisa. Cada mañana desde que se habían mudado a vivir en el rancho, este era su ritual. Era una refrescante forma de iniciar el día. El pórtico daba frente al poniente y quedaba a la sombra de la casa mientras el sol se levantaba al otro lado. El quieto y fresco viento de la mañana se filtraba entre los mezquites y Luz le enseñaba a su bandada diversas melodías cortas. Sus pájaros poseían una misteriosa habilidad para imitar las melodías. No respondían, como pudiera esperarse de una abigarrada colección de pájaros exóticos, con un desorden caótico, sino en armonía y al unísono, como un coro expertamente entrenado y afinado.

Una vez que los pájaros le hubiesen cantado al nuevo día, Luz abría las jaulas y les permitía volar alrededor del pórtico y del patio trasero.

La primera vez que Solitario la vio hacer esto se había quedado sorprendido, y expresó su ansiedad. —Luz, mi amor, ¿qué haces? ¿No se alejarán volando solo para morir en el desierto? Este no es el tiempo al que están acostumbrados.

—Oh, no —respondió Luz con una sonrisa—, me encanta que te preocupes, pero mis pájaros nunca me dejarían.

Solitario comprobó asombrado cómo las criaturas aladas se sentaban en la barandilla de la terraza y saltaban en el piso de madera, felices de disfrutar de la presencia de ella. Después de un rato, algunos volaban hacia los mezquites y picaban las hojas, gorjeando alegremente.

Mientras que los pájaros jugaban en las ramas, Luz limpiaba sus jaulas. Una por una, las llevaba hasta los escalones para bajar y lavarlas debajo de los árboles. Era un proceso laborioso, pudo comprobar Solitario. Al derramarse agua en los escalones, se convertía también en algo peligroso. Preocupado de que ella pudiese esforzarse en exceso, o resbalarse llevando las jaulas hacia arriba o abajo, Solitario obedientemente se puso a ayudarla con la tarea.

Cuando terminaba con la limpieza, Luz silbaba una señal de tres notas para que sus amigos alados regresaran. Todos volaban derechito a sus jaulas y se metían en ellas, parados en sus perchas y observaban sus movimientos. Al cerrar las puertas de las jaulas, daba a cada uno pequeños pedazos de la fruta que tuviese en la cocina: sandía, melón, manzana, incluso tunas de los nopales que rodeaban la casa.

Solitario había temido que a ella no le gustaría vivir en el rancho, en la rústica casa que él había construido pero, todo lo contrario, se había adaptado inmediatamente. Su padre incluso les había ofrecido la casa de la ciudad, pero ella la había rechazado.

—Yo amo la naturaleza y adoro a sus criaturas —había sido la respuesta de Luz a su oferta generosa—. Por supuesto que vendremos a visitarte con frecuencia, papá, pero es hora de que haga mi propia vida con mi esposo.

Solitario estaba secretamente emocionado porque, si bien apreciaba los lujos y las comodidades de la casa de don Miguel, y todo el esplendor de la hacienda española en su enorme rancho, él prefería aquello a lo que estaba acostumbrado: una vida sencilla.

—¿Te gustaría llevarte tus libros? ¿Tus vestidos? —le había preguntado a Luz cuando empacaban sus cosas para mudarse a El Escondido después de su boda.

—Algunos libros sí, por supuesto —había respondido ella—, pero olvídate de los vestidos. No los necesitaré allá. Podemos dejarlos en la ciudad, y si venimos para asistir a algún evento, puedo vestirme en la casa de papá.

—Eso está muy bien, porque no creo que haya lugar para otro ropero en nuestra recámara —había respondido Solitario.

Los dos se habían deleitado en la felicidad recién descubierta de la vida conyugal. Mientras Luz atendía a sus canarios, cotorritas, pericos y demás, Solitario criaba ganado y caballos, y se aventuraba al pueblo por algunas horas cada día para revisar cómo iba avanzando el nuevo edificio de la policía. Olvido estaba progresando gracias al orden que Solitario había establecido. Y mientras que él estaba en El Escondido con Luz, Elías, auxiliado por una bien entrenada falange de asistentes, se aseguraba de que todo funcionara sin problemas.

El tiempo fluía tan rápido y suavemente como la abundante corriente que el Río Grande llevaba al golfo de México. Era demasiado fácil dar por sentado todas esas generosidades. Solitario ponderaba en tanto un aniversario de bodas pasar y después otro. Todo era perfecto, con una sola excepción que empezaba a perturbar los pensamientos de Luz.: aún no se embarazaba y este era su deseo más profundo.

—Mi amor —le aseguraba Solitario durante un paseo a

caballo para inspeccionar su tierra—, a mí eso no me preocupa. Yo soy feliz contigo, no necesito nada más.

Luz se secó una lágrima mientras cabalgaban. —Hasta tu caballo, Oscuridad, ha engendrado una potranca desde que nos mudamos aquí. ¿Y si hay algo que no está bien conmigo? Yo anhelo tanto darte un hijo, un niño que tenga tus ojos risueños.

Solitario palmeó a Oscuridad para no sentirse culpable por hacer a Luz sentirse inadecuada. —Tal vez yo sea el que tiene algún problema —ofreció. Después de todo, él era el afectado por la maldición de Caja Pinta. Tal vez su dificultad para embarazarse fuera un eco de la disipada maldición—. Yo nunca imaginé tener hijos por temor a pasarles la maldición — admitió, con la esperanza de que esta revelación la consolara.

—Prométeme que seguiremos intentando —dijo Luz, sonriéndole.

Devolviéndole la sonrisa, respondió: —Nunca dejaremos de intentarlo.

Una vez de regreso en su casa del rancho, no podían esperar a llegar a la recámara para empezar a desvestirse mutuamente. Se acariciaron y besaron ávidamente. Él saboreó la sal de la piel de ella después del largo paseo en el calor del desierto al hacer el amor en los escalones que conducían al pórtico. Los pájaros cantaron con un frenesí que se elevaba con sus pasiones y disminuyó cuando ellos descansaban silenciosamente ya exhaustos.

—Yo nunca soñé que podría ser tan feliz —murmuró Solitario, mirándola con amor.

—Y te haré aún más feliz —respondió Luz—, ya lo verás.

Ella no hacía promesas a la ligera, como él descubrió. La siguiente vez que visitaron La Casa Colorada, ella trajo de regreso un montón de tomos de la biblioteca, además de hierbas y plantas florecientes del antiguo jardín en el patio central. En la terraza localizada en la parte trasera de la casa en El Escondido estableció su laboratorio, donde trabajaba todo el día, inventando pociones herbales diseñadas para, decía ella, incrementar su fertilidad.

Él sabía que a ella desde niña le había interesado la herbología, pero jamás la había visto trabajar tan intensamente. Dados los beneficios relacionados con su creciente obsesión, sin embargo, no iba a protestar. Mientras más deseaba un bebé, más lo deseaba a él, y más frenética se volvía su pasión. Pasaba únicamente unas cuántas horas a la semana en el pueblo, confiando en Elías para mantener el orden mientras enloquecía con Luz, inmerso en su amor por ella, en su lascivia por él.

Hasta que, finalmente, una noche durante una especialmente romántica cena a la luz de las velas Luz le sonrió con picardía desde el extremo opuesto de la mesa e hizo el tán esperado anuncio: —Solitario, tu Luz . . . va a dar a luz.

Con ese juego de palabras, le hacía saber que estaba embarazada. Solitario se levantó de un salto, corrió a su lado de la mesa y la tomó en sus brazos. —Mi Luz, mi Luz, te quiero tanto —balbuceó.

Más tarde, después de disfrutar de su pasión y su amor, exhausto en la cama, volvió a repasar la imagen en su mente mientras ella dormía. En ese momento de gozo desenfrenado, cuando le había dado la noticia de que estaba embarazada, él había bajado la guardia por un momento y proclamado de viva voz que la amaba. No era algo que hubiese hecho antes por el respeto que tenía por la maldición, por la posibilidad de que quizás no hubiese completamente escapado de su alcance. Una chispa de temor se agitó dentro de los oscuros recesos de su alma, como la vela solitaria que aún ardía en el buró emitiendo un tenue resplandor en su habitación oscura. Debió haber sido más cauteloso. No debió haber permitido que esas palabras escaparan de su boca. Se quedó observando ansiosamente la vela hasta que una brisa flotando por la habitación la extinguió, sumiéndolos en una oscuridad absoluta.

———

Solitario estaba en la cárcel de Olvido cuando el sargento Elías irrumpió en su oficina, sudado y desaliñado. —Jefe, algo malo le está sucediendo al río.

—¿De qué hablas? —preguntó Solitario levantando la vista de su escritorio.

—Tiene que venir a verlo con sus propios ojos —dijo Elías.

Cabalgando en Oscuridad y Caballo sin Nombre se dirigieron hacia el dique, moviéndose entre una multitud de personas que se encaminaban a la misma dirección. Cuando alcanzaron la orilla del río, hasta Oscuridad parecía desconcertado y relinchaba incrédulo.

Solitario miraba la garganta del río, que se hacía cada vez más profunda. El resquicio parecía estar creciendo ante la mirada asombrada de la muchedumbre.

Las mujeres caían de rodillas para rezar. Los niños se lanzaban hacia abajo por la cresta lodosa, y reían al resbalarse al agua. Mientras que antes sus madres les prohibían nadar en el río por temor a que las fuertes corrientes los ahogaran, ahora podían caminar en el agua, pararse a la mitad del Río Grande, y aun así mantener sus cabezas fuera del agua.

La orilla norte del río no estaba tan poblada entonces, pero unos cuantos pobladores, tanto anglos como mexicanos, también estaban reunidos en el lado opuesto, observando el río boquiabiertos y consternados.

—¿Qué vamos a hacer, jefe? —preguntó el sargento Elías.

Solitario meditó la pregunta. Al parecer, lo único que se podía hacer era averiguar qué rayos estaba pasando. Frunciendo el ceño, contestó: —Sígueme.

Juntos, cabalgaron hacia el poniente siguiendo el dique. En aproximadamente una hora llegaron a El Escondido, donde Solitario pudo ver a Luz, de pie en la orilla del río. Ella los saludó con la mano mientras se acercaban.

—¿Qué está pasando, mi amor? —preguntó Luz a Solitario.

—Eso es lo que intentamos averiguar —contestó—; va a ser una noche larga. Debemos continuar hasta encontrar alguna respuesta. Tal vez alguien ha construido una presa río arriba.

—Prenderé una vela y rezaré por ustedes —dijo Luz, estirándose para tomar sus manos.

Él se apeó de Oscuridad para besarla, acariciando sus cabellos con sus dedos. —Regresaré en cuanto pueda —él podía ver la preocupación en sus ojos. Desde que se había embarazado, se había vuelto cada vez más temerosa de que algo malo pudiera pasar con el bebé, con su propia salud o con Solitario. Ella, generalmente, compartía con él sus persistentes cavilaciones. Su trabajo era peligroso. ¿Y si lo mataba un bandido? ¿Qué haría ella entonces? Él la tranquilizaba constantemente a medida que su vientre crecía, pero necesitaba mucha fuerza de voluntad para calmar las mismas preocupaciones en su propia mente.

A medida que el sol se ponía en el horizonte, Solitario y Elías llegaron a un cañón de paredes altas y escarpadas. En circunstancias normales, ellos hubieran tenido que buscar otra forma de seguir el río desde arriba, pero dado que el río se había convertido ahora en un arroyo vacilante, sus caballos podían pasar sobre los bancos fangosos. Era un esfuerzo sucio, el lodo volaba por todos lados mientras las pezuñas de los caballos se enterraban en las orillas blandas, haciendo sonidos de succión al salir del fango y lanzando pedazos de lodo y gravilla hacia ellos mismos y sus jinetes.

Finalmente, en las estribaciones de la cordillera llegaron a un punto muerto. El cañón estaba bloqueado por una enorme avalancha de piedras y rocas enormes.

—¡El cañón se hundió! —comentó Elías—. Está obstruyendo el agua. Tal vez pronto el agua retrocederá, el nivel subirá y sobrepasará la barrera.

Las rocas eran demasiado grandes y la subida demasiado escarpada y desnivelada para permitir el paso de los caballos, así que Solitario desmontó, comentando llanamente: —Seguiremos a pie —tenía que ver esto con sus propios ojos para poder informar sobre los hechos comprobados y no meras suposiciones.

Solitario ágilmente escaló las rocas que obstruían el paso. Aproximadamente a la mitad de la subida, se detuvo y se volteó para ver hacia abajo. Elías jadeaba y resoplaba bastante más abajo. Su panza había crecido más que la de Luz en los meses pasados. A Solitario le divertía hacerle burla a su amigo a causa de esto, pero justo ahora el incremento de peso era más ineficiente que gracioso.

—Ándale —animaba Solitario a su sargento—, debemos apurarnos para que puedas regresar a tiempo para la cena y las tortillas de Otila.

—Ahora no, por favor —suplicó Elías jadeando, esforzándose por alcanzar a Solitario.

Solitario esperó por un rato, bebiendo largos tragos de su cantimplora. Cuando Elías lo alcanzó, continuaron al unísono por el resto de la subida.

Cuando llegaron a la cima del deslizamiento de rocas, se encontraron con una vista memorable, pero no bienvenida. El agua no se estaba acumulando y elevándose por encima de la barrera, como Elías esperaba. Lo que vieron era una confluencia del río a un amplio cañón hacia el sur.

—Cuando esta avalancha se suscitó, en vez de acumularse y elevarse para mantener su curso, el agua encontró una manera más fácil de fluir —explicó Solitario, señalando el nuevo curso del río—; cambió su rumbo hacia el sur a través de ese cañón.

—¿Y eso qué significa? —preguntó Elías echando un vistazo hacia el sol, más allá de la amplia extensión de agua frente a ellos. Era como si el río se hubiese partido en dos, pero la porción más fuerte fluía rápidamente a través del otro cañón hacia el sur, mientras que la parte que fluía hacia la presa en la que ahora se encontraban, goteaba endeble y se detenía al llegar a las rocas.

—Significa que el río nos ha abandonado —resumió Solitario—. Pronto, cavará su curso completamente en esa dirección y este chorrito debajo de nosotros se secará por completo.

Los ojos de Elías se desorbitaron al comprender la magnitud de lo ocurrido. Solitario asintió con tristeza, con la vista sobre la extensión de agua revuelta interrumpida por las rocas gigantescas que sobresalían en varios sitios. Pronto anochecería. Deberían regresar, pero Solitario no podía dejar de contemplar el agua. Él la había dado por sentado, al igual que todos en Olvido. Ahora, quién sabe si volverían a ser testigos de su magnificencia, o ser beneficiados por ella, alguna vez.

———————————

Al día siguiente, Solitario comunicó la devastadora noticia a los habitantes de Olvido, parado en el quiosco elevado en la vieja plaza, frente a la catedral y a un lado de La Casa Colorada. No le gustaba hablar frente a multitudes, pero don Miguel había insistido en que fuera él quien debiera comunicar lo que había observado río arriba durante su excursión exploratoria con el sargento Elías.

La muchedumbre jadeaba y murmuraba al escucharlo. A medida que la gravedad de sus nuevas circunstancias se hizo evidente a la comunidad, el viento mismo pareció volverse más árido, las hojas de los árboles se secaron y cayeron sobre la audiencia como confeti de color café. Algunas de las mujeres lloraban. Los hombres, particularmente los granjeros que dependían del río para sus cosechas, se sentaron en el suelo, anonadados. El sacerdote católico, el padre Esparza, consolaba a los abuelitos y abuelitas, cuyos labios se movían en oración, pidiendo a Dios que regresara el río a su trayectoria anterior.

Después de que Solitario terminó de comunicar los sobrios hechos, el padre Esparza subió al quiosco para ofrecer esperanza a la gente. —Mi gente, no teman. El río podrá habernos abandonado, pero Dios no lo hará. Nuestra ciudad podrá llamarse Olvido, pero Dios no nos olvidará. No nos demos por vencidos. Cavaremos norias para obtener nuestra agua, ya que esta corre a través de canales debajo de la arena y las rocas. Utilizaremos esa agua para regar nuestras cosechas, para beber y cocinar y para asearnos. No nos rendiremos, ya que Dios solo nos dará cruces que podamos soportar.

La muchedumbre asintió, cantando en oración rítmica a la Virgen de Guadalupe. Escudriñando los alrededores mientras el padre Esparza continuaba intentando levantar los ánimos, Solitario pudo ver un grupo extraño de oyentes reunidos como un comité de aves de rapiña en una esquina apartada de la plaza. Era un pequeño grupo de hombres anglosajones. Podía notar, por su vestimenta, que eran provenientes del lado opuesto del río antiguo. Vestían trajes oscuros y corbatas, y en sus cabezas llevaban Stetson negros en vez de sombreros. Parecían observar todo con gran interés. Se preguntaba si entenderían español. Y en ese momento se le ocurrió que la escasez de agua ocasionada por la desaparición del río quizás no sería el mayor de sus problemas, ni la más pesada de las cruces que la gente de Olvido se vería obligada a cargar en el futuro.

Al dispersarse la multitud, Solitario atravesó la atestada plaza, siguiendo a los hombres anglos hasta el dique. Ahí, observó que le pagaban al balsero unos cuantos centavos para esencialmente arrastrarlos a través de la blanda cama de lodo en su balsa. Esto era bastante más difícil que remolcarlos sobre el agua, pero el balsero ahora se ayudaba con una mula. Todo el proceso parecía absurdo, pero Solitario supuso que no querían arruinar sus trajes. Aun con botas, caminando a través del cauce fangoso, ocasionaría hundirse un par de pies en el lodo. Las ranas y los sapos saltaban frenéticos mientras que las gallinas los perseguían a lo largo de las orillas turbias. Las hierbas brotaban con gran rapidez en las huellas dejadas por los niños, salpicando la herida exudada en el suelo con una malla verde luminiscente. Solitario siguió observando a los anglos mientras subían el dique en el otro lado. El pequeño conjunto de edificios en el lado norte por mucho tiempo había sido considerado por la comunidad como una reflexión, una extensión de Olvido, un puñado de comerciantes anglos con quienes hacer negocios y mexicanos que habían permanecido en ese lado para seguir cultivando sus tierras cuando el Río Grande se había convertido en la frontera hacía casi treinta años. «¿Y ahora qué?», se preguntaba Solitario al ver a los anglos escudriñar el cauce cambiante y los niños mexicanos jugando en el lodo. Podía sentir que planeaban algo. Habiendo luchado en numerosas batallas durante la invasión francesa de México, tenía la sospecha de que mientras los ciudadanos mexicanos estaban ocupados lamentando su suerte y orando por salvación, los anglos estaban ocupados formulando una estrategia.

Al siguiente día, Elías irrumpió en la cárcel, sorprendiendo a Solitario en su escritorio. —Jefe, ¡tiene que venir a ver esto!

—Sargento Elías, esto ya se está convirtiendo en una mala costumbre —se quejó Solitario.

—No lo puedo explicar —respondió Elías—, solo venga.

Solitario siguió a Elías al río. El lodo empezaba a apelmazarse y solidificarse. Los anteriormente frenéticos sapos y ranas se habían petrificado, eran como estatuas en miniatura bordeando las orillas. Los niños las levantaban y se las arrojaban unos a otros. Como bolas de nieve, explotaban al contacto, pero en vez de bañar a sus blancos con polvo blanco fresco, los cubrían en polvo putrefacto.

—¿Me trajiste para que fuera testigo del gozo mal dirigido de los niños? —preguntó Solitario.

—No, esto . . . —Elías señaló hacia un grupo de mujeres que estaban ligeramente retiradas río abajo. Se mecían, balanceándose sobre sus rodillas y estaban cubiertas de tierra.

Solitario y Elías desmontaron y se adentraron cuidadosamente al barranco. Ahora estaba ya bastante seco y sus botas ya no se hundían en un cenagal. Solitario sacudió la cabeza consternado. El cambio llegaba repentinamente en el desierto. El sol estaba horneando el suelo a un ritmo alarmante. La herida se estaba convirtiendo rápidamente en una cicatriz.

Al aproximarse a las mujeres, Solitario pudo observar que se mecían sobre sus rodillas, con las manos unidas en oración. Se arrodillaban frente a la escarpada pared del río. En su superficie, la tierra había tomado una forma conocida: sus curvas, marcas y surcos semejaban la silueta de la Virgen de Guadalupe. Su manto era la única parte de la grieta que aún resplandecía verde con las hierbas resbalosas que se habían materializado inexplicablemente el día anterior. Diminutas flores amarillas salpicaban su figura como las estrellas doradas en la imagen expuesta en la Basílica en Ciudad de México.

—¡Es un milagro! —proclamó el padre Esparza, con su sotana negra volviéndose de un café arenoso al descender al barranco para unirse a las mujeres en adoración—. Es Nuestra Señora del Olvido. Ha venido a salvarnos, a consolarnos.

Solitario frunció las cejas. No estaba tan seguro de esa

interpretación en particular, pero controló su lengua, como era su costumbre.

Solitario volvió a montarse en la silla y volteó a Oscuridad de regreso al centro de la ciudad.

Cuando Elías y Caballo sin Nombre alcanzaron a Solitario, el sargento repitió su pregunta: —¿Es ella, jefe? ¿Nos está cambiando la suerte?

Solitario frunció el ceño, cabalgando despacio, pensativo. —¿Quién soy yo para decirlo, sargento? Mi trabajo es mantener la paz, no profetizar ni interpretar señales de arriba. Eso se lo dejo al padre.

Elías pareció decepcionado por la respuesta, quedándose rezagado mientras se acercaban a la cárcel. —Pero no puede perjudicar, ¿verdad? La gente necesita esperanza.

—La esperanza es buena, pero el agua es mejor —bromeó Solitario—. Podemos subsistir sin esperanza, pero no podemos sobrevivir sin agua.

—Pero cavaremos norias, ¿verdad?, como dijo el padre.

—Sí, estoy seguro de que lo haremos.

—¿Entonces por qué está tan pesimista? Usted no es así, jefe. Siempre encuentra una salida para cualquier dificultad.

Al pasar por la plaza, el pueblo ya lucía transformado. Las nubes ondulantes de polvo arenoso ya empezaban a cubrir los anteriormente coloridos edificios con un tono desértico monocromático. Hasta La Casa Colorada empezaba a descolorarse. Él no quería intranquilizar más a su sargento que aún tenía un trabajo que hacer, deberes que desempeñar, una familia que cuidar. —Ve a comer a casa con Otila y Elena y Oscarito —le dijo a Elías.

Al separarse en la plaza, Solitario desde su silla de montar estudiaba el cambiante paisaje urbano. Una bola de plantas rodadoras cruzaba la plaza desierta, con hojas secas persiguiéndola, crujiendo con el viento incesante. Por debajo del ala de su sombrero dio un vistazo a la catedral. Podía ver grietas formándose a cada momento.

«Sí, cavaremos norias —pensó en respuesta a la pregunta de Elías—. El agua nos mantendrá vivos, pero ya no podrá protegernos de nuestros vecinos al norte».

Nadie lo había mencionado abiertamente aún, pero seguramente otros lo estaban pensando, igual que él. Con el cambio del curso del río hacia el sur, ya no estaban en México. Su suerte no dependía de la aparición de la Virgen, estaba en manos de los americanos.

———

—Dwight Grissom, el ranchero tejano, ha ofrecido comprar mis tierras —dijo don Miguel mientras estaban sentados a la mesa para cenar en su casa frente a la plaza.

—¿Qué dijiste? —preguntó Luz, que lucía radiante ataviada con un vestido de seda verde que guardaba en su guardarropa de la ciudad.

La mirada de Solitario viró de su espalda a su suegro.

—Le dije que no, por supuesto —dijo don Miguel con un ademan desdeñoso—. Esta es nuestra tierra. El hecho de que el río haya decidido cambiar su curso no cambia quiénes somos ni a dónde pertenecemos.

Solitario consideraba la situación, sin despegar la vista de su plato. Todo parecía distinto desde la partida del río. Hasta la comida tenía menos sabor, como si un artista la hubiese esculpido para asemejar chile relleno y guacamole y arroz mexicano por fuera, pero hecho de arena por dentro.

—¿Crees que estaremos a salvo aquí? —preguntó Luz, poniéndose las manos sobre el vientre creciente.

—Por supuesto que estaremos a salvo, m'ija —respondió don Miguel—. La razón por la que el Sr. Grissom quiere nuestra tierra es que ahora es aún más valiosa. Él solía tener tierra frente al río, cruzando el río frente a El Escondido, de hecho. Pero ahora que el río cambio su curso al sur, nuestro rancho queda entre el de Grissom y el Río Grande.

—El agua es vida —murmuró Luz, aún tocándose el vientre.

—Sí, m'ija, sí lo es —dijo don Miguel—. La fortuna siempre le ha sonreído al clan Santander. Ahora, si Grissom quiere agua del río, tendrá que pagarnos por ella.

Solitario escuchaba atentamente. Esperaba que don Miguel estuviese en lo correcto, especialmente dadas las experiencias de su propia familia con el veleidoso Río Grande.

Esa noche, después de la cena, Solitario y Luz regresaron a El Escondido en el carruaje de don Miguel. Ya en la cama, Luz volvió a preguntarle a Solitario: —Entonces, ¿tú crees que estaremos a salvo aquí, ¿ahora que estamos en América?

Solitario se volteó de lado para mirar sus ojos. No quería mentirle, pero tampoco quería asustarla. Ella ya estaba bastante preocupada por el bebé. —Tal vez nada cambie —le dijo Solitario—. Tal vez los americanos se olviden de nosotros y nos dejen en paz. Después de todo, nuestro nombre es Olvido.

Ella forzó una sonrisa apretada.

Al día siguiente, Solitario llegó a la ciudad a encontrarse con un grupo grande de hombres anglos reunidos en la plaza. Estaban sentados sobre sus caballos, mirando impasibles a los peatones mexicanos ocupándose de sus asuntos. Algunos de ellos llevaban uniformes consistentes en camisas blancas, pantalones oscuros, chalecos, corbatas e insignias brillantes en forma de estrellas. Portaban pistolas y rifles, blandiéndolos en la áspera luz del sol mientras un creciente gentío de ciudadanos se detenía a observar ansiosamente desde las orillas de la plaza.

Cuando Solitario se acercó a los fuertemente armados intrusos, se dirigió a ellos con severidad. —Buen día, señores. ¿Qué los trae a Olvido? —mientras hablaba, escuchó a Caballo sin Nombre trotando a emparejarse con Tormenta. Con una sutil mirada de reojo, saludó al sargento Elías.

Uno de los hombres, claramente el líder, volteó su caballo hacia Solitario y respondió: —Soy el capitán MacDonald, de los Texas Rangers. ¿Quién es usted?

Soy el capitán Cisneros, con los Rurales —contestó Solitario. Había escuchado acerca de los Texas Rangers. El hecho de que estuviesen aquí no era obviamente un desarrollo bienvenido, pero tampoco era una sorpresa. Había esperado que se olvidaran de Olvido o, al menos, que les llevara una vida ocuparse de él, pero era evidente que eso no iba a suceder.

—Si le parece —dijo el capitán MacDonald dirigiendo una mirada a la multitud de ciudadanos congregados en la plaza—, sería mejor hablar en privado.

Solitario asintió, indicando al Ranger con un ademán que lo siguiera a la cárcel. Dentro, Solitario condujo al capitán MacDonald a su pequeña oficina y le ofreció un tequila.

Sentados uno frente al otro, Solitario esperaba que el capitán hablara.

—Como usted sabe —dijo el capitán MacDonald mencionando lo obvio—, el río ha cambiado su curso.

Solitario asintió.

—Hemos sido enviados para asegurar el territorio —explicó el capitán MacDonald—. Vienen más cambios, señor Cisneros. Pronto vendrá más gente.

—¿Qué gente? —inquirió Solitario.

—Colonos, comerciantes, de todo —respondió el capitán MacDonald—. Cuando hay nuevos territorios disponibles, la gente se siente atraída hacia ellos.

—¿Y qué de nuestra gente? ¿Las personas que ya están aquí?

—Bueno, por supuesto que pueden quedarse. Habrá mucho trabajo. El pueblo crecerá y el camino hacia la nueva frontera tendrá que mejorarse. El Sr. Grissom, el ganadero, tiene grandes planes para la región. Se necesitarán trabajadores. Por supuesto, quien desee partir y regresar a México, podrá hacerlo.

—¿Regresar a México? —Solitario comentó, viendo al capitán MacDonald—. Para muchas de las personas que viven aquí, esto es todo lo que conocen de México.

—Pero esto ya no es México.

Y ese era el meollo del asunto, pensó Solitario, posando su mirada en la brillante estrella de plata que el capitán MacDonald llevaba prendida a su chaleco.

—Como dije anteriormente, vienen muchos cambios —dijo el capitán MacDonald—. El nuevo alguacil llegará pronto. Su apellido es Tolbert. Nosotros, los Texas Rangers, solo estamos aquí para auxiliar con la transición. Tendré que recoger su insignia, por supuesto.

«¿Transición?», Solitario se preguntaba qué tenía en mente el Texas Ranger. Era del conocimiento popular que los Texas Rangers tenían un concepto fluido y ventajoso de la ley. Para ellos, mantener la paz y administrar justicia era un negocio como cualquier otro. Un Texas Ranger bien podría optar por actuar como un agente armado de la ley u optar por servir como juez, jurado y verdugo. Todo lo que uno tenía que hacer era hablar con los apaches, lo que Solitario ya había tenido ocasión de hacer, hablar con el jefe de una de las tribus al norte del río acerca de las injusticias que su gente había padecido a cargo de los Rangers con el pretexto del progreso de Texas.

—Usted no habla mucho, ¿verdad? —observó el capitán MacDonald—. Imagino que no sabe mucho inglés, así que no debería sorprenderme que se quede callado. Además, pues hay mucho que digerir, sospecho que es como comer demasiados jalapeños a la vez.

Solitario bebió su tequila y dejó el vaso sobre el escritorio, con mano firme a pesar de la creciente marea de resentimiento que aumentaba en su interior. Escuchó la marea del golfo de México, el sonido de las olas estrellándose en la playa en Caja Pinta, donde había crecido. Escuchó un cántico con palabras que no reconoció, pero el sonido sí le era familiar. Sabía que era náhuatl. Había escuchado a su abuela Minerva recitarlas cuando trabajaba en sus hechizos en su jacal junto al mar. Anhelaba darle a este hombre una lección, enviarlo a él de regreso al lugar de donde provenía, pero sabía que no estaría en lo correcto, no según la ley, no de acuerdo con el Tratado de Guadalupe-Hidalgo, que decretaba que la frontera entre México y Estados Unidos sería el Río Grande. Si el río fuese a cambiar de curso por causas naturales, entonces la frontera cambiaría también. Ya había repasado los términos del tratado en detalle. Don Miguel guardaba una copia de este en su biblioteca. No se podía negar que el capitán MacDonald decía la verdad, por más desagradable que la hiciera sonar. El cambio llegaría, gustara o no. Todo lo que podía hacer Solitario era intentar influenciarlo para proteger a todos los residentes de Olvido.

Aclarando su garganta, Solitario finalmente respondió:

—Tiene usted razón en que hay mucho que digerir, capitán MacDonald, no solo para mí, sino para todos los habitantes de Olvido. Este ha sido un pueblo pacífico desde que yo llegué, y esperamos que lo siga siendo. Por otro lado, usted está equivocado con respecto a mi escasez de palabras. Yo soy un hombre reservado por naturaleza. Siempre lo he sido. Mi conocimiento de su idioma no es una barrera pero, en general, no me gusta mucho hablar. Yo soy de la opinión de que mis acciones tienen mayor impacto que mis palabras. Y en cuanto a mi insignia, yo no utilizo una. Tengo una aquí en un cajón, pero en este pueblo todos saben quién soy yo —Solitario abrió el primer cajón de su escritorio y sacó una insignia plateada en forma de escudo. Llevaba un relieve con la imagen de dos espadas cruzadas sobre tres tallos de trigo. Debajo de esto, la leyenda DEFENSAS RURALES. Entre las dos líneas de texto flotaba un sol naciente y en la punta angosta en la parte inferior del escudo estaba el símbolo clásico de México: un águila sobre un nopal, devorando a una serpiente. Colocó la insignia sobre el escritorio.

El capitán MacDonald la evaluó sin moverse para levantarla. —Le diré algo, conserve su insignia como un recuerdo. Aquí ya no tendrá ningún significado. Pero, bueno, si usted así lo desea, siempre podrá llevarla al sur del río.

Solitario estaba que echaba humo. —¿No ha pensado, capitán MacDonald, que la gente de Olvido pudiera querer conservar su alguacil, ¿aun si ahora somos parte de América?

Sorprendido, el capitán MacDonald se desplazó en su silla. —Francamente, Cisneros, a mí no me importa lo que su gente quiera. Esa guerra ya se peleó y se ganó hace mucho tiempo. Lo que sucedió con el río es muy mala suerte para la gente de Olvido. Pero lo que es mala suerte para unos es buena para otros. Y a mí me pagan los otros. Todo lo que yo puedo decir es —el capitán MacDonald se puso de pie— que usted deberá desde ahora abstenerse de hacer cumplir la ley, ya que ahora que Olvido queda bajo la jurisdicción del gran estado de Texas, ni siquiera conoce la ley. Mis hombres y yo nos haremos cargo de manejar cualquier desorden. Y usted debería advertir a sus antiguos ciudadanos que deberán obedecer nuestras órdenes o pagar el precio por no respetar nuestras leyes. Ahora, dejaremos esta cárcel para los criminales mejicanos y construiremos otra del otro lado del barranco para los anglos. Yo destacaré algunos de mis hombres aquí. Usted puede reunir sus pertenencias personales y desalojar el lugar.

La ola creciente de rabia amenazaba con ahogar los pensamientos racionales de Solitario. Lanzó una mirada con ceño al capitán MacDonald mientras que el Texas Ranger salía de la cárcel. «Esto es una locura, un atropello —pensó Solitario—. Le daré una lección a ese predispuesto hijo de puta. No hay razón por la cual no deba permanecer como alguacil aquí para proteger a mi gente».

Solitario recogió sus escasas pertenencias, su insignia de los Rurales y se encaminó hacia fuera, donde lo esperaba Elías con una expresión de angustia grabada en el rostro, y su bigote colgado hacia el suelo.

—¿Qué te pasa? —demandó Solitario.

—Ese capitán MacDonald me quitó mi insignia —dijo Elías, como un niño a quien un grandote abusivo le había robado su juguete.

—Ya lo veremos —dijo Solitario apretando la quijada—. Sígueme.

Parados frente a La Casa Colorada, Solitario y Elías vieron a los Texas Rangers colocar a un grupo considerable de hombres mexicanos en fila y esposarlos. El capitán MacDonald gritaba órdenes a sus hombres.

—¿Qué está diciendo? —preguntó Elías a Solitario.

—Les está ordenando meter a esos hombres a la cárcel —Solitario escupió al suelo, asqueado.

—Pero ¿por qué? ¡Ellos no han hecho nada! —Los ojos ansiosos de Elías buscaban una respuesta en la mirada de su jefe.

—Porque quiere mostrar a todos quién manda ahora. Está intimidando a nuestra gente. Si no siguen todas sus órdenes, los golpeará y los meterá en la cárcel. Una vez que la cárcel esté llena, les disparará ahí mismo en la plaza.

Observaron como un hombre anciano se negaba a marchar

hacia la cárcel junto con los otros, logrando con ello únicamente que lo golpearan en la cabeza con un rifle y le dispararan en el suelo como a un perro herido.

Solitario a duras penas logró contenerse de cabalgar a la plaza disparando. Eran seis Texas Rangers. Él y Elías habían vencido esa clase de desventajas cuando peleaban contra los imperialistas franceses. ¿Cómo no iban a poder hacerlo de nuevo? Miró a Elías preguntándose si su compañero estaba aún apto para enfrentar el reto. Su mirada se posó en el abultado vientre de su sargento. Pensó en la esposa y los hijos de Elías que lo esperaban en casa. Y decidió que no podría ponerlo en riesgo. Paciencia, se dijo a sí mismo: «Protege lo que es tuyo con paciencia. No lo malgastes por precipitarte. Vamos despacio que llevamos prisa». Y recordó la leyenda de Juan Cortina, un pistolero mexicano que había matado a un agente de la ley tejano por azotar con una pistola a un vaquero anciano en La Frontera cuando Solitario apenas estaba aprendiendo a gatear. Ese acto había provocado una guerra fronteriza y costó incontables vidas. Ese no era el futuro que deseaba para Olvido y su gente.

—Espera aquí —ordenó a Elías, tomando una decisión—. No te metas. No puedo permitir que estos hombres te vayan a disparar. Si eso sucede, no podremos proteger a todos los demás, incluso a tu propia familia.

Elías asintió con una mirada de resignación en sus ojos tristes. Esperó afuera con los caballos mientras Solitario cruzaba las enormes puertas de La Casa Colorada para consultar con su suegro.

—Solitario, entiendo tu enojo, m'ijo —dijo don Miguel intentando calmar a su yerno—. Pero es inútil luchar contra esto. Debemos conformarnos con el cambio en nuestra posición, así como el río cambió su curso. Debemos adaptarnos para poder sobrevivir.

—¿Qué quiere decir? —preguntó Solitario, indignado con la idea de simplemente rendirse y permitir que los Texas Rangers hicieran lo que les diera su gana con la gente de Olvido.

—Mira, m'ijo —dijo don Miguel, indicando a Solitario que se sentara en uno de los cómodos sofás de piel en la biblioteca—. Si llevamos la fiesta en paz con los anglos, tendremos éxito. Prosperaremos juntos. Si peleamos con ellos, fracasaremos. Ellos tienen la ventaja.

—Iré a Austin y hablaré con las autoridades. Ellos verán que tiene sentido que yo permanezca como alguacil. Yo traje orden y paz y justicia a este lugar, que antes era un puesto de avanzada para bandidos.

—Lo que dices haber logrado es cierto —concedió don Miguel—. La gente de Olvido siempre te respetará por lo que has hecho, pero ahora ya no está en tus manos.

—Ya lo veremos —dijo Solitario—. Don Miguel, no debería darse por vencido tan fácilmente. Usted sigue siendo el mayor terrateniente de la región. Su opinión pesa.

—Mi opinión solo pesa si a los anglos les gusta lo que escuchen.

Solitario sacudió la cabeza decepcionado. Tal vez había esperado demasiado del viejo. Negándose a descansar en sofás de piel y rendirse a una vida de comodidad suavizada por el elixir del tequila, se despidió cortésmente.

Afuera, le ordenó a Elías: —Sargento Elías, ve a casa y cuida a tu familia. No permitas a los niños andar en las calles. Solo Dios sabe lo que pueda ocurrir en los próximos días. Es posible que la gente no reaccione bien ante las actitudes de los Texas Rangers. Ni los Texas Rangers mostrarán mucha paciencia con nuestra gente.

—¿Y dónde estará usted? ¿Por qué no protegemos nosotros a la gente? —preguntó Elías—. Acaban de dispararle a otro hombre por negarse a ir a la cárcel.

—No podemos proteger a la gente si la ley no está de nuestro lado. Si lo intentamos, no seremos más que un par de bandidos y acabaremos muertos en la calle. No podemos pelear una guerra que ya está perdida. Yo voy a ir a Austin a defender mi insignia.

—Pero su insignia, al igual que la mía, era mexicana.

—Te conseguiré una insignia nueva, Elías —respondió Solitario—. Ahora ve a casa. Ya no eres un sargento aquí. Eres un civil. No lo olvides porque solo conseguirás perder la vida.

Solitario se fue galopando sobre Oscuridad, apresurándose a llegar a El Escondido a empacar una maleta y avisar a Luz que se dirigía a Austin.

—¡No! —gritó Luz, aferrándose a él mientras empacaba su maleta de piel con una muda de ropa limpia—. No puedes ir. Por favor, olvídate de ser un representante de la ley. Sé mi marido. Sé un padre para nuestro hijo. No arriesgues tu vida por una insignia.

—No es la insignia —estalló Solitario—. Es lo que es correcto. Es mi honor —escuchó los cánticos náhuatl a lo lejos, más allá de un muro de ruido blanco que ahogaba las palabras dulces y sabias de Luz, sus vanos intentos de convencerlo para que se quedara a su lado como un fiel perro castrado.

En la terraza del frente, se colgó de su saco hasta que él se apresuró a bajar los escalones y saltó a Oscuridad. En lo alto de los escalones, ella cayó de rodillas, llorando. —No te vayas, Solitario, por favor. Quédate conmigo. Yo te necesito aquí.

Pero él no podía escuchar sus ruegos sobre el sonido de las olas que llenaba sus oídos como agua burbujeante, la misma agua robada por el río para verterse al golfo de México de donde él provenía, las olas resbalando hacia las arenas de Caja Pinta, donde había nacido la maldición con la que él cargaba.

—Regresaré pronto —aseguró Solitario a Luz desde su elevada percha sobre su semental negro. Los musculosos flancos de Oscuridad se apretaron, anticipando un trayecto útil, como no habían compartido desde los días de la lucha por la República—. Ya verás, Luz. Lo correcto es lo correcto. Regresaré y, a mi retorno, una vez más mi voz será la ley.

Se ajustó su pañuelo amarillo al cuello, bajó el ala de su elegante sombrero para protegerse los ojos del sol y arrancó veloz, dejando a Luz bañada en lágrimas y oculta tras un remolino de polvo.

———

En Austin las cosas no resultaron como Solitario había imaginado. Tras cinco días de arduo viaje a caballo atravesando Texas, Solitario llegó a la jefatura de los Texas Rangers. Ahí, una indiferente secretaria le informó que el jefe de los Rangers estaba demasiado ocupado para recibirlo. Su típicamente distinguido traje de charro estaba sudado y cubierto de tierra. Solo su peculiar sombrero parecía brillar siempre como si lo acabaran de comprar y sacar de la caja. Solitario esperó todo el día afuera de la oficina hasta que el hombre salió. Entonces, el jefe de los Rangers le informó que los Texas Rangers estaban a cargo de Olvido hasta que llegara el alguacil Tolbert y no había nada que hacer. Ni todas las distinciones militares que Solitario había obtenido, ni su larga lista de logros en cuanto a su desempeño como representante de la ley le importaron al rudo y áspero Texas Ranger, un hombre de cabello corto y canoso, con una barba que combinaba. Ignoró a Solitario como si fuese un humilde soldado raso.

Desalentado y exhausto por su viaje, Solitario intentó hospedarse en un hotel de la avenida Congress, pero lo rechazaron. Siguiendo las instrucciones condescendientes del arrogante empleado de recepción, Solitario cabalgó sobre Oscuridad rumbo al oriente hacia las afueras de la ciudad, donde consiguió unas habitaciones de baja categoría sobre una taberna arenosa bastante retirada de la sombra del majestuoso domo del edificio del Capitolio. Al subir a la entrada destartalada, se encontró con un letrero crudamente tallado sobre la puerta: «Bienvenidos negros, mejicanos, indios y perros, bienvenidos todos».

Fue difícil para él resistir el inusual impulso de encorvarse derrotado. Estaba fatigado por el viaje, su ego severamente lastimado, y extrañaba a Luz. Tal vez el capitán MacDonald tenía razón, pensó Solitario. Tal vez sería mejor regresarse a su lugar de origen. No a La Frontera, no, ese era un pensamiento pavoroso dado el poder de la maldición de Caja Pinta. Jamás expondría a Luz a la amenaza de la maldición, especialmente a tan cercana proximidad del sitio donde nació. Pero Chihuahua era una opción, donde indudablemente podría restablecerse con el apoyo de su mentor, el gobernador Terrazas.

Evitando el hosco ambiente de la taberna, Solitario subió las rechinadoras escaleras con la intención de descansar en preparación para el viaje de regreso a Olvido al día siguiente. Temprano en la mañana siguiente lo despertó de un sueño profundo un ruido como de susurro. Acostado, se volteó en dirección al sonido. En la oscuridad, no podía determinar qué era, solo que provenía de la ventana. Alcanzó su pistola en caso de que fuera un intruso, pero pronto se dio cuenta de que debía tratarse de un animal pequeño. Al encender la vela del buró, Solitario descubrió un pequeño pájaro en el alféizar. Su primer instinto fue sonreír, ya que la criatura alada le recordaba a Luz. Pero al mirar con más detenimiento, su sonrisa pronto desapareció. Este no era un pájaro común. Era exactamente igual a uno de los pájaros cantores de su esposa.

Es imposible, pensó Solitario, con el corazón acelerado. Se acercó al pájaro. Parecía un loro miniatura. Su capa superior de plumas era de color verde esmeralda, pero debajo asomaban plumas color turquesa y carmesí. Era una de las cotorritas de

Luz. ¿Qué significaba esto? Al arrodillarse junto a la ventana, el pájaro emitió un muy familiar canto de tres notas y emprendió el vuelo con rumbo al sur oeste, hacia Olvido. Era precisamente la misma señal que silbaba Luz cuando quería que sus pájaros dejaran los mezquites y regresaran a sus jaulas.

Solitario no esperó a que saliera el sol. Se puso rápido su muda limpia y se apresuró a recoger a Oscuridad al fondo de la propiedad.

—Lo siento, amigo —y Solitario palmeó a Oscuridad al iniciar la odisea de quinientas millas de regreso a Olvido—, no podemos descansar más. No podemos esperar —al espolear a Oscuridad a través de la noche con una urgencia que le carcomía tuvo el presentimiento de haber cometido un terrible error.

———————

Solitario cabalgó mucho y rápido y por tanto tiempo como pudo entre breves paradas para dar a Oscuridad de comer y beber. Después de atravesar la región de las colinas de Texas y las enormes llanuras que daban paso a los desiertos del oeste de Texas, estaba seriamente deshidratado. Oscuridad a duras penas se aferraba a la vida. El pobre caballo hacía espuma por el hocico y las costillas sobresalían de los flancos. El traje de charro de Solitario estaba envuelto en capa tras capa de polvo y arena. Solamente el original sombrero que Luz le había regalado en su boda permaneció impecable durante todo el trayecto.

Al llegar a El Escondido, inmediatamente notó que algo horrible sucedía. El caballo blanco de Luz andaba suelto al frente de la casa. La puerta estaba abierta, aleteando como si la casa se estuviese despidiendo. Al dar un brinco para desmontar y desbocarse a la casa, las piernas entumecidas se le doblaron y su impecable sombrero se fue rodando a través del claro de tierra.

Con gran esfuerzo, a gatas subió los escalones hasta que pudo ponerse de pie.

—¡Luz! —la llamó—, Luz, ya llegué, mi amor.

Pero no obtuvo respuesta. Buscó desesperado por toda la casa vacía, y encontró la puerta trasera abierta también. Y fue lo que ahí encontró que lo hizo caer de rodillas.

Al arrodillarse en la terraza, sus ojos se abrieron horrorizados. Luz estaba tendida sobre los escalones, y su figura inmóvil estaba cubierta por una capa de encaje verde. Sentados muy atentos sobre la barandilla de la terraza estaban sus pájaros exóticos, incluida la cotorrita que se había posado en su ventana en Austin hacía cinco noches. Todas las jaulas estaban abiertas. El poste a lo alto de los escalones estaba manchado de sangre seca. Los pies de Luz estaban descalzos y blancos como alabastro. Ella semejaba una estatua dormida debajo de una delicada capa tejida. Se arrastró hacia ella, con las lágrimas rodando por su rostro y goteando de las puntas de su bigote. —Luz, no —susurró—. ¿Por qué?

Al alcanzar su cuerpo pudo ver que, lo que parecía una capa de encaje color esmeralda, había sido tejida por sus pájaros. Habían recolectado hojas finas de los mezquites y las habían tejido con fibras de corteza aún más finas. Era una creación imposiblemente frágil, igual como había sido su vida. Al notar que su ido cabello oscuro estaba enmarañado con sangre seca, dedujo que se había resbalado en los escalones durante sus labores matutinas, golpeándose la cabeza en el poste. Colocando su cabeza sobre su vientre duro y frío, lloró por ella y por su hijo no nacido. «Destinado a no nacer», lloró, gritó: —¡No! ¡No! Espantados por su exabrupto, los pájaros levantaron el vuelo, formando un arcoíris deslumbrante que cruzaba el cielo azul claro.

—¿Por qué? —preguntó de nuevo al tiempo que los pájaros se iban, pero conocía la respuesta demasiado bien. Nunca debió haberse ido. La maldición había nublado su pensamiento, alimentando su orgullo y su ego. Había repetido el mismo terrible error que su padre había cometido una generación antes. Si él hubiese estado en casa, ella no habría intentado realizar sus tareas matutinas sola. Desde que se empezó a notar su embarazo, él había estado cargando y limpiando las jaulas. Si no se hubiera ido tras de su orgullo, su sola presencia hubiese evitado su caída, pero en vez de eso, ella había perecido sola.

Enfurecido, atravesó la casa y fue en busca de su caballo. Iría al pueblo. Traería a un médico, y a una curandera, y a un sacerdote, y a un chamán, a cualquiera que pudiese rezar por ella, curar su cuerpo sin vida, regresarla a ella y al bebé, aunque bien sabía que era imposible. En la terraza del frente, encontró a Oscuridad tendido de costado en el claro, con espuma blanca saliendo del hocico abierto, con los ojos vidriosos y la vista al cielo. Estaba muerto también. Regresando con Luz, se acostó junto a ella, retirando suavemente la capa como de encaje para descubrir su rostro. Con sus dedos callosos y mugrientos trazó la curva de su mejilla. No valía la pena vivir la vida sin ella, decidió. Probablemente nunca había valido la pena.

Esa noche, la enterró debajo de los mezquites. La mañana siguiente, cabalgó con la hija de Oscuridad, Tormenta, al pueblo a darle a don Miguel la noticia. El anciano cayó de rodillas en la biblioteca. Abrazó muy fuerte a don Miguel hasta que ya no pudo llorar más. Y entonces cabalgó al sur hacia las recién bautizadas orillas del redirigido Río Grande, decidido a quitarse la vida.

Ahí, sentado precariamente sobre una roca junto a las corrientes aguas, revólver en mano, su plan fue interrumpido por Onawa, que celebraba su ceremonia de mayoridad. Su tribu había estado explorando las nuevas tierras. Su padre, que conocía a Solitario, pudo ver dentro de su alma destrozada y maldita y sintió piedad y temor por él, Águila Brava insistió en que Solitario fuese a su casa, brindando una apariencia de consuelo para calmar su sufrimiento.

—El camino será largo —advirtió Águila Brava a Solitario, mientras que Onawa escuchaba desde un rincón de su tipi—. Pero no debes ceder. Tú tienes un propósito. Hoy, ese propósito no está claro. Está oculto tras nubes oscuras. Pero un día, esas nubes se abrirán, y el sol iluminará tu vida. Debes seguir adelante en las sombras hasta que ese día llegue.

Solitario paso días con la tribu, presenciando las elaboradas ceremonias que rodeaban el rito de paso de Onawa. Comprendió que era un honor que solo en muy contadas ocasiones era compartido con un extraño. Bebió con Águila Brava para aliviar su dolor, y lloró con desenfado al ver bailar a la hija del jefe.

—¿Por qué han sido tú y tu hija tan amables conmigo? —preguntó al jefe mientras estaban sentados alrededor de la fogata durante la última noche del ritual.

—A mi esposa le hubiera gustado que alguien de su gente la representara —le explicó Águila Brava—. Verás, la madre de Onawa era mexicana.

Solitario asintió, bebiendo el fino tequila que su anfitrión generosamente sirvió. —Yo estaba decidido a ponerle fin a todo —le confesó a Águila Brava mientras el jefe miraba a su hija a través de las chispas que bailaban por encima de las llamas.

—Lo sé, pero no puedes —respondió—. No te corresponde a ti decidir —hizo un movimiento para indicar a Onawa que se aproximara.

Mientras que la tímida joven se acercaba, sus ojos permanecían clavados en el suelo. Ella llevaba algo en sus manos, ofreciéndoselo a Solitario como un regalo.

—Mi hija ha utilizado sus habilidades especiales para crear este artefacto para ti —dijo Águila Brava—. Dile, hija. Ya eres mayor de edad. Puedes dirigirle la palabra a este hombre. Él jamás te hará daño. Estará endeudado contigo para siempre.

Su voz era tímida al principio, pero fue adquiriendo confianza con cada palabra. —Hice esto para ti. Mi padre dice que tu gente es mi gente. Eso significa que eres uno de nosotros. Esto te devolverá la energía, renovará tu fuego por la vida —Onawa colocó una brillante hebilla para cinturón, de color turquesa, en forma de águila, en las desgastadas manos de Solitario. Estaba suavemente pulida y brillaba de un profundo tono de azul a la luz de la fogata. Él podía sentir que no era de este mundo, que pulsaba con un poder escondido—. Sentimos mucho lo que has perdido —concluyó Onawa.

Solitario miraba sombríamente la hebilla en sus manos.

—Con cada pérdida, obtenemos un mayor entendimiento del dolor —dijo Águila Brava—. Nos acercamos más a nosotros mismos, nos conectamos más profundamente al mundo de los espíritus adonde nuestros seres queridos se van.

—Gracias —dijo Solitario, mirando a Onawa a los ojos—. Lo atesoraré siempre.

—Atesora no solamente este obsequio —dijo Águila Brava colocando su brazo alrededor de la espalda de Solitario—. Atesora el mejor regalo de todos: tu vida.

Mientras que Onawa regresaba a sus danzas ceremoniales, llevando un tocado de plumas y recreando un venerado ritual de independencia, Solitario frotaba sus pulgares sobre la pulida hebilla turquesa, preguntándose qué magia guardaba dentro este elegante encierre. Los tambores golpeaban fuerte, y la tribu cantaba en su idioma, una lengua extraña y atrayente para Solitario. Después de conocer solo sufrimiento, daba la bienvenida a lo desconocido.

Bajo el toldo brillante de estrellas, reunido con la tribu de Onawa en una media luna frente al fuego, con chispas flotando en la brisa, pensó en Luz y en su hijo no nacido y en todos los sueños que se habían perdido por un imperceptible temblor del suelo en el yermo remoto, una avalancha de rocas, un río rápido desviado, una ciudad olvidada, la falla de un hombre, una maldición persistente que ahora comprendía que jamás podría evadir.

Mirando con gratitud a Águila Brava, se maravilló ante la resiliencia de los apaches, corriendo, peleando, sobreviviendo a pesar de todas sus pérdidas. Quizás algún día podría llegar a ser como ellos, pero por ahora solo podía lamer sus heridas y huir de la maldición, esconderse en el desierto, acechar en las sombras, desaparecer entre los espíritus.

TREINTAIDÓS

Onawa estaba agachada sobre la figura marchita de su padre. En la oscuridad era difícil saber si ya se había quedado dormido. Su pecho crujía al subir y bajar con un ritmo continuo. Ella anhelaba hablarle, pero titubeaba por no perturbarlo. Él necesitaba descansar para seguir adelante. Ella sentía que el final estaba cerca y el destino de su efímera existencia en este plano sería determinada muy pronto por fuerzas mucho más lejanas de su habilidad para ver. Observaba el frasco que había tomado de la casa del doctor. Inhaló su rancio olor y sospechaba que no era exactamente lo que pretendía ser, pero quería escuchar la opinión de su padre. Él había vivido una larga vida y adquirido mucha sabiduría durante esos años.

«Debo esperar —decidió, colocando de nuevo el frasco en su bolsillo—, le preguntaré cuando salga el sol».

Tan silenciosamente como podía, se volteó y de puntillas se dirigió a la salida de la habitación.

—Onawa —susurró él con voz áspera justo cuando ella alcanzaba la puerta.

Era extraño escucharlo así, presenciar su anteriormente

aparente fuerza eterna erosionarse, como una gran montaña que lenta, pero segura, es reducida a escombros por el viento persistente. —Padre —respondió con voz suave—, debes dormir. Podemos hablar mañana.

—¿Qué necesitabas, hija? —preguntó Águila Brava—. No debemos dejar para mañana lo que podemos hacer hoy.

A regañadientes, se arrodilló a su lado, acariciando los largos mechones blancos que aún se aferraban desafiantes a su cabeza. —Estoy muy preocupada por ti.

—No te preocupes por mí —dijo Águila Brava—, preocúpate por aquellos que aún tienen que vivir sus vidas.

Ella asintió y sacó el frasco. —Yo quería pedirte que olfatearas esto y me digas qué piensas que pueda ser. Es un medicamento que le están dando al niño Tolbert. Me pregunto si esto pudiera ser lo que lo mantiene dormido.

Abriendo la pequeña tapa de metal, acercó el frasco a la nariz aguileña de su padre.

Él olfateó, y después tosió ligeramente. —Esa es una droga muy poderosa —dijo, cerrando sus ojos para rebuscar en su memoria—, contiene teonanácatl.

—Teonanácatl —repitió Onawa—. Yo ya he escuchado esa palabra antes.

—Es una clase de hongo sagrado. No solamente produce somnolencia. También provoca visiones. Lo utilizaban los grandes sacerdotes aztecas en la antigüedad para comunicarse con los dioses.

Ella asintió. —Sí, Alicia nos habló de eso —acarició su cabello con admiración—; gracias, padre. Tú sabes tantas cosas.

El rio débilmente. —Apenas empiezo a saber, hija, pero pronto sabré mucho más.

—Debo decirle a Solitario.

—Ve con él, niña.

—Mañana —dijo ella, insegura de si estaba lista para verlo de nuevo, ya fuese para alejarlo aún más o simplemente para aceptarlo tal como era, con todos sus defectos.

—Recuerda lo que dije acerca de los mañanas —dijo Águila Brava con voz quebrada.

Mientras Onawa le daba un trago de té tibio para aliviar su garganta seca, un fuerte golpe en la puerta del frente la sobresaltó. —¿Quién puede ser a esta hora?

—Es Solitario —vaticinó su padre, cerrando sus ojos—. Apúrate.

Onawa se apresuró a la puerta y al momento que lo vio parado afuera en lo oscuro, supo que algo terrible estaba sucediendo.

—¿Qué pasa? —preguntó ella.

—Necesito nuevamente de tu ayuda —dijo él sin mostrar emoción alguna.

Ella se quedó mirándolo, con una mirada aprensiva. ¿Por qué se veían sus ojos tan apagados y sin vida? —¿Qué pasa? —repitió ella.

—Necesito que me ayudes a averiguar quién me mató.

Onawa se volteó hacia la habitación de su padre. ¿Podría él ayudar de alguna forma? Cuando regresó para poder apreciar mejor el estado de Solitario, ya no se encontraba ahí. De regreso en la habitación de su padre, le contó lo que había visto. —¿Qué hago, padre? ¿Puedes ayudarme?

—No necesitas de mi ayuda, Onawa —contestó—, tú sabes lo que tienes que hacer. Ve con él, ahora. No hay mucho tiempo.

Ella corrió hacia la puerta del frente, cerrándola tras de sí y apresurándose para llegar al pueblo. ¿Dónde estaría? ¿En la cárcel? ¿En la casa de Elías, al otro lado del barranco seco? ¿Y si se encontraba en otro lugar totalmente? ¿Y si algo terrible le hubiese ocurrido en el granero abandonado donde había insistido en quedarse a esperar al verdugo de Michael Dobbs? ¿Y si no alcanzaba a llegar a tiempo de cambiar su suerte?

Con el corazón latiendo tan fuerte que le golpeaba el pecho, corrió primero hacia la cárcel, ya que era el más cercano de los sitios que pasaban por su mente. Al aproximarse, pudo ver a Tormenta en la calle abandonada. La yegua se paseaba impaciente frente al edificio. Solitario había regresado del granero, suspiró aliviada, pero no se había ido a dormir a la casa de Elías. Debía estar ahí dentro, muerto, o casi muerto, ya que su espíritu pudo apartarse de su cada vez menos hospitalario cuerpo. Al no verlo en la oficina oscura. Corrió hacia la celda, afianzándose de los barrotes y lo encontró tirado en el piso al otro lado de la reja.

Dando vuelta a la llave que aún estaba en la cerradura, se arrodilló junto a él, oprimiendo su frío cuello con sus dedos. En las profundas sombras oscuras, una brizna de luz de luna se filtraba a través de la alta ventana enrejada. La única luz visible aparte de eso era un débil brillo azul que pulsaba al centro de la cintura de Solitario. Al estirar la mano y tocarlo, sintió su superficie caliente. Ella la conocía bien, habiéndola forjado con sus propias manos. Era la hebilla de cinturón que ella le había regalado al final de la ceremonia de su rito de paso. Había sido diseñada precisamente para un momento como este. En aquel momento, ella suponía que lo salvaría de sí mismo, que le daría la energía para preservar su vida si en alguna otra ocasión intentara privarse él mismo de su existencia. Pero, de cualquier modo, sería importante ahora. Al tocar el centro del águila turquesa, una sacudida de energía recorrió el cuerpo de Solitario, haciéndolo retorcerse salvajemente. Un brillo azul lo envolvió, con partículas fosforescentes flotando entre la neblina azul, como luciérnagas en miniatura atraídas a un fuego.

Como su corazón no respondía, vertió agua de su cantimplora sobre su rostro y lo abofeteó con fuerza. —Despierta —le apremió—, Solitario, no puedes dejarme ahora.

Su cuerpo volvió a quedarse quieto. Ella oprimió el botón oculto al centro de la hebilla una vez más, pero esta vez lo mantuvo oprimido, mientras con la otra mano presionaba firmemente su pecho. Cerró los ojos y sintió la energía que emanaba de la hebilla agitarse dentro de ella también. Se enfocó en aumentar el flujo de energía y canalizarlo a su corazón inactivo. De pronto, sintió un calor abrasador chamuscando su interior, sus brazos ardían como si fuesen a estallar, su cuerpo se sacudía cuando se inclinaba sobre él suplicando para que su corazón se activara, para que se reanudara su respiración.

«Solitario, no te vayas —pensó, con la nube crepitante de energía turquesa arremolinándose alrededor y entre ellos—, hay mucho que aún debes hacer. Yo no lo he visto, pero lo he deseado. Y lo ansío aún. Yo necesito que vivas».

Justo cuando pensaba que ya no podría soportar el dolor, sintió su caja torácica sacudirse al volver su corazón a latir con fuerza. Al abrir sus ojos, él se quedó boquiabierto al mirarla a medida que el éter azul se disipaba en la oscuridad. Exhausta, ella se colapsó sobre él, y sus lágrimas empapaban su camisa.

—Pensé que había muerto —murmuró Solitario mientras ella lo ayudaba a incorporarse.

—Casi lo estabas —respondió ella, y su voz temblorosa delataba sus emociones turbulentas.

—Me vi a mí mismo tirado ahí en el suelo. Pero, pude salir caminando. Pasé a través de la puerta de la celda sin necesidad de abrirla, justo como si fuera el sargento Elías y caminé directo a tu casa. Nadie me vio, excepto Tormenta.

—Era tu espíritu. Tu cuerpo estaba esencialmente muerto, pero la hebilla de tu cinturón mantuvo a tu alma atada a él por el tiempo suficiente para que yo pudiese revivirlo.

—Pero ¿cómo?

—La hebilla contiene un depósito de energía. Me sorprende

que funcionara después de todos los años transcurridos desde que lo diseñé con mi imaginación infantil. Ahora tendré que reaprovisionarlo para ti.

Él la miró fijamente con el exiguo rayo de luz de luna cayendo entre ellos como una tenue cortina de luz. —Tus habilidades van mucho más allá de lo que pude imaginar. Gracias, Onawa, por salvarme. No me importa morir, pero no antes de terminar este trabajo.

Ella lo miraba fijamente, y una multitud de pensamientos cruzaban por su mente simultáneamente. Habiéndolo casi perdido, de pronto se dio cuenta hasta qué grado lo quería vivo y sano a su lado. Anhelaba escucharlo decir que no le importaría morir, pero que deseaba con desesperación vivir para poder estar con ella. ¿Cómo era posible que alguien que estuviese tan cerca estuviese también tan lejos? Ella quería sacudirlo, abofetearlo, besarlo y abrazarlo, pero sabía que tenían algo importante que hacer. Las vidas de las niñas estaban en peligro. Su corazón tendría que esperar para que su mente pudiera enfocarse en salvarlas.

—¿Qué sucedió en el granero después de que nosotros partimos? —preguntó Onawa, deseando saber si el agresor de Michael Dobbs había tenido algo que ver con el atentado a la vida de Solitario.

—Capturé a un hombre. Su nombre era Vance. Lo traje aquí. Después recibí un mensaje avisando que Frankie Tolbert estaba recobrando el conocimiento. Iba en camino a verlo. Recuerdo que hablaba con el alcalde en la calle. Y después, todo se oscureció. Ahora el hombre que capturé ya no está. No importa qué haga, no puedo lograr ningún avance. El tiempo se acaba. Pronto, Elena y las otras niñas estarán muertas.

—El niño Tolbert. Debemos ayudarlo —le dijo a Solitario—. El medicamento que le han estado dando lo está manteniendo dormido. Es probablemente lo mismo que te dieron a ti. Yo tome el último frasco de su buró, y mi padre confirmó que se trata de teonanácatl.

—Si ese es el caso, no estoy seguro de si es el doctor o el boticario quién está detrás de esto —murmuró Solitario, levantando su sombrero del piso y sacudiéndolo.

—¿Y si son ambos? —se preguntaba Onawa, observando la colección de imágenes y notas que Solitario había acomodado en la pared de la cárcel frente a su escritorio.

Estando él de pie junto a ella, ella pudo sentir que él no estaba viendo el tablero, sino a ella.

Cuando se volteó hacia él, notó algo diferente en su expresión, un parpadeo, semejante a una vela recién encendida, en la profundidad de sus ojos tristes. Era como si, después de vagar sin rumbo con ella a través del sombrío laberinto de una eternidad solitaria, él había apenas ahora empezado a reconocerla en el brillo de esa débil luz naciente.

—Tus pies están sangrando —dijo Solitario, mirando hacia abajo.

Y solo entonces se dio cuenta Onawa de que, en su prisa por alcanzar a Solitario a tiempo, se había olvidado de ponerse los mocasines.

TREINTAITRÉS

Solitario se sentía confuso y fuera de lugar. Su cabeza era una roca pesada que intentaba balancear sobre sus hombros, pero no podía darse el lujo del tiempo para recuperarse de su experiencia casi mortal.

Solo después de vendar los pies ensangrentados de Onawa pudo recuperar su enfoque.

—Ven conmigo —dijo, tomando a Onawa de la mano y dirigiéndose hacia afuera.

El aire estaba fresco y el pueblo silencioso mientras se dirigían a la casa del doctor Ferris.

Las lámparas de queroseno aún estaban encendidas dentro de la casa, y las ventanas brillaban calurosamente cuando se acercaron.

—¿Por qué estás aquí tan tarde? —preguntó el doctor, con una mirada perpleja en su rostro, vistiendo su larga camisa blanca de pijama.

—Escuché que Frankie Tolbert estaba despertando —dijo Solitario, con Onawa a sus espaldas en la terraza.

—Empezó a susurrar, probablemente debido a que

la deshidratación le provocaba fiebre. Se me terminó el medicamento. Podría haber jurado que aún me quedaba otra dosis —dijo el doctor Ferris mirando de reojo y con sospecha a Onawa que permanecía detrás de Solitario—. Por suerte, el boticario pudo traerme más frascos.

—¿Entonces no está despierto? —preguntó Solitario.

—No. Está descansando de nuevo.

—Necesito verlo —dijo Solitario atravesando la puerta y dirigiéndose a la habitación donde Frankie Tolbert permanecía lánguido sobre la cama.

Onawa lo siguió hacia adentro.

—¿Qué sucede, jefe? —Blake Dobbs se les unió—. ¿Atrapó al atacante de mi hermano? Yo he permanecido con él desde que regresamos.

—Sí, pero ahora ya no está.

—Maldita sea —dijo Blake Dobbs, haciendo una mueca y apretando los puños—. Cuando lo tenga a mi alcance, va a desear no haber puesto nunca los ojos sobre los gemelos Dobbs.

—Por ahora debemos enfócanos en Frankie Tolbert —respondió Solitario—. Doctor, ya no se le dará más medicamento a Frankie. ¿Me ha entendido? ¿Sabe usted que contienen esas inyecciones que le ha estado administrando?

El doctor pareció haber sido tomado por sorpresa. —El alguacil Tolbert jamás cuestionó mis conocimientos de medicina. ¿Quién se cree usted que es para hacerlo?

Solitario le lanzó una mirada con ceño. —Responda la pregunta.

—Como ya le dije antes, yo receté una sustancia hidratante y antibióticos para combatir cualquier infección —insistió el doctor Ferris.

—¿Qué tan bien conoce al boticario? —inquirió Solitario.

—Ha estado aquí ya por varios años. Yo nunca he tenido ningún problema con él. Él entiende mi trabajo.

—¿Cómo es eso? —preguntó Solitario.

—Bueno, pues él estudió medicina por un tiempo, pero no terminó la carrera —respondió el doctor Ferris.

Solitario asintió. Si el boticario había estudiado medicina, entonces conocía la anatomía humana, tendría experiencia en retirar piel y en seccionar partes del cuerpo. —Nada de medicamento ya para Frankie, doctor. Onawa se quedará aquí para cuidarlo. Blake, tú cuida a tu hermano. Yo tengo trabajo que hacer.

—Pero, alguacil —replicó el doctor Ferris, siguiendo a Solitario hasta la puerta—. Usted no puede convertir mi hogar en una casa de huéspedes.

Solitario se volteó y silenció al viejo médico con una mirada fulminante. —Agradezca que no se ha convertido en un depósito de cadáveres.

———

Mientras Solitario recorría el pueblo a zancadas, una conocida figura se aproximaba hacia él, la silueta corpulenta de su antiguo sargento.

—Elías —dijo, sin aminorar el paso.

—¿Hacia dónde va, jefe? —preguntó el sargento Elías, esforzándose por darle alcance, aún en puro espíritu.

—¿No has podido aprender como moverte de un lado a otro sin caminar o esforzarte? —preguntó Solitario.

—Otila desearía que yo hiciera ejercicio.

Solitario meneó la cabeza. —No creo que sirva de mucho ahora.

—¿Hacia dónde se dirige?

—A la farmacia.

—¿Ahora? —preguntó Elías, perplejo—. Está cerrada. ¿No debería de estar buscando a Elena?

—Eso es precisamente lo que estoy haciendo, amigo. Aunque, debo admitir, lo que me impulsa es principalmente, el temor a fallarte.

Al llegar a la farmacia, Solitario tocó a la puerta con fuerza, asomándose por las ventanas oscuras. No se veía ningún movimiento.

—¿Por qué tiene miedo de defraudarme? —preguntó Elías, y el temor se reflejaba en su voz—. Nunca antes me ha fallado.

—¿Qué no? —preguntó Solitario, llamando de nuevo a la puerta—. Tú, tu esposa y tu hijo están muertos, ¿o no? Y otros también han muerto ya bajo mi cuidado. Incluso yo morí esta noche. Nadie está a salvo. Me temo que yo ya no sirvo de mucho.

—Eso son tonterías —replicó Elías, con esperanza en su voz y levantando la vista hacia su antiguo capitán.

—¿Y qué tal si por mi culpa muere Onawa? ¿O los gemelos Dobbs? —Solitario volteaba impaciente hacia las oscuras ventanas detrás de las cuales residía el boticario—. La gente suele morir a mi alrededor. Es la maldita maldición.

Elías puso con firmeza una mano sobre el hombro de Solitario, lo que ocasionó que volteara a enfrentar a su vencido sargento.

—Capitán, no deje de luchar nunca —le apremió Elías—. La única manera de que puede perder es dándose por vencido. Salve a mi Elena, capitán, aún si pierde la vida en el intento. Usted podrá estar maldito por el destino, pero ha sido bendecido con valor.

Solitario se enfocó en Elías, y las turbulentas emociones que se remolineaban en su interior finalmente se asentaban como agua que descansa en un recipiente tras de haber sido sacudida y agitada. El sargento tenía razón, comprendió. No podía rendirse. No podía permitir que el temor sobrepasara la búsqueda de justicia. Una corriente de rabia borboteó en su interior, haciendo a Solitario explotar a la acción, pateando la puerta de la farmacia. Desenfundando su pistola, se precipitó al interior del local.

———————

—Boticario, muéstrate —gritó Solitario desde el centro de la oscura farmacia.

Detrás de los mostradores altos, los estantes brillaban con frascos de vidrio a la escasa luz que se filtraba a través de los aparadores de la farmacia.

No hubo respuesta a la orden de Solitario. El piso de madera crujía debajo de sus botas a medida que se deslizaba lentamente por el local, revisando detrás de los mostradores para asegurarse de que el boticario no se escondía tras ellos.

Avanzando lenta pero metódicamente, subió las escaleras tambaleantes hacia las habitaciones que estaban sobre la farmacia. Una sencilla cocina y una recámara rústica con poca decoración brindaron poca información. De regreso al primer piso, esculcó cajones encontrando que contenían maltratados atlas anatómicos y libros de texto de medicina con algunas páginas dobladas en una esquina a modo de marca. En un escritorio al fondo, descubrió un libro sobre compuestos. Estaba abierto en una página que hablaba de aceites esenciales de hongos y explicaba la forma de destilarlos hasta obtener su forma más potente. Manchas de color café en forma de dedos cubrían los márgenes. Al tocar la sustancia pulverizada, identificó huellas de este mismo teonanácatl que había encontrado en la casa de los Jackson casi al inicio de esta espeluznante investigación.

¿Sería el boticario el hombre conocido que había mencionado Johnny Tolbert? Tendría sentido. Esto sería motivo suficiente para que el hombre mantuviese a Frankie drogado y callado. ¿Y de ser así, dónde estaba ahora? ¿Y con quién colaboraba? Un hombre solo no podría organizar todos estos crímenes, y el boticario parecía más bien un peón —quizás uno muy importante— pero en todo caso un peón en un juego mucho muy grande.

Volviendo afuera, Solitario miró hacia arriba hacia el cielo que empezaba a clarear.

—Debería descansar —dijo Elías—, va a necesitar energía para seguir adelante.

La mano de Solitario se movió instintivamente hacia su hebilla turquesa, que emitía un brillo sutil, con un tono que se asemejaba al cielo cuando el sol empezaba a asomar sobre el horizonte. —Yo tengo energía, amigo. No descansaré hasta encontrar a tu hija.

Mientras decía eso, Blake Dobbs se aproximaba corriendo por la calle. —Jefe, ¡venga! —gritó, sosteniendo su sombrero para evitar que se volara—, Frankie está despierto.

———————

Solitario casi no cabía en la habitación, con el doctor Ferris, su esposa, Onawa y Blake Dobbs reunidos alrededor de Frankie Tolbert, que languidecía en su cama, pálido y débil.

—Frankie —dijo Solitario—, has estado dormido por mucho tiempo.

—Yo te vi en mis sueños. También la vi a ella —dijo apuntando a Onawa, levantando su dedo con gran esfuerzo—. Soñé que ustedes me rescataron de la cueva.

—Ellos lo hicieron, Frankie —dijo Blake, palmeando suavemente al niño en su hombro—. Bien hecho, niño.

—Frankie, ¿viste a alguien más? —preguntó Solitario.

—Vi a mi hermano Johnny en la cueva. Y a mis hermanas Abigail y Beatrice escondidas con algunas otras niñas en un lugar que parecía una iglesia.

Onawa le susurró a Solitario en el oído. —El teonanácatl lo hizo caminar como un espíritu, como lo hiciste tú anoche cuando fuiste a mi casa.

Solitario asintió, mirando fijamente a Frankie, que platicaba tan calmado como cualquier persona podría, dadas las circunstancias. —Frankie, trata de recordar la última noche que cenaste en tu casa. Ya ha pasado mucho tiempo. Un hombre vino a llamar a la puerta. Él les pidió a tu papá y a tu hermano que lo siguieran al granero. Y después regresó y les pidió a todos ustedes que vinieran también. ¿Recuerdas eso?

Los ojos cansados de Frankie se llenaron de miedo al asentir.

—¿Recuerdas al hombre que llamó a la puerta, Frankie? —preguntó Solitario—. Johnny me dijo que tenía una cara conocida. ¿Recuerdas quién era? Si lo recuerdas, eso podría ayudarnos a encontrar a tus hermanas.

Frankie dirigió su mirada más allá de Solitario, hacia la ventana por donde se veía ya la luz de la mañana. —No había un hombre conocido.

Solitario se volteó a ver a Onawa, con los ánimos flaqueando y amenazando con hundirse.

—Había dos —agregó Frankie.

—¿Dos? —Solitario se inclinó hacia el niño y tomó su manita fría y húmeda entre las suyas—, ¿recuerdas quiénes eran? ¿Era el boticario uno de ellos?

—Sí —asintió Frankie—. El boticario . . . y uno más.

—¿Quién era el otro hombre, Frankie? —preguntó Solitario.

Frankie tragó saliva, y sus ojos se abrieron como platos al recordar la cara del hombre. —Él estaba en el granero cuando pasó todo. Estaba vestido muy elegante, como siempre.

—¿Quién era el otro hombre, Frankie? —repitió Solitario.

—Era el alcalde Stillman —susurró Frankie.

TREINTAICUATRO

A media mañana, Solitario reunió sus fuerzas en la cárcel. Onawa estaba junto a él, y también los gemelos Dobbs. Michael aún se estaba reponiendo de sus heridas, pero insistió en dejar la cama para acompañarlos.

El Sr. Boggs fue el último en llegar, nervioso, enrojecido y sudando por la apresurada cabalgata matutina, con el traje arrugado y la corbata mal amarrada. —¿Qué quiere decir, que el alcalde Stillman está involucrado? Eso es ridículo.

Solitario colocó una imagen sepia del alcalde Stillman, recortada de su más reciente propaganda electoral, en la pared junto a las fotografías de Dwight Grissom, el boticario, el doctor Ferris y el reverendo Grimes. A falta de fotografías, había tarjetas de notas con los nombres de Vance y el capitán Ringgold. —Frankie Tolbert ha identificado al alcalde Stillman como uno de los hombres que fue a la casa del alguacil Tolbert la noche de los asesinatos —declaró Solitario—. Además, Vance mencionó que trabajaba para Stillman ocasionalmente. Vance calzaba botas con una X en la suela, igual que en las huellas encontradas en el granero de los Tolbert y en la propiedad de Elías. Yo imagino que en cuanto Stillman se dio cuenta de que Vance había sido arrestado y Frankie estaba a punto de despertar e identificarlo, comprendió que tendría que actuar rápidamente para eliminar tanto a Vance como a mí de la ecuación.

Boggs se desplomó sobre una silla, y su rostro revelaba un desconcierto total. —Pero ¿cómo? ¿Por qué? ¿Dónde se encuentran ellos ahora?

—Nadie sabe dónde se encuentran el alcalde Stillman, Vance y el boticario —respondió Solitario—. Blake y yo ya hemos investigado. Los únicos sospechosos que no han huido son el reverendo Grimes y el doctor Ferris, lo que por ahora los posiciona bajo mejor luz.

—¿Por qué haría esto el alcalde? —Boggs sacudía la cabeza, incrédulo—, él ha trabajado junto conmigo para resolver esto desde el principio. Incluso fue él quien sugirió reclutarlo a usted para ayudarnos.

Solitario meditó la cuestión. —Eso es muy interesante. Quizás esperaba que yo fallara. O quizás supuso que, si daba con la verdad, la gente del pueblo le creería a él y no a mí —miró hacia Onawa, recordando su advertencia inicial de no confiar en los anglos, cuando le ofrecieron el trabajo. En retrospección, sus instintos fueron proféticos. Después de todo, ella era una vidente. Por otro lado, quizás debió haber sido obvio para él, pero en un momento de orgullo y vanidad, había preferido creer lo que lo hacía sentirse mejor.

—Entonces, ¿qué haremos, jefe? —preguntó Michael Dobbs, agarrándose el costado mientras hablaba.

—Tú no harás nada —respondió Solitario—. No voy a exponerte en tu estado.

—Podría quedarme en el pueblo y cuidar a Frankie —ofreció Michael.

—Si, él es todavía un testigo muy importante —convino

Solitario—. Cuando el alcalde Stillman sea aprehendido, necesitaremos la ayuda de Frankie para enjuiciarlo.

Boggs inclinó la cabeza, avergonzado. —No puedo creer que confié en el alcalde Stillman. Ha ido a cenar a mi casa. Conoce a mis hijas. Si está realmente involucrado, me aseguraré de que sea ahorcado por esto.

—¿Entonces, usted me cree? —preguntó Solitario.

—Le creo a Frankie Tolbert —respondió Boggs—. ¿Qué motivo podría tener para mentir acerca de esto?

—Debemos averiguar hacia donde huyeron el alcalde, el boticario y Vance —dijo Onawa, y al escucharla, todos voltearon sorprendidos. Ella nunca se había dirigido con tanto atrevimiento al grupo, pero era indudable que tenía razón.

—No están con el reverendo Grimes —dijo Blake—. La iglesia estaba vacía, y solo el reverendo y su esposa estaban en su casa esta mañana que los visité.

—Solo nos queda Grissom —dijo Solitario señalando la fotografía en la pared—. Vance también ocasionalmente trabaja para él.

—De nuevo, ridículo —Boggs negó con la cabeza—. Es el terrateniente más rico de Olvido. Es quien tiene más que perder con todo esto. Si Olvido desaparece del mapa, ¿qué tanto valdrían sus tierras?

—Tal vez sea también quien tenga más que ganar —pensó Solitario—. Blake, hazme un favor, corre a la oficina de telégrafos y pregunta si ha llegado algo para mí esta mañana. Estoy esperando una respuesta de alguien.

Blake tomó su Stetson del gancho y se apresuró a salir al sol. Onawa observaba a Solitario con atención mientras todos aguardaban el retorno de Blake. Mientras Boggs y Michael se retorcían en sus sillas, Solitario hurgaba en los tomos forrados de piel que aún se apilaban en la mesa de trabajo debajo del tablero con fotografías que colgaba en la pared. Sus ojos seguían su dedo que recorría una lista de entradas en un libro mayor abierto.

—No sé, alguacil —protestó Boggs—. ¿Qué tal si usted está equivocado? Dwight Grissom y el alcalde Stillman lo destruirán. Y usted me arrastrará consigo si yo lo respaldo en sus acusaciones.

—Se equivoca al dudar que el alcalde Stillman y Grissom serían incapaces de cometer semejantes atrocidades solo porque son personas poderosas —respondió Solitario, con los ojos aún fijos en el libro mayor sobre el cual se inclinaba—. En mi experiencia, una vez que las personas prueban el poder, harán cualquier cosa por conservarlo o incrementarlo, y eso incluye traicionar los valores morales que anteriormente apreciaban. Por otro lado, usted tenía razón sobre algo que comentó al inicio de esta investigación.

—¿Y qué era eso? —Boggs se deslizó en su asiento.

—Cuando yo sugerí que algún oscuro ritual religioso podría estar en juego, insistió en que deberíamos seguir la pista del dinero. Hay algo que el alcalde Stillman, el Sr. Vance y el boticario tienen en común. Todos ellos han recibido pagos de Dwight Grissom. Así consta aquí en este libro mayor del banco que usted hizo el favor de facilitarnos.

—Eso no es ninguna sorpresa —resopló Boggs, poniéndose de pie y aproximándose a la mesa. Se puso sus lentes quebrados sobre su nariz y echó un vistazo a los números ordenadamente anotados en las páginas—. Grissom tiene negocios con todos. Yo me imagino que cualquier persona que usted pueda mencionar le ha vendido tierras, o servicios, o ganado en algún momento.

Al levantar Solitario la vista del libro, Blake Dobbs se precipitó a través de la puerta con un telegrama en la mano.

—Esto llegó para usted hoy —dijo jadeando y entregando el documento a Solitario.

Todos los ojos estaban sobre él mientras abría y escudriñaba el documento. Lentamente, levantó la vista del papel que sostenía en su mano y dijo: —Es tal como lo sospechaba.

—¿Qué es? —preguntó Onawa acercándose más, intentando leer el telegrama que Solitario sostenía.

—Me llamó la atención un nombre en el libro del banco que parecía muy extraño para Olvido. No era uno de los residentes del pueblo que, como dijo el Sr. Boggs, tendría negocios con Dwight Grissom. El nombre era mexicano.

—Hay mucha gente en Olvido con apellidos españoles, alguacil. Usted lo sabe —respondió el Sr. Boggs.

—No español, mexicano, azteca. Él giró un cheque por gran valor a una persona con el apellido Tezcatlipoca. Ese nombre no lo había escuchado en Olvido, pero creí recordar que lo había escuchado años antes, cuando aún estaba con los Rurales. Envié un telegrama a uno de mis antiguos colegas en Ciudad de México para confirmar; esto —dijo entregando el documento a Onawa— confirma mis sospechas. Tezcatlipoca es un hombre buscado en México por conducir rituales sádicos enraizados en antiguas tradiciones aztecas. También ha sido acusado de utilizar un hongo alucinógeno conocido como teonanácatl, del cual hemos encontrado rastros en varias de las escenas de los crímenes y en la farmacia. Ese es probablemente el hombre que llevaba las plumas y la máscara en su casa, señor Boggs, plumas que también fueron encontradas en el granero de los Tolbert y en la cueva con Frankie. Está colaborando con Grissom en esto, cualquier cosa que sea *esto*. Debemos ir al rancho de Grissom y ponerle fin a esto ahora.

—¿Pero qué tal si usted está equivocado? —dijo Boggs con una mirada de sorpresa—. Estaremos arruinados.

—¿Quiere salvar a sus hijas, Sr. Boggs? ¿O quiere salvar su fortuna? —preguntó Solitario.

Boggs se quitó los lentes quebrados y los guardó en el bolsillo de su saco. —Iré con usted.

—Y yo también —agregó Blake.

—Nos van a superar en hombres y en armas —advirtió Solitario.

—Yo iré también —dijo Onawa.

—No —Solitario negó con la cabeza—. No podría soportar arriesgar la vida de ella también.

—No puedes detenerme —respondió ella—. Te seguiré digas lo que digas.

Solitario cerró el libro, y se lo entregó a Michael. —Guárdalo en la caja fuerte. Junto con el testimonio de Frankie Tolbert; es evidencia para el juicio. Evaluando a su equipo, Solitario luchaba por ignorar el creciente temor de que por su culpa morirían todos los que creían en él. Había pasado ya mucho tiempo desde la última vez que ganó una batalla, pero hizo todo lo posible por reunir hasta la última onza de combatividad que le quedaba para inspirarlos a proceder. —Vamos —declaró.

TREINTAICINCO

Elena abrazaba con fuerza a Abigail y Beatrice, una de cada lado. A las tres las llevaron juntas a bañarse y cambiarse de ropa. Vestían sencillas túnicas de lino blanco que les llegaban hasta los tobillos. Les habían cepillado los cabellos hacia atrás y colgaban húmedos sobre la espalda de sus vestidos. Las niñas Tolbert lucían delicadas y bonitas, pensó Elena. Seguro que así lucían siempre cuando su madre las cuidaba y se aseguraba de que se bañaran, se asearan y cepillaran con regularidad. Su piel brillaba con limpieza e inocencia.

—¿Por qué se están portando tan amables con nosotros hoy, Elena? —preguntó Abigail—. ¿Van a dejarnos regresar a nuestras casas? ¿Van a llevarnos a una fiesta?

Elena temía que la verdad distaba mucho de las inocentes suposiciones de la niña. A pesar de sus insistentes súplicas a la Virgen de Guadalupe, rogándole que aliviara sus preocupaciones y restaurara su fe en la humanidad, ella no podía borrar de su mente la imagen aterradora del hombre con la máscara de plumas y los dientes ásperos afilando sus cuchillas debajo de los árboles. Temía que las estaban preparando no para liberarlas, sino para darles fin. En ese preciso momento, las otras cautivas estaban pasando por el mismo proceso que ellas anteriormente. Las hermanas Boggs, Delphina y Eugenia, así como la pequeña de ojos verdes, Lavinia, estaban siendo lavadas y purificadas por una mujer de cabello largo y oscuro que también llevaba una máscara con plumas verdes y azules. Al menos una mujer había sido asignada para bañarlas. Cuando Elena y las niñas Tolbert habían sido llevadas a la habitación con la bañera por los guardias, ella había temido que fueran desprovistas de su dignidad aún más siendo obligadas a desvestirse delante de ellos. Pero el hombre de la máscara y los dientes ásperos había llegado, callando sus risas y derogando sus burlas. Había hablado en español, diciendo que las niñas deberían ser puras para que los dioses las aceptaran. Y entonces había introducido a la mujer enmascarada y le había ordenado proceder con los preparativos.

«¿Preparativos para qué?», se preguntaba Elena, si bien ya sospechaba que iban a ser sacrificadas al igual que sus familias. En las noches, despertaba de sus pesadillas bañada en sudor, solo para recordar que no eran sueños, sino recuerdos. Noche tras noche revivía ver a su padre, su madre y su hermano arder en la hoguera. ¿Correrían ellas la misma suerte? ¿Fuego? ¿Ahorcadura? ¿Decapitación? Si las cuchillas eran una pista, la ruta más probable era decapitación. Temblaba de miedo abrazando a Abigail y Beatrice.

«Papá, mamá, ¿me reuniré pronto con ustedes? —pensó Elena—. ¿O vendrá mi padrino Solitario a salvarnos de estos hombres malvados?».

Mientras ella conversaba con sus padres en el santuario de su mente, la mujer enmascarada trajo a las otras niñas de regreso a la capilla. Ingenuas, ellas sonreían mientras la mujer se inclinaba a tejer diminutas flores blancas entre sus cabellos. Sus ojitos brillando con recién descubierta alegría, Abigail y Beatrice se soltaron de la cintura de Elena y corrieron hacia las otras niñas para unirse a las festividades. Ellas también querían flores en sus cabellos, lo pedían cantando.

Elena secó una sola lágrima de su mejilla al dejarse caer sobre los escalones del altar.

—Se van a ver muy bonitas para la celebración de esta noche —dijo la mujer enmascarada con una falsa voz melosa—. Los dioses estarán encantados.

A través de una ventana abierta, una brisa mitigaba un poco el calor sofocante en la capilla. Al mismo tiempo, un conocido zumbido metálico flotaba en el viento. Elena reconoció los tonos musicales con un escalofrío que le recorría la espalda. Era de nuevo el sonido de afilar las cuchillas.

¿Cuántas veces iba él a hacer lo mismo? Ansiaba que su padre no hubiese muerto para que pudiese venir a defenderlas. Él siempre había tenido una gran fe en su antiguo capitán, su padrino Solitario, pero el aún no llegaba, aún no las encontraba. ¿Y si su padre hubiese estado engañado? Él estaba muerto, después de todo. ¿Había sido quizás demasiado confiado, demasiado complacido, demasiado contento? Después de años alejados de los campos de batalla, ¿su padre y Solitario habían perdido sus habilidades?

Mientras las niñas pequeñas se pavoneaban alrededor de la mujer enmascarada, disfrutando de la ropa limpia y los adornos de flores entre sus rizos, Elena fue de puntillas hasta la ventana abierta y se asomó hacia el sonido del afilado.

Ahí estaba el hombre enmascarado con la falda hecha de conchas y hojas de maíz secas, y la máscara coronada con plumas de color agua y cobalto, los dientes ásperos robados a las quijadas de coyotes. Su cabello color cuervo le llegaba a la cintura, enredado y enmarañado. Su torso, desnudo y oscuro, brillaba con una capa de sudor bajo el ardiente sol de mediodía.

En sus manos deslumbrantes cuchillas de plata destellaban en la luz brillante.

Las rodillas de Elena amenazaban con doblarse mientras estaba de pie en la ventana, observándolo trabajar. Sus movimientos eran fluidos como una danza coreografiada a la música de su trabajo en metal, su desempeño luminoso y asombroso. Casi podría ser inspirador, pensó Elena, si no fuera un preludio de dolor horrendo y oscuridad eterna, y sentía en su piel un cosquilleo extraño, mezcla de admiración y temor.

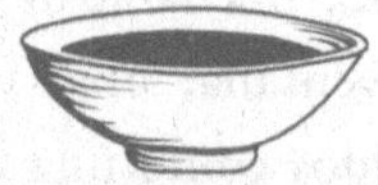

TREINTAISÉIS

Saliendo de Olvido, en dirección oeste a lo largo del barranco seco, Elías se ubicó junto a Solitario al frente del grupo, metiéndose entre su capitán y Onawa. Él iba montado sobre Caballo sin Nombre, lo que forzó a Solitario a dar una explicación.

—¿De dónde salió ese pinto? —preguntó Blake Dobbs desde su posición a la retaguardia del grupo—, ¿no es el caballo de su antiguo sargento?

Solitario miró a Onawa, quien adrede sonrió a Elías. El sargento retirado, ahora más retirado de lo que hubiese creído posible, había llegado a un punto en el que ya no le importaba quién pudiera, o no pudiera, verlo, ni le importaba tampoco si esto pudiese poner a su antiguo jefe en una situación incómoda. Todo lo que él deseaba era ayudar a salvar a su hija. Y si esto significaba poner a Solitario en una situación incómoda, pues ni modo. Pensaba que su jefe estaba endeudado con él, especialmente si fuese a culparlo no solo de su propia muerte, sino también por las vidas de Otila y Oscarito. Él aún no se los había encontrado en la otra vida. Lo único que había visto era desierto y caballo, Solitario y Onawa, la bruja Alicia y más y más sufrimiento y muerte. Se sentía hervir a fuego lento con una rabia desafiante que jamás había conocido en vida y en su cuerpo. Pensaba que esto quizás se debía a la forma en que había muerto, viendo a su esposa y a su hijo arder en la hoguera, consumido en el fuego él también, abrumado por una sed aparentemente insaciable de venganza y un deseo incesante de salvar a su único vástago sobreviviente: su hija Elena.

El Sr. Boggs hizo eco a la pregunta de Blake Dobbs. —Sí, en realidad, ¿por qué nos acompaña ese pinto sin jinete?

—Vamos a necesitar un caballo para llevar a las niñas de regreso, una vez que las hallamos encontrado —respondió Solitario sin volver la mirada atrás.

—Las mentiras son más creíbles cuando coinciden con lo que el oyente desea escuchar —dijo Elías.

—Me alegro de que estés aquí —susurró Solitario.

—Tenga cuidado con lo que dice —respondió Elías—, no revele sus verdaderos sentimientos para conmigo. Los otros podrían escucharlo y pensar que se está dirigiendo a Onawa.

—Es un alivio constatar que no has perdido tu sentido del humor, aún si ahora eres más irrespetuoso que nunca —farfulló Solitario.

—No se ofenda, jefe —respondió Elías—. Es solo que como espíritu se me dificulta más contener mis emociones y apegarme a un sentido de orden.

«Él ya no tiene nada que perder», pensaba Onawa mientras cabalgaban.

—Usted está generalmente en lo cierto, señorita —respondió Elías—. Sin embargo, yo tengo todo que perder. Tengo a mi hija Elena que perder. Esa es la razón por la que he excedido mis límites.

—Es comprensible —concedió Solitario.

—¿Por qué no vamos más rápido? —preguntó Elías.

—Será mejor llegar cuando esté ya oscuro. No sabemos

qué nos espera, y si nos ven desde lejos, estarán advertidos. Si nos disparan, estaremos al descubierto. Así que vamos despacio. Paciencia.

—Poco a poco se llega lejos —recitó Elías.

—Me gustan los dichos antiguos —dijo Onawa.

—¿Los apaches los tienen? —preguntó Elías.

—Recuerda, mi mamá era mexicana como tú.

—Ah, sí. Con razón me gusta tanto —sonrió Elías, olvidando sus preocupaciones por un instante.

—Cuidado, Elías —lo reprendió Solitario—. No dejes que tu recién descubierta libertad te vuelva temerario. Aún debes comportarte como un caballero.

Elías, a modo de disculpa, inclinó su sombrero hacia Onawa al tiempo que le guiñaba un ojo. Le hizo desear poderse reír en voz alta ante el hecho de que su antiguo jefe pudiese sentir celos, pero este no era momento para distracciones ni bromas.

—¿Cree que salvaremos a Elena, jefe? —preguntó. No estaba dispuesto a confesarlo, pero temía lo que su rabia pudiese obligarlo a hacer si fallaban en su propósito. Él había escuchado acerca de espíritus tornándose como demonios, infligiendo terror y venganza sobre cualquiera que se cruzase en su camino, aún sobre aquellos que nada tuviesen que ver con la pérdida o el dolor original. ¿Podría él quedar condenado a una vida eterna semejante si Elena perdiera su vida antes de tiempo?

Solitario apretó los dientes con una mezcla de pavor y determinación, y los músculos de su quijada se flexionaron en respuesta silenciosa.

———

El sol se ocultaba frente a ellos cuando llegaron al enorme rancho de Dwight Grissom. La luz ocre les punzaba los ojos, dificultando ver el camino de tierra ante ellos. Nubes de polvo los abofeteaba, cubriéndolos de polvo arenoso.

—Por un instante, podía jurar que vi a su antiguo sargento cabalgando sobre el pinto —dijo el Sr. Boggs tosiendo, acomodándose su pañuelo sobre la nariz y la boca para filtrar el polvo.

—¿Cómo se llama el caballo?

—Caballo sin Nombre.

—Sí, ¿cuál es su nombre?

—Ese es.

Perplejo, el Sr. Boggs parpadeó detrás de sus estrellados lentes, ahora además opacos por estar cubiertos de polvo.

—Debemos detenernos aquí —ordenó Solitario, dejando a Tormenta debajo de un grupo de cedros a un lado del camino.

—¿Por qué? —preguntó Elías.

—Debemos esperar a que oscurezca. Den de beber a sus caballos. Beban ustedes. Recuperen sus energías. Solo Dios sabe lo que nos espera en el rancho de Grissom.

Onawa dio de beber a Invierno y a Caballo sin Nombre.

Al darle las gracias, Elías confeso: —No soy muy bueno para las tareas diarias.

—¿Alguna vez lo fuiste? —preguntó Solitario.

—Otilia diría que no, si se lo preguntara —Elías sonrió—. Tal vez la vuelva a ver cuando todo esto termine. Tal vez me sea permitido descansar una vez que Elena esté a salvo.

Onawa palmeó al caballo pinto. Y después bebió un largo trago de su cantimplora, con su largo y liso cabello ondeando en la brisa.

Elías admiró su belleza y después volvió la mirada hacia Solitario, a quien sorprendió mirándola. Al darse cuenta de que Elías lo estaba observando, se volteó rápidamente, con las cejas fruncidas.

Mientras el grupo descansaba debajo de los árboles, limpiando y cargando sus rifles, el cielo empezó a oscurecerse y una calma fresca se estableció en el campo. El Sr. Boggs preguntó si podían encender una fogata para calentarse. El invierno estaba ya cerca y las noches se iban haciendo más frías.

—No debemos avisarles que estamos en camino —dijo Solitario, dándole al Sr. Boggs su sarape.

Caminó solo un corto trecho por el camino, mirando de reojo el horizonte que se desvanecía en oscuridad, extendiendo su mano por el borde de su sombrero.

—¿Por qué la mantiene a distancia? —preguntó Elías, acercándose—. ¿Por qué mantiene a todos a distancia?

—Tengo que hacerlo.

—¿Por la maldición?

—Sí.

—Pues conmigo no lo hizo.

—Así es. Y mira qué bien te fue.

—Usted no puede culparse.

—¿Por qué no? Tú me culpas.

Elías se balanceó de un lado a otro, sin levantar la vista del suelo. Solitario tenía razón. Sí lo culpaba a él, pero no a la maldición. —Yo creía que la maldición solo aplicaba para las mujeres que amara —lo retó.

—No lo sé —admitió Solitario—. Mientras más vivo con la maldición, menos la entiendo. Todo lo que sé es que temo por la vida de Onawa. Francamente, temo por la vida de todos los que lleguen a depender de mí.

Elías asintió mientras que la oscuridad los envolvía. En el horizonte al noreste, la luna inició su recorrido, arqueándose hacia lo alto del firmamento. Era una luna creciente, una brizna de plata, pero su brillo sutil se veía magnificada por el reflejo de las extensas arenas del desierto.

—A mí nunca me echaron una maldición, jefe, pero como esposo y padre, me sentía en gran parte como usted lo describe. Tal vez no es el resultado de estar maldito, sino bendecido, de ser humano, de permitirte amar y ser amado. De cualquier modo, por más que intentemos controlar estas cosas, por más que usted intente aislarse . . . el corazón humano no se puede entrenar ni mandar como un caballo. Aun cuando usted piense que ha logrado aislarse por completo, no es así. Mire a su alrededor, Solitario. Estamos aquí porque creemos en usted. Por más que trate de alejarnos a todos, aquí estamos con usted.

Solitario arqueó una ceja al escuchar a Elías llamarlo por su nombre. Volteándose hacia él, lo miró fijamente a los ojos, increpándolo: —¿Qué eres, un sargento o un filósofo?

Elías sonrió, y sus ojos brillaban bajo la luz de la luna. —Soy un fantasma.

———

Cuando llegaron al rancho de Grissom, los portones se veían altos e imponentes contra las estrellas, su hierro forjado negro se filtraba entre el cielo cobalto.

—En lo oscuro, los portones son casi invisibles —susurró Elías.

Solitario observaba el largo camino entre los portones hasta la casa del rancho. El camino estaba bordeado por cedros y al final se ubicaba una elegante —si bien desubicada— mansión de tipo colonial, brillando blanca a la distancia, con sus columnas de dos pisos de altura visibles en la tenue luz que emanaba de las ventanas.

Solitario forzó la cerradura y silenciosamente abrió los portones.

—Recuérdeme que debo vigilarlo la próxima vez que esté en mi banco —comentó el Sr. Boggs.

Recorrieron el camino sombrío hasta el frente de la casa, donde en vez de encontrar un guardia vigilando encontraron un cuerpo tirado en los escalones de la terraza.

Desmontando, Solitario desenfundó su pistola y se acercó a la figura sin vida. Un rastro de sangre goteaba por los escalones. Con los ojos vidriosos, el rostro demacrado del boticario aún mostraba una expresión de sorpresa, y con sus mejillas ahuecadas ya parecía un esqueleto a la luz mortecina.

—¿Quién es? —preguntó en voz baja el Sr. Boggs desde su caballo.

—El boticario —respondió Solitario—. Está muerto.

—Ya no les servía a ellos —opinó Blake Dobbs—. Ya lo habían descubierto. Se había convertido en un riesgo.

—Vino a advertirles del peligro y a refugiarse —adivinó Solitario—. Supongo que solo logró lo primero.

—Yo esperaba un gran comité de recepción —dijo el Sr. Boggs.

—No es como yo lo imaginaba tampoco —agregó Solitario, brincando sobre el boticario muerto para alcanzar la puerta del frente.

Tras tocar a la puerta y esperar un par de minutos, Solitario con señas dio instrucciones al grupo de desmontar y formar un perímetro alrededor de la terraza del frente, lejos de las ventanas en caso de que alguien pudiese dispararles desde ahí. Cuando ya los demás estuvieron situados en las esquinas de la terraza o detrás de las columnas, Solitario probó la cerradura. Al notar que no estaba cerrada, empujó la puerta despacio y con cautela. Las bisagras gimieron de mala gana al abrirse la pesada puerta.

Adentro, velas y linternas parpadeaban, pero no había señales de vida. —¿Hola? —llamó Solitario— ¿Grissom? Es el alguacil. He venido a arrestarlo. Si hay alguien aquí, salga cuanto antes.

No hubo respuesta. Las duelas del piso crujían debajo de las botas de Solitario mientras cruzaba desde el vestíbulo decorado con elegancia hacia el comedor, con su larga mesa y su vitrina llena de cristal. Elegantes gobelinos colgaban de las paredes. Varios platos con comida aún permanecían sobre la mesa. Solitario notó que, en la cabecera de la mesa, el tenedor estaba clavado en un trozo de filete que se había quedado al centro del plato. Las sillas estaban fuera de lugar. Grissom y sus secuaces habían partido de prisa tras escuchar lo que el boticario había venido a comunicar. En la cocina, escuchó un ruido tras la puerta de la despensa. Desenfundó su segunda pistola y la amartilló, asomándose entre las sombras mientras se acercaba.

Al alcanzar la puerta, extendió la mano para dar vuelta a la perilla. En ese instante, Elías pasó a través de la puerta, sorprendiéndolo y casi ocasionando que disparara. —¿Qué estás haciendo?

—Guarde sus pistolas —dijo Elías—. No hay nadie aquí excepto el ama de llaves. Está temblando de miedo dentro de la despensa.

Solitario meneó la cabeza. —Y casi le disparo a través de la puerta por tu culpa.

Al abrir la puerta, se agachó para poder entrar en la despensa que tenía un techo bajo, elevando una linterna para iluminar a una mujer de piel oscura y mediana edad, agachada de rodillas al fondo del espacio. Y en realidad estaba temblando, como si hubiese visto un fantasma, que probablemente lo había visto. Sus ojos iban de Solitario a Elías, que estaba detrás, y de nuevo a Solitario. Le extendió la mano y dijo: —Venga, señora. Venga conmigo.

Tomando la mano de Solitario, lo siguió a la cocina.

—Siéntese —le dijo, señalando la pequeña mesa de la cocina. Abriendo la puerta trasera, llamó: ¿Onawa?

Su figura esbelta apareció en la esquina lejana de la parte trasera de la casa.

—Onawa, todos pueden entrar. No hay nadie aquí.

De nuevo dentro de la casa, Solitario le preguntó a la mujer si sabía dónde se encontraba su patrón. Ella, temerosa, negó con la cabeza. —No, señor. Yo no sé nada. Yo solo cocino y hago la limpieza.

—Le creo, señora —dijo Solitario—. ¿Qué le pasó al hombre que está en los escalones al frente.

—Alguien le disparó —dijo con voz temblorosa.

—¿Vio quién le disparó? —preguntó Solitario mientras el resto del grupo recorría la casa en busca de pistas.

Ella sacudió la cabeza. —No. Yo no vi.

—¿Cuánto tiempo hace que se fueron? —preguntó Solitario.

—Hace un par de horas, señor.

—¿Llevaban a las niñas con ellos?

—¿Qué niñas? —preguntó el ama de llaves, y su tono de voz evidenciaba su sorpresa—. El señor Grissom tiene una hija, pero creció y se fue de aquí hace mucho tiempo. Y su esposa murió poco tiempo después. No hay niñas aquí.

Solitario se detuvo, sorprendido por esa revelación. ¿Si las niñas no estaban en la casa de Grissom, entonces dónde?

El Sr. Boggs entró a la cocina. —Ella está mintiendo. Se llevaron a las niñas con ellos. No hay señales de ellas aquí.

La mujer sacudió la cabeza frenéticamente. —No. No. Lo juro por Dios, señor. No había niñas. Solamente hombres.

—¿Cuántos hombres? —preguntó Solitario.

—Cuatro.

—Trate de recordar los últimos meses. ¿Está absolutamente segura de no haber notado rastro de que hubieran tenido alguna niña en esta casa? —preguntó Solitario, colocando su rostro tan cerca al de la mujer que su bigote casi le rozaba las mejillas.

La mujer hurgó en su memoria, sus ojos fijos en el techo. —Pues, ahora que lo menciona . . .

—¿Sí?

—Hace un par de meses, el señor Grissom me dio algunos días de vacaciones. Me fui a Chihuahua a visitar a mi familia. Cuando regresé, noté que la recámara de su hija parecía haber sido usada. Cuando lavé la ropa de cama, encontré cabellos de mujer en las fundas. Cabellos largos oscuros y también rizados y rubios. Me pareció extraño, pero ya se me había olvidado.

—Ahí está —dijo Solitario, frotándose las manos—. Ellas estuvieron aquí, pero se las llevaron antes de que usted regresara. Esto significa que vamos por buen camino. Bueno. Usted quédese aquí. Si escucha balazos, se vuelve a meter a la despensa, ¿entendido?

En tanto la mujer se ocupaba en limpiar el comedor, Solitario hizo señas a los demás para que se reunieran afuera con él. Detrás de la casa, utilizó la lámpara de queroseno que había tomado de la cocina para inspeccionar el suelo. Sus ojos siguieron huellas de cascos en dirección sur, sur poniente. Volteó la vista hacia las montañas lejanas, delineadas en negro peñascoso contra el cielo cobalto.

—Van hacia allá —dijo, mirando en dirección a México.

—¿Se llevarían a mis hijas fuera del país? —preguntó el señor Boggs con voz temblorosa.

Solitario miró de reojo como si de alguna forma esto pudiese ayudarlo a ver lo que no estaba ahí.

Elías sabía lo que pensaba. Sospechaba que los motivos de los secuestradores eran mucho más siniestros que un simple viaje fuera del país.

—Empaca algo de comida de la despensa en caso de que

lleguemos a necesitarla —ordenó Solitario a Blake Dobbs—. Hay un paso en las montañas por ahí. Del otro lado está una parte del rancho de Santander y más allá el río en su nuevo cauce. Debemos continuar, debemos encontrar a las niñas . . . antes de que sea demasiado tarde.

TREINTAISIETE

Elena tomó las manos de Abigail y Beatrice, y ellas a su vez tomaron las de Delphina y Eugenia, y Eugenia la de la pequeña ojiverde Lavinia. Formaban un triste desfile arrastrando los pies en fila india ataviadas con sus túnicas blancas. La mujer que se había hecho cargo de lavarlas y proporcionarles los atuendos las guiaba desde la capilla hacia un brillante carruaje tirado por cuatro caballos. Ese carruaje iba seguido por otro, aún más elegante, y salían del patio central de la hacienda, por un camino rural lleno de baches hacia las montañas al norte.

El sol se estaba poniendo, y caía la noche. A través de las ventanas del carruaje, Elena podía ver vacas punteando el paisaje, y cactus elevándose al cielo dorado. Poco a poco, la vista se tornó azul tinto y después negro a medida que el carruaje subía tambaleándose en dirección al paso entre las montañas.

Cuando los caballos finalmente se detuvieron, la puerta se abrió. Era otra vez la mujer. Ella tenía los ojos color carbón de mirada penetrante en los que un fuego parecía bailar a pesar de que no había llamas para reflejar. Ella les ordenó bajar del carruaje y seguirla. El aire de la noche estaba frío, atravesaba las túnicas y les helaba la piel. Elena podía sentir que se le ponía la piel de gallina en los brazos y las piernas, y sentía escalofríos en la columna. ¿Tenía miedo o solamente frío? Decidió que tenía ambas cosas mientras seguían a la mujer, que a su vez seguía a dos hombres. Elena no podía distinguir los rostros de los dos hombres. Estaba oscuro, y ellos iban muy adelante, pero ella sabía que uno de ellos llevaba la máscara de plumas. Él era el que, sin duda, llevaba las cuchillas.

Después de caminar penosamente para cruzar el paso de la montaña, llegaron a un claro. Ahí, Elena vio el fuego que había adivinado en los ojos de la mujer. Escuchó a uno de los hombres, el que llevaba la máscara, llamarla *Malina*. Mal. Eso no sonaba bien. Mal (diablo). No las estaba lavando y vistiendo para una fiesta ni para un baile como las pequeñas esperaban. Elena comprendió. Malina las estaba preparando para algo mucho menos agradable, un sacrificio como aquel en que sus padres y su hermano habían ardido en la hoguera. La madera de piñón llenaba el aire con el aroma de pino. Una enorme hoguera había sido erigida en un claro sobre el paso de la montaña. Desde ese elevado miradero, Elena podía vislumbrar los últimos destellos de luz solar que se desvanecían en el lejano horizonte al oeste. Vislumbró otros cuatro hombres esperando en el claro. Y cerca de ellos, había seis postes de madera colocados a la misma distancia uno del otro y alrededor de la hoguera.

Mas allá del círculo de postes y el fuego rabioso en el centro, un altar tosco había sido construido de rocas. Detrás del altar había una entrada formada por dos columnas de piedra y rematada por una losa.

Malina y dos de los hombres ataron a las niñas a los postes con cuerdas en las manos y los pies. El viento soplaba con fuerza, y las hacía temblar y estremecerse de miedo. Ni las intermitentes explosiones de calor de la hoguera eran suficientes para proporcionar confort, solo más preocupación. ¿Serían pronto consumidas por ese fuego? Atada a su poste, Elena recorrió con la vista a las niñas. Ella había aprendido a querer a cada una de ellas. ¿Tan diferentes como eran todas, iban a compartir el mismo fin?

Sus ojos se dirigieron hacia el altar. De pie detrás de la superficie toscamente tallada, el hombre de la máscara desplegó un rollo de piel atravesando la mesa. Ella no podía ver su expresión debajo de la máscara, pero sí podía ver sus ojos. La llenaron de temor cuando levantó una de las cuchillas.

Y fue en ese momento que comprendió que ellas no iban a morir por fuego como había muerto su familia en el cauce seco.

La mujer se colocó su propia máscara de plumas y danzó alrededor del fuego, cantando en un lenguaje que Elena no podía entender, mientras que las chispas crepitaban y se arremolinaban en forma caótica en el vértice de viento creado por las paredes de las montañas que rodeaban el lugar.

Las niñas la miraban expectantes. Ella podía deducir lo que ellas pensaban. «Elena, sálvanos. Elena, detén esta locura. Elena, por favor, tú eres la mayor. Dijiste que nos protegerías». Ella halaba con fuerza contra las correas que la ataban al poste. Gruñía y se retorcía, pero era inútil. La mujer danzaba y cantaba. El gran sacerdote elevó no una, sino dos, cuchillas largas y curvas hacia el cielo. Sus bordes destellaban a la luz de las llamas agrestes. Él también gritaba palabras extrañas. Parecía estar convocando a alguien. Y de pronto, una onda de luz verde azul llenó la puerta de piedra tras el altar, como agua volteada de lado, desafiando la gravedad. Elena la miraba asombrada, sin comprender si debía sentir temor o admiración ante lo que transcurría ante sus ojos. La luz turquesa llenaba la puerta, como una cortina translúcida más allá de la cual los muros de piedra caían y desaparecían. Forzando sus ojos para discernir qué acechaba detrás de la cortina transparente de luz, Elena imaginó que podía detectar ramas de árbol, hojas, pequeños pájaros revoloteando. Era un portal a un mundo diferente. Algo, o alguien, se movía en el otro lado, deslizándose bajo el toldo de hojas, acercándose a la puerta. ¿Vendría por ellas?

TREINTAIOCHO

Cuando llegaron al paso entre las montañas, Solitario percibió el aroma de humo de piñón flotando en la fresca brisa nocturna. Ataron sus caballos a los mezquites y chaparrales en las estribaciones para poder subir silenciosamente en la oscuridad.

—¡Hijos de puta! —exclamó Elías, esforzándose por ir al paso de Solitario a pesar de que habría podido sencillamente cambiar de sitio sin ningún esfuerzo físico—. Planean quemar a Elena en la hoguera, igual que hicieron conmigo, Otila y Oscarito. No podemos permitir que la lastimen, Solitario.

Solitario se esforzó aún más, subiendo el sendero hasta el paso. —Ellos no planean quemar a Elena y a las otras niñas.

—¿Entonces qué? —preguntó Elías— ¿Qué te dijo la bruja Alicia?

—No quieres saberlo.

¿Qué? —exigió—, yo merezco saberlo.

Elías tenía razón, pensó Solitario. Tenía derecho a saberlo. En muerte, parecía decidido a reclamar igualdad con Solitario. Ya no actuaba como sargento. Actuaba como su compadre, que lo era. —Alicia dijo que, durante el sacrificio final, les sacarían el corazón a las niñas para ofrecérselos a Huitzilopochtli.

Elías se precipitó frenético hacia el frente en tanto que Onawa le daba alcance a Solitario.

—¿Cuál es el plan? —preguntó—. No podemos solo irrumpir ahí, son más que nosotros.

—No, no podemos —convino Solitario—. Tal vez tú podrías eliminar a todos con tu arco y tus flechas.

—Lo había pensado —dijo Onawa.

—No, primero debo intentar arrestarlos pacíficamente, darles la oportunidad de venir con nosotros y enfrentar un juicio.

—Esa es la manera del hombre blanco —contestó ella—. Es un riesgo innecesario. Sabes que son culpables. Y también sabes que no se dejaran arrestar sin oponerse.

—Es la ley.

—Aquí la ley se escribe sola. ¿Acaso no es el alcalde Stillman también el juez? ¿Crees que va a emitir una orden de arresto contra sí mismo? —dijo Onawa mientras escalaban, con una férrea determinación en su mirada—. Déjame intentarlo. Es probable que pueda despachar a dos de ellos antes de que se den cuenta de que algo pasa.

—No —respondió Solitario.

—Déjela —resopló Boggs pisándoles los talones—. No me importa qué haya que hacer para salvar a mis hijas.

—Hay una manera correcta y una manera equivocada de hacer las cosas, Sr. Boggs. Por eso me contrataron.

—En realidad no —protestó Boggs—. Lo contratamos porque Stillman dijo que deberíamos hacerlo. Ahora no comprendo por qué lo hizo.

Solitario frunció el ceño y lanzó una mirada a Onawa, preguntándose —como seguramente hacía ella también— si sus sospechas iniciales habían sido correctas. ¿Por qué había el alcalde Stillman insistido en contratarlo a él en vez de a un Texas Ranger?

Para cuando alcanzaron las rocas que bordeaban el claro en el paso entre las montañas, Solitario ya había formulado un plan. Desde atrás de la cresta de rocas estudió la situación. Stillman estaba de pie en la esquina norte del claro, Grissom estaba en la otra. A lo largo de la orilla sur, Vance y el capitán Ringgold montaban guardia en cada extremo. En el centro, atadas a postes situados alrededor de una hoguera, estaban las 6 niñas. Una loca danzaba alrededor de las llamas, que azotaban salvajemente con el viento de la montaña. Ella no podía ser ignorada, pensó. Tras de un altar en la orilla oriente del claro se encontraba el sumo sacerdote con su máscara y sus vestiduras ceremoniales. En cada una de sus manos blandía largas cuchillas.

Solitario hizo señas a los demás para que se inclinaran hacia él. En voz muy baja, detalló su plan. Cada uno de ellos atacaría a un guardia por la espalda en silencio, y después, a la orden de Solitario, avanzarían lentamente hacia el centro del claro. Solitario se asignó a Grissom. —Una vez que los tengamos bajo control, haré que Grissom les ordene deponer sus armas y entregarse.

—¿Y el sumo sacerdote y la mujer? —preguntó Onawa.

—Ten listo tu arco y tus flechas —respondió Solitario—. Con suerte, no actuarán. No están aquí para defender a Grissom. A ellos les pagaron para llevar a cabo este sacrificio macabro. Una vez que eso no sea posible podrían intentar huir al sur, hacia México, pero yo dudo que querrían quedarse y pelear.

Mientras se dispersaban a hurtadillas, rodeando las rocas rumbo a sus blancos, Elías puso su mano sobre el hombro de Solitario. —¿Y yo? ¿Qué hago yo?

—¿Puedes empuñar un arma?

—No.

—Entonces espera tu oportunidad. Cuando veas una abertura, desata a Elena y dile que corra.

A pesar de la oscuridad, Solitario podía ver la escasa luz de las estrellas reflejada en los ojos de su amigo. En lo más profundo de ellos, pudo sentir la codicia de venganza, pero debajo de ella, percibió una mezcla volátil de temor y esperanza. Si su corazón pudiera latir, seguramente estaría acelerado.

Solitario sospechaba que el Sr. Boggs era el eslabón más débil de su cadena. ¿Podría la motivación del hombre por salvar a sus hijas compensar su falta de fuerza y experiencia? Al llegar Solitario detrás de Grissom y poner su revólver cerca de la base de su cabeza, vio a Boggs hacer lo mismo con Stillman. Esperaron que Onawa y Blake cerraran el círculo, y así contener a Vance y al capitán Ringgold respectivamente.

Cuando Onawa le hizo una seña desde el lado opuesto del claro, con su rostro oval brillando a la luz del fuego, Solitario se aclaró la garganta e interrumpió los cánticos del gran sacerdote en el altar y la danza de la mujer alrededor de las llamas. —Todos ustedes están arrestados. Detengan esta abominación.

Grissom se impulsó hacia delante, pero Solitario lo contuvo con un brazo rodeando su cuello y la pistola presionando con fuerza contra la base del cráneo. La mujer que danzaba junto a la hoguera se detuvo y lo miraba a través de la máscara, pero el sumo sacerdote parecía sumido en un profundo trance y continuaba sus encantamientos en náhuatl.

El Sr. Boggs tenía al alcalde Stillman bajo control, con las manos en el aire. Onawa sostenía un puñal contra la yugular de Vance, y los ojos del hombre parecían salirse de las órbitas a causa del temor.

El capitán Ringgold, sin embargo, no se intimidaba por tener el cañón del rifle de Blake Dobbs presionando la base de su cráneo. Dejándose caer al suelo, rápidamente hizo doblar las piernas de Blake, desarmándolo en el proceso y noqueándolo con el extremo de su propio rifle. Y enseguida apuntó el rifle directamente a Solitario. —Detenga esto, alguacil Cisneros, o yo le pongo fin a usted ahora mismo.

—Si me disparas con ese rifle, los dos sabemos que yo no seré el único que la lleve. Tu jefe se irá conmigo —gritó Solitario en respuesta—. Ahora, suelta el arma, Ringgold. Despacio, todos ustedes dejen caer sus armas al suelo. No vamos a resolver esto aquí. Los llevaremos detenidos, y los trataremos de acuerdo con la ley.

—No sabes con quién estás tratando —gruñó Grissom a Solitario, esforzándose contra el estrangulamiento.

—Tengo muy buena idea —dijo Solitario—. Ordénales deponer las armas.

—Solitario —se escuchó una voz inquietantemente conocida proveniente de las sombras detrás del altar, detrás del sacerdote enmascarado con las cuchillas, a un lado del portal de piedra que emitía un brillo azul—. Esta es la razón por la que fuiste escogido. Para que, en este momento, pudieras ordenar a tus seguidores deponer sus armas.

Solitario dirigió su vista hacia la oscuridad turbia. ¿Quién hablaba? ¿De qué estaba hablando?

—Te lo dije, no sabes con quién estas tratando —susurró Grissom, intentando zafarse del control de Solitario.

Y fue entonces cuando Solitario, finalmente, pudo ver al hombre que salía de la oscuridad hacia la luz parpadeante del fuego, delineado en una neblina azul generada por la energía ondulante del portal de piedra. Su cabello blanco y su porte majestuoso lo delataban. Era don Miguel Santander, su suegro.

—¿Don Miguel? —dijo Solitario, y su inestable tono de voz hacía evidente su sorpresa.

—Si, m'ijo —respondió don Miguel, acercándose, y los ojos

ansiosos de todos se posaron en su elegante figura ataviada con un traje oscuro y corbata—. Yo te escogí porque sabía que tú, y solo tú podrías apreciar lo que estoy intentando lograr.

—Pero don Miguel, esto es una locura. Todas las personas que han muerto. Usted es un hombre bueno. ¿Cómo puede ser esto? ¿Cómo podría desear llevar más sufrimiento a estas niñas y a sus familias? Debe parar esto ahora. Quizás los juzgados tengan misericordia de su alma y lo condenen a prisión por el resto de su vida en vez de condenarlo a la horca. Yo no estoy seguro con respecto a sus conspiradores, pero debe detener esta matanza ahora mismo.

—¿No sientes curiosidad? —preguntó don Miguel acercándose a Solitario, que ahora sostenía a Grissom casi como un escudo humano entre él y aquel de quien menos hubiera sospechado de todos los posibles culpables.

—¿Curiosidad de qué?

—¿El motivo por el que he hecho todo esto?

Solitario se quedó mirándolo, enmudecido por su propia confusión. —¿Por qué?

—Para traerla de regreso, m'ijo. Para traer a Luz de regreso. Tu Luz. Mi Luz. Ella está ahí, detrás de esa cortina azul de energía deslumbrante. Los dioses nos la pueden regresar, hacerla completa de nuevo, inclusive borrar esa asquerosa maldición que tu propia abuela puso a ti y a todos los hombres de tu familia, la maldición de Caja Pinta. Imagina tener otra oportunidad con ella. Imagina traer a un hijo a este mundo con ella, y ser libre para vivir fuera de la sombra de ese maleficio.

Solitario miraba anhelante el brillante portal azul. El sumo sacerdote aún entonaba sus cantos. Mas allá de la brillante cortina de luz, podía ver la silueta de una mujer. Ella llevaba un vestido fluido. Él podía distinguir su cabello largo y ondulado. Y cuando ella se acercó hasta quedar justo en la barrera translucida, él pudo distinguir sus elegantes rasgos faciales. Don Miguel no mentía. La mujer al otro lado del portal era Luz.

De pronto sintió que el corazón le golpeaba el pecho, la sangre susurrándole en los oídos, su propio cántico interno en náhuatl zumbándole en la mente. Sentía amor y deseo y rabia arremolinándose en un nexo turbulento, como el sitio en el delta del Río Grande donde el agua fluía hacia el mar. Mantuvo su rostro calmado y controlado, tan plácido como la superficie de esas aguas cercanas al sitio donde nació, a pesar de que por dentro estaba siendo estirado en direcciones opuestas. Su corazón añoraba a Luz. Su mente reconocía que este era un acto impío. Su alma comprendía que era una tragedia absurda tomar vidas inocentes para deshacer algo que ya había sido escrito. Pero, aun así, su amor no entendía razones. Dejó caer su arma al suelo, permitiendo a Grissom escapar de su control. Mientras que sus seguidores jadeaban consternados, las cosas cambiaron. El alcalde Stillman se dio la vuelta, tumbó la pistola de la mano de Boggs y lo dominó. Vance se volteó para precipitarse sobre Onawa, pero al hacerlo, se rebanó él mismo la garganta con el borde afilado del cuchillo. Cayó de rodillas, agarrándose el cuello mientras que la sangre le corría por las manos, sus ojos horrorizados al verla de pie sobre él. El capitán Ringgold le disparó a Onawa, pero ella se protegió tras una roca y el disparo rebotó sin alcanzarla.

—Dile a la mujer apache que deje sus armas y salga a la luz —ordenó don Miguel.

Solitario negó con la cabeza en un gesto solemne. —Déjela fuera de esto. Esto ahora es solo entre usted y yo.

—¿Entonces cooperarás? —preguntó don Miguel—. ¿Nos ayudarás a terminar el ritual para traer a Luz de regreso?

Solitario miró fijamente a Luz, atrapada tras el velo azul. Podía sentir los ojos de Onawa fijos en él, al igual que los del Sr.

Boggs y los de Blake Dobbs y el sargento Elías. Manteniendo su expresión impávida, contesto: —Déjeme verla de cerca.

Don Miguel barrió su brazo hacia el brillante portal al otro plano. —Pasa. Ella nos espera, Solitario.

Lentamente, caminó hasta el portal, extasiado. La miró fijamente a través del transparente campo de energía. —¿Cómo puede esto ser posible?

—Lo es —le aseguró don Miguel—. Yo encontré a los más poderosos hechiceros en Ciudad de México, descendientes de los sumos sacerdotes de Tenochtitlan y los traje hasta aquí. Tezcatlipoca y Malina. Ellos se han comunicado con los dioses y a cambio de estos sacrificios, nos regresarán a Luz y anularán tu maldición.

Solitario estaba directamente frente a Luz en el portal azul. La miró fijamente a los ojos. Levantó la mano y tocó la cortina de luz, observándola a ella hacer lo mismo en el lado opuesto.

No podía escucharla, pero podía ver el movimiento de sus labios y entendió lo que decía. —Te quiero —susurró.

Él la amaba también. Siempre la había amado. No podría dejarla de amar jamás. Ahora sentía ese amor arrastrándolo debajo de las olas, como la resaca del océano.

—Don Miguel —preguntó, escuchando su propia voz como si estuviese debajo del agua oyendo a alguien más hablar sobre la superficie, en la tierra de los vivos—, ¿por qué lo ha ayudado Grissom a hacer esto?

—A cambio de mis tierras —explicó don Miguel—. Durante mucho tiempo él había querido comprarlas, especialmente después de que el río cambió de curso y perdió su puesto en la frontera. Se ofreció a ayudarme con esto si yo accedía a venderle mis tierras a un precio justo. M'ijo, con el dinero, tú y Luz y yo podemos regresar al sur, a México y empezar una vida nueva. Olvidar todo esto. Olvidar a Olvido.

«Olvidar a Olvido», pensó Solitario. Cómo desearía poder

hacerlo. No podía soportar apartar la vista de la atracción gravitatoria de la mirada de Luz, que era aún más poderosa de lo que él podía recordar, a pesar del hecho de encontrarse en otra dimensión.

Haciendo acopio de toda su fuerza interior y fuerza de voluntad, sin embargo, retiró los ojos de ella. Vio a Onawa asomarse desde más allá de un peñasco en el claro. Observó al Sr. Boggs llorando de rodillas, mirando a través de sus lentes a sus hijas atadas a la hoguera. Observó a Elías desatar la cuerda alrededor de las muñecas de Elena. Moviendo los ojos hacia abajo, notó que el nudo alrededor de sus tobillos ya estaba desatado, la cuerda enroscada como una serpiente muerta a sus pies. —Desearía poder olvidar Olvido, don Miguel —dijo Solitario finalmente—. Porque de esa forma podría olvidar lo que usted ha hecho. Ha llevado vergüenza a la memoria de Luz. La ha deshonrado. Si bien yo puedo perder el amor, no puedo soportar perder el honor. Tome mi vida en lugar de las de estas criaturas inocentes. Déjelas ir.

—Eso no funcionaría —respondió don Miguel—. Pero si eso es lo que quieres, podemos tomar tu vida. Yo no puedo perder a mi hija otra vez —Grissom y el capitán Ringgold agarraron a Solitario, uno de cada lado.

—Adiós —susurró, mirando a Luz por última vez mientras lo llevaban hacia el fuego.

—Empiecen con él —ordenó don Miguel—, y después las niñas.

—Córtenle la cabeza —dijo Malina con una risa maligna—. A los dioses les gustará eso.

Las niñas chillaron y se voltearon cuando el capitán Ringgold esgrimió su puñal Bowie, rasgó su pañuelo amarillo al cuello de Solitario y hundió el filo del puñal hacia su yugular.

———

El grito solitario de Elena perforó la noche cuando el puñal de Ringgold se partió a la mitad, rechazado por el collar encantado de Solitario. Los fragmentos dentados volaron hacia atrás y a los ojos de Ringgold, clavándose en su cerebro. Tambaleándose, cayó sobre la hoguera.

Con el hedor a piel quemada llenando el aire, Onawa saltó sobre el peñasco y empezó a disparar flechas. Le dio a Grissom de lleno en el pecho, haciéndolo caer de rodillas. Le dio al alcalde Stillman en el muslo derecho. Mientras se arrodillaba por el dolor, el Sr. Boggs le arrebató la pistola y se apresuró a desatar a sus hijas.

En ese momento, Solitario observaba lo que acontecía como si el tiempo se hubiese detenido y todos se movían lentamente a través de un material viscoso. Una Elena liberada empujó a Malina al fuego, y su cuerpo estalló en llamas sobre el de Ringgold. Gritando horrorizado, el sumo sacerdote, Tezcatlipoca, finalmente cesó sus conjuros. Apresurándose hacia las llamas, balanceaba sus cuchillas furioso, y de ellas emanaba una luz cegadora. Solitario comprendió entre los latidos de su corazón acelerado que el sumo sacerdote venia ahora no a brindar tributo a los dioses, sino a vengarse de Elena. Malina era su amante. Sus ojos ardiendo con el reflejo de la hoguera, balanceaba ambas cuchillas ferozmente, buscando desprender la cabeza de Elena de su cuerpo.

En el último segundo, Solitario se interpuso entre Tezcatlipoca y su blanco. Las cuchillas del sumo sacerdote se destrozaron al tocar el collar hecho de frágiles conchas marinas recolectadas en la playa por su abuela, la bruja Minerva.

Mientras los fragmentos metálicos caían al suelo, Solitario desenfundó y disparó la pistola que aún permanecía en su funda izquierda. El sumo sacerdote se colapsó en una pila inmóvil.

—¡Papá! —gritó Elena al ver a su padre—, viniste, nos salvaste.

Elías sonrió con gratitud a Solitario a través del humo. Solitario asintió solemne, volteándose a mirar hacia el portal de piedra. La cortina transparente de luz azul había desaparecido y ya no quedaba nada en su lugar, sino aire y piedra, frío y quietud, solo muerte. Acercándose al portal, Solitario notó movimiento entre las sombras. Asomándose entre la oscuridad, encontró un colibrí posado sobre una roca al pie del portal. Jamás había visto a una de esas criaturas estar quietas. Mientras lo miraba, sus alas se tornaron borrosas y se elevó, desapareciendo en el cielo nocturno.

Mientras Onawa liberaba a las otras niñas, Blake Dobbs esposaba al alcalde Stillman y a Dwight Grissom, que estaban heridos pero vivos. Las niñas Boggs lloraban, abrazando a su padre. Abigail y Beatrice Tolbert corrieron hacia Blake, el único rostro conocido para ellas. Y Lavinia tomó la mano de Onawa. En el rostro de la niña estaba grabada una expresión melancólica, y el dolor brillaba en sus ojos verdes mientras contemplaba a través del fuego las reuniones familiares que se desarrollaban frente a ella.

—Mi familia se quemó en una hoguera —le dijo a Onawa.

—Lo sé.

—Yo pensaba que me podría reunir con ellos esta noche —agregó Lavinia.

—Esta noche no, niña —Onawa le acarició el cabello—. La vida sigue.

Rodaron lágrimas por las mejillas rosadas de Lavinia.

Solitario recogió su pañuelo y caminó lentamente hacia don Miguel Santander, que estaba sentado sobre un peñasco junto al altar, con la cabeza acunada en sus manos.

—Está arrestado, don Miguel. Extienda las manos para ponerle las esposas.

—Nunca —dijo un perturbado don Miguel levantando la

vista—. Lo supe cuando te conocí, que serías nuestro fin. Tú y tu orgullo y tu honor y tu maldición. Arde en el infierno, Solitario Cisneros. Algún día recibirás tu merecido. Eso será justicia.

Antes de que Solitario pudiese intervenir, el anciano apuntó el revolver que tenía escondido en el regazo a su propia sien derecha y tiró del gatillo.

El disparo hizo eco en el cañón y el cuerpo de don Miguel se desplomó al suelo.

TREINTAINUEVE

Era Navidad, y a Frankie Tolbert se le había concedido su deseo, bueno, al menos lo mejor que podía esperarse según las circunstancias. Sabía que su mamá, su papá y su hermano Johnny no podían regresar. Pero aquí estaba él, nuevamente sentado a la mesa con sus hermanas Abigail y Beatrice. Un gran pavo adornaba el centro de la mesa, y también había guarniciones de puré de papas, salsa y zanahorias asadas. El banquete incluía hasta una olla de tamales mexicanos rellenos de puerco deshebrado con pasas que Elena y el alguacil Solitario habían traído. Los gemelos Dobbs vivían ahora con Frankie y sus hermanas, se hacían cargo de la granja y cuidaban a los niños.

Después de la cena, llegó la familia Boggs, cargada de regalos. Las niñas Boggs corrían por toda la casa jugando con Abigail y Beatrice. Su tía, Georgina, que aún no regresaba a Boston, coqueteaba con Michael Dobbs junto a la chimenea, mientras que Elena y Blake recogían.

Frankie, que ya finalmente podía caminar de nuevo, tomó a Solitario de la mano y se dirigió afuera. —Venga a caminar conmigo, alguacil —dijo Frankie.

Solitario se dejó llevar por el niño hasta la terraza y más abajo, hasta el campo vecino. Ya para entonces había anochecido. La mayoría de las personas habrían pensado que Frankie estaba loco, pero él sabía que el alguacil era diferente. No era el mismo tipo de representante de la ley que había sido su padre, pero eso no necesariamente era algo malo.

Llevó a Solitario a cruzar el campo hasta la orilla del bosque. —Algunas veces aún tengo pesadillas —confesó— acerca del hombre de cara conocida.

—Es difícil olvidar la clase de cosas que tú y tus hermanas han tenido que presenciar —dijo Solitario para calmarlo—. Pero con el tiempo y con amigos, sanarás. Y en cuanto al boticario, se ha ido para siempre. Y el otro hombre de cara conocida, el Sr. Stillman, junto con Grissom, se han ido también. Se los llevaron a una cárcel muy lejos de aquí.

Frankie suspiro agradecido. Era un alivio saber que los hombres malos se habían ido.

—Hablando de cosas más alegres, Frankie —agregó Solitario mientras caminaban por el campo—. El reverendo Grimes finalmente desistió de la disputa por la tierra. Pensó que ante los ojos de su congregación no se vería muy bien que continuara peleando con ustedes por el límite de la propiedad dentro del bosque.

—¿Por qué somos huérfanos?

Solitario asintió. —Yo también fui huérfano.

Cuando llegaron al peñasco donde hacía ya mucho tiempo Solitario había esperado a Johnny, Frankie palmeó la fría roca. —Johnny dijo que nos vería aquí.

A la pálida luz de la luna, Frankie vio el conocido destello del cabello dorado de su hermano mayor moviéndose rápidamente por el bosque. Y poco después, estaba frente a ellos, aún vistiendo su overol y su camiseta blanca.

—Feliz Navidad, Frankie —dijo Johnny Tolbert, sonriendo con nostalgia mientras abrazaba a su hermano—. Feliz Navidad, alguacil.

—Feliz Navidad.

—Usted cumplió su promesa —dijo Johnny—. Y yo quería agradecerle antes de irme.

—¿Ya no estarás en el bosque? —preguntó Solitario.

—Es como le dije a Frankie, estoy cansado. Necesito ir a descansar. Nuestros padres me esperan. Ellos me necesitan ahora.

—Nosotros estaremos bien aquí, Johnny. Diles que estaremos bien —dijo Frankie apretando la mano de su hermano.

Johnny sonrió y corrió hacia el bosque, desvaneciéndose en la oscuridad.

Mientras Frankie y Solitario caminaban lentamente de regreso a la casa, el niño levantó la vista al alguacil y le preguntó:
—¿Estaremos bien, alguacil? Yo solo lo dije para que Johnny no se sintiera mal por irse.

—Yo cuidare de ustedes. No te preocupes —respondió Solitario.

Frankie extrañaba a su papá y a su mamá. Extrañaba a su hermano. Pero se sentía un poco mejor por saber que alguien lo protegía. —No sé si alguna vez podré llegar a olvidar las cosas tan terribles que vi esa noche —confesó—. Desearía poder olvidar.

—Hay muchas cosas que yo desearía poder olvidar también —admitió Solitario.

—¿Es porque ambos somos huérfanos? —preguntó Frankie mientras subían las escaleras hacia la puerta principal.

—No —respondió Solitario—. Es porque somos humanos.

CUARENTA

Un día después de Navidad, Solitario fue a casa de Onawa. Había visitado a Águila Brava todas las mañanas desde que rescataron a las niñas. Tormenta relinchó de tristeza. Ella sabía que Águila Brava se acercaba al inevitable paso siguiente en su viaje. Ella sentía que el universo se abría, la membrana entre este plano y el siguiente se suavizaba, aclarándose, como aquella noche en el paso de la montaña. Ella había conocido a Águila Brava, había sentido su presencia calmante, había llevado a Solitario en largos viajes y arduas cacerías al lado del jefe. Sabía que Solitario sentía un peso enorme de culpa, como si le debiese algo al moribundo padre de Onawa y, sin embargo, era una deuda que no podía o no estaba dispuesto a pagar. Y ahora Águila Brava saldría de esta tierra con esa deuda sin cobrar. Solitario tendría que seguir viviendo, llevando esa carga por siempre. En la mente de Tormenta, la perspectiva se cernía como una carga que tendría que ser transportada durante una eternidad con el conocimiento roedor de que el destino donde sería descargada nunca podría ser alcanzado realmente.

Mientras esperaba a Solitario, Tormenta se comunicaba con

Invierno debajo del grupo de mezquites al frente de la casa de adobe de Onawa. Cuando Solitario finalmente salió, su tristeza la abrumó. Onawa lo acompañó lentamente hasta donde estaban los caballos. Tormenta podía notar que la joven movía los pies con mayor indecisión que de costumbre. Ella no quería que Solitario se fuera.

—¿Por qué no te quedas con nosotros? —le preguntó Onawa.

—No puedo —respondió él—. Debo regresar a mi rancho. He desatendido a mi ganado por mucho tiempo por perseguir la justicia.

Onawa desvió la mirada, aguantando las lágrimas. Respiró profundamente, se enderezó la espalda, con su cabello flotando en el frío viento del invierno. —¿Vendrás cuando él se haya ido?

—Sí, por supuesto —Solitario montó, tocando el ala de su sombrero mientras asentía con la cabeza.

Ante su repentino aguijoneo, Tormenta arrancó abruptamente, volteándose hacia Onawa, quien los observaba partir. Escapando de Olvido, Tormenta sintió una gota de agua en su cuello. Ella comprendió que Solitario no había querido que Onawa lo viera derramar una lágrima.

Siguiendo el cauce seco, cabalgaron sobre su superficie cubierta de nieve a la sombra de los cañones. A mitad del camino de regreso a El Escondido. Solitario se apeó debajo de un afloramiento imponente y compartió las últimas gotas de su cantimplora con Tormenta.

Ella relinchó agradecida mientras que los copos de nieve que flotaban entre los cañones le caían suavemente sobre el cuello.

Mientras que Solitario descansaba sentado sobre una roca, Tormenta percibió la presencia de Elías que se aproximaba.

—¿Se va? —preguntó Elías.

—Mi trabajo ya está terminado —respondió Solitario.

—Gracias, amigo. Elena parece tan feliz como podría esperarse, dadas las circunstancias. Disfruta ayudando a cuidar de los niños Tolbert y la huerfanita ojiverde.

—Elena tiene mucho amor en su corazón, como sus padres.

—¿Usted la cuidará?

—Por supuesto. Como su padrino, es mi deber sagrado.

—Escogí bien.

—¿Había alguna otra opción?

—Realmente no —concedió Elías, encogiendo los hombros.

Ambos miraban en silencio caer la nieve.

—¿Aceptará la oferta del alcalde Boggs para permanecer en el puesto de alguacil?

—No lo sé.

—¿Y qué de Onawa? ¿Aceptará su oferta?

—Ella no me ha hecho ninguna oferta.

—Usted sabe que su corazón es suyo si lo acepta.

Solitario miró a Elías a los ojos.

—No puede seguir solo —dijo Elías—. Nadie puede.

—Nacemos solos y morimos solos —recitó Solitario.

—Usted fue gemelo. No nació solo.

Solitario miró a su amigo con el ceño fruncido. —Mírate nomás. La muerte te ha cambiado demasiado. ¿Te vas a quedar en el pueblo o irás a reunirte con Otila y Oscarito?

—Voy a acompañar a Elena por un tiempo. Así que, si me necesita, ya sabe dónde podrá encontrarme.

Solitario asintió. Acarició el cuello de Tormenta suavemente, retirando una capa de nieve fresca. Y después, puso la bota izquierda en el estribo y subió sin esfuerzo a la silla.

Mientras cabalgaban en dirección oeste, Elías les gritó. —Solitario, viva mientras aún esté vivo.

Sin voltearse, Solitario dijo adiós con la mano.

Al llegar a El Escondido, el sol se estaba ocultando detrás de la casa. Se apeó para abrir el portón. Y después siguieron hasta el claro, donde le quitó la silla y la llevó al abrevadero, llenándolo de agua fresca de la noria. Estaba fresca y ella la bebió agradecida.

Después de vaciarse un balde de agua fría encima y cambiarse a sus pijamas de algodón, se sentó en una de las dos mecedoras en la terraza trasera para observar la puesta del sol sobre el lejano horizonte del desierto.

Después de beber y comer hasta quedar saciada, Tormenta le hizo compañía debajo de los mezquites, descansando junto al sepulcro de Luz.

Sentado en la terraza y rodeado de las jaulas vacías, Solitario bebió su tequila pensando en cosas que solo él podía recordar, pero Tormenta sabía que estaba pensando en Luz.

Saboreando el licor de agave, Solitario miraba de reojo el cielo color ámbar. Y cuando ese cielo se tornó turquesa y después morado, con pinchazos de luz atravesándolo, la forma de Tormenta se desvaneció en la oscuridad. Y fue entonces, por primera vez desde que Tormenta recordaba el ritual, que la delicada figura de Luz envuelta en fluida gasa blanca no se apareció. Sus negros rizos no le colgaban como enredaderas sobre los hombros y los pechos. Sus labios no brillaban como rubíes a la luz naciente de la luna. Los ojos de Solitario no podían encontrar los de ella a través de la tinta de la noche, ni él sonreía nostálgico mientras ella lo miraba. Solitario ahora estaba, finalmente, solo.

———

En la mañana siguiente, después de beber su café contemplando el sol elevarse desde la terraza del frente, Solitario se sentó a la mesa rústica debajo de un mezquite particularmente alto. El sol brillaba intensamente, derritiendo la nieve del día anterior.

Tormenta observaba silenciosamente mientras Solitario golpeaba con un martillo algo que destellaba a la luz del sol. Cortó una tira de una pieza de cuero de vaca, y lo pasó a través de un hoyo que había hecho en el metal, atando los extremos con precisión y cuidado.

«¿Qué está haciendo?», se preguntaba Tormenta, pisoteando sus cascos con fuerza en el suelo. Estaba impaciente por ir con él a checar el ganado.

Solitario levantó la vista de la mesa, con una sonrisa tenue.

—Paciencia, Tormenta. Paciencia.

CUARENTAIUNO

Onawa había aprendido de su padre el significado de paciencia, pero siempre era más difícil ponerlo en práctica que aceptarlo en la mente y en el corazón. Aun así, lo cuidaba

diligentemente mientras él sucumbía al peso de sus años. Su cuerpo se marchitaba y su aliento crujía dentro de su pecho.

—Yo te he amado, niña, más de lo que nunca pude imaginar que fuese posible —le dijo, cerrando sus ojos mientras que ella se aferraba a su mano débil y huesuda—. Tú me enseñaste que ser padre es una misión más noble que ser jefe.

—Tú siempre fuiste un jefe, mi jefe —susurró Onawa, acariciando su frente y su cabello blanco—. Y siempre serás mi padre.

—Desearía haber podido verte casada, pero te tuve cuando ya era tarde en mi vida. Siento mucho dejarte sola. Tú sabes cuanto he deseado que . . .

—Sí, lo sé —dijo ella colocando un dedo suavemente sobre sus labios fríos—. No lo digas. Debemos estar agradecidos por lo que tenemos y no tristes por aquello que nos elude. Tú me enseñaste eso.

Él asintió. —No renuncies . . . ni a él . . . ni a ti.

Ella descansó la cabeza en su pecho, escuchando su aliento hacerse más lento. Paciencia, recordaba ella que decía su madre. Morir en ocasiones se demoraba más de lo que debería. A cada aliento, se alargaba el intervalo hasta el siguiente. Pero su espíritu era tan fuerte que cada vez que pensaba que él ya se había ido, volvía a respirar. Cada vez el aliento era menos profundo, más corto. Cada vez, su pecho se elevaba más levemente. Y, cuando finalmente —a la mitad de la larga y oscura noche— su fatigosa respiración llegó a su fin, ella le levantó la cabeza, abrió la ventana y gimió de dolor.

Afuera, escuchó a un caballo partir. Solitario le había ordenado a Blake Dobbs montar guardia e ir por él cuando llegara el momento.

Si bien esperar que su padre partiera había sido un proceso lento y aparentemente interminable, ahora debía apresurarse, porque era costumbre de su gente no perder tiempo para disponer de los muertos. Su padre había sido un apache mezcalero. De acuerdo con los rituales que él le había enseñado, ella se arrancó la ropa y la desechó, y se vistió con el vestido más viejo y arruinado que pudo encontrar, un andrajoso residuo de su adolescencia. Tomó un cuchillo de pedernal y se cortó el cabello toscamente, dejando que apenas llegara a sus hombros. Colgó largos recortes de los árboles al frente de la casa, temblando porque sus brazos y piernas estaban expuestos al frío. Llorando mientras continuaba, separó un par de artículos de su padre con gran valor sentimental para su funeral y destruyó el resto de sus escasas pertenencias en una gran hoguera detrás de la casa que habían compartido desde que él dejó la tribu para criarla a ella en un aislamiento relativo. Mientras que el fuego se consumía afuera, Onawa le limpió el cuerpo, el rostro y el cabello a su padre. Lo vistió en su mejor atuendo tradicional apache, le colgó sus collares y los acomodó sobre su pecho, le partió y peinó su cabello y lo coronó con su penacho de plumas. De la cocina trajo un cuenco lleno de polen dorado. Mojando en él su dedo, ungió su frente, formando una cruz amarilla sobre su piel manchada. Encendió las velas del altar a su madre y se arrodilló junto a Águila Brava en silenciosa oración por el resto de la noche.

Al salir el sol, escuchó a un caballo acercarse antes de que los gallos cantaran. Al abrir la puerta del frente, vio desmontar a Solitario. Conocedor de las costumbres de su gente, él tomó su mano y desenfundó uno de sus revólveres de plata. Apuntándolo a los cielos, hizo un solo disparo para avisar a los vecinos de la muerte de Águila Brava. Después, la siguió al interior de la casa, se arrodilló junto a Águila Brava y rezó.

Con ayuda de Solitario, Onawa colocó las pocas posesiones que de él había conservado, junto con un par de descoloridas fotografías sobre su cuerpo, envolviéndolo bien apretado en un colorido sarape que había sido de su madre.

—Yo lo llevaré en Tormenta —insistió Solitario.

Onawa se alegró de que su padre ya no tuviera un caballo, porque de no ser así, la tradición exigía que ella lo usara para llevar el cuerpo de su padre al sitio donde lo fueran a sepultar, y ahí matarlo.

Tras cerrar la casa y atar un pequeño bulto al lomo de Invierno, Onawa guio el camino hacia las estribaciones al sur de Olvido. Fue un largo día de cabalgata. Cuando llegaron a las montañas, escalaron hasta alcanzar un sitio desde donde podían ver el nuevo cauce del Río Grande serpenteando majestuosamente debajo de ellos, centelleante como un río de oro en el sol poniente.

Solitario desató su pala del costado de Tormenta y cavó una tumba poco profunda, dos pies de profundidad y seis pies de largo, mientras que Onawa gemía y lloraba al lado de

Águila Brava, mojando con sus lágrimas la colorida cobija que lo envolvía.

Cuando la tumba estuvo lista, cada uno tomo un extremo de su cuerpo, bajándolo suavemente a la cavidad. Juntaron ramas chicas, leña menuda y piedras para cubrirlo. Después, Onawa sacó una ramita de salvia para hacer cruces imaginarias sobre las frentes de ambos.

—Medicina fantasma —ella sonrió débilmente a Solitario mientras pasaba la ramita sobre él. Sabía que ninguno de los dos temía a los fantasmas. Y ella no esperaba que el espíritu de su padre regresara ahora que era libre para remontarse a través de los cielos al tiempo que la cuidaba. Pero las tradiciones debían respetarse. Cuando hubo terminado, colocó la salvia en la tumba de su padre.

Después, Onawa nuevamente fue delante mientras bajaban hacia el río. En las sombras color cobalto del atardecer se desnudó y se bañó en el río en tanto Solitario daba de comer y beber a los caballos. Limpiándose la piel y lavándose el cabello, rezó por su padre, le agradeció y permitió que su cuerpo fuera sacudido por el dolor. Gimió en duelo por última vez y después se sumergió totalmente en el agua helada.

———

Junto a la hoguera que Solitario había encendido a la orilla del río se sentaron silenciosos sobre una cobija suave. Comieron unos tamales de frijol que Solitario había traído, bebiendo sorbos de un tequila añejo. Como ella seguía temblando de frío, él le puso otro sarape sobre los hombros. Ella tomó su mano para que él dejara su brazo alrededor de ella. Y cuando lo hizo, se acurrucó contra él.

—Debiste usar ropa más caliente —dijo Solitario.

—Nuestra tradición es vestir algo que se esté cayendo en pedazos, el peor artículo de ropa que tengamos.

Asomadas por debajo de la cobija sus piernas brillaban como ámbar en las flamas. Sintiendo su mirada sobre ellas, ella lo acercó más. Pasó su mano por sus cabellos, suavemente halando su cara hacia ella, y sus miradas se encontraron. En ese momento, ella lo vio desnudo a pesar de que él estaba vestido y envuelto con ella en la cobija colorida. Vio su dolor y su deseo, su anhelo y su soledad. Lo besó. Cuando sus labios se presionaron contra los de ella, se rodó sobre él, con su cabello colgando y rozando contra sus ásperas mejillas. Lo besó una y otra y otra vez, intentando desesperadamente compensar por todas las veces que había ansiado tocarlo y sentir sus labios sobre los de ella. Se arrancó la ropa, y lo sintió endurecerse cuando lo montó a horcajadas. Las manos de él estaban sobre sus caderas y ella oscilaba suavemente sobre él, gimiendo de deseo y placer.

—No —jadeó Solitario, titubeando—. No puedo aprovecharme de ti.

Ella tomó su rostro entre sus manos y se inclinó sobre él. —Yo soy quien se está aprovechando.

—No puedo estar contigo.

—Yo te amo. Siempre te he amado.

Sus ojos buscaron los de ella, derritiéndose de emoción. —Yo . . . yo siento . . . Yo no puedo lastimarte.

—Solo tienes que estar conmigo ahora. Aquí —ella se movió lentamente otra vez mientras el fuego crepitaba.

Abrazándola con fuerza, él se impulsó al unísono con ella hasta que los cuerpos de ambos se estremecieron juntos. En silencio, ella se acostó sobre él, descansando su cabeza en su pecho. Cuando el aliento y el corazón de ambos se había desacelerado, ella estiró la mano para acariciar su rostro, y se sorprendió de sentirlo mojado con lágrimas tibias.

—Ansío darte lo que deseas, pero no puedo. Deseo estar contigo, pero no puedo.

—¿Por la maldición?

Él asintió.

Ella se resintió con él por no tirar la precaución al viento, pero lo amaba aún más por negarse sus deseos por protegerla. Esto era honor. Y amar a un hombre de honor significaba aceptar los sacrificios que el honor exigía.

—Lo siento si te hice sufrir aún más —dijo ella, abrazándolo muy fuerte—, pero prefiero tener este recuerdo que nada.

———————

Una vez que hubieron despertado, comido y empacado, cabalgaron de regreso atravesando las montañas. Cuando hubieron alcanzado el valle del desierto, Solitario inició el regreso rumbo a Olvido. Al darse cuenta de que ella ya no lo seguía, se detuvo y se volteó hacia ella, mirándola desde su silla de montar sobre Tormenta.

—¿Qué sucede?

—No voy a regresar —dijo ella.

—¿Por qué?

—Ahora que ya no está mi padre, no hay razón para que yo lo esté. He traído lo que necesito —dijo señalando el bulto atado al lomo de Invierno.

—Pero —dijo él, tragando saliva, con una mirada llena de aprensión—, ¿a dónde irás? No es seguro fuera de Olvido para ti sola.

—Se está abriendo una reservación apache en Nuevo México. Ahí podré iniciar una vida nueva.

—Pero eso queda muy lejos —dijo con voz quebrada por la emoción. Las orillas de sus ojos caídas a la par de su bigote.

—No puedo seguir viviendo cerca de ti, pero mantenida a distancia —lo que no le dijo era que aún no se daba por vencida, que aún esperaba aprender cómo romper la maldición.

Él desvió la mirada, dirigiéndola hacia el naciente resplandor en el horizonte; ni su majestuoso sombrero podía protegerle los ojos ni el rostro del ángulo matutino del sol.

—Entiendo.

—Adiós, Solitario —dijo Onawa.

—Déjame acompañarte a la reservación. Yo te puedo proteger durante el trayecto.

Ella negó con la cabeza. —Primero voy a la casa de la bruja Alicia. Le prometí que regresaría. Una vez que haya terminado mi entrenamiento con ella, me iré a Nuevo México.

—¿Puedo entonces llevarte con Alicia?

—No es necesario. Está cerca. Vete ya —dijo ella, luchando para contener una ola de emoción que amenazaba con derramarse en forma de lágrimas—. Vete ya. Y lo despidió con un ademán de su mano.

Él colgó la cabeza y se volteó, espoleando a una Tormenta renuente al norte, hacia Olvido. Ella podía notar que él cabalgaba con mayor velocidad de la necesaria, pero supuso que tenía que escapar de sus emociones lo más rápido posible para evitar cambiar de opinión . . . o intentar cambiar la de ella.

Sobre las brillantes arenas del desierto, Onawa cabalgó sobre Invierno a través de los fríos y severos vientos de invierno. Tras un par de horas cabalgando, y llorando por su padre, por Solitario, por ella misma, se detuvo para tomar agua. Sabía que lo que le esperaba no iba a ser fácil, pero su padre le había dicho una vez que, si algo era fácil, no valía la pena hacerlo.

Cuando tomó su cantimplora, notó algo extraño en el morral que la contenía. Era un objeto duro y plano. Al sacarlo, brilló intensamente a la luz del sol. Era una estrella, la insignia de alguacil de Solitario. Él le había hecho una perforación en el punto central superior e insertado una tira de cuero para crear un collar. Sonriendo, ella lo levantó sobre su cabello recién cortado y lo dejo caer sobre su cuello. Al verlo brillar con el blanco sol de invierno, pensó que lo único que podría brillar con mayor intensidad era la brizna de esperanza que ahora llevaba en su interior.

EPÍLOGO

Solitario se levantó con el sol, como lo hacía todos los días, solo en su rancho El Escondido. La primavera se aproximaba y el desierto mostraba todas las señales de otro renacimiento. Los cactus florecían en amarillo y rosa. A los mezquites les brotaban frescas hojas verdes, largas, delgadas, frágiles y nuevas.

Se puso su traje negro de charro, con las brillantes hebillas de plata bordadas a lo largo de las costuras exteriores de sus pantalones tintineando y salió a darle la bienvenida al nuevo día. Bebió su café amargo en la terraza del frente, entrecerrando los ojos ante la luz creciente, observando el cielo cambiar de color, del azul profundo al aguamarina. Se abrochó su hebilla de águila turquesa en la cintura, se cruzó sus cananas al pecho y ajustó sus fundas a las caderas. Alrededor de su delicado collar de conchas marinas ató su pañuelo amarillo. Y caminando hacia Tormenta, se puso el sombrero sobre la cabeza.

Había accedido a regresar a trabajar en Olvido. Era mejor que morir lentamente a escondidas. Al menos de esta forma, daría buen uso a sus habilidades. Hubo un tiempo en que dudaba si aún las poseía. Ahora cuando cabalgaba por el pueblo y los niños lo perseguían riendo, sentía algo de placer al visitar a Elena y Elías, a los Tolbert y a los Dobbs. Trabajar con el alcalde Boggs era una nueva y bienvenida experiencia. Nunca había colaborado con un gringo, pero el señor Boggs era justo, inteligente y estaba eternamente agradecido con él por haber rescatado a sus hijas de las garras de la muerte. Y tal vez, juntos, podrían salvar a Olvido del olvido.

Montando a Tormenta, Solitario se apresuró a cruzar los portones de hierro forjado de El Escondido, dejando atrás un rastro de polvo. Su corazón golpeaba en su pecho mientras se inclinaba sobre el grueso cuello de Tormenta, los músculos de la yegua brillando a la luz del sol mientras ella galopaba sin restricción. Ese día, en vez de seguir el cauce seco, que le traía recuerdos de muerte y desolación, decidió ir por otra ruta. Era más larga, pero el paisaje bien valía la pena. Ellos viajaban a la velocidad de las tormentas del desierto, tronando a través del enorme valle y elevándose hasta una mesa donde Solitario juraba que sentía que casi podía alcanzar el cielo.

Sentado sobre la elevada cresta de una colina prominente, Tormenta se detuvo. Solitario contempló el extenso valle punteado de creosota. El escenario le recordaba el sitio donde Onawa y él habían compartido un café observando el amanecer hacía algunos meses. Se preguntaba qué estaría haciendo ella en ese momento. ¿Estaría aprendiendo magia potente con Alicia? ¿La volvería a ver alguna vez? Y, si ella le diera otra oportunidad, ¿se volvería a apartar de ella después de rozar sus cuerpos?

A lo lejos, Olvido empezaba a despertar. Él podía distinguir su cicatriz reveladora en la tierra, la efímera fuente de vida que había atraído a los colonizadores al inicio, serpenteando entre los edificios. Una rociada de plumas blancas se elevaba desafiante de los fuegos que ardían en las cocinas y chimeneas de aquellos decididos a quedarse, de los comprometidos a seguir luchando, a pesar de todos los obstáculos alineados contra ellos en este ambiente cada vez más inhóspito al norte de la frontera. Al sur del pueblo, más allá de una columna de desgastadas colinas, el Río Grande se desenrollaba como una serpiente caprichosa, cobre brillante a la luz creciente. Había abandonado a su gente y a su deber natural de unirlos y nutrirlos y, sin embargo, seguía obstinado en su tarea asignada de empalmar naciones. Mientras el sol se elevaba más allá de las montañas al este, las largas sombras de la cordillera se extendían a través del cañón bostezando. No había otro ser viviente a la vista, pero Solitario se sintió reconfortado por una presencia más grande que la suya.

AGRADECIMIENTOS

Sin importar qué tan aislados y perdidos podamos sentirnos, nunca estamos realmente solos. En esencia, ese es el espíritu de *Valle de Sombras*.

A veces tenemos que cruzar una frontera para reencontrarnos con nuestros seres queridos o con nuestro hogar. A veces esa frontera es un río, otras veces es distancia geográfica o una separación emocional.

A menudo, lo que nos mantiene solos y separados es nuestra propia esencia como seres humanos: la guerra, el racismo, la xenofobia, el contagio y el miedo. Otras veces, es el muro invisible entre los vivos y los muertos, entre nosotros y nuestro Señor, entre nuestro destino y nuestro libre albedrío o entre lo existente y lo imaginario.

Todos vivimos esta verdad de un modo u otro. Existimos solos, pero no estamos solos.

Escribir en sí mismo es una tarea solitaria, pero me recuerda, una vez más, que solos no podemos lograr nada. Para que las palabras se hagan realidad, alguien tiene que leerlas. Para que las ideas se conviertan en algo más que productos de la imaginación, alguien tiene que expresarlas, alguien tiene que escucharlas. La narración debería llamarse *compartir historias* porque cobra vida mediante la conexión que se genera en el proceso de escribir y leer, narrar y escuchar, crear y recordar.

En mi caso, soy plenamente consciente de que el sueño de toda mi vida de escribir mis historias y compartirlas con los lectores no sería posible sin el amor y el apoyo de mi familia, comenzando por mi esposa Heather, mi hija Paloma y mi hijo Lorenzo. Ellos son mis fuentes constantes de inspiración y ánimo. Quisiera agradecerles por alentarme mientras trabajaba en *Valle de Sombras* durante la cuarentena pandémica que compartimos. Escondido del resto del mundo profundicé mi gratitud por nuestro pequeño universo. También quiero agradecer muy especialmente a Lorenzo por pedirme hace unos años que escribiera una novela *western* de terror para que él pudiera leerla. Nunca he podido decir que no cuando mis hijos me han pedido que les cuente una historia. Y también disfruté al escribir esta. Además, si hablo de mi familia, tengo que expresar mi gratitud a mi madre y mi padre, mis hermanos, mis abuelos y abuelas, e incluso a aquellos antepasados que solo conozco como nombres y lugares escritos en antiguos documentos apenas legibles, sacados a la luz por mi esposa mientras hacía su investigación genealógica. Sus audaces luchas y su pasión por transmitir fábulas familiares de generación en generación me han inspirado durante mucho tiempo para convertirme en narrador y me han legado un tesoro de materiales al que puedo recurrir para tejer mis historias. A ellos debo decirles: *Eternamente y de todo corazón, muchas gracias.*

Sin mi familia no podría haber comenzado, ni mantenido, mis obras, pero sin mis socios y colaboradores, no podría haber hecho llegar esas obras al mundo. Teniendo esto en cuenta, estaré eternamente agradecido a Blackstone Publishing, sus fundadores y directores. Es un verdadero placer trabajar con una editorial que comparte los mismos valores que mi esposa y yo hemos mantenido en nuestras propias iniciativas. Cuando supe que Blackstone fue creada por un equipo de marido y mujer, tuve la corazonada de que mis obras por fin habían encontrado su hogar. Es una editorial que pone a las personas en primer lugar, una que aborda cada proyecto no simplemente como un producto desechable para vender y olvidar, sino como una obra de arte viva, una artesanía hecha para compartir y una forma de expresión y conexión humana viva y perdurable. El proceso es tan mágico y especial como el producto final, y esperamos que sea una experiencia satisfactoria, memorable y transformadora para los lectores. Toda la experiencia de colaboración me resultó particularmente única y gratificante. Un agradecimiento especial a Rick Bleiweiss, quien presentó y defendió mi trabajo ante Blackstone, también a Josie Woodbridge, Naomi Hynes, Lauren Maturo, Hannah Ohlmann, Kathryn English, Scout Cox y a todos los demás en la editorial por la atención especial y el cuidado que inculcan en todo lo que hacen para colocar delicadamente cada libro en las manos de los lectores como un preciado regalo. Mil gracias a Maryna Benavides, quien siempre me ha ayudado con mi trabajo escrito en español. También quiero expresar mi agradecimiento sincero a Laura Strachan, mi agente literaria. Laura es una guía leal y entendida que me ayuda a mantenerme enfocado y con los pies en la tierra, no solo como un escritor creativo sino también como un escritor estratégico y paciente, cualidades que son esenciales para mantener la sensatez como un artista de cualquier tipo. Al escribir este libro, también me beneficié en gran medida de los consejos de Sarah Cortez, autora y editora publicada que colaboró conmigo en el proceso de edición. La ayuda de Sarah para agregar profundidad y matices a los viajes de los personajes me enseñó a apreciar aún más la riqueza y las gratificaciones que un enfoque reflexivo y abierto de la edición del desarrollo puede brindar a toda la experiencia de escritura y, con suerte, al producto final y a la inmersión y el disfrute del lector.

Y lo que es más importante, una de mis aspiraciones más genuinas al escribir *Valle de Sombras* era respetar el contexto y la autenticidad de los personajes clave, algunos de los cuales eran apaches desplazados, mexicanos e indígenas que lucharon por la supervivencia y un lugar tranquilo al que llamar hogar ante una gran persecución, opresión, violencia e injusticia. Soy plenamente consciente de que nunca podría entender o capturar su sufrimiento y resiliencia, pero me sentí obligado a escribir esta historia basándome en ellos y en sus vidas, por momentos —sin dudas— imaginando un pasado de realismo mágico con un panorama optimista arraigado en el futuro. Estoy eternamente agradecido por todas las contribuciones que los pueblos y los héroes olvidados que representan estos personajes han hecho a sus propias familias y comunidades y a la mía, así como a nuestra comprensión en constante evolución de la identidad estadounidense, lo que significa y lo que *podría* significar ser parte de ella, tanto en sus atroces fracasos como en su atractivo potencial para estar a la altura de sus ideales de igualdad y libertad para todas las personas, incluidas aquellas de diversos orígenes y contextos.

Al final, si *Valle de Sombras* se trata de la soledad y la compañía, también se trata de la vida y la muerte, el miedo y la esperanza, el equilibrio eterno que tenemos que esforzarnos por mantener a medida que continuamos nuestro viaje. Y se trata de un sentido de pertenencia, de cómo a veces lo que nos hace compañía es el propio suelo que pisamos, el aire que respiramos, los árboles que nos protegen y las cuevas que nos refugian. En estos lugares, que algunos de nuestros antepasados han habitado por siglos y generaciones, creamos nuestros sueños, nuestras historias, nuestras mitologías, el éter mismo que nutre nuestras almas. Nos unimos al lugar, nos hacemos uno con él. Una frontera, un río, un desierto, una montaña, un grupo de casas que se sostienen unas a otras frente a los rigurosos inviernos, los brutales veranos y los invasores indeseados. Cuando caminamos en este valle de sombras, nunca estamos realmente solos. Ya sea que creamos en un poder supremo que nos protege o en la tierra misma que nos rodea, todos nosotros caminamos juntos a través de la oscuridad y estoy agradecido por ese consuelo.

-Rudy Ruiz